网络文学名家名作导读丛书

天蚕土豆

《斗破苍穹》

第三辑

夏烈 著

肖惊鸿 主编

作家出版社

网络文学名家名作导读丛书

主　　编：肖惊鸿

第三辑编委：欧阳友权　夏　烈　陈定家　张丽军
　　　　　　张慧伦　　林庭锋　侯庆辰　杨　晨
　　　　　　杨　沾　　瞿笑叶

序

    20世纪90年代以来，文学与这个伟大的时代一道，经历了巨大的发展变化，其中一个标志性的现象，就是网络文学的兴起。以通俗大众文学之魂，托互联网与媒介新革命之体，网络文学如同一个婴儿，转眼已成为青年。网络作家们朝气勃发，具有汪洋恣肆的创造力，架构了种种可能的和不可能的世界。科技与商业裹挟着巨大变革中释放的青春、激情和梦想奔腾向前。时至今日，作者是有的，作者群体大到过千万人；作品是有的，作品总量已逾两千万部；读者就更多了，读者群体数以亿计。

    网络文学是新生事物，也是一片充满活力的文化热土，是中国特色社会主义文学生机勃勃的组成部分。习近平总书记高度重视包括网络文学在内的网络文艺的发展，勉励广大网络作家加强精品创作，以充沛的正能量满足人民群众特别是青年一代对美好精神文化生活的新期待。

    所以，这套《网络文学名家名作导读丛书》生逢其时，它将有助于探索网络文学艺术规律，凸显网络文学的艺术价值和社会价值，推动网络文学的主流化、精品化；同时，它也是精确的导航，通过这套丛书，我们将能够比较清晰地认识网络文学的重要作家和重要作品，比较准确地把握网络文学的发展历程和发展前景。

    这套书的入选作者是目前公认的网络文学名家，入选作品是经过一段时间检验的代表作，而导读部分由目前活跃的网络文学评论家群体担纲。预计这套丛书的体量将达到 10 辑至 20 辑、全套 50 册至 100 册。无疑，这是一项浩大的工程，但也是值得耐心地、持续地做下去的工作。网络文学必须证明自己不是即时的快消品，它需要沉淀、甄别、整理，需要积累经验，逐步形成自身的传统谱系，需要展开自身的经典化过程。这套丛书就是向着经典化做出的努力。

这套丛书的主编肖惊鸿长期从事网络文学相关的研究和组织工作，她的眼光和能力值得信赖。尽管网络文学的理论建设近年来已经取得重大进展，但是，将理论落实为面对作品的、具体的分析和判断，实际上仍然是艰巨的课题，也是网络文学理论评论工作的薄弱环节。希望肖惊鸿和其他评论家们深入学习贯彻习近平新时代中国特色社会主义思想，以习近平总书记关于文艺工作和网络文艺的重要论述为指导，自觉运用历史的、人民的、艺术的、美学的观点评判和鉴赏作品，向现在的读者，也向未来的读者交出一份令人信服的答卷。

李敬泽

2019 年 3 月 7 日

于北京

自 序

　　这是我参加肖惊鸿主编、作家出版社出版的"网络文学名家名作导读丛书"的第二部书稿，上一部是第一辑中的《我吃西红柿与〈吞噬星空〉》。

　　虽然从事网络文学研究、评论和组织工作已至第十三个年头，与这些作品、这些"大神"过从甚密，甚至约略觉得"往事可待成追忆"或者"往事并不如烟"，也写起了回忆录（《大神们：我和网络作家这十年》，出了第一册，花城出版社 2018 年版），但每一次重读这些数百万字的超级长篇、思量评论（导读）的口径时，还是多少会觉得有些下手的难度。

　　中国网络文学从现象看、从历史看，是一次了不起的民间写作运动——我们时常用"全民写作"或者"创意写作"或者"市场化写作"这些词去概括它——而我此刻要稍加调整用"民间"二字，是因为我依然相信它承载了重要的时代信息、民族精神和平民主义立场，网络文学本身和选择网络文学来创作的人们，与生活贴得近，与烟火气贴得近，与忧乐圆融的传统或者民间的稚拙、硬气、奔放、野逸贴得近。用网络的话来形容，应该说很多网络小说在不装啥的时候不装，装啥的时候装，很舒服。我把这种"舒服"放到民族文学自身文化基因、文学基因的洪流里去看——包括与世界和现代文学的关系中，认为这是普罗大众借网而起的一种渊源有自的取向、兴味、价值观和文化方案，虽然毫无纲领但生动而有活力。就像铁板上的煎鱼、油锅里的臭豆腐、流水不腐的一道道功夫茶、春风春雨沐化下的原野之花，一律滋滋的浩荡的活色生香的求生得死。

所以,它们是信息素,在我们内里却又像从天外打着摩斯密码(却一点儿也不难懂)地愈来愈声势壮大。一旦你不拘泥什么的时候,就能感受到每一部代表之作浑身是缺点地奔突向你,其情其气常常令你一笑(可能还是嘲笑)不够而三笑(三笑就留情了),再不够就开怀大笑(爽到了),然后就感叹起人物的性情、虚构世界编织出的苍苍莽莽,以及作者的某种才华和用心,还有就是"民间性"!至于文学不文学,我自然知道标准是什么,但诸位还记得汪曾祺先生代栀子花写的散文《栀子花》吗?——"栀子花粗粗大大,又香得掸都掸不开,于是为文雅人不取,以为品格不高。栀子花说:'去你妈的,我就是要这样香,香得痛痛快快,你们他妈的管得着吗!'"这么一想,其实也很文学了,是欤不是?!

具体写评论,还是要有腔调,要谋篇布局,要是评论家、专家的文体。那么,我们分了三个人、六章,一人两章的办法来解读天蚕土豆的成名作、代表作《斗破苍穹》,将这部 530 余万字的异界穿越少年成长史放在我们的框架里"烹饪"一番,并按照主编的指示,通俗地说好理论的话题。感谢文娟博士、段廷军博士愿意加盟,前者在照看女儿的过程中、后者在赶写自己博士毕业论文的间隙答应拨冗跟我共同料理天蚕土豆君的名家名作。最后的全书修订统稿,是我在新冠疫情肆虐的居家岁月中完成的,如有错讹,一切责任在我。此外,也感谢我的硕士研究生段佳(她是较专业的二次元粉和资深网文作者了,可她没有告诉我她写网文时的名字,没法给她做广告了)、助理田璐在材料搜集、排版等事务上的协助。

网络文学在 21 世纪初显示出了它不屈的能量,那么网络文学研究和批评也得努力形成自身的能量,与之平等地对话。期望我们的《天蚕土豆与〈斗破苍穹〉》以及整个"导读丛书"能为此赋能。

夏 烈

2020 年 2 月 22 日于杭州

目录

导读

选文

导读

第一章
少年成名与一书封神

1. 天蚕土豆其人

对于 90 后、00 后而言，天蚕土豆和《斗破苍穹》算得上一个记忆共同体了，尤其是男生。

然而，创造这个笔名和这部网络男频玄幻类经典之作的作者本尊，与他当时的主打读者群年龄相差得实在不多。这位原名泯然于众的"李虎"先生，1989 年 12 月 28 日出生于四川德阳，离 1990 年元旦只差四天。

"天蚕土豆"这个笔名正如网络其他"大神"一样，光怪陆离却也定有出处。望文生义的人，多半以为这个笔名是"天蚕"和"土豆"两种物质的结合，但四川人一看就知道，"天蚕土豆"是四川的一种民间小吃，即将土豆去皮油炸而成的"薯条"类食物，因其切炸成的形状恰似天蚕而得名。生活中，年轻人和小孩特别爱吃，李虎就灵机一动拿来作笔名，一派少年心性。

从个人的创作年表上看，天蚕土豆的网络小说创作之路开始于 2008 年 4 月的《魔兽剑圣异界纵横》，这是一部在起点中文网连载、归类于"异界大陆"的魔幻小说，严格意义上讲，这还是一部游戏《魔兽争霸》衍生而来的"同人文"。有关于此，天蚕土豆在回答记者采访时曾有一段比较详尽的表述："我的第一部小说《魔兽剑圣异界纵横》的主人公'剑圣'实际上是魔兽游戏的一个角色，在玩游戏时我深深喜欢上了这个人物，心里只想把他塑造出来，这样就开始了写作。

刚开始完全是凭着兴趣和激情，只在自己的 QQ 邮箱写，根本没想过去网上连载赚钱什么的。"①

令我关心的是 2008 年。这个年份首先跟天蚕土豆自己的年龄、身份有必要做个对位的考证，背后有些东西值得一说。另外，这个年份对于中国人、四川人记忆尤深——在 4 月天蚕土豆于起点中文网开更《魔兽剑圣异界纵横》后的一个月，2008 年 5 月 12 日 14 点 28 分，汶川大地震，面波震级达 8.0Ms、矩震级达 8.3Mw，破坏地区超过 10 万平方公里。

首先是那一年的天蚕土豆，十九岁，他过去的说法是"高中没读完就辍学了"②，而在回复笔者的问卷时，则是说"应该算是在中专毕业的时候开始创作的网文吧，那时候正好是 2008 年，那一年创作了《魔兽剑圣异界纵横》，也是在那个时候，开始步入网络文学的世界"。通过《魔兽剑圣异界纵横》这部处女作，天蚕土豆得到了网络作家的第一笔稿费："记得第一次收到的稿费才 4000 元，虽然当时已经不少，但和现在比起来弱爆了。"③"（他）几乎是父母眼中的问题少年，直到他在起点上写第一部作品《魔兽剑圣异界纵横》每月有稳定的稿费收入时，他们才相信在网上写小说也是个不错的职业，因为每月 5000元在本地已经算是高收入了。"④《魔兽剑圣异界纵横》最终使天蚕土豆成为了起点中文网的年度新人王。

一年之后的 2009 年 4 月，天蚕土豆开更《斗破苍穹》这部为他带来真正"封神"意义的成名作、代表作。他在回复笔者问卷时的说法是："至于成为全职作者，则是《斗破苍穹》的时期了，因为那个时候稿费比较稳定了，这才有了成为全职作者的打算。"而所说的"稿费比

① 李鹏：《新生代网络作家天蚕土豆：为梦想我放弃了很多》，浙江在线 2014 年 1 月 14 日。
② 张晓洁：《天蚕土豆："90 后"宅男》，《IT 经理世界》第 338 期，第 68—69 页，2012 年 4 月 20 日。
③ 蒋俭：《天蚕土豆，写作是非常有纪律的事》，《申江服务导报》A15 版，2013 年 10 月 2 日。
④ 张晓洁：《天蚕土豆："90 后"宅男》，《IT 经理世界》第 338 期，第 68—69 页，2012 年 4 月 20 日。

较稳定了"是多少呢？他答："第一个月的稿费达到了四五万左右，比我的第一部小说《魔兽剑圣异界纵横》多了将近十倍，后来这个稿费也越来越高，最高的时候稿费甚至能有一月百万。"

自 2003 年 10 月起点中文网成功运营网络文学 VIP 收费阅读模式，到 2008 年"盛大文学"成立，以资本的力量收购和投入到网络文学全产业链的开发，2009 年，起点中文网的代表性作家中"已诞生十位年薪过百万的网络作家，年收入十万以上的则有近百位"[①]，而进一步的收入井喷来自 2010 年 5 月中移动手机阅读基地在杭州成立，很快地，网络作家中年收入逾千万的作者产生了——天蚕土豆就是其中的代表人物，他的《斗破苍穹》恰好是在 2009 年 4 月至 2011 年 7 月的网文产业窗口期、红利期中创作和走红的，这也就出现了他说的"最高的时候稿费甚至能一月百万人民币"。这些都是促成天蚕土豆全职写作的背景和契机。

与天蚕土豆彼时的年龄结合起来看，我们可以说，他是开启了网络文学低龄化写作尤其是全职写作（辍学）的一位典型。当时网络文学的全面主流化并未实际到来，不光是社会对网络文学、网络作家的认识是有限的、片面的、略为负面化的，就是与网络文学直接有关的作家协会等专业组织、文学界、研究界都将网络文学总体上划归"另册"，存而不论或者嗤之以鼻，接纳它们的主要是网民中的拥趸者——网络小说的"粉丝"，还有就是敏感的、追逐利润的产业和资本。这与 2014、2015 年后对"网络文艺"的政治认可、顶层重视后的主流化不可同日而语。在天蚕土豆成名的 2009 年，他仍然是位年轻的先行者和成功者，昭示了网络文学低龄化写作的一条生存路径即时代给予的一次窗口效应。

其次是，2008 年发生的举世震惊的汶川大地震对天蚕土豆有何影响？身处四川德阳刚刚拉开处女作《魔兽剑圣异界纵横》连载序幕的天蚕土豆如何继续他的写作、他的梦想？当时处于何种状态、何种心情？——

---

① 俞熙娜：《网上码字成富豪，一个美丽的泡泡》，《钱江晚报》，2009 年 9 月 4 日。

2008 年汶川大地震期间我刚好在家乡德阳，这期间每天还在网吧忙着写作，当时整个人已经很疲惫了，电脑里的存稿几乎已经在网上发表殆尽，这个时候还没收到编辑的签约通知，我当时想："要不就这样吧，不要再写了，找个其他的工作吧，这条路走不通了。"

　　可是，几乎就在我快要放弃的那一刻，恍惚中打开电脑就收到了签约的消息！当时真的是"欣喜若狂，想要流泪"。

　　这件事是我人生的拐点。①

　　这是此后天蚕土豆回忆起来对记者说的话。在回答我们的问卷中，他又为此补充了一些细节：

　　那个时候在地震期间为了写《魔兽剑圣》，每次都骑着自行车在县城里面到处找网吧，因为那个时候很多网吧都关闭了，有时候为了找一个开门的网吧，我需要在县城里面转一两个小时。

　　可以想象，除了汶川地震这样的大灾难对于所有人一样的冲击和哀恸，每个具体的人又因为自身的处境、愿望、方向以个人的方式与这个历史的大事件发生着界面之间的交集、碰撞。天蚕土豆当时必须苦恼于：一、找网吧上电脑——大地震后这个小城的网吧很多都关闭不营业了，昨天开的那家未必今天还开着，所以"每次都骑着自行车在县城里面到处找网吧""转一两个小时"，因为小说必须写下去、发上去才行；二、签约的通知却还没收到——这是网络写作和收费模式的关键，随便写写不考虑赚钱是一个阶段，但如果能被起点签约呢，那就是网络文学写作这条路还走得通，至少是走得下去，然而如果没有……他对自己说"要不就这样吧，不要再写了，找个其他的工作吧，这条路走不通了"；三、人生的拐点会不会来？——辍学也好，毕业也好，都得面临有个工作，也好向焦虑中的父母有所交代，然而看小说

---

① 李鹏：《新生代网络作家天蚕土豆：为梦想我放弃了很多》，浙江在线 2014 年 1 月 14 日。

打游戏的爱好也能蹚出条路来吗？青年的临界点摆在人生路上，需要他自己去作出证明，那么最好还是做自己喜欢做的事情吧。关于个人的发展，5月举国大灾难时期的天蚕土豆恰恰也是全心全意努力求生存的时候，剩下的得看天意眷顾。

从这个意义上来说，天蚕土豆就像一个小说里的人物，出生在一个小县城，父母是生意人，上学时"那种400字、800字的限字作文让我很头疼。不过，后来，因为喜欢上了读书，读小说，渐渐产生了浓厚的兴趣，于是很自然萌生出写小说的念头"①，不过"语文老师可从来没有觉得他会在写作上有什么成就"②。最终面临人生关口的选择时，寄希望于写喜欢的网文来实现"打怪升级"，换取人生进阶的更高级的地图。有意思的是，无论他当时多么焦虑、多么辛苦，剧情还是给了他"开挂"的机会，尤其是2009年以来他的梦想完全实现、加倍回报。

自2008年至今，天蚕土豆也是紧紧地攥住这份命运的赠与，勤勤恳恳地发挥他摩羯座的特点，一直没有懈怠。2012年的《武动乾坤》，2013年的《大主宰》，2017年至今的《元尊》等，笔耕不辍，斩获良多。所以他在2014年获得浙江的"青春领袖"称号时说：

> 其实这七年一路走来，我放弃了不少东西。我没上过大学，在最宝贵的青春时光里，夜深人静的时候，别人都睡了，我还在对着电脑敲字，即便是白天，脑子里也在想着写作的事情，所以我有时候会自我调侃："我放弃了青春，才成为青春领袖。"
>
> 不过，我想告诉那些有梦想的人，只要你做的是自己喜欢的事，那就根本不会觉得累，因为你心里会迸发出无法解释的热情和动力，根本停不下来。所以，只要坚持自己喜欢的事，就一定能赢！③

---

① 李鹏：《新生代网络作家天蚕土豆：为梦想我放弃了很多》，浙江在线2014年1月14日。

② 蒋俭：《天蚕土豆，写作是非常有纪律的事》，《申江服务导报》A15版，2013年10月2日。

③ 李鹏：《新生代网络作家天蚕土豆：为梦想我放弃了很多》，浙江在线2014年1月14日。

这多么像他笔下那些废柴不废、底层逆袭的少年？！然后一边热血、励志，一边靠命运开绿灯，给个金手指的技能。如果深一点理解，像以《斗破苍穹》为代表的很多男频小白文，其中所指示的精神向度和对人物升级的理解，是有其社会人群心理基础的，是很多世人生活的精神共同体，它们虽以虚构的、幻想的面貌夸张地、不现实地出现，却蕴藏了现实空间中人对社会生活、自身发展的那么一种真切折射以及自我鼓励、不懈追求。换句话说，这类文的流行有其现实界的基因和逻辑，又通过自少年而至成年粉丝的阅读，与现实生活文本构成着一种深刻的交互与互文性。所以，当你把天蚕土豆对记者说的话"只要坚持自己喜欢的事，就一定能赢！""我放弃了青春，才成为青春领袖"置诸他的小说里，让小说主人公说出来，也非常合适，没有差异。

了解网络文学创作的人其实都知道，典型的网文日更意味着什么，从过去的几日一更、一日一更到今天的一日三更、一日四更，活跃在网站上、靠稿费收入过生活的他们确实是社会学研究意义上的"数码劳工"[①]。天蚕土豆的成名之路在这一点上不可能有捷径。"他的写作生活是非常有纪律的：上午睡到 11 点起床，午饭后开始写作，下午和晚上各花 2 小时写 1 章，2 章共 6000 字。其他时间，他就用来玩电脑或看书，有时会玩电脑到半夜 2 点到 3 点。"[②] "写《斗破苍穹》时每月更新 30 万字，曾经最多一个礼拜没有出门，如今他不再那么拼命，新书《武动乾坤》，每月大约更新 18 万字。"[③]

2012 年写《武动乾坤》时候的天蚕土豆已经住在杭州。这是《斗破苍穹》帮助实现财务自由之后的一个好处，并且网络文学让他拥有

---

① 数码劳工，或者叫数字劳工，社会学上泛指数字时代的媒介新工人，与资本主义生产方式和全球化有关，包括了像 IT 程序员等，类似中国网民所说的"码农"。今天的网络作家也把自己叫作码农，其工作、保障、获酬等制度就是一种典型的数码劳工。

② 李鹏：《新生代网络作家天蚕土豆：为梦想我放弃了很多》，浙江在线 2014 年1 月 14 日。

③ 张晓洁：《天蚕土豆："90 后"宅男》，《IT 经理世界》第 338 期，68—69 页，2012 年 4 月 20 日。

了一帮写文的同道好友，他就开始过起了游历的日子，去别的城市住在朋友家成了他的常态。有报道称他在"杭州的朋友家中"云云，这位朋友其实就是另一位网络文学大神烽火戏诸侯。在那几年，杭州人烽火戏诸侯发挥了兄长和道友般的作用，天蚕土豆和梦入神机都曾在他家住着写作，共同拥有一间不算太大的书房，砥砺切磋、插科打诨也各自奋斗，可谓是几位志同道合的青年小伙伴的创业生活、追梦年华。

浙江是中国网络文学重镇，网络文学史中留下了安妮宝贝、南派三叔、沧月、阿耐、流潋紫、烽火戏诸侯、蒋胜男、燕垒生、苍天白鹤等一批网络大神的身影，而像天蚕土豆这样最终选择入籍定居的外来"移民"网文大神亦为数不少，比如管平潮、梦入神机、曹三公子。总的讲，是文脉渊厚、风物宜人、同道相惜的结果；具体来说，却是随着网络文学的大发展、主流化，浙江成了全国网络文艺政策、举措落实到位，对网络作家极为重视、尊重而带来的人才集聚效应。

2014 年 1 月 7 日，浙江率先成立全国第一家网络作家协会，天蚕土豆被选举为浙江省网络作协副主席。2015 年 6 月 10 日，老家四川省网络作协成立，天蚕土豆受邀跨省也担任了四川省网络作协副主席。2015 年 11 月 10 日，杭州市成立全国第一家省会城市的网络作协，天蚕土豆被选举为杭州市网络作协副主席。2016 年 12 月，中国作协第九次全国代表大会召开，选举了新一届的全委会和正副主席，全国八名网络作家首次进入中国作协全委会，天蚕土豆赫然在其中，时年二十七岁的他是该届代表大会九百八十七名参会代表中最年轻的代表。2018 年 10 月，在浙江省作协新一届班子选举中，天蚕土豆成为浙江省作协第九届主席团委员。

另一件"好事成双"的事情是 2017 年的六一儿童节那天，人们见证了天蚕土豆和知名网络电竞直播解说、制片人伊芙蕾雅（原名卢天天）的婚礼。网络文学和网络电竞终于走到了一起。皮肤白皙不输于他妻子、保持着一张清秀可爱面庞的天蚕土豆与美丽时尚、宅男女神的伊芙蕾雅定格在同一画面，你会不会强烈地觉得这就是一部网络小说？再没有比这个剧情更像网络小说的了！

2.《斗破苍穹》其书

《斗破苍穹》是中国网络文学史无法忽略的代表性作品，从"小白文"或者读者最多的玄幻小说类型来讲，它无疑是一部网络文学的经典作品。

来自网文界内部的诸多数据、称号早已强有力地支撑着它的这个地位，但容易引来诸如圈内评价的质疑。那么，2018 年由中国作协网络文学中心、上海市作协等联合主办的"中国网络文学 20 年 20 部优秀作品"的最终榜单上，《斗破苍穹》从中国网络文学浩如烟海、名家辈出的 20 年风云中一峰竞秀、脱颖而出，代表了最具影响力的网文史记忆之一，这就更能说明问题。也就是说，即便换到由文学界专家、评论家、资深编辑们组成的权威评审团，《斗破苍穹》依旧是不可绕过也最终经得起网文艺术标准检验的一部时代之作。从这个结果讲，天蚕土豆确乎是天赋和命运之青眼兼具的网文作者，他二十岁所创造的作品就进入了二十年幅度视野内的最佳之列。

再则，《斗破苍穹》是天蚕土豆网文创作的第二部作品，几近于"一书封神"——不仅仅是说他靠某一本书成了网文界的大神，而是说他才写第二本（近乎第一本创作）就封了网文顶流大神的境地。相较之下，很多依然劳碌在路上的作者或者多年辛苦才得以"封神"的名家们情何以堪。以今时今日综合指标居于网文界榜首的唐家三少为例，封神之作《斗罗大陆》差不多应该是他创作年表中的第十部小说了；专业评论家们特别推崇，认为才华修养、故事与精神价值兼备的"文青"大神猫腻，封神之作《庆余年》而今因网剧改编再成爆款，也是他的第三部小说了。所以如果要说天蚕土豆的快速走红，庶几可以同南派三叔当年因《盗墓笔记》"一书封神"接近，而这种"一书封神"的命运，到现今作者蜂拥之际更加困难，虽也有像 2016 年开笔、2019年完结的《放开那个女巫》（作者二目）这样首次创作就封神的作品，可也很难达到天蚕土豆《斗破苍穹》一书的爆炸性受众人数和产业价值了。

从数据来看，《斗破苍穹》在起点中文网拥有高达 1.6 亿多的点击率，在中国移动手机阅读上累计有 29 亿总点击率。2009 年因为《斗破苍穹》的超人气，天蚕土豆位列起点白金作家。该书此后长期占据百度热门小说搜索第一位。2010 年，该书同名的角色扮演类页游推出。2012 年，同名漫画改编由《知音·漫客》等出版，任翔绘画；同一年，纸质图书由湖北少年儿童出版社首版发行。2013 年，《斗破苍穹》小说的游戏版权授予搜狐畅游，后被改编为网络游戏《斗破苍穹 OL》，天蚕土豆亲自担任游戏高级制作人兼首席架构师。2015 年，同名手游推出。2017 年 1 月，同名动画系列开播，腾讯视频、阅文集团出品。2018 年 9 月同名影视剧由万达影视等出品，开始播出，于荣光导演，吴磊、林允、李沁等主演。按照 IP 全产业链开发的规律，《斗破苍穹》可谓在下游各门类中全面开花，各种版权收入丰厚，从中国网络作家富豪排行榜① 推出的 2012 年—2017 年六年间，天蚕土豆始终位列中国网络作家上榜人员年收入的三甲，数字也从 2012 年的 1800 万元（全年）递增到 2017 年的 1.05 亿元（全年），某个意义上讲，《斗破苍穹》的 IP 个案也集中反映了中国文化产业市场的不断壮大和为作家这个职业带来的创富价值。

如果要说《斗破苍穹》一书在技术层面的成功之处，天蚕土豆自己也曾道破一二：

……读者定位非常明确：内容适合初、高中生，甚至小学高年级也能看懂。核心价值是中学生最能认同的"热血和励志"，故事都是描绘主人公如何从普通人一步步走向大英雄的成长历程。"一开始，他们总是很弱，会遇到家族、自身等的困境，我就着意描绘他们如何受到别人的帮助，也通过自己的成长来帮助别人。"

……他总结道，"网络写作不光要付出很多，还要找到正确方向，保持读者兴趣，找准读者口味，不断思考。"

对读者口味吃透是一方面，另一方面，对自己也要有信心。他说，自己也不会因为读者欢迎就刻意迎合读者。在抓准读者口

---

① 中国网络作家富豪排行榜，可参阅百度百科"中国网络作家富豪榜"词条。

味和坚持自己风格之间找到精确平衡点，对于其中微妙的把握，就是天蚕土豆的成功秘诀。[①]

　　……天蚕土豆的积累却有些别出心裁——看动漫、看小说。"每次看小说，看动漫，看到一个点，就把它扩散开来，使之成为小说的一个情节。"正是靠这种日常却又别开生面的"情节积累"，他才动辄就写出上百万字的玄幻小说，却又丝毫不令人感到乏味。

　　他写小说就是按照自己的感觉来写，就写自己喜欢的小说，他认为既然自己喜欢，那读者应该也会喜欢，这不仅是对自己作品的自信，更是对自己阅读品位的自信，而对于一个作家来说，要想成为一个优秀的作者，首先要成为一个"有品位的读者"。

　　当然，天蚕土豆有时也会听取一些读者的"谏言"，适当地修改部分细节，"但是写了这么多年，我的大纲是从一开始就确定的，这个大纲是不管任何意见都不会去更改的，就算这本书写崩了都不会更改"，说到这，他身体微微前倾，两只手用力地相互交握，"这应该是身为一个作者对自己作品的自信，连自己（小说）都把控不住要根据别人的意见去更改，那很难让自己几百万字的小说保持吸引力。"[②]

网络小说是技术性很强的创作，这里的技术性跟模式化、类型化确实有关，所以谁把网络小说的类型规律掌握得更好，并始终保持与读者市场的紧密关联，谁就是熟手、高手。这一点，天蚕土豆在上述的创作谈中一一有所透露，但同时每个作家又要保持自己的风格、特点，对于定位读者群的迷人魅力或者"杀招"，天蚕土豆的"自信说"也在显露他的心性，将之落实在文本成为自己的美学标识。

---

① 蒋俭：《天蚕土豆，写作是非常有纪律的事》，《申江服务导报》A15 版，2013 年 10 月 2 日。
② 东雨、苗苗：《掌阅阅界专访天蚕土豆：一个纯粹的执笔少年》，2017 年 10 月 4 日。

《斗破苍穹》树立的很多玄幻小说的美学标识（形式美学）并非从天蚕土豆开始，却被读者和网文界认为是从天蚕土豆成熟、集大成的。比如"升级流"及其"斗气"体系。升级流几乎就是男频网文、小白文、爽文的代名词，与起点中文网又有历史性和养成所的关系，一般讲的就是一个废柴少年如何打怪升级换地图，脱胎于RPG游戏。唐家三少的《斗罗大陆》《神印王座》、我吃西红柿的《盘龙》《星辰变》、苍天白鹤的《武神》等都是此类作品代表，天蚕土豆的《斗破苍穹》也是。但人们说到"斗气"的等级修炼体系即其数值化，都会讲到《斗破苍穹》的贡献和影响力，换句话说，《斗破苍穹》的斗气体系设计更加清晰、合理、结构化、数值化，成为了一种虚构的知识。

具体讲，他的斗气修炼体系从斗者开始，依次向上为斗师→大斗师→斗灵→斗王→斗皇→斗宗→斗尊→斗圣→斗帝，一阶分九星（段），战力逐次增长；除了内在的修行，还有功法和斗技，各分四阶十二级（天、地、玄、黄四阶，每一阶分低、中、高三级）。这样就形成了上百个等级。关于"斗气"，笔者的问卷专门提到了这一点，天蚕土豆回答道："斗气设定就纯粹是因为那个时期很喜欢看一种西幻（西方的幻想架空世界）类型的小说，那种小说里面有魔法和斗气，不过很多作者都注重于描写魔法的神奇，而我却对斗气这种比较冷门的类型比较感兴趣，当时就打算借用这个设定写一本新书，于是就有了《斗破苍穹》。"

除此之外，该书还为辅助型重要功能的炼药师和丹药体系作了等级划分，提出了炼药三条件：材料、火种、灵魂感知力。材料为各种天材地宝；火种可为斗气火焰，亦可为兽火，最好是万火之尊的异火；灵魂感知力是指炼药师主体的灵魂境界：凡境→灵境→天境→帝境，每境又分初期→中期→后期→巅峰→大圆满。作为全书重要线索（宝物）的异火，二十三种，不但牵动着人物和故事情节，还有一套命名、具体功能和江湖排名。①

还有，就是小说中详细的关于虚拟地理的一套架构，从大千世

---

① 引自百度百科"斗破苍穹"词条。

界→斗气大陆→西北地域→各帝国→各宗派的宏大构架。这些属于玄幻小说更属于《斗破苍穹》的自有知识体系，为该书"升级流"的一切进阶修炼和人物故事铺开了甚为精细化的行动空间，堪称"集大成"之作。

天蚕土豆的种种"集成"式化用并无消化不良、等而下之之嫌，较为精心的构思融汇之后，附之以自我的气息风貌，使得《斗破苍穹》后来居上，一时有"五岳归来不看山，黄山归来不看岳"之感慨。

"我喜欢看的网文实在是比较多，基本是比较火的书都去看过，我的阅读量也很大，基本每天都会在庞大的书库中去翻找各种的小说，即便是现在也是如此，而在阅读这些小说的时候，有时候也会看见很多不错的桥段，那会给我带来许多的启发。"这是当我们的问卷问及创作《斗破苍穹》之前或期间有没有一些网文对他有影响及借鉴的话题时，天蚕土豆的回答，事实上也就挑明了他的创作与阅读间的关系，以及《斗破苍穹》在整个之前之后的玄幻类型小说中的继承、创新之维。

有了《斗破苍穹》的历史地位，天蚕土豆（"西豆"）亦与唐家三少（"北少"）、辰东（"中辰东"）、我吃西红柿（"东茄"）、梦入神机（"南机"）并称网文江湖的"中原五白"，固然"白"是指不用动脑子的爽感"小白文"，但也是指同时期网络文学大神中名气大、读者多、吸金能力一流的意思。

当然，《斗破苍穹》被称作"小白时代网文套路教科书"的说法既有肯定，也有隐忧，所谓"当今大行其道的套路文大多都受天蚕土豆的影响""成也《斗破》败也《斗破》，《斗破》一书产生的影响直接导致网文同质化、灌水化，使外界对网文的评价更低"的坊间说法也一直存在，这成为他人突破的难题，乃至天蚕土豆有朝一日自我更新的关捩。

第二章

异界小人物的成长史

通常而言的小说三要素是人物、情节、环境，而人物居首，可见人物的重要性。事实的确如此，几乎不存在没有人物的小说，离开了人物，事件与行动就无法展开，情节的发展变化也无从谈起。既然小说表现的是人物，那么人物是什么？

一般来说，人物观有两种。

第一种人物观的代表人物是西摩·查特曼，他认为人物是特性的聚合，而特性指相对稳定而持久的个人品性。[①]

第二种人物观的代表人物是托马舍夫斯基，他指出："人物是各种动机的有生命的载体，介绍人物是把他们集中和联系起来而常用的一种手法……人物起一种导线的作用，它可以指引搜集动机的方向；人物还起一种辅助手段的作用，用来把具体的动机加以分类和排列顺序。"[②] 换言之，在托马舍夫斯基看来，人物是第二位的，是情节动机的派生物。事实的确如此，在形式主义者看来"人物是故事的手段而不是目的"，尽管他们也偶尔承认人物性格的重要性。

但不管哪一种人物观，人物形象都是在情节中通过个体经历和生存际遇表现出来的，而人物的成长历程则是重要组成部分。

古今中外的文学对成长多有表现，如歌德的《威廉·迈斯特的漫

---

① ［美］西摩·查特曼：《故事与话语：小说和电影的叙事结构》，徐强译，北京：中国人民大学出版社，2013 年版，第 164 页。

② ［法］茨维坦·托多罗夫编选：《俄苏形式主义文论选》，中国社会科学院外国文学研究所，北京：中国社会科学出版社，1989 年版，第 261 页。

游时代》、塞林格的《麦田里的守望者》、乔伊斯的《青年艺术家的肖像》、杨沫的《青春之歌》。而诸多此类作品的聚合造成一个重要结果，便是使表现人的成长成为超越时代、超越民族的文学主题。对于成长中的人物形象，巴赫金说："主人公本身、他的性格等特征，在这一小说的公式中成了变数。主人公本身的变化具有了情节意义；与此相关，小说的情节也从根本上得到了再认识、再构建。时间进入人的内部，进入人物形象本身，极大地改变了人物命运及生活中一切因素具有的意义。"[①] 换言之，成长主题指主人公的样貌、年龄、性格、知识、技能在成长过程中的变化，而这一变化重塑了情节。

《斗破苍穹》中成长中的人物形象有很多，如萧炎、萧薰儿、彩鳞（美杜莎女王）、小医仙、纳兰嫣然、青鳞、紫妍、米特尔·雅妃、萧鼎、萧厉、萧玉、林修崖、柳擎、吴昊，等等。成长中的人物的显著特点是可塑性，所有特性都未成形，都处于变化中。不仅年龄、样貌在变化，当然这一点对于所有人物都有效，不管小说是否着意描绘，更重要的是性格、实力也在变化。年龄、样貌、性格在《斗破苍穹》中表现出的内涵比较简单，没什么歧义。需要着重指出的是实力的增强，《斗破苍穹》中实力的增强对大部分人物来说是武力的增强，如萧炎、萧薰儿、小医仙等；小部分人物主要是炼药技能的增强，因为根据小说设定炼药师天赋大都不适合修炼斗气，如曹颖、柳翎；个别人物是其他能力的增强，如米特尔·雅妃经营管理能力的增强，如小医仙医术的提升。但就成长的丰富内涵以及小说赋予的叙述篇幅而言，萧炎是唯一被重点塑造其成长过程的人物。因而，本节将主要探讨萧炎这一人物形象的成长历程。

要探讨萧炎这一人物形象的成长史，首先就要了解下小说开端处对萧炎形象的设定。小说对萧炎的设定是乌坦城三大家族之一萧家的少爷，乌坦城是加玛帝国的一座小城市，加玛帝国是斗气大陆的一个小国家。萧家原是远古八族之一，至萧炎时已彻底没落。因而，可以肯定地说小说起始时萧炎是一个小人物。

① ［苏］M. 巴赫金：《小说理论》，白春仁、晓河译，石家庄：河北教育出版社，1998 年版，第 230 页。

1. 少年失意

从少年（这时往往身份、实力等低微）开始写起是成长小说的惯例，《斗破苍穹》也不例外。小说开端便是斗气测试，文中这样写道："斗之气，三段！"紧接着通过旁人之口给出评价"萧炎，斗之气，三段！级别：低级"。之后，小说通过人物对白及叙述者话语点出少年天才萧炎突然间成为废物，饱受讥讽。

"三段？嘿嘿，果然不出我所料，这个'天才'这一年又是在原地踏步！"

"唉，昔年那名闻乌坦城的天才少年，如今怎么落魄成这般模样了啊？"

然而天才的道路，貌似总是曲折的，三年之前，这名声望达到巅峰的天才少年，却是突兀地受到了有生以来最残酷的打击，不仅辛辛苦苦修炼十数载方才凝聚的斗之气旋，一夜之间化为乌有，而且体内的斗之气，也是随着时间的流逝，变得诡异地越来越少。

从天才到笑柄，这一创伤体验构成了少年萧炎的第一重失意。
小说在此出现了一个细节上的小瑕疵。

在十一岁那年，天才之名，逐渐被突如其来的变故剥夺而去，而天才，也是在一夜间，沦落成了路人口中嘲笑的废物！

萧战叹了一口气，沉默了片刻，忽然道，"炎儿，你十五岁了吧？""嗯，父亲。"

如此算来，萧炎做废物做了四年，但文中却说三年，这应该算是一个细节上的不小心。大概天蚕土豆也意识到了这一瑕疵，所以后来文中一再通过人物之口强调三年，进行弥补。

> 眼眸乍然睁开，眼中白芒掠过，萧炎缓缓地伸了一个懒腰，满脸的迷恋与陶醉："就是这股感觉，三年了啊，变强的感觉，终于再次回来了。"

这种无心之失无伤大雅。重要的是，少年萧炎从众人交口称赞的天之骄子，沦落为众人口中的废物，这种天上地下的落差，使少年感受到了深深的伤害与无能为力的屈辱。由于这一创伤对萧炎情绪的严重负面影响，便构成了心理创伤。是这一创伤让萧炎体会到了实力的重要性，形成了创伤记忆（固定的情结），这一创伤记忆在后文多次浮现，时刻提醒萧炎努力修炼，提高实力。从心理学意义上讲，心理创伤在行为上的表现是退缩或远离他人，萧炎也确是如此。

> 小时候，他就喜欢捏着自己胖嘟嘟的小脸，可自从三年前的那事后，他便犹如在心灵中竖起了围墙，将所有人都挡在外面，就算自己再如何努力靠近，都会被他那不冷不热的态度刺得黯然离去……

福无双至，祸不单行。萧炎在十五岁时遇到了第二重失意：退婚羞辱。这门婚事源于萧炎的爷爷萧林与纳兰嫣然的爷爷纳兰桀，两位老人是生死好友，恰逢萧炎和纳兰嫣然同时出生，便定下了娃娃亲。此刻，萧炎已处于"废柴"状态中，女方突然出现在大庭广众之下强行要求解除婚约。不仅萧炎，就算是他父亲，也将沦为他人笑柄，威严大失。

> "嘿嘿，被人上门强行解除婚约，看你这族长，以后还有什么威望管理家族！"

这重创伤与困境的递进，可以说是废柴流网文的基调，但放到同类网文的谱系中又可谓是天蚕土豆的创造。他将女频常见的"退婚"运用于人物和情节，收到了两性施受关系变换后的奇妙效果。一方面，就像观赏性极强的影视剧剧情，必须让人物处于一层层的命运压迫下，始终为反弹蓄足力气、做足准备；另一方面，这也构建了读者对小说所写的异界大陆的深切认识：能否修炼以及是否拥有斗气方面的才能天赋，是这一世界内阶层区分的根本标准——这是一个"斗"世界，一个强者的世界。此外，萧炎父子虽处于萧家的族长家庭，但家族环境并非一团和气，时时充塞着强弱较量与世俗眼色。

萧炎对于被解除婚约当然感到极度愤怒与羞辱，为了降低这份屈辱感，他将解除婚约的契约改为休书，并发誓三年后上云岚宗洗刷退婚之辱。而三年之约，及由此形成的"复仇"心理，成为小说前三百多章（约五分之一篇幅）情节发展的主要动力。

文学作品涉及退婚的并不鲜见，但由女方退婚的却不多。网络小说中有许多描写女方退婚给男方带来羞辱并最终被男方打脸的作品，应该是受到了《斗破苍穹》的影响。

2. 成长指路人

老子说："祸兮，福之所倚；福兮，祸之所伏。"萧炎受到的两重创伤也产生了巨大的正面影响，首先便是锻炼了萧炎的心智。《孟子》曰："天将降大任于斯人也，必先苦其心志，劳其筋骨，饿其体肤，空乏其身，行拂乱其所为，所以动心忍性，曾益其所不能。"萧炎虽然没有忍饥挨饿，但修炼不顺遂，婚约被毁，使他的内心受到震动，充满痛苦，其结果便是心智更加坚韧，他从中获益匪浅。小说是这样描写的：

> 三年中，虽然受尽了歧视与嘲讽，不过却也因此，锻造出了萧炎那远超常人的隐忍。

萧炎的第二个惊喜是得知修炼止步不前的原委并非在于自己，修炼的斗气只是尽皆被功力损毁、局于一隅的药老（药尘）吸收了。紧接着的是第三个惊喜，药老通过长期观察，认可萧炎的人品，决定收他为徒。坚韧的心智，加之名师指点，这为萧炎日后修炼达至的高度奠定了扎实的基础。

"师者，所以传道授业解惑也。"每个人成长的过程中都需要老师，需要指路人。只不过，这个老师可以是实实在在的老师，也可以是实践、是生活的历练、是各种载于书册的知识。萧炎有幸遇到了一个出类拔萃的老师，而药老在萧炎修炼提升实力的过程中确乎发挥了巨大的作用。在药老的指导下，萧炎不只是斗气修炼与炼药水平得到了快速提升，更重要的是，他第一次上云岚宗就打败了纳兰嫣然，一雪前耻——这就完成了我们说的《斗破苍穹》前三百多章情节发展的根本动力之环。

之后，药老被魂殿拘捕，他努力修炼救师则成了情节发展的又一动力。萧炎的第二个指路人是天火尊者（曜天火）。拥有斗尊实力的天火尊者不仅给萧炎提供了许多修炼意见，也帮助萧炎在中州站稳了脚跟。

前文说过，成长的指路人可以是老师，也可以是生活的磨炼和载于书册的知识。萧炎在魔兽山脉、塔戈尔沙漠、迦南学院、中州等地的学习历练对他的成长大有裨益，何况，一如电子游戏的设计，一路上会机缘巧合收获各种秘籍及宝物，这些同样助力着他的成长与精进。俗话说："三人行，必有我师焉。"萧炎的朋友对他的成长也提供了许多重要的帮助，如小医仙。这一切，都在直接或间接锻炼他的能力，提升他的实力。

当然，还有一类人对成长的作用不可谓不大，那就是敌人。综观整部小说，不难发现云岚宗、古族、魂殿这三大势力，先后成为压在萧炎心头的三座大山，鞭策他不断惕厉，提升自我。为了打败云岚宗的弟子纳兰嫣然一雪前耻，萧炎要努力提升实力；为了打败古族中的情敌，让古族中人同意他与薰儿的婚事，萧炎要不断努力；为了救父、救师，萧炎要打败魂殿，这也鞭策他继续刻苦修炼。除此而外，小说中还有许多其他困难砥砺着萧炎，如为小医仙克制难度很高的厄难毒体，以及在丹会取得冠军，实际上也促进了萧炎的成长进步。

所以说，毋庸置疑，正是困难以及敌人的存在，很大程度上成就着了不起的萧炎。

3. 成长的过程

何谓成长？"少年不识愁滋味，为赋新词强说愁"不是成长，因为成长恰恰是告别父母的呵护，告别无忧无虑的生活，逐渐明白生活中不仅有喜，还有怒、忧、思、悲、恐、惊。成长是独自经历风雨，直面种种，明白人生实苦而没有人能随随便便成功。所以佛经有云，人生八苦：生、老、病、死、爱别离、求不得、怨憎会、五阴盛。成长是在生活的磨砺中丢弃一些东西，经历一些东西，收获一些东西。经历了这个过程，在岁月打磨之后，人不仅外表变了，内里也更加成熟。《斗破苍穹》也试图为我们展开这样一幅成长体验的画卷。

首先，是要丢弃的东西。少年人性情未稳，顺利时骄傲自满，遇到挫折时便灰心丧气，满是颓废。如萧炎的修炼止步不前、从天才变废物的那几年，满是颓废。当消失数年之久的斗气突然恢复时，又极为兴奋。"躺在冰凉的山洞中，萧炎感应着体内那股阔别四年时间的充沛能量，嘴角泛起一丝笑意，片刻之后，笑意逐渐地扩大，最后化为轻笑，大笑，狂笑……"再者，少年人易张狂，遇事冲动，不计后果。萧炎在小说开始时的确有此表现，得理不饶人，阴狠毒辣，动不动就要毁灭这个、消灭那个。随着人生历练以及阅历的丰富，萧炎也意识到这一点并逐渐改变：

> （萧炎）终于是掩饰不住内心的自责，声音嘶哑地道："若是当年不年少气盛与纳兰嫣然定什么三年之约，恐怕也不会将事情变得今天这般，也不会连累得家族破败，亲人失散！"

但也就是因为这些描写，才使得萧炎这个人物形象更显真实、生动。而所谓成长的过程，也可以理解为就是张狂、情绪变化无常逐渐消失的过程。所以后来在天目山脉再遇纳兰嫣然时他才会释怀，并主动提供帮助。

其次，是要经历的东西。渴望爱情是生理、心理发生变化的青春期少男少女都会遇到的"成长的烦恼"。少年慕少艾是正常现象，感情使人奋发，使人成熟。萧炎与薰儿是青梅竹马的小伙伴，两人产生了爱恋之情。

> 望着门外这娇美的少女，萧炎愣了好片刻，方才缓缓回过神来，上下打量了一下薰儿，啧啧地称奇："大清早的，我还以为是哪里的女神降临了呢，细看看，原来是我家薰儿啊。"听着萧炎这略带几分戏谑的赞美笑语，薰儿水灵的大眼睛眨了眨，只是矜持地抿着小嘴微微一笑，不过，那双悄悄弯成美丽月牙的柳眉，却是道出了少女心头的喜悦。

"家家争唱饮水词，纳兰心事几人知？"虽然两人之间横亘着巨大距离，但所幸萧炎和薰儿彼此喜欢。只不过，萧炎要迎娶薰儿，实力必须达到令古族人满意的程度，这又鞭策萧炎不断修炼以提升实力。在爱情方面，《斗破苍穹》延续了男频小说的"种马"传统。萧炎娶了薰儿与美杜莎两位美女，又拥有小医仙、米特尔·雅妃、云韵等几位红颜知己，而小说还在不同地方暗示许多优秀漂亮的女性对萧炎抱有好感，比如韩雪、曹颖。弗洛伊德说："文学是欲望的满足。"诚哉斯言！

4. 长大的责任

成长会获得什么？成长不仅会收获爱情、心智变得坚韧，还会提高实力，增强责任心。责任是与实力相随的，实力有多大，责任就有多大。那么，什么时候标志着长大呢？举行成年仪式？结婚生子？长大也是一个过程，不是说突然间就长大。成长到长大是一个量变到质变的过程，当突然间意识到长大时，其实在意识到之前已经长大了。

但成长的过程中的一些重要环节仪式对于长大是不可缺少的，因为长大不仅仅是年龄、样貌的变化，更是心智、能力的变化，而通过这些仪式，参与者的灵魂与情感得到净化、熏陶与升华。

英国社会学家拉德克利夫－布朗说："仪式使人的情感和情绪得以规范地表达，从而维持着这种情感的活力和活动。反过来，也正是这些情感对人的行为加以控制和影响，使正常的社会生活得以存在和维持。"比如一个年轻人仰慕一个硕学大儒，对其充满了敬仰之情，而通过拜师仪式，确立了师徒关系，使其对老师的敬仰之情得以正确表达。同时，师徒关系的存在也明确了师徒间的行为规范，使得知识的代际传递得以顺利进行，从而维持了正常的社会生活秩序，使得社会的持续发展进步成为可能。因此，萧炎拜药老为师，药老悉心教导萧炎也就是药老应做之事。而萧炎拜药老为师，也就应该尊敬药老，接过本属于药老的负担，如帮药老炼制躯体、惩处叛出师门的韩枫。

成人仪式是另一项重要仪式，意味着开始承担责任。如萧家的成人仪式，斗之气在第七段之上的族人，在成人仪式完毕之后，就能获得进入斗气阁寻找功法的资格，继续提升实力，而未达到斗之气七段的人则会被分配到家族产业中去，学习产业经营管理。同时，成人仪式还意味着可以独自做出选择，并承担后果。所以萧宁在成人仪式上向萧炎发起挑战，萧炎不能拒绝，因为成人的世界里不可能一味逃避，需要直面一些挑战。的确，从某种意义上说，长大就是拥有可以独自做出选择的权利。总之，小说并没有武断地认为举行成人仪式后就真的长大了，而是指出成人仪式是人生的一个重要十字路口，此后便会进入新的阶段，需要进一步学习技能，承担起家族兴衰的重任。

结婚生子则是另一项重要仪式，意味着对爱人对子女承担起责任，《斗破苍穹》对萧炎与其妻儿的关系未作过多叙述，点到为止。对萧炎的成长来说，另一项具有标志性作用的活动是参与丹会大赛，这意味着事业上可以出师了。首先是加玛帝国的丹会，此时药老虽处于沉睡状态，但只要条件达到便会苏醒，其存在便足以增加萧炎的底气，因而此次丹会是萧炎初出茅庐的牛刀小试，暂时脱离药老庇护的入世历练。因而，相比此次丹会，参加由丹塔举办的规格档次更高的炼药师大会则真正标志着萧炎已经长大。因为萧炎前往中州时药老已被魂殿逮捕，虽然有天火尊者与小医仙等人的帮忙，但诸多事情都需要萧炎自行决断。而在中州与敌人的几番较量已然说明萧炎在斗气修炼上登堂入室，唯有炼药实力还需要检验，需要得到大佬的认可。在藏龙卧虎、高手云集的中州，萧炎取得丹塔举行的丹会的冠军，得到了丹塔大佬的认可，这意味着萧炎已经真正长大。因为，长大不是自说自话，作为一个社会性存在，长大意味着自身实力获得别人认可，想要成为什么层次的人，就需要获得相应层次的人的认可，显然丹塔大佬的认可很有分量，尤其是考虑到萧炎还要营救师父、父亲，这种认可就尤为重要。

那么，已然成长起来的萧炎是一个什么样的人呢？从实力上讲，实力强横；从品性上讲，性情温和，爱憎分明。

但不得不说，萧炎并非是那种冷血无情之人，对于敌人他或许能够做到毫不手软的地步，但对于常人或者认识的人来说，他却是极为平和。

成长是一个践行责任的过程，在这个过程中，萧炎答应了小医仙帮她制服厄难毒体，他做到了；萧炎答应帮海波东恢复实力，他做到了；当然，还有萧炎给自己的承诺——上云岚宗一雪被退婚的前耻，他也做到了。萧炎在此过程中收获很多，能力也得到极大提升。

而长大就是随着能力的提升，能够肩负更大的责任。救师与救父是一直压在萧炎心头的沉甸甸的责任，随着实力的提升，萧炎越来越具备这种实力。救师与救父成为贯穿小说主要篇幅的线索，也因此成了小说情节发展的主要动力。先是救师，萧炎在丹塔举办的丹会上展示出的实力获得了丹塔的认可，使其得以利用丹塔的资源查找药老的下落，然后率领众人成功营救。之所以丹塔丹会之后营救药老是非常合适的时机，一来是可以凭借丹塔的实力查出药老下落，二来是作为药老的弟子，营救行动当以萧炎为主导，若是以前，萧炎自身实力不够，影响力不够，营救自是无从谈起。之后是救父，魂殿抓走萧战是为了获得陀舍古玉，后得知古玉不在萧战手中，便去抓捕萧炎，但多次抓捕，不仅没有成功，反而折损人手。最后，不得不正视萧炎实力的强悍，提出用萧战交换古玉，此时已接近尾声。

5. 尾声

　　《斗破苍穹》在萧炎与魂天帝的双帝之战中落下帷幕。此战，萧炎胜，免去天下万民生灵涂炭之苦。小说结尾时萧炎已是斗帝，突破斗之气、斗者、斗师、大斗师、斗灵、斗王、斗皇、斗宗、斗尊、斗圣诸多层次，达至顶峰。同样，萧炎的炼药水平，也一路提升，经一品、二品……九品，终能炼制帝品丹药。而萧炎的性格也逐渐变得成熟稳重起来，为人处事爱憎分明，对友人温和，对敌阴狠毒辣。至于家庭生活，萧炎有美丽的妻子和聪明的孩子。总的说来，萧炎是一个幸运、幸福又成功的人。

　　萧炎何以如此？名师指点，诸种奇遇，实战历练，一颗坚强有爱的心。四者合力的结果便是萧炎的实力一路提升，而有爱的心，则是指对父亲、师父、爱人、友人而言。父亲有养育之恩，师长有授业之恩，友人有相助之恩，爱人有相恋之情。这诸多恩与情包含着浓浓的爱，而爱是责任。所以，父亲被抓要救，师父有仇要报，友人有难要伸出援手，爱人要呵护关心。因此，便有了萧炎与魂殿不死不休的战斗，有了与韩枫这一背师之徒的战斗，有了帮助天火尊者炼制躯体、帮助小医仙寻找制服厄难毒体的努力，有了为迎娶薰儿与古族情敌的比试，有了对韩家之难伸出的援手，等等。肩负着沉甸甸的责任，萧炎不懈努力，成功地做到了。

　　康德说："有两样东西，我们愈经常持久地加以思索，它们就愈使心灵充满日新月异、有加无已的景仰和敬畏：在我头顶的星空和在我心中的道德律。"头顶的星空神秘莫测不得而知，所以康德又回到上帝那里去解释这浩渺的星空，而道德律在康德看来应该是出于职责而非自愿的爱慕去遵守。巧合的是，《斗破苍穹》把这两者都包含了。斗气大陆是一个神奇的大陆，这是一个以斗气强弱为主的大陆，而斗帝这种杀不死的存在却在斗气大陆上消失了，他们去了哪里？萧炎在头顶的星空又发现了一个神奇的空间存在，"（萧炎）直接冲进了那遥远的天空上……半晌后，一个泛着淡淡光泽的光芒通道，仿佛是破开了位面空间的束缚，出现在了那天地间无数道目光的注视下"。小说留下一个未知的空间，在悬念中结束。

至于道德律，即道德责任，更是贯穿小说始终。家族被退婚羞辱，萧炎担负起一雪前耻的责任；父亲被抓，萧炎要救父；师父被抓，萧炎要救师；韩枫叛出师门，萧炎要清理门户；小医仙有难，萧炎作为好友拔刀相助；韩雪救助了被空间通道丢弃在荒漠之地的受伤的萧炎，韩家有难时，萧炎出手报恩，诸如此类的事情有很多。很难设想，如果篇幅长达530余万字的《斗破苍穹》没有这些和世俗道德观相契合的内容，会是什么样的境况？高则诚在《琵琶记》中所言"不关风化体，纵好也徒然"，同样适用于《斗破苍穹》！

人总是要学着长大，学着如何直面困境，哪怕这个过程坎坷艰难。成长不就是跌倒了爬起来、再跌倒再爬起来，如此循环直至抵达目的地的过程吗？萧炎的成长虽然充满各种际遇，但他那种不屈服、跌倒了再爬起来的拼搏奋斗精神，不正值得学习吗？而《斗破苍穹》通过生动精彩的情节来凸显萧炎的这些品质，使其具有寓教于乐的特点。姚斯说："一部文学作品在其出现的历史时刻，对它的第一读者的期待视野是满足、超越、失望或反驳，这种方法明显地提供了一个决定其审美价值的尺度。"显然，《斗破苍穹》作为大受欢迎的文学作品这一事实确证了它的审美价值。这一审美价值在于《斗破苍穹》建构了一个迥异于传统文学作品的新颖奇异的文学世界，还在于通过精彩的故事情节传播了一些正能量：萧炎作为小人物的成长历程能起到正面引导作用，劝人坚守道德底线，积极努力，哪怕身处逆境依旧不屈不挠、顽强拼搏！

第三章

女性守护者：形象·力量·爱情

　　《斗破苍穹》的绝对主角虽然是由废柴少年逆袭为斗气大陆主宰斗帝的萧炎，但其生成之路上，各色优质女性的陪伴、支持和守护一直在场。小说连载时居高不下的月票、推荐票、收藏订阅、读者评价，以及一直活跃的百度贴吧，还有近些年来动漫网游影视改编时的热点话题等，大都与这一众女性息息相关。即便是在《斗破苍穹》完结已经八年有余的当下，知乎上讨论该书时涉及的核心话题依然是小说所塑造的女性角色们。可以说，阅读《斗破苍穹》，这一庞大的女性角色群体成了不能不说的半壁江山，勾勒她们各自的形象特征以及与萧炎间的爱情关系模式，也许是洞见我们这个时代青年婚恋观念，及至追寻真爱的某种参照。

1. 可盐可甜的百花仙子

　　与同属"中原五白"的唐家三少、我吃西红柿、辰东、梦入神机较少塑造女性形象不同，天蚕土豆的《斗破苍穹》描画了一幅姹紫嫣红的百花争艳图，薰儿、美杜莎、云韵、小医仙、雅妃、纳兰嫣然、紫妍、青鳞、萧玉、萧媚、琥嘉、韩月、韩雪、欣蓝、唐火儿等不胜枚举。尤为值得称道的是，如此繁多的女性并未千人一面，且即便同一人物，形象也多面杂陈。譬如薰儿的温柔体贴和清冷疏离、美杜莎的高冷骄傲和温柔坚强、云韵的雍容高贵和平淡恬然等。可以说，《斗破苍穹》的一众女性，从性格特征、气质风韵到行为方式乃至穿衣嗜好和功法斗技等，都各具特色。有意味的是，这些美丽的女性皆具惊天动地之才，多有名门望族的家世背景傍身。于读者而言，如此可盐可甜且能量强大的百花仙子天团，从字节中眼花缭乱地浮现，自是赏心悦目和热血励志。那么，这些女性在《斗破苍穹》中起到的作用，以及她们家世、功法、技能方面的叙写对人物塑造有何崭新意义呢？我们试做一些角度的读解。

成长陪伴者

《斗破苍穹》在男主萧炎的逆袭成长史中，镶嵌了众多女性的成长史。此种男女主成长史融合共生的写作，不仅使得男主打怪升级换地图的修炼之旅不再单调，且情节发展过程中，男女相互陪伴，各有成长，亦让文本意蕴大为丰富。换言之，如果我们首先认为《斗破苍穹》写的是少年男子愈挫愈勇的成长经历，那么我们也完全可以认为，这部小说同样生动地推进着数位剧中女性的成长经历，告知我们这是一部于男女成长经验都有益的网文。并且，其主要的男女角色没有静止和空泛地停在原地，他们始终处于相互的交叉促进之中，有着共同的命运的向心力。

天蚕土豆为此做了工匠精神般的布局，让众多女性尽可能地展现她们的成长线索和成长顿悟的转折点。她们有的利用自身升级获取的能量为男主荡平阻碍，有的在较长的篇幅中与男主双双勇闯天涯，她们中的大多数在小说中有头有尾，有比较完整的女性成长史书写，不会如不少等而下之的男频网文，被莫名其妙地"神隐"掉很多章节，或简单地以一死作为了结。事实上，正因为这种对女性角色负责任的态度，小说读者的注意力始终被愉快地吸引，各类女主陪伴萧炎的不同功能、细节也被读者念念不忘地加以品味和讨论。

在萧炎的人生中，青梅竹马的薰儿是引领他成长的一束柔光。有了薰儿坚定不移的陪伴、鼓励和帮助，萧炎艰难的日常生活不再孤单、失落，追求变强的修炼征程也有了持续的动力与资源。失意中的他没有自暴自弃，而是如同薰儿期许的那样，自强坚韧地勤炼苦修，最终自尊、自信地实现了逆风翻盘，既大仇得报又收获了圆满爱情。

别异于薰儿润物细无声的守护，美杜莎于萧炎的成长而言是暴烈的火药引线，二人的长久相处，萧炎的心智变得更为成熟坚韧，责任心大幅提升。相处初期，美杜莎强横的斗宗实力以及果决坚韧的晋级行为，夯实了萧炎对于斗气等级差异以及修炼苦楚的真切认知，意识到个体自强不息地奋斗才是生存根本，心智由愤懑变得平和，在斗气和炼丹的修炼之中多了主动性和耐受力。之后，美杜莎针对意外失身事件的激烈抗争，以及面对意料之外胎儿的担当精神，炸裂了萧炎单一的性别认知和懵懂的青春欲望，他意识到性不仅仅是生理荷尔蒙积聚的反应，更是两性相互爱慕的情感见证和伦理担当，他为自己的过失自责，积极主动地用实际行动弥补美杜莎并承担起了作为父亲的责任。

　　就更为本质的内核来看，萧炎在薰儿和美杜莎陪伴下的成长基本积聚于个体精神世界的腾挪变迁。而云韵与萧炎的相遇离散史，则驱动着萧炎从个体爱恨情痴的界域跨入更为复杂的大千世界。他认识到人是社会性物种，生活在各种人际关系交织而成的网络系统中，看似纯粹的个体行为，通常都会成为所处的家庭、家族、帮派等兴衰存亡之变数的重要推动力。张扬冲动、肆意随性的他变得稳重平和，对人对事多了机智冷静的思考和怜悯宽容之心，完成了由本我到自我的人格重塑。

　　红颜知己小医仙和雅妃的全力帮扶，紫妍和青鳞肝胆相照、生死与共的兄妹之谊，则刷新了萧炎关于至亲之外黑暗人性的单色认知。他意识到人性本是幽暗与明亮并置的复合体，交友之道贵在祛除戒备和算计，以信任和良善为基石，主动为对方排忧解难，也坦然接受对方的倾力相助。失意时期饱受人心叵测和翻脸无情留下的心灵创伤得以抚平，性格变得大气、宽容、随和了起来，真心、坦诚、付出和感恩成为他人际交往的行为规范，朋友阵营愈发壮大，这为他的成功逆袭提供了颇多助力。

　　当然，以上女性在陪伴引领萧炎成长时，她们自身也获得了不断成长，无论是斗气实力、斗技品类还是管理能力、生活丰富性等，都有大幅提升。概言之，她们是自我意识明晰的鲜活女性，有着各自的传奇人生和气质魅力。

名门望族的家世和惊天动地的才干

在文学人物形象建构中，家世背景是重要的"物质基础"，在某种程度上决定着人物性格、眼界、气质和才干的养成与境界，尤其对于个体性格的形成、志趣爱好的追寻以及未来人生走向有着近乎不可逆的强力影响。

天蚕土豆深谙此道，《斗破苍穹》女神天团们的耀眼光华便受益于此。从薰儿、美杜莎、云韵到纳兰嫣然、紫妍、青鳞，她们各自名门望族的家世在担负着人物形象基本靠谱的同时，也为她们各自的非凡才干夯实了基础，进而成为推动剧情进展的重要外挂因素。不用细品，便可发现《斗破苍穹》的女神们在传奇色彩浓郁的家世加持下，人人皆有着相应的传奇人生。她们突破了常规"小白文"的女性固化形象——花瓶，基本都是修炼上天赋奇佳、斗技强横的武力大拿。即便有男主萧炎不断越级晋升的彪悍人生遮掩，她们各自名门望族的家世和惊天动地的实力，也足以让读者津津乐道地共情代入，念念不忘地盘点罗列。

薰儿是中州远古八族之首古族族长的独生女兼掌上明珠，更是古族有史以来斗帝血脉觉醒得最完美者。天之骄女的她，不仅拥有古族神品血脉和异火榜排名第四的金帝焚天炎，更有斗罗大陆甚为罕见的高级别的繁多斗技傍身，譬如天阶大寂灭指、七彩金族纹和金帝焚天斩等。高贵血统和丰厚资源的大力供应，使得她的修炼比普通体质之人轻松而又快捷，十七岁时便踏入斗王之境，一直以遥遥领先的强横实力稳居修炼天才宝座，连同样拥有不少金手指且勤奋苦修的萧炎（斗圣之前）都对此望尘莫及。

紫妍的出身较之薰儿，毫不逊色。其本体为远古异兽至尊太虚古龙，是前太虚古龙皇烛坤之女。可爱小萝莉时的她，因神龙血脉之助，拥有感应天地灵物和空间操控的神出鬼没之能，且力大无比，是迦南学院内院的前十榜第一高手。后机缘巧合服食龙凤本源果，再加萧炎异火相助和王族血脉彻底觉醒，进化为天凰加古龙浑然一体的最强魔兽，实力跃升为四星斗圣，成为太虚古龙族新一代的龙皇。

美杜莎是加玛帝国塔戈尔沙漠蛇人部落的女王，后改名为彩鳞，早在薰儿萧炎还是修炼小白之时，她已经是威震加玛帝国的九星斗皇巅峰强者，斗皇海波东是其手下败将。蛇人族特有的养胎秘诀和锻体之术是她修炼晋级的"坚船利炮"，借助"青莲地心火"，她进化为上古异兽七彩吞天蟒并晋升斗宗；坐镇炎盟时晋级为五星斗尊；在九幽黄泉闭关两三年后，成功突破至四星斗圣，并进化为九彩吞天蟒。与薰儿一样，在萧炎成为斗圣之前，实力一直领先。

　　云韵曾化名云芝，出场便是风系三星斗皇，位居加玛帝国十大强者榜第三，还是加玛帝国宗派之首的云岚宗第八代宗主的亲传弟子和第九代宗主。自我放逐于中州之时，得花宗宗主花玉青睐并传承毕生斗气，后在萧炎帮助下成为花宗宗主，且炼化完花玉传承的斗气晋阶八星斗尊。

　　纳兰嫣然与雅妃皆来自加玛帝国的三大家族。前者为纳兰家族的嫡亲孙女，修炼天赋极佳，十四五岁已是三星斗者。入云岚宗拜至云韵门下，因进步神速和实力超群，被擢升为少宗主。千风罡、飞絮身法、落日耀和陨杀是其拿手斗技，后入宗门的生死门闭关修炼，成功晋级至斗王巅峰，是年轻一辈膜拜的实力女神。后者是米特尔家族的首席拍卖师，凭借妖娆魅惑的熟女气质、洞察人心的敏锐智慧、舌灿莲花的语言能力和高超的交际管理手腕，成为加玛帝国家喻户晓的超级拍卖师。虽然修炼天资不足，但丹药辅助之下，亦晋身斗皇之列，又因海波东扶持，夺取了族长之位。

　　小医仙和青鳞乍看之下无显赫出身，但她们一个为天生厄难毒体，另一个身具制服强大蛇类的碧蛇三花瞳。按照事出反常必有妖反推，她们的父母应该不是寻常之人。因无明确线索佐证，此家世部分暂且不论。单说她们因为天赋异禀的觉醒，前者如同坐着火箭飞奔，年纪轻轻就从四星斗宗、五星斗宗、三星斗尊至七星斗尊疯狂攀升。后者则被斗皇强者云集的天蛇府悉心培养，不但修为碾压同侪升为斗尊，并被奉为少主，偌大的天蛇府都由她全权掌握。

　　将《斗破苍穹》八美家世与能力图谱做这一番细致勾勒，于琐冗之外，突显出一个重要的研究结论，那就是在天蚕土豆笔下，八美的人生其实如萧炎一样，也是快意彪悍且成长神速的。这概括着《斗破苍穹》书写男女性成长史的一个共同特点，即为满足读者群的模式化心理诉求与审美类型而服务。具体讲，当男主女主的人生都如此功成名就，现实困顿的男性受众在阅读中无疑释放了双倍份的焦虑、虚拟了双倍份的成功，爽感当然也就翻倍了。而于女性读者言，似乎也有了更为契合的移情对象，天蚕土豆的粉丝基数怕是也会因此暴涨。

两性合体的性别气质

自人类诞生以来，关于男女性征的想象、争论和塑造便正式开启，对于男女性别特征的刻板印象也与之同步生成，并在历史的淘洗中渐趋稳固。即"女性特征绝对地被归纳为肉体的、非理性的、温柔的、母性的、依赖的、感情型的、主观的、缺乏抽象思维能力的；男性特征被归纳为精神的、理性的、勇猛的、富于攻击性的、独立的、理智性的、客观的、擅长抽象分析思维的"。[①] 网络玄幻小说两性形象的塑造大都携带着这一性别刻板印象的印痕，文本中颇多如此的性别本质化特征判然分明的人物形象。

值得铺陈的是，不知是有意还是无意，《斗破苍穹》中女性形象的性格塑造则从多方面打破了性别刻板印象，薰儿、美杜莎、小医仙、紫妍等都在女性气质的基础上融入了理性思考、果断抉择、勇猛独立和主动出击等男性气质。

譬如初入迦南学院内院，面对内院三六九等的帮派势力争斗以及弱肉强食的修炼资源抢夺等生存窘状，薰儿没有自乱阵脚，而是理性地分析形势，立即断定新生站稳脚跟并捍卫自身权益的良策唯有组建自己的新势力，果断劝说萧炎牵头组建，并自信地揽下后续的管理事宜。设计门徽、组建护卫站岗队、实施火能奖励制度等，很快就养护出了一个门派发扬光大所需的扎实的凝聚力。磐门从无到有再到新气象充盈的过程中，薰儿理性睿智、果敢机敏又不失女性温柔良善的特征显现得淋漓尽致。

---

① 李银河语，详见荒林、王红旗主编《中国女性文化 No.2》，北京：中国文联出版社，2001 年版，第 20 页。

勇猛独立方面，美杜莎和小医仙皆有不俗表现。美杜莎贵为蛇人部落女王，但身边鲜少护卫，她的威名甚至凶名，全是自己独自打拼所致。秘法冲击斗宗，需用青莲地心火焚烧本体，异火焚烧之时既有血流如注的肉体之苦又有痛不欲生的灵魂之厄，明知九死一生，她依然勇猛赴火。好强、自信、自我的她，为赶超萧炎，独自在阴寒凶险的九幽黄泉闭关三年。小医仙在知晓自己厄难毒体无法破解之时，没有悲观厌世，而是勇敢地独自闯荡出云帝国，为自己寻找适宜生存的空间。在以毒攻毒积重难返的厄难毒体暴发后，依然不言弃，狠辣清除敌对势力，强势创立毒宗，坚韧地为自己再觅生机。

可以说，斗破女神天团们两性合体刚柔并济的性别气质，冲击了女性性别刻板印象压抑女性角色塑造的惯例，宣告着女性形象不再是单一柔弱、情绪化的肉身符号，性格上也可复杂立体，善恶不再截然分明，七情六欲皆可借助台词与行为率直表达。她们是现代女性意识召唤下具有一定独立思想的鲜活个体，强大自信、理性睿智、柔美优雅都是其内在欲求。以至于男主萧炎主控全局的《斗破苍穹》中，她们的形象和功能也无法淹没。

最为重要的是，这一众女神大多死心塌地、忠贞不渝、心如磐石地喜欢着男主萧炎——这固然是玛丽苏的男版杰克苏的特点，体现着男频网文相对于女频网文的最常用的人物关系模式——也因此，文本中她们的活动半径也多围绕男主展开。由是，深入认知《斗破苍穹》女性群体的形象特质和叙述功能，厘析她们与男主萧炎的情爱模式便成为一个重要议题。

2.爱情的三种模式：真爱无敌与浪漫之殇

《斗破苍穹》虽是标准的男性向网络玄幻小说，但爱情亦是其兑现读者爽感的硬核元素之一，女神天团的打造不仅为推动故事进展，也为完成爱情书写提供对象。男主萧炎与薰儿、彩鳞、云韵、小医仙、纳兰嫣然之间的复杂爱情关系，不负天蚕土豆所望地粘连着读者们的心肝肺肾。萧炎最爱的是谁？萧炎与薰儿之间是真情互诉还是薰儿的一厢情愿？萧炎爱彩鳞吗？萧炎云芝为何没能修成正果？女神们为何都心仪萧炎？——这些问题不断被原著党、电视剧观众和动漫党热议。此种反馈图景，既道出了当下受众的爱情认知迷思，也揭开了我们这个时代有"爱无力"的处境。即所谓缺什么就关注什么，迷惘什么就讨论什么。于是，直面文本，归纳萧炎与一众女神的爱情关系模式，考察他们之间如何交付情感以及情感付出的对等与否，便有了重大的现实意义。我们关于何为爱情、爱情为何匮乏、如何重拾爱情等迷思，许会借此得以澄明。

薰儿与萧炎：相濡以沫的陪伴

薰儿是萧炎的正牌女友，二人由青梅竹马到携手婚礼，演绎了有情人终成眷属的爱情正典。在萧炎从高开低走再经历废柴逆袭为帝的人生历程中，薰儿与萧炎不管是朝夕相处还是别居两地，二人之间的爱恋从未缺席。交互对等的陪伴、思念、包容、扶持和共克磨难，是他们爱情长跑的内容和动力。

薰儿是高不可攀的谪仙，待他人疏离清冷，于萧炎却是温柔体贴、忠诚专一的解语花。萧炎潦倒失意时，薰儿温柔识趣地陪伴鼓励，张扬而又坚定地维护，悄然而又周全地帮助；萧炎遭逢欺负时，她秒变护夫狂魔，毫不留情地反击；萧炎性命攸关时，她要么令凌影救助要么亲自驰援；萧炎需要修炼资源时，她出钱出力尽心帮扶；家族因萧炎实力不够反对二人相爱时，她勇敢抗争、机智周旋，设法为萧炎争取成长空间和刷取好感。

薰儿的满腔衷情和倾尽一切的付出，在萧炎那里获取了同等共振。性格稍为阴鸷自私的萧炎，在薰儿面前绝对是妥妥的纯情阳光少男。自尊心强烈的他，从未因自己与薰儿之间家世和实力的天差地别而自卑退却，反而以之为动力，发狠苦修，以期早早将实力提升至薰儿家族满意之境。不管是相携逛街还是并肩作战，都悉心体贴地充当护花使者，竭尽全力护薰儿自在平安。明知薰儿高阶斗技多如牛毛，还是将自己的奖品《九重凤火诀》赠送给了她，只因为她的斗气属性适合修习此种斗技。将冒着生命危险获取的妖圣精血分赠薰儿，助她晋升斗圣。面对古族中阻挠他们相爱的薰儿的其他爱慕者们，他毫不露怯地越级迎战。为帮助古族化解灭族危机，他又奋力拼杀视死如归。诸如此类萧炎深爱薰儿的情深意重的行为，还有很多。

至此，二人于混乱的天地间还能获取爱情 HAPPING 的秘诀清晰浮现，那就是相濡以沫的长情陪伴，可谓真爱无敌。何为真爱，阿兰·巴迪欧如此阐释："真正的爱是持续多年的相濡以沫，是快乐与痛苦交织的共同生活，是彼此改变对方、适应对方的艰难磨合。"[①] 可以说，相濡以沫的真爱是我们能够想象到的最美爱情模样，也是我们向往追寻的理想爱情。

彩鳞与萧炎：由意外引发的日久生情

彩鳞是萧炎的第一任妻子，但她与萧炎的相处前期不仅没爱，而且颇不愉快。

二人因青莲地心火相遇、相识、相伴，却不相知，而是相互胁迫和提防，甚至都想伺机干掉对方，爱的火花更是从无闪现。只是，一次意外，即萧炎因炼化陨落心炎的后遗症驱使，理智尽失地占有了彩鳞，打破了他们"熟悉的陌生人"之相处模式。彼时彩鳞虽有杀掉萧炎之心和行为，无奈情势比人强，恰逢灵魂完美融合虚弱期的她，无力对抗。后来虽然多次对着萧炎喊打喊杀，但均未果，没承想又发现怀了萧炎骨肉，从此杀掉萧炎之心彻底灭绝。伴随着更多的相处，竟然还爱上了他。此种人设崩塌使得众多读者不解，指认她患有斯德哥尔摩综合征。

萧炎自此之后对彩鳞的态度有些五味杂陈，之前单纯的恐惧中掺入了内疚、补偿、不耐之意。在获知有了孩子的信息时，先茫然无措，后决定承担责任。久而久之，他亦爱上了彩鳞，并主动给她和薰儿一起举办了盛大婚礼。

其实，在勾勒二人情感历程之时，我亦不断追问他们究竟因何而相爱，奉子成婚还是日久生情？以彩鳞蛇人部落女王的身份、地位、

习俗和洒脱，做单亲妈妈毫无压力，她没有给萧炎施加压力，而是做好了一人养育孩子的准备。那么答案只能是日久生情。可是日久为何就能生情？他们二人从初遇到成婚的相处情状给出了谜底。事实上，对于各自坚韧品性和能力的欣赏、多次的并肩作战和相互帮扶，彩鳞操持炎盟养育孩子的辛劳，萧炎冒着反噬之险为彩鳞和孩子炼制最好的丹药等，恰恰佐证不是时间成全了爱情，陪伴、付出、奉献、宽容和磨合才是爱情生根发芽并日渐壮大的秘诀，这亦是真爱的标配。

至此，萧炎和彩鳞的日久生情模式等重于萧炎和薰儿的相濡以沫模式。设若暂时搁置不甚美好的开始以及一夫两妻于现代女性意识和爱情观念的伦理悖反，只是将其视作现代男女相爱之时的两种模式，确乎对现实人生有以下启示：get 真爱确实不易，但只要相互磨合、包容、奉献和陪伴，真爱就会水到渠成。因为"爱是突如其来的事件，不可预料，也不可能用任何的使用理性来加以考量"，"爱是相互差异的两个个体形成的一个'两'。但这个'两'并不会融合为'一'，而是永远在不断差异又不断靠近"①。

云韵与萧炎：邂逅造就的浪漫之爱

云韵与萧炎的爱情始于两次匿名邂逅。初次邂逅于魔兽山谷，一个化名云芝，一个化名药岩，前者为斗皇，后者是斗者，两人互相不了解对方真实身份，实力也天差地别，但因得萧炎的英雄救美和一个"意外"，两人互生情愫。萧炎爱慕云韵的美丽，云韵爱慕萧炎的勇敢、体贴。再次遇见是于三年之后的塔戈尔沙漠，帮古河抢夺青莲地心火的云韵认出了萧炎，心软放水成全了他的首枚异火，并想招他进云岚宗以供给他更好的修炼环境，萧炎拒绝了她的提议，但铭记了她的好意，二人相拥，爱慕升级，彼此再难忘怀。只是，云韵依然不知道萧炎真实身份以及他与云岚宗的过节。

由此可见，二人情根深种的关键因素，在于彼时的他们置身于真实生活缺席的"异托邦"空间，悲剧因子如影随形。设若相遇之初萧

---

① ［法］阿兰·巴迪欧著，《爱的多重奏》，邓刚译，上海：华东师范大学出版社，2016 年版，第 12 页、第 26 页。

炎知道云韵是云岚宗宗主，是纳兰嫣然的师父，以他复仇之心的炽热，英雄救美怕是断无可能。

履行三年之约，萧炎借助药老帮助成功击杀了云岚宗大长老，与云岚宗彻底交恶。知晓彼此真实身份的二人，也由情人变为对立。尽管云韵在云岚宗追杀萧炎时，亲自放跑萧炎，萧炎也以拥抱告别，二人情感还在，但相守已难。之后萧再度归来，直接灭了云岚宗，无法化解灭门之痛的云韵，在与萧炎厮守三日之后，带上纳兰嫣然离开了加玛帝国。

一别经年，再会已在中州。萧炎急急火火前往花宗为云韵解围，云韵率领花宗声援天府联盟，可见二人情根未断。浩劫过后萧炎大婚，云韵不是新娘。派人捎口信征询云韵"是否愿意跟他回加玛帝国"，云韵没有正面回答，全文便已结束。看似开放式的结局其实并不多样，从亲自邀约小医仙和雅妃来看，云韵心结还在，分手才是这段感情的归宿。二人的爱情模式，与当下影视剧大力宣传的"血海深仇是你，情之所钟是你"同辙，是浪漫主义爱情观的展演。虽然有情，但无法和解，只能身心受虐，看似动人，但结局悲催，与真爱差之甚远。

稍有遗憾的是，这些性格鲜明的女性形象和荡气回肠的爱情故事依然还是萧炎成长为无敌英雄的辅助。文本中的她们，用肉身抚平萧炎青春躁动的男性荷尔蒙，用个体能力和家族势力助力萧炎的逆袭梦想。她们的生活全部都与萧炎相关，她们为萧炎而生，她们只为萧炎服务，她们是萧炎最为忠诚的守护神，她们的角色功能大过形象光彩。当然这与"小白文"的商业成功而言不伤分毫，毕竟精彩故事和成功逆袭才是其主体读者追文阅读的核心动力。但于《斗破苍穹》作为网络玄幻经典之作的位置来说，则有一丝动摇。不过好在，它是天蚕土豆出道不久的少作，与彼时同类作品相较，其品质实属上乘。职是之故，稍作遗憾，可视作网络玄幻小说整体新提升的一个努力维度。

第四章

故事和话语：叙事特点分析

叙事就是讲故事。那么，作为一部叙事作品，《斗破苍穹》呈现出哪些叙事特点呢？经典叙事学把叙事作品分为两部分：故事和话语。故事指向叙事作品的内容层面，即叙事作品讲了什么。话语指向叙事作品的表达层面，即叙事内容如何得以表达。毋庸置疑，《斗破苍穹》在故事和话语两方面都呈现出鲜明特色。

1.表层结构与深层结构

罗兰·巴特认为："任何叙事作品都必须具有一个可资分析的结构，不管陈述这种结构需要多大的耐心。如果不依据一整套潜在的单位和规则，谁也不能组织成（生产出）一部叙事作品。"[①] 叙事作品的结构指故事内容的存在形态，是"作品中各个成分或单元之间关系的整体形态"[②]。叙事作品的结构分为表层结构与深层结构，表层结构是从历时性角度讲的，即叙述话语的前后次序所形成的句子与句子、事件与事件之间的结构关系。深层结构是从共时性角度讲的，认为叙述话语及由其表达出的内容具有言外之意。换言之，叙事作品的叙事话语这一能指有其所指，即认为叙事话语与产生它的文化背景之间存在影射关系。

---

① 伍蠡甫、胡经之主编：《西方文艺理论名著选编》（下），北京：北京大学出版社，1987 年版，第 474 页。

② 童庆炳主编：《文学理论教程》，北京：高等教育出版社，2004 年版，第 248 页。

据此，仅择要对《斗破苍穹》中的事件进行分析，得到如下表格：

行 为		后 果	
纳兰嫣然退婚		直接后果：男方愤怒。最终后果：男方一雪被退婚之耻，女方后悔	
	萧炎趁乱拐走美杜莎；萧炎与小医仙相识、相交		美杜莎成为萧炎妻子；小医仙成为萧炎的红颜知己
韩枫欺师		没有得到完整的传承；被萧炎清理门户	
	萧炎尊师		得到完整传承；实力达至巅峰
黑岩城的琳菲、雪魅等人的修炼		湮没不闻，不知达到何种层次	
	萧炎的修炼		斗帝；帝品丹药

首先，纳兰嫣然退婚事件。古代中国婚姻讲究"父母之命，媒妁之言"，一旦订婚，少有悔婚。但婚姻爱情观并非一成不变，随着时代的发展而变化，如今男女平等、婚姻自由等诸多观念早已深入人心，订婚之后悔婚已是常见现象。而作为一部由当代人创作、背景预设为架空时代（若背景为古代倒情有可原）的小说，男方以女方悔婚带来的耻辱作为修炼动力这一情节设计，无疑成为男方退婚模式的反例，反例是对常规的打破，在小说作品中常常构成情节发展的动机。

这种女方主动退婚被男方认为是羞辱的情节设计获得广大男性读者的认可，说明这种情节模式的成功。究其原因，一方面在于反映了读者的情感、意志、愿望，另一方面也与反例带来的新颖性引起读者的阅读兴趣有关。当然这并非是对纳兰嫣然行为的否定，事实上小说中纳兰嫣然退婚时的表现并无不妥之处，以当时纳兰嫣然表现出的天赋以及在云岚宗中的地位，不愿嫁给萧炎这等废柴也是人之常情，将心比心，可以理解。更何况小说中纳兰嫣然退婚并非一味以势压人，而是好言相求，这是难能可贵的。至于纳兰嫣然与一些云岚宗弟子前往萧家退婚，固然可以被萧炎等人理解为以势压人，但也并非不可理喻，难道退婚不需要有威望的长辈作见证吗？退一步讲，如果不请德高望重的长辈，是不是会被萧炎及萧家理解为是轻蔑小看他们，连退婚这么大的事情都没有长辈出面？至于之后以势压人，那是因为双方没有达成一致意见。即便如此，纳兰嫣然也替萧家设想，进行了妥协，提议三年后通过比武了却此事。综观纳兰嫣然的所作所为，可以发现纳兰嫣然是一个美丽、善良、聪明、明礼、知进退的女性，表现出新时期女性独立、自强、知性的特点。

至于萧炎努力修炼，三年之约中击败纳兰嫣然，之后覆灭云岚宗，最终达到的高度足以令纳兰嫣然仰视。这一表层结构乍看上去，无非是表达了对"三十年河东，三十年河西，莫欺少年穷"这一认知的赞同。如果深究下去，其实反映了衡量人才标准的单一与扭曲，在小说中就是斗气，实力为王。小说中萧炎这一人物形象是平民子弟，由于实力不济，得不到认可，而女方不看人品，只看实力，不顾老人当年的约定执意退婚，由此引发的男方愤怒、不甘，反映了对斗气大陆人才评价体系的不满，但萧炎不得不屈服这一评价体系，努力修炼，提高实力，最终获得了至尊地位。

这一表层叙述有其深层内涵，正如米兰·昆德拉所说"所有伟大的作品都包括一个未完成的部分"，他的意思可以从能指有其所指来理解。具体到《斗破苍穹》，纳兰嫣然最终弄巧成拙后悔不已，则是重申了尊重每一个人和莫要羞辱人这一道德训诫的重要性，事实上也是对现实中一些人持有的功利主义择偶观的反驳。

小说开始时存在的众多小人物中，只有萧炎一路开挂，各种奇遇，得以达至顶峰。其他人物，无论是大势力、大家族子弟，如"一殿一塔二宗三谷四方阁"等势力中培养的精彩绝艳的年轻子弟，还是其他小人物，如乌坦城除萧家之外的另两大家族、黑岩城中的炼药师琳菲、雪魅等，都被萧炎超越。而萧炎的成功是一路开挂、各种奇遇造成的，不具有可复制性。也正因为萧炎一路绿灯加开挂，才修炼到斗帝的至尊境界，其他人鲜有能够匹敌的，所以萧炎这一人物的塑造才具有了白日梦式的 YY 意蕴。——萧炎有一个能炼制九品丹药的厉害师父，这种际遇在小人物中属于偶然性的存在，因为许多有一定身份的人，有个四品炼药师师父就很不错了，如黑岩城中雪魅与琳菲的老师弗兰克与奥托都是四品炼药师，这已经是黑岩城中顶尖的存在，足以引以为豪了。而他的一系列奇遇，如获得各种功法、异火、天材地宝，更是不可复制。

因而，总的来说，萧炎取得成功的特殊性，加之其他人物取得成功的艰难，使得《斗破苍穹》很难算是励志小说，确切地说，是反励志小说。但从萧炎坚忍不拔、顽强拼搏、从不服输的性格特点对于其成功的不可或缺来说，《斗破苍穹》又具有励志性。励志与反励志的交织体现出复杂性与矛盾性，这使《斗破苍穹》的内涵复杂起来，而优秀的作品正是能引人深思的作品。至于尊师重道的萧炎与欺师灭祖的韩枫的两相对比，则表明了对世俗通行价值观的捍卫。

文学源于生活而又高于生活，因此文学作品的权威性与这样一种观念密不可分，即作品是对社会现实生活及当前社会盛行的思想意识的再现，而这种再现是通过文学以一种生动、活泼、典型、概括的方式实现的。《斗破苍穹》的深层结构意蕴确与当前社会文化背景之间具有密切关联，而通过讲故事的方式揭示当前社会思想意识的复杂现状，或许也是《斗破苍穹》备受广大读者青睐的原因之一。

2. 人物形象与功能类型

纵观《斗破苍穹》的人物形象，有一点特别引人深思：母亲的缺失与父亲的强大。小说中有很多女性形象，但一直没有母亲形象，直到美杜莎成为母亲，以及小说结尾时薰儿成为母亲。但美杜莎和薰儿成为母亲，也是情节发展使然，萧炎要娶妻，娶妻自然要生子。换言之，美杜莎和薰儿这两位母亲形象的出现，不是因为母亲形象本身的重要性，只是因为情节具有的功能化作用。母亲形象的缺失与父亲形象的强大结合起来，能得到更好理解。《斗破苍穹》中的父亲形象通常很有实力，或是一家之主地位尊崇，或是武力强悍，在孩子眼中成为大山般的存在，能替孩子遮风挡雨，抵御谩骂攻击。比如萧炎的父亲萧战，在萧炎成为"废物"的那几年，给了萧炎许多鼓励，作为族长调动了自己能用的资源帮助萧炎修炼成长。总之，《斗破苍穹》中出现的父亲形象，其功能足以弥补母亲形象的缺失。

父亲形象所具有的功能对母亲形象的弥补体现出《斗破苍穹》人物形象的一大特点，即人物的功能化。那么，何谓功能？普洛普说："功能指的是从其对于行动过程意义角度定义的角色行为。"[①] 因而，人物功能化是指人物在情节发展中存在的主要目的是发挥某种作用，推动情节的发展。这意味着人物性格特点的缺乏，事实的确如此，《斗破苍穹》中着墨最多的萧炎的性格特征尚不明显，更不用说其他人物了。相反，萧炎等人物的功能化特点很明显。萧炎历练这一行为起初的目的是洗雪被退婚之耻，后来是为了有足够的实力迎娶薰儿，再后来是为了救师和救父。薰儿在小说中的存在概括起来有两点功能：一是给萧炎鼓励、帮助；二是给萧炎提供了一个女朋友，捎带提供一些情敌供萧炎练习武力。

根据人物在小说中的功能与行动，可将《斗破苍穹》中的人物形象分为对立的两大群体，同一群体的人物可分为"保护者""协助者""需帮助者"三种类型，敌对群体的人物则成为该群体的"破坏者"。属于同一群体的"保护者""协助者""需帮助者"和对立群体的"破坏者"相互依存，构成一个整体。"保护者"的功能是提供保护与帮助，"协助者"的功能是协助"保护者"或单独提供帮助，"需帮助者"的功能是接受"保护者"与"协助者"提供的帮助，而"破坏者"的功能是破坏乃至毁灭敌对群体，尤其是敌对群体中的"需帮助者"，因为"需帮助者"往往具有巨大的发展潜力。

需要指出的是，由于人物处于成长过程中，因此，同一个人物可以在不同角色之间相互转化。当然，相对于敌对群体，该群体的人就始终是对象群体的"破坏者"。不过，敌对群体中的某些人物可以转换阵营，成为另一阵营中的成员。但对立的阵营则一直存在，直到小说结束，对立阵营中一方被另一方消灭或完全吸收同化。

---

① ［俄］弗·雅·普洛普：《故事形态学》，贾放译，北京：中华书局，2006年版，第18页。

由于《斗破苍穹》涉及的人物众多，敌我双方的成员也在不断变化，故而，按照小说大部分篇幅中处于对立状态的群体归属，可将《斗破苍穹》的人物分为萧炎方和魂殿两大群体。萧炎方在小说中最后形成了一个联盟，因此为了称呼方便，此处行文称萧炎方为炎盟，与炎盟对立的这一群体即为魂殿。在此我们分析几个主要人物的功能。

首先是炎盟。主人公萧炎刚开始是"需帮助者"，在药老的指导下迅速成长，后来又在天火尊者的帮助下成长。萧炎的实力修炼到一定阶段后变为"保护者"，比如救师，此时的"协助者"是风尊者、小医仙、天火尊者等，再如救父，此时炎盟之人都成了"协助者"。萧炎的成长过程可以概括为从"需帮助者"转变为"保护者"的过程。

药老刚开始是"保护者"，给萧炎提供保护与指点。药老被魂殿抓捕之后成了"需帮助者"，等待被救走。药老被萧炎等人从魂殿救出之后成了"协助者"，与其他人一道协助萧炎救父、抵抗魂殿。在这个过程中，药老从"保护者"最终转变为"协助者"。

薰儿在小说中始终是"协助者"，鼓励、帮助萧炎。美杜莎刚开始是萧炎的敌对者，后来成为萧炎的"协助者"。小医仙的角色在"需帮助者"与"协助者"之间转变，而等到小医仙的厄难毒体被制服之后，便完全转变为"协助者"。

其次，从始至终一直作为炎盟群体敌对方存在的魂殿，成为炎盟的"破坏者"。魂殿群体也有"保护者""协助者""需帮助者"，实力强大的往往是"保护者"，实力弱小的通常是"需帮助者"，其他人物则成为"协助者"。

通过分析，不难发现炎盟群体中萧炎从"需帮助者"转变为"保护者"，其他人最终全转变为"协助者"，呈现出鲜明的人物层次序列，由此也可以看出萧炎这一人物形象在小说中的核心地位。而敌对方魂殿实力的庞大，使得炎盟（主要是核心人物萧炎）不得不在战斗中逃避，在逃避中提升实力，继而再次战斗。由此，精彩的故事情节在双方的博弈厮杀中展开。

敌对双方的实力大体均衡，形成了初始的平衡状态，主人公则在此过程中辗转腾挪成长，而随着主人公实力的增强矛盾逐渐扩大化，从而打破了双方的平衡。而对立双方与四种角色类型的存在及相互转化，使得故事情节的发展变化跌宕起伏，让人目不暇接。

事实上，从人物行为与功能上讲，中国文学尤其是通俗文学的人物形象一直存在着两大阵营与四种类型的划分。因为，通俗文学尤为重视故事情节的生动精彩，而敌对双方的存在及其复杂激烈的斗争则是确保故事情节生动精彩的重要方法。人物形象对立双方和四种类型的划分这一谱系虽然源远流长，内含人物形象众多，也有不少表现出人物形象成长内涵的作品，但在玄幻小说中有代表性的成长者人物形象却并不多。因此，《斗破苍穹》中萧炎这一成长者人物形象的出现，既延续了这一文学人物形象谱系，又对其进行了完善发展。

3. 情节模式与叙事话语

人物形象在情节展开过程得到塑造，那么，《斗破苍穹》的情节表现出什么特点呢？模式化。

模式化在《斗破苍穹》里的表现就是重复叙事，相似的事件多次出现，由此营造出一种熟悉感。对此，陈平原评论道："大众文学最常被人诟病的'熟悉感与公式化'……是它作为'文化商品的属性'决定的，不能在轻车熟路的阅读中满足读者预期的阅读快感的，就无法在消费市场上得到肯定。"① 陈平原从创作动机角度进行的分析，能够部分解释《斗破苍穹》情节的模式化，但说服力显然不够。因为，当作家创作时，随着创作的深入，小说人物开始具有自己的思想与行动，会与作家的创作动机发生冲突。这种情况下，作家想要如此创作，但人物却并不如此行动，因为人物在小说中所处的情形不允许。所以，普希金说："达吉娜给我开了一个多大的玩笑，她竟然嫁了人！我简直怎么也没想到。"事实上，《斗破苍穹》情节的模式化更大程度上是由人物的功能化决定的。普洛普认为："变换的是角色的名称（以及他们的物品），不变的是他们的行动或功能。由此可以得出结论说，故事常

---

① 陈平原：《陈平原小说史论集》，石家庄：河北人民出版社，1997年版，第1457—1458页。

常将相同的行动分派给不同的人物。"① 正是由于人物的功能化，加之人物性格不鲜明，所以才会营造出"变换的是角色的名称（以及他们的物品），不变的是他们的行动或功能"这种效果，似乎人物就是按照相似的公式塑造出来，而熟悉感自然而然也就有了。

《斗破苍穹》情节的模式化有多处表现。首先，萧炎初上云岚宗之前参加的丹会，与参加丹塔举行的丹会相似。其次，在加玛帝国萧炎与云岚宗起冲突，最后覆灭云岚宗。在黑角域，萧炎与黑角域的地头蛇发生冲突，最后统一黑角域。在中州，萧炎与天冥宗、风雷阁等发生冲突，又是萧炎胜出。当然，最大的矛盾冲突是萧炎与魂殿，最后胜利者依然是萧炎。其他的还有萧炎与人战斗多是越级打败对方，萧炎修炼突破也有多次描写。这些相似的场面、事件在不同背景下出现，除了参与的人物名称、身份发生变化外，实质并无太大不同。但是需要指出的是，情节模式化本身并不是弊端，因为按结构主义的观点来说，情节模式本就大同小异，关键是如何叙述。《斗破苍穹》的情节模式虽有雷同之处，但依旧呈现出变动性、多样性，建构出生动精彩的情节，比如丹塔举办的丹会比加玛帝国的丹会多了一个丹界的考验。因而，总的来说《斗破苍穹》的情节模式还是非常优秀的。

故事情节是通过叙事话语存在的，换言之，正是通过叙事话语表达，《斗破苍穹》生动精彩的故事情节得以呈现出来。《斗破苍穹》中有些事件是同时发生的，但在叙述时只能有先有后。由此可以发现，小说里涉及的时间有两种：叙事时间和故事时间。叙事时间即叙事文本对诸事件的先后叙述顺序，事实上通过读者的阅读顺序表现出来，是经作者创作加工后呈现出来的文本秩序，而故事时间是小说讲述的故事实际发生的时间顺序。

《斗破苍穹》里的叙事时间几乎都是萧炎的时间，即按萧炎身上发生的事件的顺序叙事，其他与萧炎做某事时同时发生的事件借助叙述者解释进行介绍，这种处理凸显出萧炎的重要性，使得萧炎成为中心人物。

---

① ［俄］弗·雅·普洛普：《故事形态学》，贾放译，北京：中华书局，2006年版，第17页。

叙事时间有多种表现：首先是叙事顺序，包括倒叙、插叙等；其次是时长，区分标准是话语与故事时间之间是否同步；再次是频率，即故事时刻与话语表现的关系。

《斗破苍穹》开始时萧炎已经是废柴了，此后通过倒叙与插叙叙述了萧炎成为废柴前与成为废柴时的状态。由于小说视角以萧炎为主，所以发生在其他人物形象身上的事件多以插叙形式进行介绍，如萧炎再次见到小医仙时，小医仙已成为毒宗宗主，并以插叙的形式补叙了发生在小医仙身上的事情，如视小医仙如己出的两位老人因她而死。小说中还存在多处预叙，如"不管从何种角度上来看，少年，似乎正在以一个恐怖的速度，进行着蜕变，当这种蜕变完成之后，会让任何人感到震撼"。至于时长，由于小说中存在大量对话，使得话语与故事之间的精确同步成为可能。而闭关修炼时，叙事速度很快，简单几句话，就是数月乃至一年时间。

至于战斗场面，如萧炎与纳兰嫣然的比试持续数章，以及拍卖场发生的事件，比如萧炎在黑角域参加的拍卖会也持续数章，由于存在大量人物对话以及叙述者解释，使得叙事速度变慢。由于这类事件涉及双方甚至多方的博弈战斗，所以叙事速度减缓有助于建构精彩生动的情节。而频率也在人物修炼情节表现得最为明显，因为修炼每小时、每天乃至每月所做的事大体相同。由上述分析，可以发现《斗破苍穹》在叙事时间方面有精彩的表现。

故事情节的精彩还与叙事话语表达采用的叙事技巧有关，《斗破苍穹》采用了多种叙事技巧营造审美效果，最终建构出一个新颖奇异迥别于前在作品的文学世界。网络小说热衷采用"扮猪吃老虎"这一叙事技巧，其实质是情节的前后反转。相异在于，扮猪吃虎在小说中的跨度很长，直到最后时刻才让其他人物恍然明白。如：

> 小公主贝齿轻咬着红唇，眼眸中的震撼缓缓褪去，目光扫向萧炎，想起先前的那番态度，眸子中闪过些许无奈与愤愤："这家伙，故意隐藏实力让人看不起，有受虐病啊？"

小公主的震撼发生在萧炎实力逐步显露的篇幅很长的叙述之后。同时这一技巧暗寓道德训诫：尊重每一个人，切勿以貌取人。反转这一技巧有助于在简短的篇幅内营造戏剧性效果，因此在《斗破苍穹》中经常见到，如萧炎答应炼制天魂融血丹时营造的反转。

《斗破苍穹》叙事话语表达的另一显著特点是大量拟声词的应用，如砰、嘭、轰、嘶、咻、哈、噗、咝、呼、叮、嘎吱等。这些拟声词多出现在战斗场面，带来强烈的视觉感、听觉感、画面感与真实感，营造出身临其境的效果。拟声词的使用与跨媒介叙事有关，跨媒介叙事指一种媒介跨越自身擅长表现的范围去表现另一种媒介擅长表现的东西。声音或者听觉效果是影视媒介擅长的，而小说借鉴影视媒介去表现声音便形成了跨媒介叙事。

语言媒介叙事特点的变化与社会存在的变化有关，海德格尔早在社会进入读图时代之前就曾做过预言。海德格尔指出，我们的社会将进入读图时代。他说："世界图像并非意指一幅关于世界的图像，而是指世界被把握为图像了。"[①] "当人类身处的世界被裹挟进入到读图时代后，文学接受群体潜藏的各种因素得以被激发。他们将不再满足于被动地接受作家'闭门造车'完成的作品，而是希望能够在阅读中获得感官的刺激，并将此种刺激的获得与否作为评价文学作品的重要标准。"[②] 海德格尔没有提到跨媒介叙事，但文学想要给读者感官效果，跨媒介叙事是一条不错的路径。《斗破苍穹》对拟声词恰到好处的应用，使其具备了跨媒介叙事的特征，建构出别具一格的审美效果。

蠡勺居士说："予则谓小说者，当以怡神悦魄为主，使人之碌碌此世者，咸弃其焦思繁虑，而暂迁其心于怡适之境者也。"[③]《斗破苍穹》生动精彩的故事情节往往使读者暂时忘却现实生活的焦思繁虑，获得审美的愉悦。故事情节属于经典叙事学叙事概念中故事（内容）

① ［德］马丁·海德格尔：《海德格尔选集下》，孙周兴选编，上海：上海三联出版社，1996年版，第899页。
② 陈晶、薛圣言：《从〈花千骨〉看网络小说改编电视剧的叙事策略》，《当代电视》，2015年第10期，第44页。
③ 罗书华：《中国小说学主流》，上海：上海书店出版社，2007年版，第202页。

的范畴，而话语则是故事内容得以传达之结构，《斗破苍穹》在故事和话语两方面都展现出别具一格的特点。它的故事内容影射出的深层结构和现实社会的复杂状况勾连起来，而其人物类型在延续了传统文学人物谱系的同时又对其有所增益发展。它的叙事话语表达表现出丰富多元的特点，尤其是对叙事时间与叙事技巧多角度、多层次的灵活应用，使得故事情节呈现出更为丰富多彩的面貌。总之，《斗破苍穹》作为网络小说的代表作品在故事（内容）和话语（表达）两方面都有独特的表现。

树下野狐的《搜神记》、辰东的《遮天》以及江南等作家共同创作的九州系列等等，从文本题名、世界观设定到人物形象塑造、佛道同源文化预设等都有着俯拾皆是的中国神话故事元素。

当然，同属玄幻架空类型的《斗破苍穹》，概莫能外。炎帝、神农老人、青鳞、彩鳞等人物形象命名，太虚古龙、天妖凰族、九幽地冥蟒族等魔兽种族设定，莽荒古域、玄黄要塞、九幽黄泉、虚空雷池等空间想象，以及斗气修炼方法、灵魂攻击、灵魂分身、灵魂不灭、肉体重塑、丹药奇效、九品丹药幻化人形之类桥段的设置等，皆是对中国神话故事所建构的时空观、种族观以及生死观的承继和创造性转化。此处仅截取天墓时间的悖反流速片段，简要分析天蚕土豆承继中国神话故事文脉并创作成当下流行文化的技术秘密。

古族的天墓是一方玄妙神奇的修炼空间，它除了提供堪比高阶丹药之效的远古强者能量印记，更能供给比外界流速缓慢很多的修炼时间，天墓五天相当于外界一天。这于修炼者而言，无疑是绝佳外挂。毕竟一切的天材地宝都是辅助，唯有充足的修炼时间才是晋级的核心保障。假定资质资源基本相似的两个修炼者，一个于天墓苦修，另一个居于外界，前者因得可资利用的时间是外界同类的五倍，常会取得比外界同类要高很多的成就。譬如第一次进入天墓待足三年的石族青年便由七星斗尊晋升至八星斗尊，令得外界仅过半年之时的一众青年才俊们羡慕不已。这一悖反的时间流速设置，与中国神话故事中"天上一日，地下一年"本质相同。都是用相异空间中时间流速的悖反来记述个体在不同空间中的时间感受，或者说个体对时间的利用效度。

不同的是《斗破苍穹》将神话故事的这一悖反时间流速反向挪用：神话故事中作为异空间的"天上"时间流速比现实空间"地上"快三百多倍，《斗破苍穹》异空间天墓的时间流速则比外界要缓慢五倍。此种时间速率备受读者欢喜，在感叹天墓神奇之时，亦能舒缓日常累积的时间焦虑。现实中为了学业优秀或者业绩亮眼，时常压缩吃饭睡觉休闲等一切可以利用时间的他们，忍不住 YY，将此刻按下暂停键，在平行时空中将完成任务需要的一切能力从容提升，然后返回现在，一切的难题全都轻松搞定，真爽。

触及读者爽点的桥段，天蚕土豆从来都不会只用一次，悖反的时间速率亦是如此。萧炎再进天墓的情势、动机、遭遇以及收获，引发了读者更为强烈的共情。不到半月时间，即将与实力强大的魂族对决。半个月仅够一次小小修炼，进入天墓也不过两月之数，复活与魂天帝有抗衡能力的先祖也无可能。时间速率悖反的金手指再次开启，且差异率翻至六十倍之多。天墓之墓出场，其间一年，天墓仅为一月。如此折算之后，外界半月可被拉长至两年。时间问题迎刃而解，再辅以天墓之魂灵魂本源的形成、抽取、炼化等奇异情节，又一个精彩小故事新鲜出炉。此种折射现实情感结构的改写和反复，既拉长了文本篇幅，又满足了读者阅读快感，商业获利也自丰厚。

2. 中国现代通俗小说的借鉴与变异

中国现代通俗小说体系庞大，源远流长。其萌发于晚清，成熟于20世纪的前三十年，并在50—70年代的港台通俗小说中得以发扬光大，八九十年代在大陆再次勃兴，及至当下的网络类型文学当道等等，不一而足。置身于此无边的中国现代通俗小说文脉，《斗破苍穹》受惠于此、受制于此，甚或抵抗和添加都在所难免。此处择取与之关系最密切的同代网络类型小说为比照对象，概要厘析天蚕土豆于中国现代通俗小说文脉的借鉴与变异之术。

当2009年4月14日天蚕土豆在起点中文网上传发布《斗破苍穹》之时，中国玄幻小说作为网络类型小说的重要类别已有了迹近十年的历史。彼时年仅二十且涉足这个文类不久的他，凭借什么进行创作呢？长期阅读网络小说所积累的主题、人物形象、专业术语、故事结构及梗等库存，是他最为重要的创作源泉。

事实上，《斗破苍穹》是标准的"博采众家之长"之作。除了少年热血奋斗主题和练功升级结构的玄幻标配外，在故事具体讲述中，也吸纳了许多同类或异类网文的精华。譬如当下广为流传的"退婚流"、"随身老爷爷"梗、开篇即"挖坑"的故事设定等，皆是拷贝而来。但有意思的是，它们不但没被界定为抄袭反被视作天蚕土豆首创，究其原因主要得益于他的扩容之功。由是，如何扩容，扩容什么，便成了值得探究的问题，厘析它们既可获取《斗破苍穹》文脉中当下网络类型小说的相关元素，又可为目下网文界争端频发的"抄袭事件"提供一些鉴别方法。因篇幅所限，此处仅以"退婚流"为例展开分析。

早在《斗破苍穹》之前，"退婚式羞辱"在女频言情小说的开头已屡见不鲜。其一般情节模式为：女主遭男二或男配退婚之时，要么男主出手、要么女主凭借外挂现场打脸男二或男配，羞辱当场得报，新的故事情节开启。

《斗破苍穹》的纳兰嫣然退婚事件借用了这一模式，但做了多处改编和扩充。首先，退婚者身份做了调整，原来的女主被退婚换成了男主被退婚。看似简单的身份置换，却是文本埋下的第一个吸睛悬念。毕竟在男频后宫文读者眼中，男主皆是被美人们众星捧月，让她们争风吃醋的存在。被退婚实属不按套路出牌，读者吃惊之余，忍不住想看后续是否会有反转。其次，即时即报的羞辱被延宕为三年之约。纳兰退婚现场，萧炎的正面驳责和休书放送已证明了他作为男主的勇猛强势，读者期待男主翻盘的心理预设基本被满足。但天蚕土豆别出心裁地荡开一笔，"三十年河东，三十年河西，莫欺少年穷"将读者的胃口拔高，退婚羞辱再次被激活且强化，三年之约的实力打脸成为新的期待。萧炎成长的第一目标和文本的篇幅推进都有了保障。此外，纳兰嫣然对强大的萧炎爱而不得，也是一个亮眼添加，再次佐证了"莫欺少年穷"的认知，提升了读者的阅读快感。

需要补充的是，《斗破苍穹》的"随身老爷爷"设定和知识体系也是同类网文精华的合成。譬如"随身老爷爷"沿用了"我吃西红柿"《盘龙》的设定，但从名字、技能到过往遭际和之后命运皆做了大幅改动。可以说《斗破苍穹》的大红大紫，与他以读者愉悦为准星，从类型中来到个性中去，从拷贝中来到集成扩容中去的写作方法和动机干系重大。

3.古希腊文学元素的移植与本土再造

古希腊文学内容博大、品类丰富，希腊神话、《荷马史诗》、抒情诗、《伊索寓言》、古希腊悲喜剧等皆是文学国度的灿烂明珠。其关于雅典娜、波塞冬、维纳斯、俄狄浦斯王等神与半神们的各种爱恨情痴之类的故事，在中国广为流传且喜爱者甚众。如此丰厚的文脉宝藏和接受语境，市场口味敏感的网络玄幻写作者们当然忍不住借用点相关元素。

在《斗破苍穹》中国古风浓郁的人物姓名谱系中，美杜莎女王无疑是最为特异的存在。她人还未现，作为蛇人部落女王的艳名和凶名已天下流传。出场之时九星斗皇巅峰、人面蛇尾的她为冲击斗宗，本体进化为七彩吞天蟒，灵魂融合彻底化形为魅惑女神，后又进化至九彩吞天蟒，实力不断攀升。只是颜值、实力、性格如此炸裂的她，竟然在被萧炎强上之后迷之尴尬地爱上了他，一心一意地作为彩鳞，为萧炎养儿育女打理内外事务，活成了萧炎甚为满意的妻子模样。古希腊神话故事中被征用了名字的蛇发女妖如若穿越至斗气大陆，与她怕也是话不投机吧。

古希腊神话中的美杜莎，以蛇发女妖的独特形象和石化他人的超能力屹立于经典文学人物长廊。只是，这并不是她最初的样子。她曾经是美丽的少女，后因情感纠葛被雅典娜诅咒，才沦为了丑陋海妖。她的故事展演的是神与神、神与人的权利抗衡，以及两性纠葛和善恶杂陈的人性悲歌。

不过，天蚕土豆对于蛇发女妖美杜莎的移植，并没有从微言大义出发。为了满足男性读者对美丽女性的"凝视"和征服需求，"缠着龙鳞的头、像野猪一般的獠牙、青铜的手爪和金色的翅膀"全被舍弃，以中国古代神话中姿色无双的女娲之人身蛇尾替代，但其被男性强占的命运却被保留，女娲复仇于纣王的本土故事没被征用。中外两大女神叠加后的美杜莎女王成了笔者前述的模样。有美杜莎的名字，但没有她勇于抗争的精神；有女娲的美丽，但没有她悲天悯人的地母精神；有两大女神一样的强大实力，但没有与她们等量的勇敢和自信。从美杜莎女王到彩鳞的姓名之变，不是单纯的命名迁移，而是神性的丧失，现实空间中女性的"第二性"悲伤在她的人生中弥漫徘徊，难以断舍离。

可以说，天蚕土豆从商业逻辑出发，依据自己置身的中国当下性别语境和男性青年读者的性别认同，对美杜莎所进行的本土化改造，不经意间投射出了中国当下本真的性别图景。由是，《斗破苍穹》在被视作玄幻经典被解读时，才在精神的维度上多了一丝丝底气。

4. 西方魔幻小说的挪用与重组

此处谈论的西方魔幻小说与西方魔幻现实主义小说无关，专指魔法幻想类小说。其通常会建构一个别异于现实世界的"架空世界"，并用魔杖、魔法、魔力、魔戒、魔兽、魔咒等魔法物质形态和秘法系统为这个世界立法。英国作家 J.R.R. 托尔金是此类小说的公认鼻祖，他于 1954 年推出的《魔戒》三部曲则是经典之作。迄今为止《魔戒》系列被翻译成 60 多种语言，发行量仅次于《圣经》，总销量超过了 1.5 亿册。其开辟的那个没有人类，只有"精灵""霍比特矮人"等非人类种族的"中洲"世界，在全球广泛流传。及至 20 世纪 90 年代末期，J.K. 罗琳陆续推出的《哈利·波特》系列接续了这一魔幻传统，并将21 世纪全球魔幻小说的热潮带到了一个新的高度，九又四分之三站台和霍格沃兹学校几乎成了一代年轻人的青春徽标和国际化交友密码。如此狂热的流行，自然催发了中国网络类型小说写作者们的群起效尤，奇幻玄幻、穿越架空之类的幻想小说在网文界很快便蔚为大观。

《斗破苍穹》的文脉中有着显明的西方魔幻小说元素，譬如名为中州的异空间、魔兽山脉、魔兽、魔核、佣兵团、天焚炼气塔、菩提树、雅妃·米特尔家族等。但是，其不是魔幻小说，而是有着一定魔幻因子的东方玄幻小说。只因为，天蚕土豆完全弃了西方魔幻小说的宗教意识之魂，仅挪用曲折离奇的情节模式、新奇的生活方式习惯和天马行空的幻想世界等形式元素，且多做了中国化处理。下文主要围绕种族设定进行厘析，以窥重组秘诀。

首先，魔兽种族设定。《斗破苍穹》采用了西方魔幻关于魔兽的设定，但又用中国神话故事中的兽类形象进行了窜改和压缩。别异于西方魔幻中魔兽的丰富种类，文本中有名有姓的魔兽种族并不多见。太虚古龙、天妖凰、九幽冥地蟒、七彩吞天蟒、九彩吞天蟒、远古天蛇、远古战熊、天毒蝎龙兽、青鸾族、噬金鼠族、噬石魔蚁、蛇人部落差不多就是全部家底。且这些魔兽种族，除了噬金鼠族和噬石魔蚁，基本都是龙凤的近亲家族。龙凤是中国神话故事中的主打神兽，而龙是蛇的进化，关于它们形象、类别、喜好、威力、居住地及互动关系的记述颇多。譬如《山海经》如此记载应龙：居处南方，"故南方多雨"，而烛龙"不食不寝不息，风雨是谒"；"蛟千年化为龙，龙五百年为角龙、又千年为应龙。"据此对照《斗破苍穹》，太虚古龙的龙皇名为烛坤，性格向来高冷的美杜莎女王对紫妍照顾有加，也就源有所本了。

第二，人兽相互化形，共存共处。《斗破苍穹》的所有种族，无论是人、兽、植物还是丹药、雷电、火石等无生命物体，都可吸纳天地日月精华以修炼本体。久而久之，植物、动物或非生命体，能够化形为人，获得法术神通，说人话，习人性，过人生，虽是妖精怪，但与人完全无殊。若临困境，可随时以本体出战。譬如美杜莎女王本体为蛇、陀舍古帝为异火、紫妍是太虚古龙、凤青儿为妖凰等。人通过不断的修炼，积聚的斗气能量除了斗气化翼地驭空飞行外，更能在战斗之时，依据自己的功法和斗技，凝聚为相应的某种魔兽或者雷火冰土等样态，从而增强战力，譬如萧战的狂狮怒罡、萧炎的三千雷动、异火恒古尺等。同时，人与妖精怪等不仅可以共处为朋，还可以婚配生育。譬如萧炎与紫妍的肝胆相照，与美杜莎女王结婚育女等。

不过，在典型的西方魔幻文本中，异空间种族谱系通常不设人族，且不同种族之间很少相互转化，精灵不会变成矮人，巨龙不会变成吸血鬼。这一种族间的相互化形和共处方式，灵感同样来自中国神话故事。《山海经》《淮南子》《封神演义》《西游记》《白蛇传》《唐传奇》等对此类故事，皆有不少记载和重述。由此可言，《斗破苍穹》中人、兽与非生命体之间的相互化形及同处苍穹，是天蚕土豆融合中西魔幻元素后的重装升级，既具异域的新奇，又有陌生的熟悉，为中外受众提供了可资共赏的阅读快感。

5. ACG 文化的沉浸与内化

ACG 文化起源于日本，借助网络传播，风靡全球。ACG 是英文 Animation、Comic、Game 的首字母缩写的合称，用来指称以动画、漫画和网络游戏为核心载体的亚文化品类。大多数中国青年都受到了此种文化熏染，看动漫和打网络游戏甚至成了 80 后、90 后乃至 00 后们青春年少时休闲生活的标配。天蚕土豆在一次访谈中曾言整日在网上看小说打游戏的他被父母视作了问题少年。长期沉浸 ACG 的他，写作之时，ACG 所特有的类别载体、想象系统、故事模式甚至是精神因子在其字符中跃动、组合、重生，在所难免。《斗破苍穹》的 ACG 文化属性主要体现在对于网络游戏和日本动漫的移植和剪裁，以下就此做简要厘析。

首先，网络游戏数据化的借鉴和窜改。《斗破苍穹》是玄幻练级小说，其打怪升级换地图的主体结构，与网络游戏的升级逻辑基本一致。其情节模式为：开篇即抛出世界设定和等级制度，同时呈现主角萧炎的困境，之后以其修炼和晋级为线索，近乎等距离地反复铺陈章节，与网络游戏的选择场景、设定角色、接受任务、逐级提升模式不谋而合。但是，在文本具体建构中，打破网游游戏运行规则，也是惯用手法。

网络游戏的等级设定以数据为载体，呈现出明确的数量化、刻度化和单元化特征。《斗破苍穹》的力量体系设定受此影响，亦采取了最为直观的量化设计。核心力量斗气分为十个等级，其中每个等级又由九个境界构成。斗气功法和斗技分为四阶，且每阶又分解为三级。炼药师体系中的丹药，则被设定为十品。等级之间、阶别之间壁垒分明且差异巨大，为修炼者判断个体实力强弱提供了清晰的度量衡。

只是，在具体战斗场景中，这种源于网络游戏的森严等级会因为主角光环和换地图需要，而随意修订。譬如在加玛帝国场景中，多次反复渲染斗宗的难以企及和恐怖实力；及至中州斗宗变成了蝼蚁般的存在，斗尊才是世所罕见的强者；等到萧炎晋升斗圣后，斗尊突然就遍地开花了。此种人为的"级别消失"和战斗系统膨胀，固然满足了读者碾压他人的优越快感，却也伤害了等级设定标准的客观性和逻辑性，广为流传的"斗宗强者，恐怖如斯"无疑是读者对此的不满和嘲讽。

其次，日本动漫主题的模仿与增减。伴随着中国互联网的飞速发展和中日跨文化交流的渐趋深入，日本动漫文化不断地在中国开疆辟地并风靡于不同代际的普罗大众，尤以80、90两代受其影响最深。《海贼王》《七龙珠》《火影忍者》《银魂》等是这两代人心中难以忘怀的"网红"。其热血励志的奋斗主题被他们刻印于心，时常回味。彼时年仅二十且痴迷网上冲浪的天蚕土豆，在《斗破苍穹》中重现这种"少年情怀"，可谓合情合理、有料有材。

《斗破苍穹》讲述的少年逆袭故事，与日本动漫的热血主题高度契合。青春的生命因得实力不济、地位低微而备受欺辱，在金手指加持下，某种曾被压制的力量觉醒，后来便走上了高歌猛进的反击之路。只不过，这热血之程的细部推进大有不同。《斗破苍穹》的主角光环过于炫目，萧炎最终晋升为斗帝，运用的基本都是他的个人能量，成长的目标也只是简单粗暴地变强再变强，是孤独的个人英雄。尽管药老、薰儿、美杜莎女王、风火尊者等皆有帮扶之功，但他们不是萧炎同仇敌忾的并肩战友，而是成就萧炎的附庸，独立意识、理想情怀和性格特色不甚分明。日漫的热血则是由主角和一众肝胆相照的兄弟共同造就，他们之间完全平等，每个人都是独特的自己，为了共同的人生大道而聚集成团。可以说，除了表面的少年热血之外，较之动漫，《斗破苍穹》在人际关系的刻画和头顶的星空方面还有一定的进步空间。

6. 结语

毋庸置疑，《斗破苍穹》是一部优秀的玄幻小白文。天蚕土豆以满足男性青年读者的爽感为"思想模式"，在古今中外幻想文学和当下ACG 文化的矿藏中，杂取种种，点染出了一个优秀的架空故事。"废柴逆袭""退婚流""随身老爷爷"等都因得他富有技巧的文脉借鉴和重组，转化成了可以直接挪用的写作模板。《斗破苍穹》大热之后，许多跟风作品纷至沓来，足证其贡献的模板是多么实用和好用。也正是在这样的意义上，《斗破苍穹》被视作了"小白文"教科书，晋身成了当下玄幻小说文脉的最新资源。

但是，天蚕土豆混杂古今中外文脉的标尺和技术，还存有一定局限。以目标读者群体需求为标尺，使得其汲取文脉时取奇观舍肌理，故事甚为精彩和走肾，但细品和回看则有些后劲不足，毕竟反转打脸和颜值正义的内核稍微单薄了些。《斗破苍穹》人气与口碑反差的原因，也大抵在此。虽然此乃时代风气使然，天蚕土豆难以幸免。可是"黑夜给了我黑色的眼睛，我却用它寻找光明"，再加文脉坐标系的纵横比对启示，将"爽文"写得意蕴丰富还蛮可行可期。

由是期待，天蚕土豆和网络玄幻有一个更为美好的未来。

第六章

接受与传播：海内外的混响

如果说网民会为《斗破苍穹》在论坛、贴吧的评价中"开撕"，无非聚焦在这部书究竟是写得好还是写得烂，这也决定了读者从接受维度看《斗破苍穹》在网络文学谱系里排在什么位置。当然，总有人会在"开撕"的帖子"楼"中跳出来以事实胜于雄辩的方式告诉你："每一部成功的网文都有可取之处，不然你以为那几十上百万的读者都是傻子吗？"这话初听没啥见解，其实还是有道理的。因为个体的读者眼中的好与不好是个人品位和批评标准问题，可网络文学难道不是一个靠大众"用脚投票"的时代创作样式吗？当一部书兼顾了更多数量的读者驻足、消费、喜乐、议论直至浸入记忆之后，这其实就是大众流行文艺最大的成功。

像《斗破苍穹》这样会被动辄拿出起点中文网点击率1.6亿多人次等等数据说事儿的情形，虽然定会成为专业精英读者群落极为反感的数据论与论数据，可网络文学史的构成中最重要的一条原则，恐怕就是要落实这种由大众选择形成的"不讲理"和霸气。所谓的网文经典或者对它的经典化很大程度上是建立在理解、认可大众选择的结论之上的，换句话说，专家们拿艺术的标尺进一步量度网文，不说是"马后炮"，但也必须认真地说是"两结合"，否则会偏离网络文学的自身特征，也会分裂网络文学与大众文化在中国逐渐发展变化的"场域"生成规律。所以，确实是"每一部成功的网文"所积淀的大众接受情况，都非常值得专家们做学术研究、审美提炼时消化和参照，关键是《斗破苍穹》还不是一般的大众市场的成功，而是超过了一定阈值后跃迁为"超级 IP"的一时无两的作品。

1. "底层"／"废柴"：巨大人群的精神幻化

主人公萧炎的人物设定其实并非底层青年。萧家祖上乃是中州世界的远古八族之一，即便没落后避居乌坦城，萧家所经营的集市与加列家族、奥巴家族并列，并非全无地位的社会底层。继承了萧家血脉力量的萧炎是复兴家族辉煌的人物，只是在小说开篇萧炎"莫名其妙"地成了"废柴"，遭受了家族内部其他势力的质疑和羞辱，成了无法修炼的"小人物"。对于这名曾经的少年修炼奇才来说，废柴之名、废柴之辱来得蹊跷但也无法摆脱，失落坚忍之际，偏偏指腹为婚的女方、云岚宗少主纳兰嫣然要求"退婚"——读者所谓《斗破苍穹》是"废柴退婚流"（废柴流＋退婚流）的代表作，也是从这样的身份处境来定义的，它们构成了小说开篇萧炎这个人物的戏剧性、命运困顿、行动方向和"谜"一般的悬念（为什么会突然无法修炼？接下来还会发生什么？）。

废柴萧炎，依然会吸引大量现实生活中的社会中下层乃至底层读者，我想，依靠的有以下几项法宝：

一、玄幻小说固有的天马行空的想象力——形成玄幻小说的虚构美学技法，区隔于现实生活的频率；

二、解决问题的 YY 式快感——萧炎一出场就都是问题、都是困境、都是压抑和委屈，让相应的读者有了潜意识的认同感、代入感，接着作者帮助大家解决这些麻烦，使得主人公有了开挂人生，有金手指，有随身法宝，愈来愈厉害，愈来愈成功，无限能力放大了读者对未来的期许；

三、热血和励志——这是小说内外两个世界最终都认可的世俗基础价值观，没有热血的人生不值得过，人不励志没有出路；

四、龙傲天文、种马文的男性中心主义——虽然萧炎的成长史中始终伴随女性的理解、同情、爱和共同奋斗，但其实变换着几种男女模式让所有优秀的、美丽的女子都喜欢上了萧炎，成为一种准"后宫"

模式。但无论是萧炎还是他的红颜知己们，思想行为无疑是男性中心的，客观上给男性读者制造了本能心理（男权文化）的爽感。

网络小说以男频类型文为代表的基本特点都跟以上四点有关，《斗破苍穹》只是把它们融合得特别到位、特别精彩。这些可以说是网络文学的基本功能，也是网络文学与现实社会生活的基本关系，即逃避和补偿，本能实现和理想实现。

写到这里，不得不提醒诸位关注一个细节，《斗破苍穹》530 余万的文字巨餐中嵌入（更准确地说是淹没）着另一个一闪即逝、不到 300 字的几近作废的"副本"，它才是被废了的"柴"——它在正常的《斗破苍穹》阅读和评论中可以忽略不计，因为事实上对全书没有什么实质性作用，但当我们谈到该小说和当下现实人生的关系，以及"废柴"情结的问题时，它其实是不能不说的。它是天蚕土豆在上述角度，也在自己的意识领域中，为《斗破苍穹》和萧炎开的一个程序级的"后门"。就在全书第二章萧炎的心理活动中，留下了这么几句文字：

> "十五年了呢……"低低的自喃声，忽然不着痕迹地从少年嘴中轻吐了出来。
>
> 在萧炎的心中，有一个仅有他自己知道的秘密：他并不是这个世界的人，或者说，萧炎的灵魂，并不属于这个世界，他来自一个名叫地球的蔚蓝星球，至于为什么会来到这里，这种离奇经历，他也无法解释，不过在生活了一段时间之后，他还是后知后觉地明白了过来：他穿越了！
>
> ……
>
> 在前世，萧炎只是庸碌众生中极其平凡的一员，金钱，美人，这些东西与他根本就是两条平行线，永远没有交叉点，然而，当来到这片斗气大陆之后，萧炎却惊喜地发现，因为两世的经验，他的灵魂，竟然比常人要强上许多！

"庸碌众生中极其平凡的一员"，即泯然于众人；"金钱，美人，这些东西与他根本就是两条平行线，永远没有交叉点"，现实世界的成功丝毫不曾眷顾这位"斗气"世界最终的"斗帝"大佬，没有金手指、没有随身法宝，没有……没有！

上述不足300字的信息之重要性在于，它透露了即便这样一部天马行空、异界人生的超级长篇，依然映衬出现实的基因，它同样是巨大人群精神世界的幻化，它的走红有其读者接受上的合理性即其深刻的内在的社会文化逻辑。

我们不妨来看看普罗大众阅读接受时的一些观点：

> 这是一本成长类小说，没有虎头蛇尾，很不错。在本书中，主角那种坚强、不屈、勇往直前的不变决心，体现的精神中可以学到一种坚强的信念，绝对让人眼前一亮。本书排在总榜第一，不得不说，是有真才实力的。

> 看点击量就知道了，起点排名就知道了，起点那时候可没有多大的宣传，《斗破》是众多读者一票一票投出来的，虽然有些硬伤，但是剧情是跌宕起伏的。

> 《斗破苍穹》好看。这本书在用萧炎的事迹告诉我们：是英雄，总会有用武之地！还是那句话：三十年河东，三十年河西，莫欺少年穷！

> 是当今小说里的经典作品，创造了一个宏伟壮观的异世界。

《斗破苍穹》是这些意义上的经典，是这些人群意义上的经典，也是吻合网络文学今日发展之主流特征的经典。当我们说它是大众文化、流行文化的成功案例时，说的是它在市场化写作和文化工业坐标中的位置；但如果我们说它也是民间性的一部分，它在呐喊与励志间扭曲式茁壮成长，最终幻化为一个"奇观化"的样本时，其实是看到了文本中那些非常淳朴、非常简单的问题与动机最后都不得不成为"变形记"。这也是很多人读不出来的、知识分子也似乎早已无法置喙的一种巨大象征。

2."热血"/"励志"：少年成长的常态记忆

天蚕土豆自己说，他的小说"内容适合初、高中生，甚至小学高年级也能看懂。核心价值是中学生最能认同的'热血和励志'，故事都是描绘主人公如何从普通人一步步走向大英雄的成长历程。""90后或高中生更爱看我的文字，这部分人占到了网络小说读者的80%。"[1] 可见，他是有明确的读者年龄定位的市场化写作目标的，他分析甚至精研过这部分受众的喜好。

结果也非常清楚，《斗破苍穹》做到了，成为了一个代际青少年读者的集体记忆。

> 一想起十八岁，身为90后的我必少不了网文，那个时候MP3、MP4、学习机、诺基亚是我们看网文必不可少的神器。《斗破苍穹》就是我们天天讨论的话题，谁谁看到哪了，是斗王，还是斗灵。萧炎（打起这俩字我不禁感到热泪盈眶，想起了那时的青春真好）又遇到哪些奇遇，又出现哪些女角色。《斗破苍穹》就像毒一样上瘾，一直吸引着你，让你看下去，一个字："爽"。
>
> ……少年的你即使出身书香门第，欣赏水平也逃不过阅历、年龄的局限。你那个时候心里的事情很简单，无非是上学，和同学、父母之间的关系。被人欺负了想变强出口恶气。家境薄，想长大靠自己的力量减少父母的负担。希望和一个自己喜欢的温暖可爱的女孩做个朋友。而主人公萧炎正是你的同龄人，他带着你的愿望在一个异世界努力奋斗。他的那种少年热血正是唤起你基因里的那种原始冲动。而那种变强、热血仅仅在虚拟的小说中才如钢铁般的意志歇斯底里冲破所有的桎梏，在现实中我们仍是那么不堪一击，那么脆弱。没有金手指，没有奇遇，也没有解救你

---

[1] 蒋俭：《天蚕土豆，写作是非常有纪律的事》，《申江服务导报》A15版，2013年10月2日。

的天使大姐。我只想说少年那坚持，勇敢的坚持。

——《青少年时的经典〈斗破苍穹〉》

　　……我们而今怀念着《斗破》，激动萧炎的归来，我们当然不只是单纯为了小说，更为了《斗破》所承载的那段青春，那些过往，在《武动》或是其他网络小说与《斗破》的比较中，这点大概才是《斗破》取胜的关键。

——《写给〈斗破〉写给你》

　　在网上搜索、比较的时候，上面两篇文字令我感同身受，很多情愫和对《斗破苍穹》的建议意见与此处讨论的主题关系不大所以没法引用，但读的时候能够感受到作者的情感意绪，以及不错的书写修养甚至文学批评能力。当一部作品与一代人的青春记忆融合，陪伴他们度过了成长岁月，自然会产生一种记忆之美。换言之，《斗破苍穹》的确成功地完成了对一代青少年的吸引——并非无底线的勾引，它遵从并发展了玄幻小说艺术——"没有沦为异世玩乐逍遥类同时代的所谓爽文，而是在越来越高昂的气氛中奠定了少年热血的基调，并以引人入胜的情节和新奇的背景设置，在网文纪元即将开始的时间为后来者提供了玄幻的范本。"[1] 这也是来自读者的最好的肯定。

　　关于青少年网文读者，由肖惊鸿担任总撰稿的《2019年度网络文学发展报告》发布了一些最新数据：4.55亿网文用户中，"90"之后用户已超总量的70%，分别是：90后15.56%、95后18.49%和00后36.03%。付费用户中，90后占19.73%，95后占23.87%，00后占22.54%。三者之和，超过用户总量的66%。"网生代"已成网络文学接受主体和消费主力，网文用户呈现明显的迭代性。这也与之前国家新闻出版署的《2018中国网络文学发展报告》所言"网络文学读者中，学生群体占比很高，高中及以下学历占比达到53%，高中学历超过四成，中小学生是网络文学阅读的主力军"相吻合。

---

[1]　炎薰斗帝：《写给〈斗破〉写给你》，百度贴吧"斗破苍穹吧"。

但我们需再次申明，网络文学是一种市场化文学创作，那么，作者学会为他的主诉阅读群体、用户群体写他们喜欢看、乐意消费、能够引发他们生活和体验上快感，以及具有圈层社交性的故事，是读、写双方彼此的商品（市场供需）关系。它的底线在于法律、道德和伦理的明确禁区，然后是商品以上的艺术性、教化作用和价值提升——甚至包括个别作者主体的精神愿望，比如如何进入传世序列的野心。这些，都构成了网络文学的创作金字塔，指引和规约着写作。

所以，由于对市场化文学的不了解、反感和反对等原因，会有很多批评和忧虑认为《斗破苍穹》这样的作品理应不给孩子阅读，甚至会败坏青少年的思想道德与美育。这一部分成人通常的反对理由包括：《斗破苍穹》等玄幻小说胡思乱想、胡说八道，没有现实依据，不能给青少年带来正确的世界认识；小说有写到暴力和爱情，对青少年来说这是打开了潘多拉匣子；文学性不行，这类玄幻小说对经典的审美教育无益，拉低了青少年审美视界的养成；这类小说解决问题的方式总的是靠开挂人生、金手指等游戏化剧情，会增长青少年不劳而获的思想，以及现实和虚拟的落差；玄幻、武侠等小说的江湖思维、门派思维等是过时的糟糕的传统文化，21世纪的现代人不该返回这样的思维和规则。

我想，这些意见固然皆有他们的立场与合理之处，但都犯有这样一些认知误区、认知盲点。首先，过度干预了文学创作的权利，文学艺术是人类文明中培养归置出的"特区"，目的在于迥异于现实人生，探索人性和想象力的各种可能性，一般认为胡思乱想恰恰是文学的权利和自由。其次，客观上应该理解，既然文艺创作有时可以被政治与道德利用，作为宣传机器，那么也一定会被市场和资本征用，用以满足娱乐消遣，从而囊括了人性与社会关系的全部频率。此外，青少年的成长从来就不是真空环境下、无菌环境下的成长，故事中携带的信息素通过另一种巧妙方式给他们提供忠告，使得他们增强了世界认识及其抵抗力，当然还有补偿满足、愿望实现的YY部分。还有，就是文学性的问题，我们的切身体会是任何高阶的严肃经典，在缺乏基础读写能力的时候硬生生地到来，并不能给青少年以兴趣，事实上文学是有层次的，对于大多数人来说，恰须拾级而上，故事甚至图像提供的快乐往往是一个良好的开端。还有，文学作品写历史、写传统，与希望大家回到江湖价值不是一回事儿，人们一般能够分清楚小说虚构和现实生活的不同，如果个别青少年有迷误可以通过成人引导解决，这也是被过往文化接受理论和接受史证明了的。

所以，我们在介入青少年对网络文学的接受时，有两个工作和一种认识非常关键。两个工作是：第一，陪伴阅读，通过了解《斗破苍穹》这样的小说体会孩子的快乐，探讨给孩子带来的正面的积极的那部分作用，即便发现问题，也能作出切实的引导，而非对待洪水猛兽般地棒杀和人云亦云地禁止。

第二，通过社会舆论场和理性的文化治理管道，影响产业市场和作者主体，将必要的底线树立起来，并在分众传播时有所规约，这样从生产源头和社会治理层面就参与了作品（产品）的协商。

所谓一种认识则是：我们必须比孩子更能理解文化的分层、分级即它事实上多样性的存在，这在人类社会中从来就是常态，对于人的成长而言，阅读呈现杂食般的生态平衡并让个体形成思想力、消化力更为重要。笔者曾经这样比喻过："金庸小说里有一个很有趣的故事。萧远山和慕容博在少林寺偷学武功，扫地僧问他们，两位居士身上是不是因练功而很痛苦？他们说是。扫地僧告诉他俩，你们平日所看的武功经典旁，我其实都悄悄放了另一本佛经，用来给你们平衡内在，化解武功之戾气，可是二位施主从来没有看过这些经书，一页也没有读，只看武功的书，这样肯定是要出问题的。你们练了很多霸道的武功，身心都已经受损了，很难恢复。——我由此想说的是，中国智慧讲究辩证、虚实，这个故事里也体现得很充分。我们所读的书不会全部都是毒药，也不会全部都是良药。要擅于杂食，获得平衡的智慧。"[1]

在成人们参与网络文学评价的时候，还有一些常识的盲点值得提醒。比如当你说《斗破苍穹》不能看，却提倡孩子读《三国演义》《水浒传》《西游记》，殊不知这些中国古典文学名著同样是通俗的类型小

---

[1] 余安迪、夏烈：《夏烈：网络文学"十问"》，《杭州》（周刊），2018年8月22日，第58页。

说——历史演义、江湖侠义、神魔志怪，他们的经典性也是基于民间创造及其丰富的想象力、传统文化和价值观的。这些经典的树立有一个相当长期的修订过程、沉淀过程，一样需要读者辩证消化其中的优缺点。历史经验表明，这样的说法恐怕更为理性："迟早有人会像归纳唐诗那样，去归纳网络文学的初、盛、中、晚。……只要我们对网络文学给予未来的允诺。"①

3. "出海" / "跨文化"：中国故事的世纪红利

《斗破苍穹》还是近年热点文化现象网络文学海外传播（"网文出海"）的代表性作品之一。

2015 年 1 月 29 日开始，该书率先在北美由网络文学翻译网站 Wuxiaworld（武侠世界）译载，英文名 *Battle Through the Hravens*，译文前两章由 Hellow Translations 团体翻译，之后由 GGP（Good-guyperson）和 Arron 翻译。Wuxiaworld 创始人赖静平如今已经被越来越多网文爱好者熟悉，他是三岁随父母移居美国加州的，曾担任过美国外交官，热爱中国武侠小说以及今天的网络玄幻创作，后辞去公职专事 Wuxiaworld 的运营。而《斗破苍穹》英译者之一的 GGP（Goodguyperson）孔雪松，创办了另一个网络文学翻译的重要平台 Gravity Tales（引力小说），他是纽约出生成长的美籍华裔，父亲曾是北大生物学教授，母亲是一名会计师，他在海外网文翻译圈已经是一名响当当的人物，代表译作除了《斗破苍穹》，还有我吃西红柿的《飞剑问道》、忘语的《魔天记》等。他从小就喜欢看家中的历史与兵法书，十一岁前读完了金庸作品集（36 册），"每部几乎都读五六遍"。——这些热爱中国文化、武侠小说和玄幻网文的"二代移民"因为熟悉英语的表达和西方读者的口味，又对中文世界的通俗文学毫不陌生，从而借助互联网、大众文化的全球化和中国原创作品的溢出效应，果敢地构架起中国"网文出海"的最前沿力量。

---

① 夏烈：《网络文学发展大趋势》，《光明日报》2014 年 8 月 15 日。

海外的中国网文爱好者群落，根据艾瑞咨询《2019年中国网络文学出海报告》的数据显示，男性人数居多，占比达66.8%。目前海外网文翻译以幻想类居多，这在一定程度上也使男性读者占比较高（比中国国内占比高10个百分点左右），女性占比也就低于中国国内约10—15个百分点。从读者年龄分布看，50.5%的读者为25岁以下用户，年轻化趋势也非常明显。海外网文读者占比最大的是学生群体，占30.5%。学历分布看，海外读者本科以上学历占比为43.2%，较国内为高。中国网文在海外的读者目前每年递增在28%左右，读者中阅读中国网文五年以上的有5.3%，三到五年的13.7%，二到三年的21.1%，可以说，已经培养了一批有相当忠实度的国际"粉"。从题材偏好看，海外男性读者的题材三甲分别为：武侠仙侠，90.6%；玄幻奇幻，58.5%；魔幻科幻，58.5%。女性则是言情，91.7%；魔幻科幻，62.5%；武侠仙侠，58.3%。从海外读者阅读网文的目的看，有91.6%的人说他就是"单纯地喜欢看"，50.5%的人为了"缓解压力"，42.1%的人为了"打发时间"，这跟中国读者的想法也类似吧，还有22.1%的人表示可以从网文中"了解东方文化"——2017年9月21日，夏烈在《光明日报》撰文说《是时候提出网络文学的"中华性"了》，之后又在《群言》杂志写了《为什么要提网络文学创作的"中华性"》，较为详尽地阐释了中华性和全球性的辩证共生关系，认为网络文学的"出海"正是一项自然而恰当的"传统文化与现代精神相接榫的世纪性"工作。

来看网站及其评论。译载《斗破苍穹》的Wuxiaworld日浏览量在350万人次以上，全球100多个国家和地区的读者都在这里寻找他们喜欢的网络小说，其中32%来自美国、加拿大、7.4%来自菲律宾，5%来自印度尼西亚，4.1%来自巴西。在评论互动中，我们则看到海外读者同样因为想象力、热血感、有趣而完备的"斗气"修炼体系、男女人物以及单纯的好奇心，对《斗破苍穹》一书点赞、追更，更有很多客观的评论、分析、意见，总之，散发着相当的热度。在另一连载有《斗破苍穹》英译的网站Novel Updates的读者投票中，865位读者参与，493位给了满分5分，占57%，173位给了4分，97位给了3分，

41 位给了 2 分，还有 61 位给了 1 分（截至 2017 年底）"[①]。他们这样议论这部中国小说：

> I like this novel, it grows on you especially if you read the manga.
>
> 我喜欢这部小说，尤其是当你看了它的漫画，它犹如在你身上成长。

> For me, this novel is good chinese fantasy novel ever, please read.
>
> 对我来说，这是一部很好的中国奇幻小说，希望你们也阅读它。

> First wuxia novel that I have read. Strangely enough I got strongly enchanted to keep reading, despite knowing how repetitive it was from the get go. What really amazed me is how this writer keeps finding something to describe abilities (names and all), and how the sequences of battles and alchemy being described in detail (which the author seems to put much more effort than in the plot). Anyway, it does leave me with a bit of a hole now that I have finished it. I am aware that is FAR from being perfect, but as my 1st, it was not all that bad. Despite all the parts that I do not like, I still find it interesting and worth the time I spent reading it.
>
> 这是我看的第一部武侠小说。非常奇怪的是，尽管从一开始就知道它是多么陈词滥调，但我还是对它十分着迷。更令我惊讶的是，这位作家是如何想出那些有描述力的词句（命名和其他的一切），如何详细地描述战斗和炼金术的顺序（相比较情节设置，作者似乎更在意这些）。无论如何，在我读完的时候还是感到一些遗憾。我知道它远非完美，但作为我遇到的第一部武侠小说，它并非没有可取之处。我有不喜欢的部分，但仍觉得它很有趣，值得我花时间去阅读。

---

① 本段中的有关数字引自陈小春：《由〈斗破苍穹〉的译介看中国当代网络小说的输出："读者反应论"视角》，福建师范大学硕士论文，2018 年 5 月。

跟国内读者一样，老外读者同样喋喋不休地争论《斗破苍穹》是不是一部好小说、好玄幻（奇幻），然后会说天蚕土豆前面写得如何精彩、后面又涉嫌注水与烂尾，会说萧炎跟那么多历练中的女子有感情就是集"后宫"这令人崩溃……而这一切，都在实证这部时势造英雄的玄幻小说已经"走出去"了，并且汇入网文出海的大流，造就着全球文化产业意义上的"故事的世纪红利"。

今时今日的全球故事红利，显而易见地与文化工业以来的技术、资本和消费文化有关，影视、畅销书、动漫、游戏等成了叙事艺术向叙事经济转化的最佳媒介，世界范围内的《复仇者联盟》《魔戒》《哈利·波特》《冰与火之歌》《火影忍者》，包括宫崎骏动画电影等都在一次次实践与创造着这一语境中的典范。"网络文学产业链更是一项引领全球的中国式创举，印证着故事经由文化工业这班车，积极全面地向着互联网时代的数字经济挺进。"有了《斗破苍穹》这样成功的 IP 输出案例，中国网络文学在酝酿的已经是"为世界大众读者写作、为世界文化工业提供改编资源、为故事的世纪红利创造流动性"，在 21 世纪中，这成了"中国网络文学（企业和作者）的战略与愿景"①。

面对这种既是"地球村"内又是跨文化、跨地域的传播，我们是忧是喜？我们可以在何种尺度上行使知识分子和文艺批评者的功能？这些都需要全面的重构与深思。

---

① 夏烈：《故事的世纪红利与网络文学"走出去"》，《文汇读书周报》2019 年 12 月 23 日。

后 记

继《我吃西红柿与〈吞噬星空〉》后，再次参与"网络文学名家名作导读丛书"的工作，遇到了旧年阅读时就印象很深的《斗破苍穹》。作者天蚕土豆是认识七八年的友人——当年觉得他是小友，少年成名、一书封神，连我们都替他春风得意；而今，他是中国网络文学的大神和中坚，中国作协全委会的委员、中宣部文化名家暨"四个一批"的青年英才。

《斗破苍穹》在网络文学史上的地位不仅在于卷起一时的阅读热潮，影响了多代际的青少年，还在于不少写作上的特征、创意，成了男频玄幻文的内在传统和逻辑，有开宗立派的意味。我们的整个导读始终围绕着这样的客观事实展开，点明它的发生学意义和网络小说艺术上的优长。另一些艺术细节的推敲，则抱着使其更臻完美之心。

导读全部章节由我构架并最终统稿完成。撰稿过程感谢文娟博士、段廷军博士自始至终的合作精神，感谢他们的付出，这一点要特别言明。是为记。

2020 年 4 月

选文

第一章
陨落的天才

"斗之气：三段！"

望着测验魔石碑上面闪亮得甚至有些刺眼的五个大字，少年面无表情，唇角有着一抹自嘲，紧握的手掌，因为大力，而导致略微尖锐的指甲深深地刺进了掌心之中，带来一阵阵钻心的疼痛……

"萧炎，斗之气：三段！级别：低级！"测验魔石碑之旁，一位中年男子，看了一眼碑上所显示出来的信息，语气漠然地将之公布了出来……

中年男子话刚刚脱口，便是不出意外地在人头汹涌的广场上带起了一阵嘲讽的骚动。

"三段？嘿嘿，果然不出我所料，这个'天才'这一年又是在原地踏步！"

"唉，这废物真是把家族的脸都给丢光了。"

"要不是族长是他的父亲，这种废物，早就被驱赶出家族，任其自生自灭了，哪还有机会待在家族中白吃白喝。"

"唉，昔年那名闻乌坦城的天才少年，如今怎么落魄成这般模样了啊？"

"谁知道呢，或许做了什么亏心事，惹得神灵降怒了吧……"

周围传来的不屑嘲笑以及惋惜轻叹，落在那如木桩待在原地的少年耳中，恍如一根根利刺狠狠地扎在心脏一般，使得少年呼吸微微急促。

少年缓缓抬起头来，露出一张有些清秀的稚嫩脸庞，漆黑的眸子木然地在周围那些嘲讽的同龄人身上扫过，少年嘴角的自嘲，似乎变得更加苦涩了。

"这些人，都如此刻薄势利吗？或许是因为三年前他们曾经在自己面前露出过最谦卑的笑容，所以，如今想要讨还回去吧……"苦涩地一笑，萧炎落寞地转身，安静地回到了队伍的最后一排，孤单的身影，与周围的世界，有些格格不入。

"下一个，萧媚！"

听着测验人的喊声，一名少女快速地从人群中跑出，少女刚刚出场，附近的议论声便小了许多，一双双略微火热的目光，牢牢地锁定着少女的脸颊……

少女年龄不过十四左右，虽然并算不得上绝色，不过那张稚气未脱的小脸，却是蕴含着淡淡的妩媚，清纯与妩媚，矛盾的集合，使得她成功地成为了全场瞩目的焦点……

少女快步上前，小手轻车熟路地触摸着漆黑的魔石碑，然后缓缓闭上眼睛……

在少女闭眼片刻之后，漆黑的魔石碑之上再次亮起了光芒……

"斗之气：七段！"

"萧媚，斗之气：七段！级别：高级！"

"耶！"听着测验员所喊出的成绩，少女脸颊扬起了得意的笑容……

"啧啧，七段斗之气，真了不起，按这进度，恐怕顶多只需要三年时间，她就能成为一名真正的斗者了吧……"

"不愧是家族中种子级别的人物啊……"

听着人群中传来的一阵阵羡慕声，少女脸颊上的笑容更是多了几分，虚荣心，这是很多女孩都无法抗拒的诱惑……

与平日里的几个姐妹互相笑谈着，萧媚的视线，忽然透过周围的人群，停在了人群外的那一道孤单身影上……

皱眉思虑了瞬间，萧媚还是打消了过去的念头，现在的两人，已经不在同一个阶层之上，以萧炎最近几年的表现，成年后，顶多只能作为家族中的下层人员，而天赋优秀的她，则将会成为家族重点培养的强者，前途可以说是不可限量。

"唉……"莫名地轻叹了一口气，萧媚脑中忽然浮现出三年前那意气风发的少年，四岁练气，十岁拥有九段斗之气，十一岁突破十段斗之气，成功凝聚斗之气旋，一跃成为家族百年之内最年轻的斗者！

当初的少年，自信而且潜力无可估量，不知使得多少少女对其春心荡漾，当然，这也包括以前的萧媚。

然而天才的道路，貌似总是曲折的，三年之前，这名声望达到巅峰的天才少年，却是突兀地受到了有生以来最残酷的打击，不仅辛辛苦苦修炼十数载方才凝聚的斗之气旋，一夜之间化为乌有，而且体内的斗之气，也是随着时间的流逝，变得诡异地越来越少。

斗之气消失的直接结果，便是导致其实力不断地后退。

从天才的神坛，一夜跌落到了连普通人都不如的地步，这种打击，使得少年从此失魂落魄，天才之名，也是逐渐地被不屑与嘲讽所替代。

站得越高，摔得越狠，这次的跌落，或许就再也没有爬起的机会。

"下一个，萧薰儿！"

喧闹的人群中，测试员的声音，再次响了起来。

随着这有些清雅的名字响起，人群忽然安静了下来，所有的视线，霍然转移。

在众人视线汇聚之处，一位身着紫色衣裙的少女，正淡雅地站立，平静的稚嫩俏脸，并未因为众人的注目而改变分毫。

少女清冷淡然的气质，犹如青莲初绽，小小年纪，却已初具脱俗气质，难以想象，日后若是长大，少女将会如何的倾国倾城……

这名紫裙少女，论起美貌与气质来，比先前的萧媚，无疑还要更胜上几分，也难怪在场的众人都是这般动作。

莲步微移，名为萧薰儿的少女行到魔石碑之前，小手伸出，镶着黑金丝的紫袖滑落而下，露出一截雪白娇嫩的皓腕，然后轻触着石碑……

微微沉静，石碑之上，刺眼的光芒再次绽放。

"斗之气：九段！级别：高级！"

望着石碑之上的字体，场中陷入了一阵寂静。

"……竟然到九段了，真是恐怖！家族中年轻一辈的第一人，恐怕非薰儿小姐莫属了。"寂静过后，周围的少年，都是不由自主地咽了一口唾沫，眼神充满敬畏……

斗之气，每位斗者的必经之路，初阶斗之气分一至十段，当体内斗之气到达十段之时，便能凝聚斗之气旋，成为一名受人尊重的斗者！

人群中，萧媚皱着浅眉盯着石碑前的紫裙少女，脸颊上闪过一抹嫉妒……

望着石碑上的信息，一旁的中年测验员漠然的脸庞上竟然也是罕见地露出了一丝笑意，对着少女略微躬身道："薰儿小姐，半年之后，你应该便能凝聚斗之气旋，如果你成功的话，那么以十四岁年龄成为一名真正的斗者，你是萧家百年内的第二人！"

是的，第二人，那位第一人，便是褪去了天才光环的萧炎。

"谢谢。"少女微微点了点头，平淡的小脸并未因为他的夸奖而出现喜悦，安静地回转过身，然后在众人炽热的注目中，缓缓地行到了人群最后面的那颓废少年面前……

"萧炎哥哥。"在经过少年身旁时，少女顿下了脚步，对着萧炎恭敬地弯了弯腰，美丽的俏脸上，居然露出了让周围少女为之嫉妒的清雅笑容。

"我现在还有资格让你这么叫么？"望着面前这颗已经成长为家族中最璀璨的明珠，萧炎苦涩地道。她是在自己落魄后，极为少数还对自己依旧保持着尊敬的人。

"萧炎哥哥，以前你曾经与薰儿说过，要能放下，才能拿起，提放自如，是自在人！"萧薰儿微笑着柔声道，略微稚嫩的嗓音，却是暖人心肺。

"呵呵，自在人？我也只会说而已，你看我现在的模样，像自在人吗？而且……这世界，本来就不属于我。"萧炎自嘲地一笑，意兴阑珊地道。

面对着萧炎的颓废，萧薰儿纤细的眉毛微微皱了皱，认真地道："萧炎哥哥，虽然并不知道你究竟是怎么回事，不过，薰儿相信，你会重新站起来，取回属于你的荣耀与尊严……"话到此处，微顿了顿，少女白皙的俏脸，头一次露出淡淡的绯红："当年的萧炎哥哥，的确很吸引人……"

"呵呵……"面对着少女毫不掩饰的坦率话语，少年尴尬地笑了一声，可却未再说什么，人不风流枉少年，可现在的他，实在没这资格与心情，落寞地回转过身，向着广场之外缓缓行去……

　　站在原地望着少年那恍如与世隔绝的孤独背影，萧薰儿踌躇了一下，然后在身后一干嫉妒的狼嚎声中，快步追了上去，与少年并肩而行……

第二章
斗气大陆

月如银盘，漫天繁星。

山崖之巅，萧炎斜躺在草地之上，嘴中叼着一根青草，微微嚼动，任由那淡淡的苦涩在嘴中弥漫开来……

举起有些白皙的手掌，挡在眼前，目光透过手指缝隙，遥望着天空上那轮巨大的银月。

"唉……"想起下午的测试，萧炎轻叹了一口气，懒懒地抽回手掌，双手枕着脑袋，眼神有些恍惚……

"十五年了呢……"低低的自喃声，忽然不着痕迹地从少年嘴中轻吐了出来。

在萧炎的心中，有一个仅有他自己知道的秘密：他并不是这个世界的人，或者说，萧炎的灵魂，并不属于这个世界，他来自一个名叫地球的蔚蓝星球，至于为什么会来到这里，这种离奇经历，他也无法解释，不过在生活了一段时间之后，他还是后知后觉地明白了过来：他穿越了！

随着年龄的增长，对这块大陆，萧炎也是有了些模糊的了解……

大陆名为斗气大陆，大陆上并没有小说中常见的各系魔法，而斗气，才是大陆的唯一主调！

在这片大陆上，斗气的修炼，几乎已经在无数代人的努力之下，发展到了巅峰地步，而且由于斗气的不断繁衍，最后甚至扩散到了民间，这也导致，斗气与人类的日常生活变得息息相关，如此，斗气在大陆中的重要性，更是变得无可替代！

因为斗气的极端繁衍，同时也导致从这条主线中分化出了无数条斗气修炼之法，所谓十指有长短，分化出来的斗气修炼之法，自然也是有强有弱。

经过归纳统计，斗气大陆将斗气功法的等级，由高到低分为四阶十二级：天、地、玄、黄！

而每一阶，又分初、中、高三级！

修炼的斗气功法等级的高低，也是决定日后成就高低的关键，比如修炼玄阶中级功法的人，自然要比修炼黄阶高级功法的同等级的人要强上几分。

斗气大陆，分辨强弱，取决于三种条件。

首先，最重要的，当然是自身的实力，如果本身实力只有一星斗者级别，那就算你修炼的是天阶高级的稀世功法，那也难以战胜一名修炼黄阶功法的斗师。

其次，便是功法！同等级的强者，如果你的功法等级较之对方要高级许多，那么在比试之时，种种优势，一触既知。

最后一种，名叫斗技！

顾名思义，这是一种发挥斗气的特殊技能，斗技在大陆之上，也有着等级之分，总的说来，同样也是分为天、地、玄、黄四级。

斗气大陆斗技数不胜数，不过一般流传出来的大众斗技，大多都只是黄级左右，想要获得更高深的斗技，便必须加入宗派，或者大陆上的斗气学院。

当然，一些依靠奇遇得到前人遗留下的功法，或者有着自己相配套的斗技，这种由功法衍变而出的斗技，互相配合起来，威力要更强上一些。

依靠这三种条件，才能判出究竟孰强孰弱，总的说来，如果能够拥有等级偏高的斗气功法，日后的好处，不言而喻……

不过高级斗气修炼功法常人很难得到，流传在普通阶层的功法，顶多只是黄阶功法，一些比较强大的家族或者中小宗派，应该有玄阶的修炼之法，比如萧炎所在的家族，最为顶层的功法，便是只有族长才有资格修炼的：狂狮怒罡，这是一种风属性，并且是玄阶中级的斗气功法。

玄阶之上，便是地阶了，不过这种高深功法，或许便只有那些超然势力与大帝国，方才可能拥有……

至于天阶……已经几百年未曾出现了。

从理论上来说，常人想要获得高级功法，基本上是难如登天，然而事无绝对，斗气大陆地域辽阔，万族林立，大陆之北，有号称力大无穷、可与兽魂合体的蛮族，大陆之南，也有各种智商奇高的高级魔兽家族，更有那以诡异阴狠而著名的黑暗种族等等。

由于地域的辽阔，也有很多不为人知的无名隐士，在生命走到尽头之后，性子孤僻的他们，或许会将平生所创功法隐于某处，等待有缘人取之，在斗气大陆上，流传一句话：如果某日，你摔落悬崖，掉落山洞，不要惊慌，往前走两步，或许，你，将成为强者！

此话，并不属假，大陆近千年历史中，并不乏这种依靠奇遇而成为强者的故事。

这个故事所造成的后果，便是造就了大批每天等在悬崖边，准备跳崖得绝世功法的怀梦之人，当然了，这些人大多都是以断胳膊断腿归来……

总之，这是一片充满奇迹，以及创造奇迹的大陆！

当然，想要修炼斗气秘籍，至少需要成为一名真正的斗者之后，方才够资格，而现在的萧炎与那段距离，似乎还很是遥远……

"呸。"吐出嘴中的草根，萧炎忽然跳起身来，脸庞狰狞，对着夜空失态地咆哮道，"把老子穿过来当废物玩吗？"

在前世，萧炎只是庸碌众生中极其平凡的一员，金钱，美人，这些东西与他根本就是两条平行线，永远没有交叉点，然而，当来到这片斗气大陆之后，萧炎却惊喜地发现，因为两世的经验，他的灵魂，竟然比常人要强上许多！

要知道，在斗气大陆，灵魂是天生的，或许它能随着年龄的增长而稍稍变强，可却从没有什么功法能够单独修炼灵魂，就算是天阶功法，也不可能！这是斗气大陆的常识。

灵魂的强化，也造就出萧炎的修炼天赋，同样，也造就了他的天才之名。

当一个平凡庸碌之人，在知道他有成为无数人瞩目的本钱之后，若是没有足够的定力，很难把握本心，很显然的，前世仅仅是普通人的萧炎，并没有这种超人般的定力，所以，在他开始修炼斗之气后，他选择了成为受人瞩目的天才之路，而并非是在安静中逐渐成长！

若是没有意外发生的话，萧炎或许还真能够顶着天才的名头越长越大，不过，很可惜，在十一岁那年，天才之名，逐渐被突如其来的变故剥夺而去，而天才，也是在一夜间，沦落成了路人口中嘲笑的废物！

……

在咆哮了几嗓子之后，萧炎的情绪缓缓地平息了下来，脸庞再次恢复了平日的落寞，事已至此，不管他如何暴怒，也挽不回辛苦修炼而来的斗之气旋。

苦涩地摇了摇头，萧炎心中其实有些委屈，毕竟他对自己身体究竟发生了什么事，也是一概不知，平日检查，却没有发现丝毫不对劲的地方，灵魂，随着年龄的增加，也是越来越强大，而且吸收斗之气的速度，比几年前最巅峰的状态还要强盛上几分，这种种条件，都说明自己的天赋从不曾减弱，可那些进入体内的斗之气，却都是无一例外地消失得干干净净，诡异的情形，使得萧炎黯然神伤……

黯然地叹了口气，萧炎抬起手掌，手指上有一颗黑色戒指，戒指很是古朴，不知是何材料所铸，其上还绘有些模糊的纹路，这是母亲临死前送给他的唯一礼物，从四岁开始，他已经佩戴了十年，母亲的遗物，使得萧炎对它也有着一份眷恋，手指轻轻地抚摸着戒指，萧炎苦笑道："这几年，还真是辜负母亲的期望了……"

深深地吐了一口气，萧炎忽然回转过头，对着漆黑的树林温暖地笑道："父亲，您来了？"

虽然斗之气只有三段，不过萧炎的灵魂感知，却是比一名五星斗者都要敏锐许多，在先前说起母亲的时候，他便察觉到了树林中的一丝动静。

"呵呵，炎儿，这么晚了，怎么还待在这上面呢？"树林中，在静了片刻后，传出男子的关切笑声。

树枝一阵摇摆，一位中年人跃了出来，脸庞上带着笑意，凝视着自己那站在月光下的儿子。

中年人身着华贵的灰色衣衫，龙行虎步间颇有几分威严，脸上一对粗眉更是为其添了几分豪气，他便是萧家现任族长，同时也是萧炎的父亲，五星大斗师萧战！

"父亲，您不也还没休息吗？"望着中年男子，萧炎脸庞上的笑容更浓了一分，虽然自己有着前世的记忆，不过自出生以来，面前这位父亲便是对自己百般宠爱，在自己落魄之后，宠爱不减反增，如此行径，使得萧炎甘心叫他一声父亲。

"炎儿，还在想下午测验的事呢？"大步上前，萧战笑道。

"呵呵，有什么好想的，意料之中而已。"萧炎少年老成地摇了摇头，笑容却是有些勉强。

"唉……"望着萧炎那依旧有些稚嫩的清秀脸庞，萧战叹了一口气，沉默了片刻，忽然道，"炎儿，你十五岁了吧？"

"嗯，父亲。"

"再有一年，似乎……就该进行成年仪式了……"萧战苦笑道。

"是的，父亲，还有一年！"手掌微微一紧，萧炎平静地回道，成年仪式代表什么，他自然非常清楚，只要度过了成年仪式，那么没有修炼潜力的他，便将会被取消进入斗气阁寻找斗气功法的资格，从而被分配到家族的各处产业之中，为家族打理一些普通事务，这是家族的族规，就算他的父亲是族长，那也不可能改变！

毕竟，若是在二十五岁之前没有成为一名斗者，那将不会被家族所认可！

"对不起了，炎儿，如果在一年后你的斗之气达不到七段，那么父亲也只得忍痛把你分配到家族的产业中去，毕竟，这个家族，还并不是父亲一人说了算，那几个老家伙，可随时等着父亲犯错呢……"望着平静的萧炎，萧战有些歉疚地叹道。

"父亲，我会努力的，一年后，我一定会到达七段斗之气的！"萧炎微笑着安慰道。

"一年，四段？呵呵，如果是以前，或许还有可能吧，不过现在……基本没半点机会……"虽然口中在安慰着父亲,不过萧炎心中却是自嘲地苦笑了起来。

同样非常清楚萧炎底细的萧战,也只得叹息着应了一声,他知道一年修炼四段斗之气有多困难,轻拍了拍他的脑袋,忽然笑道:"不早了,回去休息吧,明天,家族中有贵客,你可别失了礼。"

"贵客?谁啊?"萧炎好奇地问道。

"明天就知道了。"对着萧炎挤了挤眼睛,萧战大笑而去,留下无奈的萧炎。

"放心吧,父亲,我会尽力的!"抚摸着手指上的古朴戒指,萧炎抬头喃喃道。

在萧炎抬头的那一霎,手指中的黑色古戒,却忽然亮起了一抹极其微弱的诡异毫光,毫光眨眼便逝,没有引起任何人的察觉……

第三章

客　人

床榻之上，少年闭目盘腿而坐，双手在身前摆出奇异的手印，胸膛轻微起伏，一呼一吸间，形成完美的循环，而在气息循环间，有着淡淡的白色气流顺着口鼻，钻入了体内，温养着骨骼与肉体。

在少年闭目修炼之时，手指上那古朴的黑色戒指，再次诡异地微微发光，旋即沉寂……

"呼……"缓缓地吐出一口浊气，少年双眼乍然睁开，一抹淡淡的白芒在漆黑的眼中闪过，那是刚刚被吸收，而又未被完全炼化的斗之气。

"好不容易修炼而来的斗之气，又在消失……我，我去！"凝神感应了一下体内，少年脸庞猛然地愤怒了起来，声音有些尖锐地骂道。

拳头死死地捏在了一起，半晌后，少年苦笑着摇了摇头，身心疲惫地爬下了床，舒展了一下有些发麻的脚腕与大腿，仅仅拥有三段斗之气的他，可没有能力无视各种疲累。

简单地在房间中活动了下身体，房间外传来苍老的声音："三少爷，族长请你去大厅！"

三少爷，萧炎在家中排行老三，上面还有两位哥哥，不过他们早已经外出历练，只有年终才会偶尔回家，总的说来，两位哥哥对萧炎这位亲弟弟，也很是不错。

"哦。"随口地应了下来，换了一身衣衫，萧炎走出房间，对着房外的一名青衫老者微笑道，"走吧，墨管家。"

望着少年稚嫩的脸庞，青衫老者和善地点了点头，转身的刹那，浑浊的老眼，掠过一抹不易察觉的惋惜，唉，以三少爷以前的天赋，恐怕早该成为一名出色的斗者了吧，可惜……

跟着老管家从后院穿过，最后在肃穆的迎客大厅外停了下来，恭敬地敲了门，方才轻轻地推门而入。

大厅很是宽敞，其中的人数也是不少，坐于最上方的几位，便是萧战与三位脸色淡漠的老者，他们是族中的长老，权力不比族长小。

在四人的左手下方，坐着家族中一些有话语权且实力不弱的长辈，在他们的身旁，也有一些在家族中表现杰出的年轻一辈。

另外一边，坐着三位陌生人，想必他们便是昨夜萧战口中所说的贵客。

有些疑惑的目光在陌生的三人身上扫过，三人之中，有一位身穿月白衣袍的老者，老者满脸笑容，神采奕奕，一双有些细小的双眼，却是精光偶闪，萧炎的视线微微下移，最后停在了老者胸口上，心头猛然一凛，在老者的衣袍胸口处，赫然绘有一弯银色浅月，在浅月周围，还点缀着七颗金光闪闪的星辰。

"七星大斗师！这老人竟然是一位七星大斗师？真是人不可貌相！"萧炎心中大感惊异，这老者的实力，竟然比自己的父亲还要高出两星。

能够成为大斗师的人，至少都是名动一方的强者，那样的实力，将会使得任何势力趋之若鹜，而忽然间看见一位如此等级的强者，也难怪萧炎会感到诧异。

老者身旁，坐有一对年轻的男女，他们的身上穿着相同的月白袍服，男子年龄在二十左右，英俊的相貌，配上挺拔的身材，很是具有魅力，当然，最重要的，还是其胸口处所绘的五颗金星，这代表着青年的实力：五星斗者！

能够以二十岁左右的年龄成为一名五星斗者，这说明青年的修炼天赋，也很是不一般。

英俊的相貌，加上不俗的实力，这位青年，不仅将家族中的一些无知少女迷得神魂颠倒，就是连那坐在一旁的萧媚，美眸中在移向这边之时，也是微放着异彩。

少女虽然暗送秋波，不过这似乎对青年并没有什么吸引力，此时，这位青年正将所有的注意力，集中在自己身旁的美丽少女身上……

这位少女年龄和萧炎相仿，让萧炎有些意外的是，她的容貌，竟然比萧媚还要美上几分，在这家族之中，恐怕也只有那犹如青莲一般的萧薰儿能够与之相比，难怪这男子对族中的这些庸脂俗粉不屑一顾。

少女娇嫩的耳垂上吊着绿色的玉坠，微微摇动间，发出清脆的玉响，突兀地现出一抹娇贵……

另外，在少女的胸口处，绘有三颗金星。

"三星斗者，这女孩……如果没有靠外物激发的话，那便是一个绝顶天才！"心头轻轻地吸了一口凉气，萧炎的目光却只是在少女冷艳的小脸上停留了瞬间便是移了开去，不管如何说，在他幼稚的外貌下，也是拥有一个成熟的灵魂，虽然少女很美丽，不过他也没闲心露出流口水的猪哥状来讨人嫌。

萧炎的这举动似乎有些使得少女略感诧异，虽然她并不是那种以为世界围着自己转的女孩，不过自己的美貌与气质如何，她再清楚不过，萧炎的这番随意动作，倒真让她有点意外，当然，也仅此而已。

"父亲，三位长老！"快步上前，对着上位的萧战四人恭敬地行了一礼。

"呵呵，炎儿，来了啊，快坐下吧。"望着萧炎的到来，萧战止住了与客人的笑谈，冲着他点了点头，挥手道。

微笑点头，萧炎只当作没有看见一旁三位长老射来的不耐以及淡淡的不屑，回头在厅中扫了扫，却是愕然发现，竟然没自己的位置……

"唉，自己在这家族中的地位，看来还真是越来越低啊，往日倒好，现在竟然当着客人的面给我难堪，这三个老不死的啊……"心头自嘲地一笑，萧炎暗自摇头。

望着站在原地不动的萧炎，周围的族中年轻人，都是忍不住地发出讥笑之声，显然很是喜欢看他出丑的模样。

此时，上面的萧战也发现了萧炎的尴尬，脸庞上闪过一抹怒气，对着身旁的老者皱眉道："二长老，你……"

"咳，实在抱歉，竟然把三少爷给忘记了，呵呵，我马上叫人准备！"被萧战瞪住的黄袍老者，淡淡地笑了笑，"自责"地拍了拍额头，只是其眼中的那抹讥讽，却并未有多少遮掩。

"萧炎哥哥，坐这里吧！"少女淡淡的声音，忽然地在大厅中响了起来。

三位长老微愣，目光移向角落中安静的萧薰儿，嘴巴嚅了嚅，竟然都没有敢再说话……

在大厅的角落处，萧薰儿微笑着合拢了手中厚厚的书籍，气质淡雅从容，对着萧炎可爱地眨了眨眼睛。

望着萧薰儿那微笑的小脸，萧炎迟疑了一下，摸着鼻子点了点头，然后在众多少年那嫉妒的目光中，走了过去，挨着她坐了下去。

"你又帮我解围了。"嗅着身旁少女的淡淡体香，萧炎低笑道。

萧薰儿浅浅一笑，小脸上露出可爱的小酒窝，纤细的指尖再次翻开手中那本古朴的书籍，小小年纪，却有一种知性的美感，眨动着修长的睫毛在书中徘徊了片刻，忽然有些幽幽地道："萧炎哥哥有三年没和薰儿单独坐一起了吧？"

"呃……现在薰儿可是家族中的天才了，想要朋友还不简单吗？"瞧得少女有些幽怨的光洁侧脸，萧炎干笑道。

"在薰儿四岁到六岁的时候，每天晚上都有人溜进我的房间，然后用一种很是笨拙的手法以及并不雄厚的斗之气，温养我的骨骼与经脉，每次都要弄得自己大汗淋漓后，方才疲惫离开，萧炎哥哥，你说，他会是谁？"薰儿沉默了半晌，忽然地偏过头，对着萧炎嫣然一笑，少女独有的风情，使得周围的少年眼睛有些放光。

"咳……我，我怎么知道？那么小，我们都还在地上爬呢，我哪知道。"心头猛地一跳，萧炎讪笑了两声，旋即有些心虚地将目光转向大厅内。

"嘻嘻……"望着萧炎的反应，萧薰儿小嘴泛起了柔和的笑意，目光转移到书籍之上，口中似乎是自喃般地淡淡道，"虽然知道他是好意，可薰儿不管怎么说也是女孩子吧？哪有偷偷摸女孩子身体的道理，若是薰儿寻出了那人，哼……"

嘴角咧了咧，萧炎心头有些心虚，眼观鼻，鼻观心，不言不语……

第四章

云岚宗

大厅中，萧战以及三位长老，正在颇为热切地与那位陌生老者交谈着，不过这位老者似乎有什么难以启齿的事情一般，每每到口的话语，都会有些无奈地咽了回去，而每当这个时候，一旁的娇贵少女，都会忍不住地横老者一眼……

侧耳听了一会儿，萧炎便有些无聊地摇了摇头……

"萧炎哥哥，你知道他们的身份吗？"就在萧炎无聊得想要打瞌睡之时，身旁的薰儿，纤指再次翻开古朴的书页，目不斜视地微笑道。

"你知道？"好奇地转过头来，萧炎惊诧地问道。

"看见他们袍服袖口处的云彩银剑了吗？"微微一笑，薰儿道。

"哦？"心头一动，萧炎目光转向三人袖口，果然是发现了一道云彩形状的银剑。

"他们是云岚宗的人？"萧炎惊讶地低声道。

虽然并没有外出历练，不过萧炎在一些书籍中却看过有关这剑派的资料，萧家所在的城市名为乌坦城，乌坦城隶属于加玛帝国，虽然此城因为背靠魔兽山脉的地利，而跻身帝国的大城市，不过也仅仅是居于末座。

萧炎的家族，在乌坦城颇有分量，不过却也并不是唯一。城市中，还有另外两大家族实力与萧家相差无几，三方彼此明争暗斗了几十年，也未曾分出胜负……

如果说萧家是乌坦城的一霸，那么萧炎口中所说的云岚宗，或许便应该说是整个加玛帝国的一霸！这之间的差距，犹如鸿沟，也难怪连平日严肃的父亲，在言语上也很是敬畏。

"他们来我们家族做什么？"萧炎有些疑惑地低声询问道。

移动的纤细指尖微微一顿，薰儿沉默了一会儿，方才道："或许和萧炎哥哥有关……"

"我？我可没和他们有过什么交集啊？"闻言，萧炎一怔，摇头否认。

"知道那少女叫什么名字吗？"薰儿淡淡地扫了一眼对面的娇贵少女。

"什么？"眉头一皱，萧炎追问道。

"纳兰嫣然！"薰儿小脸浮现点点古怪之意，斜瞥着身子有些僵硬的萧炎。

"纳兰嫣然？加玛帝国狮心元帅纳兰桀的孙女纳兰嫣然？那位……那位与我指腹为婚的未婚妻？"萧炎脸色僵硬地道。

"嘻嘻，爷爷当年与纳兰桀是生死好友，而当时恰逢你与纳兰嫣然同时出生，所以，两位老爷子便定了这门亲事，不过，可惜，在你出生后的第三年，爷爷便因与仇人交战重伤而亡，而随着时间的流逝，萧家与纳兰家的关系也是逐渐地淡了下来……"薰儿微微顿了顿，望着萧炎那瞪大的眼睛，不由得轻笑了一声，接着道，"纳兰桀这老头不仅性子桀骜，而且为人又极其在乎承诺，当年的婚事，是他亲口应下来的，所以就算萧炎哥哥最近几年名声极差，他也未曾派人过来悔婚……"

"这老头还的确倔得可爱……"听到此处，萧炎也是忍不住笑着摇了摇头。

"纳兰桀在家族中拥有绝对的话语权，他说的话，一般都没人敢反对，虽然他也很疼爱纳兰嫣然这孙女，不过想要他开口解除婚约，却是有些困难……"薰儿美丽的眼睛微弯，戏谑道，"可五年之前，纳兰嫣然被云岚宗宗主云韵亲自收为弟子，五年间，纳兰嫣然表现出了绝佳的修炼天赋，更是使得云韵对其宠爱不已……当一个人拥有了改变自己命运的力量时候，那么她会想尽办法将自己不喜欢的事，解决掉……很不幸的，萧炎哥哥与她的婚事，便是让她最不满意的地方！"

"你是说，她此次是来解除婚约的？"

脸色一变，萧炎心头猛地涌出一阵怒气，这怒气并不是因为纳兰嫣然对他的轻视，说实在的，对面的少女虽然美丽，可他萧炎也不是一个被下半身支配心智的色狼，就算与她结不成秦晋之好，那萧炎也顶多只是有些男人惯性的遗憾而已，可如果她真的在大庭广众下对自己的父亲提出了解除婚约的请求，那么父亲这族长的脸，可就算是丢尽了！

　　纳兰嫣然不仅美丽娇俏，地位显赫，而且天赋绝佳，任何人在说起此事时，都将会认为他萧炎是癞蛤蟆想吃天鹅肉不成，却反被天鹅踏在了脚下……

　　如此的话，日后不仅萧炎，就算是他的父亲，也将会沦落为他人笑柄，威严大失。

　　轻轻地吸了一口冰凉的空气，萧炎那藏在袖间的手掌，却已是紧紧地握拢了起来："如果自己现在是一名斗师，谁又敢如此践踏于我？"

　　的确，如果萧炎此时拥有斗师实力，那么，就算纳兰嫣然有云岚宗撑腰，那也不可能做出如此行径，年仅十五岁的斗师，嘿，在斗气大陆这么多年的历史中，可唯有那寥寥数人而已，而且这几人，都早已经成为了斗气修炼界中的泰山北斗！

　　一只娇嫩的小手，悄悄地穿过衣袖，轻轻地按着萧炎紧握的手掌，薰儿柔声道："萧炎哥哥，她若真如此行事，只是她的损失而已，薰儿相信，日后，她会为今日的短浅目光后悔！"

　　"后悔？"嗤笑了一声，萧炎脸庞满是自嘲，"现在的我，有那资格？"

　　"薰儿，你对他们似乎知道得很清楚？你先前所说的一些东西中，或许就连我父亲，也不知道吧？你是如何得知的？"轻摆了摆手，萧炎话音忽然一转，问道。

　　薰儿一怔，却是含笑不语。

　　望着薰儿的躲避态势，萧炎只得无奈地撇了撇嘴，薰儿虽然也姓萧，不过与他却没有半点血缘关系，而且薰儿的父母，萧炎也从未见过，每当他询问自己的父亲时，满脸笑容的父亲便会立刻闭口不语，显然对薰儿的父母很是忌讳，甚至……惧怕！

在萧炎心中，薰儿的身份，极为神秘，可不管他如何侧面询问，这小妮子都会机灵地以沉默应对，使得萧炎就算有计也是无处可施。

"唉，算了，懒得管你，不说就不说吧……"摇了摇头，萧炎的脸色忽然阴沉了下来，因为在纳兰嫣然不断示意的眼色下，对面那位老者，终于站起来了……

"呵呵，借助着云岚宗向父亲施威吗？这纳兰嫣然，真是好手段哪……"萧炎的心头，响起了愤怒的冷笑。

第五章

聚气散

"咳。"白袍老者轻咳了一声，站起身来对着萧战拱了拱手，微笑道，"萧族长，此次前来贵家族，主要是有事相求！"

"呵呵，葛叶先生，有事请说便是，如果力所能及，萧家应该不会推辞。"对于这位老者，萧战可不敢怠慢，连忙站起来客气道，不过由于不知道对方到底所求何事，所以也不敢把话说得太满。

"呵呵，萧族长，你可认识她吗？"葛叶微微一笑，指着身旁的少女含笑问道。

"呃……恕萧战眼拙，这位小姐……"闻言，萧战一愣，上下打量了一下少女，略微有些尴尬地摇了摇头。

当年纳兰嫣然被云韵收为弟子之时，年仅十岁，在云岚宗中修炼了五年时间，所谓女大十八变，好多年未见，萧战自然不知道面前的少女，便是自己名义上的儿媳妇。

"咳……她的名字叫纳兰嫣然。"

"纳兰嫣然？纳兰老爷子的孙女纳兰嫣然？"萧战先是一怔，紧接着满脸大喜，想必是记起了当年的那事，当下，急忙对着少女露出温和的笑容，"原来是纳兰侄女，萧叔叔可有好多年未曾与你见面了，可别怪罪叔叔眼拙。"

忽然出现的一幕，让众人也是略微一愣，三位长老互相对视了一眼，眉头不由得皱了皱……

"萧叔叔，侄女一直未曾前来拜见，该赔罪的，可是我呢，哪敢怪罪萧叔叔。"纳兰嫣然甜甜地笑道。

"呵呵，纳兰侄女，以前便听说了你被云韵大人收入门下，当时还以为是流言，没想到，竟然是真的，侄女真是好天赋啊……"萧战笑着赞叹道。

"嫣然只是好运罢了……"浅浅一笑，纳兰嫣然有些吃不消萧战的热情，桌下的手掌，轻轻扯了扯身旁的葛叶。

"呵呵，萧族长，在下今日所请求之事，便与嫣然有关，而且此事，还是宗主大人亲自开口……"葛叶轻笑了一声，在提到宗主二字时，脸庞上的表情，略微郑重。

脸色微微一变，萧战也是收敛了笑容，云岚宗宗主云韵可是加玛帝国的大人物，他这小小的一族之长，可是半点都招惹不起，可凭她的实力与势力，又有何事需要萧家帮忙？葛叶说是与纳兰侄女有关，难道……

想到某种可能，萧战的嘴角忍不住抽搐了几下，硕大的手掌微微颤抖，不过好在有袖子的遮掩，所以也未曾被发现，强行压下心头的怒火，声音有些发颤地凝声道："葛叶先生，请说！"

"咳……"葛叶脸色忽然出现了一抹尴尬，不过想起宗主对纳兰嫣然的疼爱，又只得咬了咬牙，笑道，"萧族长，您也知道，云岚宗门风严厉，而且宗主大人对嫣然的期望也是很高，现在基本上已经把她当作云岚宗下一任的宗主在培养……而因为一些特殊的规矩，宗主传人在未成为正式宗主之前，都不可与男子有纠葛……"

"宗主大人在询问过嫣然之后，知道她与萧家还有一门亲事，所以……所以宗主大人想请萧族长，能够……解除了这婚约。"

"咔！"萧战手中的玉石杯，轰然间化为了一捧粉末。

大厅之中，气氛有些寂静，上方的三位长老也被葛叶的话震了一震，不过片刻之后，他们望向萧战的目光中，已经多出了一抹讥讽与嘲笑。

"嘿嘿，被人上门强行解除婚约，看你这族长，以后还有什么威望管理家族！"

一些年轻一辈的少年少女并不知晓萧炎与纳兰嫣然的婚约，不过在向身旁的父母打听了一下之后，他们的脸色，顿时变得精彩了起来，讥诮的嘲讽目光，投向了角落处的萧炎……

望着萧战那阴沉至极的脸色，纳兰嫣然也是不敢抬头，将头埋下，手指紧张地绞在了一起。

"萧族长，我知道这要求有些强人所难，不过还请看在宗主大人的面上，解除了婚约吧……"无奈地叹了一口气，葛叶淡淡地道。

萧战拳头紧握，淡淡的青色斗气，逐渐地覆盖了身躯，最后竟然隐隐约约地在脸庞处汇聚成了一个虚幻的狮头。

萧家顶级功法：狂狮怒罡！等级：玄阶中级！

望着萧战的反应，葛叶脸庞也顿时凝重了起来，身体挡在纳兰嫣然身前，鹰爪般的双手猛地曲拢，青色斗气在鹰爪中汇聚而起，散发着细小而凌厉的剑气。

云岚宗高深功法：青木剑诀！等级：玄阶低级！

随着两人气息的喷发，大厅之中，实力较弱的少年们，脸色猛地一白，旋即胸口有些发闷。

就在萧战的呼吸越加急促之时，三位长老的厉喝声，却是宛如惊雷般地在大厅中响起："萧战，还不住手！你可不要忘记，你是萧家的族长！"

身子猛地一僵，萧战身体上的斗气缓缓地收敛，最后完全消失。

一屁股坐回椅子上，萧战脸色淡漠地望着低头不言的纳兰嫣然，声音有些嘶哑地道："纳兰侄女哪，好魄力啊，纳兰肃有你这女儿，真是很让人羡慕啊！"

娇躯微微一颤，纳兰嫣然讷讷道："萧叔叔……"

"呵呵，叫我萧族长就好，叔叔这称谓，我担不起，你是未来云岚宗的宗主，日后也是斗气大陆的风云人物，我家炎儿不过是资质平庸之辈，也的确是配不上你……"淡淡地挥了挥手，萧战语气冷漠地道。

"多谢萧族长体谅了。"闻言，一旁的葛叶大喜，对着萧战赔笑道，"萧族长，宗主大人知道今天这要求很是有些不礼貌，所以特地让在下带来一物，就当作是赔礼！"

说着，葛叶伸手抹了抹手指上的一枚戒指，一只通体泛绿的古玉匣子在手中凭空出现……

小心地打开匣子，一股异香顿时弥漫大厅，闻者皆精神为之一畅。

三位长老好奇地伸过头，望着玉匣子内，身体猛地一震，惊声道："聚气散？"

第六章
炼药师

古匣子之内，一枚通体碧绿、龙眼大小的药丸，正静静地躺卧，而那股诱人的异香，便是从中所发。

在斗气大陆，想要成为一名真正的斗者，前提便是必须在体内凝聚斗之气旋，而凝聚斗之气旋，却是有着不小的失败率，失败之后，九段斗之气，便将会降回八段，有些运气不好之人，说不定需要凝聚十多次，方才有可能成功，而如此重复的凝聚，却使得人失去了最好的修炼时间段，导致前途大损。

聚气散，它的作用，便是能够让一位九段斗之气，百分之百地成功凝聚斗之气旋！

这种特效，使得无数想要尽早成为斗者的人，都对其垂涎不已，日思夜想而不可得。

说起聚气散，便不得不说制造它的人：炼药师！

斗气大陆，有一种凌驾于斗者之上的职业，人们称他们为：炼药师！

炼药师，顾名思义，他们能够炼制出种种提升实力的神奇丹药，任何一名炼药师，都将会被各方势力不惜代价竭力拉拢，身份地位显赫之极！

炼药师能够拥有这般待遇，自然与他的稀少、实用有关，想要成为一名炼药师，条件苛刻异常。

首先，必须自身属性属火；其次，火体之中，还必须夹杂一丝木气，以作炼药催化之效！

要知道，斗气大陆人体的属性，取决于他们的灵魂，一个灵魂，永远都只具备一种属性，不可能有其他的属性掺杂，所以，一个躯体，拥有两种不同强弱的属性，基本上是不可能。

当然，事无绝对，亿万人中，总会有一些变异的灵魂，而这些拥有变异灵魂之人，便有潜力成为一名炼药师！

不过单单拥有火木属性的灵魂，却依然不能成为一名真正的炼药师，因为炼药师的另外一种必要条件，同样是不可缺少，那便是：灵魂的感知力，也称为灵魂塑造力。

炼制丹药，最重要的三种条件：材料、火种、灵魂感知力。

材料，自然是各种天材地宝，炼药师毕竟不是神，没有极品的材料，他们也是巧妇难为无米之炊，所以，好的材料，非常重要！

火种，也就是炼药时所需要的火焰，炼制丹药，不可能用普通火，而必须使用由火属性斗气催化而出的斗气火焰，当然，世间充斥着天地异火，一些实力强横的炼药师，也会取而用之，用这些异火来炼药，不仅成功率会高上许多！而且炼出的丹药，也比普通斗气火焰炼出的丹药，药效更浓更强！

由于炼药是长时间的事，长时间的炼制，极其消耗斗气，因此，每一位杰出的炼药师，其实也都是实力强横的火焰斗者！

最后一个条件，便是灵魂感知力！

在炼药之时，火候的轻重是重中之重，有时候只要火候稍稍重点，整炉丹药，都将会化为灰烬，导致前功尽弃，所以，掌控好火候，是炼药师必须学会的，然而想要将火候掌控好，那便必须需要强悍的灵魂感知力，失去了这点，就算你前面两点做得再好，那也不过是无用之功罢了！

在这种种苛刻的条件之下，有资格成为炼药师的人，当然是凤毛麟角，而炼药师少了，那些神奇的丹药，自然也是少之又少，物以稀为贵，也因此，才造就了炼药师那尊贵得甚至有些畸形的身份。

……

大厅之中，听着三位长老的惊声，厅内的少年少女们，眼睛猛地瞪大了起来，一双双炽热的目光，死死地盯住葛叶手中的玉匣子。

坐在父亲身旁的萧媚，粉嫩娇舌轻轻地舔了舔红唇，盯着玉匣子的眸子眨也不眨……

"呵呵，这是本宗名誉长老古河大人亲自所炼，想必各位也听过他老人家的名讳吧？"望着三位长老失态的模样，葛叶心头忍不住地有些得意，微笑道。

"此药竟然还是出自丹王古河之手？"闻言，三位长老悚然动容。

丹王古河，在加玛帝国中影响力极其庞大，一手炼药之术，神奇莫测，无数强者想对其巴结逢迎，都是无路可寻。

古河不仅炼药术神奇，而且本身实力，早已晋入斗王之阶，名列加玛帝国十大强者之一。

如此一位人物，从他手中传出来的聚气散，恐怕其价值，将会翻上好几倍。

三位长老喜笑颜开地望着玉匣子中的聚气散，如果家族有了这枚聚气散，恐怕就又能创造一名少年斗者了。

就在三位长老在心中寻思着如何给自己孙子把丹药弄到手之时，少年那压抑着怒气的淡淡声音，却是在大厅中突兀响了起来。

"葛叶老先生，你还是把丹药收回去吧，今日之事，我们或许不会答应！"

大厅戛然一静，所有目光都是霍然转移到了角落中那扬起清秀脸庞的萧炎身上。

"萧炎，这里哪有你说话的份？给我闭嘴！"脸色一沉，一位长老怒喝道。

"萧炎，退下去吧，我知道你心里不好受，不过这里我们自会做主！"另外一位年龄偏大的老者，也是淡淡地道。

"三位长老，如果今天他们悔婚的对象是你们的儿子或者孙子，你们还会这么说吗？"萧炎缓缓站起身子，嘴角噙着嘲讽，笑问道，三位长老对他的不屑是显而易见，所以他也不必在他们面前装屄。

"你……"闻言，三位长老一滞，脾气暴躁的三长老，更是眼睛一瞪，斗气缓缓附体。

"三位长老，萧炎哥哥说得并没有错，这事，他是当事人，你们还是不要跟着掺和吧。"少女轻灵的嗓音，在厅中淡然地响起。

听着少女的轻声，三位长老的气焰顿时消了下来，无奈地对视了一眼，旋即点了点头。

望着萎靡的三位长老，萧炎回转过头，深深地凝视了一眼笑吟吟的萧薰儿，你这妮子，究竟是什么身份？怎么使得三位长老如此忌惮……

压下心中的疑问，萧炎大步行上，先是对着萧战恭敬地行了一礼，然后转过身面对着纳兰嫣然，深吐了一口气，平静地出言问道："纳兰小姐，我想请问一下，今日悔婚之事，纳兰老爷子，可曾答应？"

先前瞧得萧炎忽然出身阻拦，纳兰嫣然心头便是略微有些不快，现在听得他的询问，秀眉更是微微一皱，这人，初时看来倒也不错，怎么却也是个死缠烂打的讨厌人，难道他不知道两人间的差距吗？

心中责备萧炎的她，却是未曾想过，她这当众的悔婚之举，使得萧炎以及他的父亲，陷入了何种尴尬与愤怒的处境。

站起身来，凝视着身前这本该成为自己丈夫的少年，纳兰嫣然语气平淡娇柔："爷爷不曾答应，不过这是我的事，与他也没关系。"

"既然老爷子未曾开口，那么还望包涵，我父亲也不会答应你这要求，当初的婚事，是两家老爷子亲自开口，现在他们没有开口解除，那么这婚事，便没人敢解，否则，那便是亵渎死去的长辈！我想，我们族中，应该没人会干出这种忤逆的事吧？"萧炎微微偏过头，冷笑着盯着三位长老。

被萧炎这么大顶帽子压过来，三位长老顿时不吭气了，在森严的家族里，这种罪名，可是足以使得他们失去长老的位置。

"你……"被萧炎一阵抢白，纳兰嫣然一怔，却是寻不出反驳之语，当下气得小脸有些铁青，重重地跺了跺脚，吸了一口气，常年被惯出来的大小姐脾气也是激了出来，有些厌恶地盯着面前的少年，心中烦躁的她，更是直接把话挑明，"你究竟想怎样才肯解除婚约？嫌赔偿少？好，我可以让老师再给你三枚聚气散，另外，如果你愿意，我还可以让你进入云岚宗修习高深斗气功法，这样，够了吗？"

听着少女嘴中一句句蹦出来的诱人条件，三位长老顿时感觉呼吸变得急促起来了，大厅中的少年们，更是咕噜地咽了一口唾沫，进入云岚宗修习？天哪，那可是无数人梦寐以求的啊……

　　在说完这些条件之后，纳兰嫣然微扬着雪白的下巴，宛如公主般骄傲地等待着萧炎的回答，在她的认知中，这种条件，足以让任何少年疯狂……

第七章

休！

与纳兰嫣然所期待的有些不同，在她话出之后，面前的少年，身体猛地剧烈颤抖了起来，缓缓地抬起头来，那张清秀的稚嫩小脸，现在却是狰狞得有些可怖……

虽然三年中一直遭受着嘲讽，不过在萧炎的心中，却有着属于他的底线，纳兰嫣然这番高高在上，犹如施舍般的举动，正好狠狠地踏在萧炎隐藏在心中那仅剩的尊严之上。

"啊……"被少年狰狞的模样吓了一跳，少女急忙后退一步，一旁的那位英俊青年，霍然地拔出长剑，目光阴冷地直指萧炎。

"我……真的很想把你宰了！"牙齿在颤抖间，泄露出杀意凛然的字句，萧炎拳头紧握，漆黑的眼睛燃烧着暴怒的火焰。

"炎儿，不可无理！"首位之上，萧战也被萧炎的举动吓了一跳，连忙喝道，现在的萧家，可得罪不起云岚宗啊。

拳头狠狠地握拢起来，萧炎微微垂首，片刻之后，又轻轻地抬了起来，只不过，先前的那股狰狞恐怖，却是已经化为了平静……

三年中，虽然受尽了歧视与嘲讽，不过却也因此，锻造出了萧炎那远超常人的隐忍。

面前的纳兰嫣然，是云岚宗的宠儿，如果自己现在真对她做了什么事，恐怕会给父亲带来数不尽的麻烦，所以，他只得忍！

望着面前几乎是骤然间收敛了内心情绪的少年，葛叶以及纳兰嫣然心中忽然地有些感到发寒……

"这小子，日后若一直是废物，倒也罢了，如果真让他拥有了力量，绝对是个危险人物……"葛叶在心中，凝重地暗暗道。

"萧炎，虽然不知道为什么我的举动让你如此愤怒，不过，你……还是解除婚约吧！"轻轻地吐了一口气，纳兰嫣然从先前的惊吓中平复下了心情，小脸微沉地道。

"请记住，此次我前来萧家，是我的老师，云岚宗宗主，亲自首肯的！"抿着小嘴，纳兰嫣然微偏着头，有些无奈地道，"你可以把这当作是胁迫，不过，你也应该清楚，现实就是这样，没有什么事是绝对的公平，虽然并不想表达什么，可你也清楚你与我之间的差距，我们……

"基本没什么希望……"

听着少女宛如神灵般的审判，萧炎嘴角溢出一抹冷笑："纳兰小姐……你应该知道，在斗气大陆，女方悔婚会让对方有多难堪，呵呵，我脸皮厚，倒是没什么，可我的父亲！他是一族之长，今日若是真答应了你的要求，他日后如何再掌管萧家？还如何在乌坦城立足？"

望着脸庞充斥着暴怒的少年，纳兰嫣然眉头轻皱，眼角瞟了瞟首位上那忽然间似乎衰老了许多的萧战，心头也是略微有些歉然，轻咬了咬樱唇，沉吟了片刻，灵动的眼珠微微转了转，忽然轻声道："今日的事，的确是嫣然有些莽撞了，今天，我可以暂时收回解除婚约的要求，不过，我需要你答应我一个约定！"

"什么约定？"萧炎皱眉问道。

"今日的要求，我可以延迟三年，三年之后，你来云岚宗向我挑战，如果输了，我便当众将婚约解除，而到那时候，想必你也进行了家族的成年仪式，所以，就算是输了，也不会让萧叔叔脸面太过难堪，你可敢接？"纳兰嫣然淡淡地道。

"呵呵，到时候若是输了，的确不会再如何损耗父亲的名声，可我，或许这辈子都得背负耻辱的失败之名了吧，这女人……还真狠哪！"心头悲愤一笑，萧炎的面庞，满是讥讽。

"纳兰小姐，你又不是不清楚炎儿的状况，你让他拿什么和你挑战？如此这般侮辱于他，有意思吗？"萧战一巴掌拍在桌面之上，怒然而起。

"萧叔叔，悔婚这种事，总需要有人去承担责任，若不是为了保全您的面了，嫣然此刻便会强行解婚！然后公布于众！"几次受阻，纳兰嫣然也是有些不耐烦，转过头对着沉默的萧炎冷喝道，"你既然不愿让萧叔叔颜面受损，那么便接下约定！三年之后与现在，你究竟选择前者还是后者？"

"纳兰嫣然，你不用做出如此强势的姿态，你想退婚，无非便是认为我萧炎一介废物配不上你这天之骄女，说句刻薄的，你除了美貌之外，其他的本少爷根本瞧不上半点！云岚宗的确很强，可我还年轻，我还有的是时间，我十二岁便已经成为一名斗者，而你，纳兰嫣然，你十二岁的时候，是几段斗之气？没错，现在的我的确是废物，可我既然能够在三年前创造奇迹，那么日后的岁月里，你凭什么认为我不能再次翻身？"面对着少女咄咄逼人的态势，沉默的萧炎终于犹如火山般地爆发了起来，小脸冷肃，一腔话语，将大厅之中的所有人都震得发愣，谁能想到，平日那沉默寡言的少年，竟然如此厉害。

纳兰嫣然嚅动着小嘴，虽然被萧炎对她的评价气得俏脸铁青，不过却是无法申辩，萧炎所说的确是事实，不管他现在再如何废物，当初十二岁成为一名斗者，却是真真切切，而当时的纳兰嫣然，方才不过八段斗之气而已……

"纳兰小姐，看在纳兰老爷子的面上，萧炎奉劝你几句话，三十年河东，三十年河西，莫欺少年穷！"萧炎铮铮冷语，使得纳兰嫣然娇躯轻颤了颤。

"好，好一句莫欺少年穷！我萧战的儿子，就是不凡！"首位之上，萧战双目一亮，双掌重砸在桌面之上，溅起茶水洒落。

咬牙切齿地盯着面前冷笑的少年，纳兰嫣然常年被人娇惯，哪曾被同龄人如此教训，当下气得脑袋发昏，略带着稚气的声音也是有些尖锐："你凭什么教训我？就算你以前的天赋无人能及，可现在的你，就是一个废物！好，我纳兰嫣然就等着你再次超越我的那天，今天解除婚约之事，我可以不再提，不过三年之后，我在云岚宗等你，有本事，你就让我看看你能翻身到何种地步！如果到时候你能打败我，我纳兰嫣然今生为奴为婢，全都由你说了算！"

"当然，三年后如果你依旧是这般废物，那纸解除婚约的契约，你也给我乖乖地交出来！"

望着小脸铁青的少女，萧炎笑着嘲讽出了声："不用三年之后，我对你，实在是提不起半点兴趣！"说完，也不理会那俏脸冰寒的纳兰嫣然，霍然转身，快步行到桌前，奋笔疾书！

墨落，笔停！

萧炎右手骤然抽出桌上的短剑，锋利的剑刃，在左手掌之上，猛然划出一道血口……

沾染鲜血的手掌，在白纸之上，留下刺眼的血印！

轻轻拈起这份契约，萧炎发出一声冷笑，在路过纳兰嫣然面前之时，手掌将之重重地砸在了桌面之上。

"不要以为我萧炎多在乎你这什么天才老婆，这张契约，不是解除婚约的契约，而是本少爷把你逐出萧家的休书！从此以后，你，纳兰嫣然，与我萧家，再无半点瓜葛！"

"你……你敢休我？"望着桌上的血手契约，纳兰嫣然美丽的大眼睛瞪得老大，有些不敢置信道，以她的美貌、天赋以及背景，竟然会被一个小家族中的废物，给直接休了？这种突如其来的变况，使得她觉得太不真实了。

冷冷地望着纳兰嫣然错愕的模样，萧炎忽然地转过身，对着萧战屈膝跪下，重重地磕了一个头，紧咬着嘴唇，却是倔强地不言不语……

虽然在家族之中，名义上是他把纳兰嫣然逐出了家族，可这事传出去之后，别人可不会这么认为，不清楚状况的他们，只会认为，是纳兰嫣然以强横的背景，强行使得萧家退婚，毕竟，以纳兰嫣然的天赋、美貌，以及背景，配萧家一废柴少爷，那是绝对地绰绰有余，没有人会认为，萧炎会有魄力休掉一位未来云岚宗的掌舵人……而如此，作为萧炎的父亲，萧战定然会受到无数讥讽……

望着跪伏的萧炎，明白他心中极为歉疚的萧战淡然一笑，笑吟吟地道："我相信我儿子不会是一辈子的废物，区区流言蜚语，日后在现实面前，自会不攻而破。"

"父亲，三年之后，炎儿会去云岚宗，为您亲自洗刷今日之辱！"眼角有些湿润，萧炎重重地磕了一个头，然后径直起身，毫不犹豫地向着大厅之外行去。

在路过纳兰嫣然之时，萧炎脚步一顿，清淡的稚嫩话语，冰冷吐出：

"三年之后，我会找你！"

少年的背影在阳光的照耀下，被拉扯得极长，看上去，孤独而落寞。

纳兰嫣然小嘴微张，有些茫然地盯着那道逐渐消失的背影，手中的那纸契约，忽然地变得重如千斤……

"三位，既然你们的目的已经达到，那便请回吧。"望着离开的少年，萧战脸庞淡漠，掩藏在衣袖中的拳头，却是捏得手指泛白。

"萧叔叔，今日之事，嫣然向您道歉了，日后若是有空，请到纳兰家做客！"躬身对着脸色漠然的萧战行了一礼，纳兰嫣然也不想多留，起身向着大厅之外行去，后面，葛叶与那名英俊的青年急忙跟上。

"聚气散也带走！"手掌一挥，桌上的玉匣子，便被萧战冷冷地甩飞了出去。

葛叶手掌向后一探，稳稳地抓住匣子，苦笑了一声，将之收进了戒指内。

"纳兰家的小姐，希望你日后不会为今日的大小姐举动而感到后悔，再有，不要以为有云岚宗撑腰便可横行无忌，斗气大陆很大很大，比云韵强横的人，也并不少……"在纳兰嫣然三人即将出门的刹那，少女轻灵的嗓音，带着淡淡的冷漠，忽然地响了起来。

三人脚步猛地一顿，微变的目光，投向了角落中，那轻轻翻动着书籍的紫裙少女身上。

阳光从门窗缝隙中投射而进，刚好将少女包裹其中，远远看去，宛如在俗世中盛开的紫色莲花，清净优美，不染尘埃……

似是察觉到三人的目光射来，少女从古朴的书页中抬起了精美的小脸，那双宛如秋水的美眸，忽然地涌出一袭细小的金色火焰……

望着少女眸中的细小金色火焰，葛叶身体猛地一颤，惊恐的神色顷刻间覆盖了那苍老的面孔，干枯的手掌仓皇地抓着正疑惑的纳兰嫣然以及那名青年，然后逃命般地蹿出了大厅之中……

瞧着葛叶的举动，大厅内除了少数几人之外，其他的都不由得满脸错愕……

第八章
神秘的老者

表情淡漠地离开大厅，有些神不守舍的萧炎按照平日的习惯，慢慢地攀上了家族的后山，坐在山壁之上，平静地望着对面笼罩在雾气之中的险峻山峦，那里，是加玛帝国闻名的魔兽山脉。

"呵呵，实力哪……这个世界，没有实力，连一坨屎都不如，至少，屎还没人敢去踩！"肩膀轻轻地耸动，少年那低沉的自嘲笑声，带着悲愤，在山顶上缓缓地徘徊。

十指插进一头黑发之中，萧炎牙齿紧紧地咬着嘴唇，任由那淡淡的血腥在嘴角散开，虽然在大厅中他并没有表现出什么不妥的情绪，可纳兰嫣然的那一句句话，却是犹如刀割在心头一般，使得萧炎浑身战栗……

"今日的侮辱，我不想再受第二次！"摊开那有着一道血痕的左手，萧炎的声音，嘶哑却坚定。

"嘿嘿，小娃娃，看来你需要帮助啊？"

就在萧炎心中刻下誓言之时，一道苍老的怪笑声，忽然传进了耳朵。

小脸一变，萧炎霍然转身，鹰般锐利的目光在身后一阵扫视，可却未曾发现半个人影……

"嘿嘿，别找了，在你手指上呢。"

就在萧炎以为只是错觉之时，那怪笑声，再次不着痕迹地传出。

眼瞳一缩，萧炎的目光，陡然停在了右手的黑色古朴戒指上。

"是你在说话？"萧炎强忍住心头的惊恐，努力让自己声音平静下来。

"小娃娃定力还不错，竟然没被吓得跳下去。"戒指之中，响起戏谑的笑声。

"你是谁？为什么在我的戒指之中？你想干什么？"

略微沉默之后，萧炎口齿清晰地询问出了关键问题。

"我是谁你就先别管了，反正不会害你便是。唉，这么多年，终于碰见个灵魂强度过关的人了，真是幸运，嘿嘿，不过还是得先谢谢小娃娃这三年的供奉啊，要不然，我恐怕还得继续沉睡。"

"供奉？"疑惑地眨了眨眼睛，片刻之后，萧炎那张小脸骤然阴沉了下来，森寒的字眼，从牙齿间，艰难地蹦了出来，"我体内莫名其妙消失的斗之气，是你搞的鬼？"

"嘿嘿，我也是被逼无奈啊，小娃娃可别怪啊。"

"我去你的吧！"

一向自诩沉稳冷静的萧炎，此刻忽然宛如疯子般地暴跳起来，小脸布满狰狞，也不管这是母亲留给自己的遗物，不假思索地立马扯下手指上的戒指，然后将之奋力对着陡崖之下，掷甩了出去……

戒指刚刚离手，萧炎心头猛地一清，急忙伸手欲抓，可离手的戒指，已经径直掉下了悬崖……

愣愣地望着那消失在雾气中的戒指，萧炎愕然了好片刻，小脸缓缓地平静了下来，懊恼地拍了拍额头："蠢货，太莽撞了，太莽撞了！"

刚刚知晓自己三年来受辱的罪魁祸首竟然便是一直佩戴的戒指，也难怪萧炎会失控成这模样。

在悬崖边坐了好片刻，萧炎这才无奈地摇了摇头，爬起身来，转过身，眼瞳猛地一瞪，手指惊颤地指着面前的东西……

在萧炎的面前，此时正悬浮着一颗漆黑的古朴戒指，最让萧炎震惊的，还是戒指的上空处，正飘荡着一道透明苍老人影……

"嘿嘿，小娃娃，用不着这么暴怒吧？不就是吸收了你三年的斗之气嘛。"透明的老者，笑眯眯地盯着目瞪口呆的萧炎，开口道。

嘴角一阵抽搐，萧炎的声音中，压抑着怒气："老家伙，既然你躲在戒指之中，那么也应该知道因为你吸收了我的斗之气，给我带来了多少嘲骂吧？"

"可在这三年的嘲骂中，你成长了不是？你认为如果是在三年之前，你能拥有现在这般的隐忍力与心智吗？"不置可否地笑了笑，老者淡淡道。

眉头一皱，萧炎心情也是逐渐地平复了下来，在暴怒完毕之后，欣喜随之而来，既然知道了斗之气的消失之谜，那么现在，他的天赋，定然也是已经归来！

只要一想起终于有机会脱去废物的头衔，萧炎的身体，此刻几乎犹如重生般地舒畅了起来，面前那可恶的老头，看起来，也并不太过讨厌了。

有些东西，只有当失去了，才知道它的珍贵！失而复得，会让人更加珍惜！

轻轻舒展了一下手腕，萧炎长长地吐了一口气，仰头道："虽然不知道你究竟是谁，不过我想问句，你以后还想依附在戒指中吸取我的斗之气？如果是那样的话，我劝你还是另外去找宿主吧，我养不起你。"

"嘿嘿，别人可没有你这般强横的灵魂感知力。"老者摸着一缕胡须笑了笑，"既然我自己选择了现身，那么以后在未得到你的许可之前，自然不会再吸收你的斗之气。"

萧炎翻了翻白眼，冷笑不语，他已打定主意，不管这老东西如何花言巧语，也不会再让他跟在自己身边。

"小娃娃，想变强吗？想受到别人的尊崇吗？"虽然心头已经将老者划为了不招惹的一方，不过在这番话中，萧炎的心脏，还是忍不住地跳了跳。

"现在我已经知晓了斗之气消失的缘故，以我的天赋，变强还需要你吗？"缓缓地吸了一口气，萧炎淡淡地道，他心中知道，天下没有白吃的午餐，莫名其妙接受一位神秘人的恩惠，可不是什么明智的决定。

"小娃娃，你的天赋固然很好，但你得知道，你现在已经十五岁了，而你的斗之气，却才第三段，我似乎听过，你明年就该进行成年仪式了吧？你认为，你能在短短一年之内，光靠勤奋修炼便飙升至七段斗之气？而且你先前还和那少女打了三年的赌，那女娃娃的天赋，可不会比你低多少噢，你想追上她并且将之超越，哪有这么容易。"老者那皱纹满布的老脸，此刻犹如一朵盛开的菊花。

"要不是你吸收我的斗之气，我能被她如此羞辱？你个老混蛋！"被老者捅到痛处，萧炎小脸再次阴沉，气得咬牙切齿地大骂了起来。

一通大骂过后，萧炎又自己萎靡了下来，事已至此，再如何骂也是于事无补，斗气的修炼，基础尤为重要，当年自己四岁练气，炼了整整六年，才具备九段的斗之气，即使现在自己的天赋已经恢复，可想要在一年时间内修炼至七段斗之气，基本上是没多大的可能……

沮丧地叹了一口气，萧炎眼睛瞟了瞟那故作高深莫测模样的透明老者，心头一动，撇嘴道："你有办法吧？"

"或许吧。"老者含糊地怪笑道。

"你帮助我在一年时间达到七段斗之气，你以前吸收我三年斗之气之事，便一笔勾销，怎么样？"萧炎试探地问道。

"嘿嘿，小娃娃好算计哪。"

"如果你对我没什么帮助，那我何必带个拖油瓶在身边？我看，您老还是另外找个倒霉蛋屈身吧……"萧炎冷笑道，聊了片刻，他也看出了这透明的老者似乎并不能随便吸收别人的斗之气。

"你可一点都不像是个十五岁的少年，看来这三年，你真成长了许多，这能算是我自食恶果吗？"望着油滑的萧炎，老者一愣，旋即有些哭笑不得地摇了摇头。

萧炎摊了摊手，淡淡地道："想让我继续供奉你，你总得拿出一些诚意吧？"

"真是个牙尖嘴利的小娃娃，好，好，谁让老头我还有求你这小家伙呢。"无奈地点了点头，老者身形降下地面，目光在萧炎身上打量了几番，一抹奸计得逞的怪笑在脸庞上飞速浮现，旋即消散，迟疑了一会儿，似乎方才极其不情愿地开口道，"你想成为炼药师吗？"

第九章

药老！

"炼药师？"

闻言，萧炎一怔，旋即眉头大皱："在斗气大陆，只要是个人，都想成为炼药师，可炼药师，是随便什么人都能当上的吗？那些苛刻的条件……"话音忽然一顿，萧炎猛地抬头，张大着嘴："我达到了？"

非常欣赏萧炎这副震撼中夹杂着期盼与狂喜的神色，老者抚着胡子想了片刻，又上下打量了一番，方才似乎有些为难地叹道："虽然只是勉强够格，不过谁让我欠你一个人情呢，唉，罢了，就当是还人情债吧……"

斜瞥着一脸勉强的老者，萧炎的心中，总觉得这老家伙所说的勉强够格有点假，不过此时他也懒得深问，只是在欣喜之余，还有着几分怀疑："就算我达到了条件，可炼药师一般都是由老师手把手地亲自教导，你，难道也是一位炼药师？"

望着萧炎那满是怀疑的小脸，老者嘿嘿一笑，胸膛微微挺了起来，声音中，也是隐隐透出一股自傲："没错，我就是一名炼药师！"

眼睛一眨，萧炎望向老者的目光，顿时亮堂了起来，炼药师啊，那可是稀有生物哪……

"老先生，请问一下，您以前，是几品炼药师？"萧炎舔了舔嘴唇，稚嫩的声音中多了一分客气。

斗气大陆，炼药师虽然稀少，不过由于尊贵的身份，所以也有着明确的等级制度，由低到高，分为一至九品，先前大厅中纳兰嫣然手中的聚气散的主人，丹王古河，便是一名六品的炼药师，在加玛帝国的炼药界中，堪称第一人。

"几品？嘿嘿，记不得咯……哎，小家伙，你究竟学不学啊？"摇晃着脑袋，老者忽然有点不耐地问道。

"学，学！"

萧炎不再犹豫，小脑袋急忙点动，炼药师，即使是云岚宗那种庞大势力，也都要奉为上宾的珍贵级别人物哪。

"嘿嘿，愿意？愿意那就拜师吧。"老者在一块青石之上盘起了双腿，奸诈地笑道。

"还要拜师吗？"

"废话，你不拜师便想让我倾囊相授，做梦呢？"老者翻了翻白眼，显然，性子有些迂腐的老头，很在乎这种师徒关系。

无奈地撇了撇嘴，为了成为一名尊贵的炼药师，萧炎也只得恭恭敬敬地对着老者行了拜师礼。

一板一眼地瞧着萧炎礼数齐全了，老者这才满意地点了点头，声音中也是多了几分亲切："我名为药老，至于我的来历，现在还是先不和你说，免得你分心，你只需要知道，像那什么号称丹王的货色，其实……其实也就是屁罢了。"

嘴角一阵抽搐，萧炎望着老者那随意的模样，刚欲出口的话，生生地咽了下去："这老头到底是什么来历？名震加玛帝国的丹王古河，是个屁？……这话如果放了出去，恐怕会被整个加玛帝国嘲笑成神经病吧？"

轻吸了一口气，压下心中的震惊，萧炎眼珠一转，涎着小脸，嘿嘿道："不知老师打算怎么让我在一年时间内，达到七段斗之气？"

"虽然这三年时间，你的斗之气一直在倒退，可也正因为如此，才导致你根基比常人更扎实，斗气修炼，根基是重中之重！日后你便能察觉到，这三年实力倒退给你带来了多大的好处！"药老脸庞笑容缓缓收敛，正色道。

萧炎有些愕然，他还真不知道，实力倒退给他带来什么好处。

"那什么时候教我炼药术啊？"转动着眼珠的萧炎，将主意打到了最重要的东西上面。

"想要成为炼药师，就必须需要火焰斗气的支撑，所以，在学会炼药术之前，你至少得先成为一名斗者以及修炼一门火属性的斗气功法！"

"火属性功法？嘿嘿，老师，既然我是你的弟子，那你拿本天阶火属性功法给我修炼吧？"萧炎伸出手，笑着讨要道。

"鬼扯，你当天阶功法是地上的野薯啊？亏你开得了口！"闻言，药老脸庞一抖，哭笑不得地骂道。

"老头，既然入了你的门下，你总不能还让我去族中找功法吧？我们家族中最顶尖的火属性功法，我记得也不过才黄阶高级，这也太寒碜人了吧？"萧炎一张小脸，很是郁闷。

"小崽子，是老师，不是老头！"

被萧炎的称呼气得翻了翻眼皮，药老没想到这才刚刚拜完师，这小家伙就爬头上来了。

"哼，既然入我门下，自然不会寒碜到你，天阶功法，我没有！不过我倒是有种比天阶功法还要诡异的功法，你学不学？"轻哼了一声，药老浑浊的老眼中，忽然间阴谋盎然。

"比天阶功法还要诡异？"

心头一跳，萧炎咽了口唾沫，黑色的眸子，不经意间，悄悄炽热："那是什么级别的功法？"

"黄阶低级。"药老的微笑声，使得萧炎小脸顿时僵硬了下来。

"老头，你耍我？"

片刻之后，山顶之上响起了少年愤怒的咆哮。

望着面前小脸气得扭曲的小家伙，药老得意地笑了起来，能够把这冷静得像小妖怪的萧炎气成这副模样，他还真是挺有成就感的。

"那功法有什么诡异的？"盯着药老戏谑的脸庞，萧炎忽然静了下来，皱眉询问道。

"它能进化！"略微沉默，药老微笑道。

瞳孔猛地一缩，萧炎双眼眨也不眨地盯着面前的药老，半晌之后，方才摇了摇头："不可能！我可从没听说过有什么功法，具有进化的能力！"

"喊，你这小家伙知道什么，斗气大陆辽阔无比，奇人异事数不胜数，在你这从未出过加玛帝国的小家伙眼中，不可能的东西，多得海去了。"药老不屑地讥讽道。

萧炎一滞，旋即不服道："难道你听说过别的功法，能够进化？"

药老笑容微僵，片刻后干笑着摇了摇头，道："就是因为没有，才能显出我这功法的独特啊！"

"真能进化？"瞧着药老认真的面孔，萧炎忍不住地再次开口问道。

"真能进化！"药老非常肯定地点头。

"你修炼过？"萧炎再次问道。

"呃……没有。"药老干笑着摇了摇头。

"那别人修炼过？"

"呃……没有。"

额头之上，青筋鼓动着，萧炎拳头紧紧地握在一起，强忍住想一拳轰过去的冲动，声音中压抑着怒气："没人修炼过，那你怎么知道它能进化？"

"功法上，是这么介绍的。"药老讪讪地笑道。

"竟然真有这种功法？"眉头紧紧地皱起，萧炎踌躇了一下，然后转着漆黑的眼珠子，道，"能让我看看吗？"

"嘿嘿……"怪笑着扫了一眼满脸好奇的萧炎，药老嘴角一咧，却是忽然话音一转，"算了，现在你看了也没什么用，还是等你成为一名斗者之时，我再传于你吧。"

伸出的手掌有些僵硬，萧炎嘴角狠狠地抽搐了半晌，方才漏风般地从牙齿缝中逼出两字："你狠！"

畅快地大笑了几声，药老无视萧炎那充斥着怒火的黑色眸子，笑道："现在的任务，还是在一年内，先把你的斗之气修炼至第七段吧。"

"你有什么办法？"萧炎强行压下心中对那神秘功法的好奇，咬着牙问道。

"初段斗之气的修炼，主要是扩经锻体，强化脉络，为以后体内凝聚斗气打下根基，由于人体在这个年龄阶段，体内脉络是最脆弱与具有塑造性的时候，所以，这个修炼程序，必须循序渐进，不能采取半点外力措施，否则日后体内斗气逐渐强大时，脉络便将因为禁受不起越加强大的斗气冲击，而最终导致脉断人亡的下场！"药老脸色凝重地道。

对于这点，萧炎倒是明白，在他成为废物的三年中，他的父亲因为心急，几次都想强行向他体内灌注斗气，不过每次都在紧急关头刹了车，所以，萧炎很清楚这其中的利害关系。

药老瞟了一眼小脸平静的萧炎，满意地点了点头，笑道："对其他人来说，的确如此，可你则不同，你体内的基础，早在三年前便已牢固可靠，而且这几年你性子也是坚定，从未落下过一天的修炼，所以，现在你的基础，为师可以毫不客气地说，非常棒！"

"你难道是想用外力拔高我的实力？比如吃丹药？"萧炎眼珠转了转。

"差不多吧，不过，以你现在脉络的坚韧程度，可禁受不起任何一种丹药能量的冲击，即使是最低级的聚气散，那也不行！"药老淡淡地笑道。

"最低级的聚气散……"手指颤了颤，萧炎有些想翻白眼，那在加玛帝国被炒成天价的奇药，到了自己这神秘老师口中，竟然成了最低级的东西，这两者间的差别，实在让萧炎有些错愕。

"那您的办法？"深吸了一口气，萧炎回复平静，皱眉低声道。

"呵呵，丹药效力太猛，容易伤了脉络，所以我们必须采取更加温和的方式！"药老微微一笑，道，"明日，你准备三枝完整的紫叶兰草，年份越久越好，还有，两株洗骨花，这东西年份随意，哦，对了，还有一颗木系的一级魔核，这些都是低级材料，想必你能搞到……有人上来了，我先回戒指了！另外，别让任何人知道我的存在，包括你最亲近的人。"说完，药老也不顾嘴巴越张越大的萧炎，径直投进了黑色戒指之中，戒指微微一颤，准确地套在了萧炎手指上。

"三枝完整的紫叶兰草？两株洗骨花？一枚木系一级魔核？老家伙，你有没搞错？你当我是哪个皇室的王子不成？这几样东西加起来，起码要上千金币啊！我这么多年省吃俭用，也不过才四百金币的存款，这才刚刚够买一颗一级魔核啊！"萧炎捧着戒指，瞪着眼大骂道。

"那是你的事，嘿嘿，我配置的温养灵液，别人有钱还买不到呢，只让你出点材料钱，便心疼成这模样……"药老那戏谑的笑声，在萧炎的心中响了起来。

　　"……妈的，炼药师配置出来的东西，果然只有有钱人才用得起。"萧炎无奈地苦笑了一声，他在萧家每月的零花钱，也并不少，足有二十枚金币，这些钱，放在外面，能够让一个平民家庭饱饱地过上一年，可拿这些钱去买药老先前所说的那些材料，却仅仅只是九牛一毛而已，这，就是差距！

　　"唉，只能找人去借了……"郁闷地叹息了一声，萧炎缓缓收敛了情绪，小脸回复以往的平静，转头望向山路上，那里，一道紫色的倩影，正宛如精灵一般，轻灵跃来。

第十章
借 钱

　　脚尖在山岩之上轻轻一点，萧薰儿宛如一只紫色蝴蝶一般，曼妙的身姿划起诱人弧线，轻灵地跃上了山顶，微偏着头，目光扫向悬崖边的少年。

　　望着少年，薰儿微微一愣，虽然仅仅半天不见，不过她却是觉得，现在的萧炎，似乎比先前，多了点什么……

　　当两双眸子在山风摇曳间相遇之时，薰儿终于察觉到少年多出了什么，那是——自信！

　　时隔三年，昔日少年身上最闪亮的光环，似乎终于再次归来。

　　有些迷醉于少年嘴角那若隐若现的笑容，萧薰儿俏美的脸颊，浮现可爱的小酒窝，浅笑道："看萧炎哥哥现在的模样，似乎并不需要薰儿来宽慰了？"

　　"人经历了打击，总得成长不是？"萧炎耸了耸肩，笑道。

　　"她一定会后悔的。"

　　薰儿抿着小嘴，轻笑道，信誓旦旦的模样，宛如审判。

　　萧炎淡淡一笑，随意理了理衣衫，走向少女。

　　走得近了，瞧着已经和自己差不多高的萧薰儿，目光再扫向那张略显稚嫩的美丽小脸，萧炎心头忽然有些恍惚，当年那流着鼻涕，跟在自己屁股后面瞎晃悠的小东西，如今竟然也是出落得这般水灵动人……

　　轻轻地笑了笑，少年目光温醇，手掌毫不客气地在少女惊愕的目光中捏了捏那娇嫩的小脸，笑道："薰儿也长大了啊，不过还好，没忘记萧炎哥哥小时候为了给你摘果子摔得满身青肿的狼狈样。"

被萧炎的亲昵举动震得愣了好半晌，亮晶晶的灵动眸子盯着那双不含杂质的漆黑眼瞳，薰儿心中轻轻地笑了。

小时候，他就喜欢捏着自己胖嘟嘟的小脸，可自从三年前的那事后，他便犹如在心灵中竖起了围墙，将所有人都挡在外面，就算自己再如何努力靠近，都会被他那不冷不热的态度刺得黯然离去……

"他真的回来了……不过，他似乎还是把我当成小时候的跟屁虫，真是根木头……"轻轻地噘了噘小嘴，旋即薰儿又有些责怪自己的贪心。

"薰儿，这三年，可别怪萧炎哥哥，那段时间，我自己都活得浑浑噩噩的，不过还好，有你在身边陪着。"萧炎有点尴尬地搔了搔头，歉意地道。

薰儿甜甜一笑，三年所受的一些委屈，在少年生涩的道歉声中，顿时烟消云散。

"咳，对了，薰儿……你手上还有多少钱啊？"松开手中娇嫩的小脸，萧炎忽然干笑着问道。

在家族中，除了父亲，便只有薰儿与他关系很好，今天给父亲丢了那么大的面子，他可没脸再去找父亲借钱，所以，也只能把念头打到薰儿身上了。

"钱？"眨巴了一下亮晶晶的大眼睛，薰儿愕然道，"萧炎哥哥需要钱吗？"

"咳……要买点东西，还缺一点。"萧炎小脸有些通红，前生今世，这都是他第一次找女孩子借钱啊。

头一次看见心中淡然的萧炎哥哥露出这副窘迫的模样，薰儿顿时有些觉得大开眼界，捂着小嘴娇笑道："我还有一千多枚金币，够吗？如果不够的话……"在说着话的同时，薰儿那背在身后的一只纤手上，屈指轻弹，一张紫金色的卡片突兀地出现在了纤纤双指间，卡片之上，闪烁着五道不同颜色的波纹。

五纹紫金卡，在斗气大陆上，至少需要斗灵的实力，才有资格办理这种代表身份的金卡，当然，一些超然势力，也具备这种资格。

"够了，够了……"欣喜地点了点头，萧炎忍不住地又想去捏薰儿的漂亮脸蛋，不过好在最后硬生生地止了下来。

"放心吧，等以后我会把钱尽数地还你。"拍了拍胸口，萧炎承诺道。

"谁稀罕你还呢……"小嘴微撇，薰儿背后的紫金卡片，也被她快速地收了起来。

"走吧，天晚了，明天我带你去逛逛乌坦城。"萧炎对着少女挥了挥手，率先对着山下兴奋地跳跃而去。

立在原地，薰儿微笑地盯着那回复了三年前飞扬洒脱的少年，轻轻一笑，低声喃喃道："纳兰嫣然，我究竟该恨你，还是该谢你？"

……

清晨的阳光从窗户间射将进来，照在床榻之上盘腿修炼的少年身上，暖洋洋的……

"呼……"

静坐许久之后，萧炎长长地吸了一口气，一股肉眼可见的淡白气流，顺着口鼻中，灌入了身体之内，温养着骨骼。

眼眸乍然睁开，眼中白芒掠过，萧炎缓缓地伸了一个懒腰，满脸的迷恋与陶醉："就是这股感觉，三年了啊，变强的感觉，终于再次回来了。"

慢吞吞地爬下床，活动了一下筋骨，然后换了一身衣衫，门外传来了薰儿那动听的轻灵嗓音："萧炎哥哥，还没起来？"

"这丫头，来得真早。"无奈地摇了摇头，萧炎转身在柜子中翻腾了一会儿，最后抱出个小匣子，小心翼翼地将之打开，顿时一片金光射了出来，使得萧炎眼睛微微眯起……

"这可是我全部的家当了啊。"抱起小匣子，萧炎苦笑着摇了摇头。

推门走出，望着门口的青春少女，萧炎不由得轻佻地吹了声口哨。

今天的薰儿，换了一身得体的淡绿色装饰，清淡的颜色，更是使得少女多了几分清纯，一条紧腿长裤将那纤细而修长的美腿包裹得极为圆润，曲线毕露。

长腿，翘臀，略微发育的小胸脯，现在的薰儿，无疑很像地球上的妙龄少女，充满着活力与诱人的青春气息，当然，不得不说，那股独特的淡雅气质，却是萧炎从未在其他女孩身上见过……

"喏，你需要的东西。"瞧着萧炎出来，薰儿笑吟吟地递过来一张黑色卡片，这是普通的存金卡，最大值不能超过五千金币。

随手接过黑卡，萧炎打趣道："小妮子穿这么漂亮想干什么？难道和别人有约吗？"

"是啊，是啊，这可是萧炎哥哥三年来第一次邀请我一起出去呢，薰儿可是很受宠若惊哦，当然要打扮得漂亮一点。"萧炎的亲昵取笑，使得薰儿眼眸弯成了浅浅的月牙，俏皮地娇笑道。

无奈地摇了摇头，心情大好的萧炎，也是笑着回了几句，两人笑谈着向着家族之外行去，半路上，也遇见了一些族人，在瞧得他与薰儿亲昵谈笑的模样之后，都是不由得面露奇异之色。

现在的薰儿，无论是美貌还是天赋，都是家族中年轻一辈最耀眼的明珠，平日在家族中，虽然看似温雅和气，不过在那淡淡的微笑之下，却是蕴含着一股隐晦的冷漠，和她打个招呼，容易，想要深聊，很难。

没有理会这些族人的神色，萧炎领着薰儿，直接出了家族，然后放慢了速度，悠闲地在人来人往的大街之上游荡着……

乌坦城不愧是加玛帝国的大型城市之一，人气极为旺盛，虽然现在是炎炎烈日，可大街之上，人流依然汹涌，甚至还能偶尔看见一些奇异的种族。

或许是由于萧炎的陪伴，出了家族后，薰儿变得活泼了许多，拉着无奈的萧炎，不断地在各处摊位前乱窜，少女轻灵的娇笑声，使得处在炎热暴晒之下的街道，清凉了几分。

在薰儿玩倦之后，萧炎这才带着她寻了附近的药材店，花了九百多枚金币，买下了三枝二十年份的紫叶兰草以及两株五年份的洗骨花，这些都是低级材料，只要花些钱，便能够在药材店中买到，当然，如果还想要更高级的材料，那便只能自己去寻找，或者去坊市、拍卖会等地方了。

望着手中急速缩水的财产，萧炎苦笑着摇了摇头，现在，他终于明白了钱在斗气大陆，有多重要了……

药材已经到手，唯一还缺的，便是一枚一级的木系魔核了！

第十一章
坊 市

魔核，在斗气大陆之上，也被称为魔晶，以及灵丹药的雏形等等，顾名思义，这是魔兽体内的一种能量晶核，其内充斥着极为狂暴的天地能量，对于这种狂暴能量，就算是一名斗王，也不敢冒着爆体的危险，将之强行吸入。

然而魔核虽然并不能直接供人吸收，不过它却是炼药师炼药时必不可缺的主材料，经过炼药师用秘法炼制过的魔核，会被一些神奇的药草中和掉狂暴属性，摇身变为无数人垂涎至极的各种提升实力的灵药，身价顿时暴涨！

再有，魔核也能加持在武器之上，被加持了魔核的武器，破坏力不仅将会更胜一筹，而且还具备增幅斗气的诱人特效，深受斗气大陆斗者阶层的追捧。

当然，除了武器，魔核也能加持在盔甲等物品之上，给主人带来强悍的防御力，让人在面对危险之时，更多了几分生命的保障。

如此众多的特效，自然使得魔核当之无愧地成了斗气大陆最受欢迎的主流材料，不仅斗者，就连那些尊贵的炼药师，也常常会屈身满世界寻找高等级的魔核，以炼制更高级的丹药。

在这种潮流的带动之下，大陆之上的魔核，几乎是常年处于供不应求的境地，高等级的魔核只要一出现在拍卖会或者其他之地，立马便将会被人高价收走。

魔核的昂贵，自然造就出了大批专以捕杀魔兽为生的佣兵团，不过，魔核的获得，却并不是一件容易的事。

首先，魔兽不仅实力强悍，并且异常狡诈，由于凶狠的本性以及特殊的攻击方式，魔兽往往比同等级的人类强者要强上几分，所以，想要单独猎杀同等级的魔兽，没有过人的实力，很容易偷鸡不成蚀把米。

其次，并不是所有的魔兽，体内都具有魔核这种能量结晶，这似乎是一种随机的概率，有时候，当一个佣兵团以半个团人员的伤亡击杀了一头魔兽，说不定到头来，却是两手空空，这种事，在斗气大陆，屡见不鲜，并不算稀奇……

因此，魔核在斗气大陆上的身价，一直都是久居其上，极为抢手。

……

带着薰儿在宽敞的街道上拐了几拐，最后窜进了位于城市偏南的一处中型坊市，这种中型坊市，在乌坦城足有好几个，分别被城市中的三大家族把持，萧炎所来的这处坊市，便是由他们萧家掌控……

说是掌控，其实还不如说是维持坊市的秩序与安全，而作为报酬，在坊市中摆摊交易的佣兵或者商人，就得向家族缴纳一些佣金，这都是斗气大陆一直以来的规矩，倒也很少见到什么人来犯浑捣乱。

从坊市大门进入，门口处，还有两名萧家的护卫，他们显然也是认识萧炎二人，瞧得他们的到来，都是一愣，旋即略微躬身。

微微点头，萧炎径直走进，站在大门边，望着里面那川流不息的人流，忍不住地咂了咂嘴，难怪家族对坊市的掌管比较严格，以这种人气所带来的利润，恐怕不会小……

"三少爷，薰儿小姐，您二位来坊市，是想购买点什么吗？"就在两人被人流晃得有些眼花的时候，恭敬的声音，从身后传来。

听着声音，萧炎回转过头，七八名身着萧家统一服饰的大汉，正站立身后，而说话者，则是领头一位三十岁左右的壮年男子，男子胸口配有一道徽章，徽章上，绘着六颗金星，显然，他是一名六星斗者。

瞧着萧炎疑惑的视线，男子憨厚一笑，恭声道："三少爷，我叫佩恩，是族长大人亲自任命的护卫队长，专门护卫坊市的安全，呵呵，少爷去年过生日，佩恩还来见过……"

"哦，原来是佩恩大叔啊。"

萧炎眨巴了一下眼睛，虽然对这位大汉没什么印象，不过刚才他的介绍语，却使得萧炎小脸上扬起了笑容，既然是父亲亲自任命的，那么自然是他的直系属下，忠诚度，应该不会有什么问题。

　　萧家虽然并不是什么超级大势力，不过家族中，却也同样分为几派，如果面前的大汉是另外几位长老派系的人，那他也懒得理会，随意敷衍便可了事。

　　"在族中待得无聊，所以出来逛逛，佩恩大叔你去忙你的吧，如果有事，我叫你便是。"萧炎稚嫩的声音，并没有少爷的骄横，反而客气温和，让人闻之心情舒畅。

　　一声大叔敬称，使得佩恩脸上的笑容顿时浓了几分，同时也更热切了一些，搔了搔脑袋，点头笑道："那三少爷便随意逛吧，坊市中到处都有我们的人，如果有事，喊一声就行。"

　　礼貌地点了点头，萧炎拉着薰儿，钻进人流之中，然后消失……

　　"帕里，带两个人跟着三少爷，警告一下坊市中的那些金手指，谁要是敢把主意打到三少爷与薰儿小姐身上，以后就不要在这里混了。"望着消失的少年与少女，佩恩回头轻喝道，脸庞上的憨厚，也是在瞬间化为精干。

　　"是，队长！"一名大汉沉声点头，手一挥，带着两名汉子混入了人流。

　　"呵呵，三少爷待人还是这般温和，真是让人舒坦……"望着汇入人流的三人，佩恩笑了笑，旋即惋惜地叹道，"这么好的少年，可惜，唉……"

　　遗憾地摇了摇头，佩恩也带着手下，巡街去了……

　　……

　　慵懒地跟在随意闲逛的萧炎身后，薰儿不着痕迹地瞟了一眼后面的人流，淡淡地微笑道："萧炎哥哥，那佩恩还不错。"

　　萧炎轻嗯了一声，目光在身旁一个摊位中扫了扫，他的灵魂感知力较之常人强上许多，所以后面跟来的护卫，他也知晓得清清楚楚，收回目光，萧炎放缓速度，和身旁的少女并排而行，嗅了嗅那如青莲般清雅的少女体香，偏头戏谑道："九段斗之气，却能感应到三名精通隐匿的护卫，薰儿，很不一般嘛……"

薰儿学着萧炎的模样，可爱地耸了耸肩，再次拿出杀手锏：微笑，沉默！

凝望着少女闭口不语的模样，萧炎唇边泛起温醇的笑意，手掌轻轻拍了拍少女的小脑袋，用只能两人听见的声音，低声笑道："虽然并不清楚你究竟是何身份，有何背景，不过，我只知道，你是我萧炎的妹妹，不管日后如何，记住，站在哥背后，风浪，哥帮你挡！"轻轻一笑，萧炎手掌再次轻拍，脚步加快，向前行去。

脚步顿住，薰儿扑闪着美丽的灵动大眼睛，盯着那说完话后，便潇洒前走的少年，在原地愣了好半晌，薰儿终于是回过了神，嘴角的柔和笑意逐渐扩大，最后将那张精致小脸渲染得极具诱惑。

人流重重的坊市之中，少女立足轻笑，清雅的身姿，恍若俗世青莲，清雅淡然……

"妹妹吗？薰儿可是很贪心的女孩子呢……"偏着小脑袋，薰儿轻轻呢喃了一声，旋即抿嘴淡笑，莲步微移，跟上了前面的悠闲少年。

……

跟着萧炎兜兜转转，却是慢慢地进入了坊市深处，坊市深处售卖之物，较之外面一般要珍贵上许多，所以，能来到此处购买的客户，在乌坦城也算是有几分实力。

趁着萧炎在埋头苦找魔晶的空当，薰儿也是无聊地来到一处干净的摊位前，盈盈停下了身子，伸出白皙娇嫩的皓腕，拿起一条淡绿手链，手链材质是普通货，只是加了一些冰银，让人触之冰凉，很适合夏天佩戴，材质虽然普通，不过却也别致清雅……

随意把玩了一番，薰儿刚欲购买，却是记起自己早将所有钱借给了萧炎，略微偏过头，看着那埋头忙着自己事务的少年，只得无奈地摇了摇头，冲着摊位后的老人歉意一笑，放下手链，再次慵懒地前行……性子淡雅的她，很难会主动要求谁给自己买什么东西，即使，是萧炎……

往前走了不远，有些无聊的薰儿刚想打算回去陪着萧炎，一道清朗的笑声，忽然地从前面传来。

"咦，这不是薰儿小姐吗？呵呵，没想到竟然会在此处遇见，真是缘分啊。"

纤细的眉头轻轻一皱，薰儿循声而望，却是见到一堆人正涌过来，在人群中，众星拱月般地簇拥着一位衣着华贵的青年。

青年年龄在二十左右，样貌颇为英俊，不过脸色却有些偏白，一双眼眸，此时正带着炽热，牢牢地盯着不远处那亭亭玉立的青春少女，目光中，夹杂着不加掩饰的爱慕。

第十二章
离他远点

望着那满脸欣喜的英俊青年，薰儿纤细的柳眉微微皱了皱，也不理会他的叫喊，转身就走。

"薰儿小姐！"

瞧着薰儿转身，那名英俊青年苍白的脸上顿时急了，当下脚步加快几分，最后横身挡在了薰儿面前。

被青年拦住，薰儿只得停下脚步，一双狭长的秋水眸子，带着点点懒意地微眯着，淡淡地望着他，却是不言不语。

"薰儿小姐……"被少女那双秋水盈盈的眸子盯住，常年游走于美人丛中的青年，呼吸竟然有些急促了起来，平日的伶牙俐齿，似乎也在此刻失去了作用。

"加列奥少爷，如果没事，便请让开吧，我还有事。"

望着脸色有些涨红的青年，薰儿终于是开口了，少女娇嫩软腻的嗓音，使得对面的青年苍白脸庞上，顿时涌上一股有些病态的红潮。

"呵呵，薰儿小姐，你到坊市可是想购买点什么？在下刚好闲着，不如一起逛逛吧？"心中深吸了一口气，加列奥脸上的笑容，灿烂而温和，这种笑容，配合着他的身份与模样，曾使得他几度成功抱得美人归。

"加列奥少爷，我已经说过，我有事！能请你让开吗？"薰儿小嘴微微抿起，嗓音平淡得没有丝毫波动。

被薰儿一口回绝，加列奥嘴角抽了抽，不过脸庞上的笑容，却依旧保持，伸出手在怀中掏了掏，最后摸出一条手链，手链呈淡蓝金色，链条材质是由金蓝铁所铸，在手链的连接处，吊坠着一枚被磨成了圆珠形状的绿色魔晶，淡淡的绿芒从中透出，将链子渲染得美轮美奂，很是漂亮，看来，这小巧的手链，价格定然不菲。

"呵呵，薰儿小姐有事，加列奥再阻拦倒是有些强人所难了。"加列奥小心地握住手链，殷勤地笑道，"这是刚刚在坊市中特意购买的木灵手链，虽然算不上什么贵重之物，不过其上面也配衬了一颗一级的木属性魔晶，对斗之气的恢复，有很好的增幅作用，薰儿小姐现在还未成为斗者，这对你来说，简直是再合适不过的首饰，一点小小心意，薰儿小姐可千万不要拒绝，不然，加列奥在自己属下面前，可真有点丢人了……"话到最后，加列奥还故意小小地幽默了一把，而他周围的属下，也是极为配合地哄笑了几声。

望着加列奥的举动，薰儿秀眉再次一皱，心中对这牛皮糖实在有些无奈。

刚想回绝，目光却忽然停在手链连接处的那枚绿色魔晶之上，想起先前萧炎辛苦寻找木系魔晶的模样，薰儿修长的睫毛，不由得轻轻眨了眨，清冷的小脸，似乎也柔和了一些……

瞧着薰儿似乎有意动的模样，加列奥心头一喜，急忙将木灵之链递前了一点，笑道："薰儿小姐不必客气，加列家族与萧家同列为乌坦城三大家族，互相送点小东西，没人会说什么的。"

"拿到手链，把魔晶取给萧炎哥哥，那手链……趁他不注意，丢了。"心头闪过有些俏皮的念头，薰儿不再迟疑，刚欲伸手，一只手掌却是快一步把她的小手，一把抓住。

手被抓，薰儿一愣，体内斗之气急速流动，手腕刚想挣脱，少年轻轻的哼声，却使得她乖乖地停下了挣扎。

目光微移，薰儿瞧见了那忽然来到身后的萧炎，视线移上点，却是瞥见了一张脸色有些难看的稚嫩小脸。

"这家伙是什么货色，你难道还不知道吗？"狠狠地瞪了薰儿一眼，萧炎心中暗自责怪了一声，旋即抬头微笑道，"加列奥少爷，你的好意，薰儿心领了，抱歉，东西，还是收回去吧。"

望着被搅黄的气氛，加列奥眼瞳中闪过一抹怒意，不过佳人面前，为了保持风度，他只得皮笑肉不笑地道："萧炎少爷，我只是看薰儿小姐未戴半点首饰，所以想尽点心意而已，难道你不想让一些小小的饰物，为薰儿小姐更添几分美丽吗？"

无奈地叹了一口气，萧炎斜瞥了一眼加列奥手中的木灵之链，也伸手在怀中掏出一条淡绿色的手链，没好气地道："很喜欢手链？喏，给你，别有事没事地去接别人的东西，都和你说了，无事献殷勤，非奸即盗，你这傻乎乎的模样，指不定被人家卖了，还不知道为什么。"

听着萧炎这指桑骂槐的话，加列奥脸庞上涌上冷意，不过当他目光扫到萧炎手上的手链时，却是有些愕然地失笑。

萧炎手中的手链，从材质上看，明显只是一个不会超过五枚金币的地摊货，而他的木灵之链，却是正宗的魔晶首饰，在购买之时，足足花费了一千多枚金币，两条手链，不论式样，价格，以及实用程度，都是天差地别，毫无半点可比性，所以，加列奥看着萧炎竟然给薰儿这位美少女如此寒碜的首饰，实在是有些忍不住地出言讥诮道："萧炎少爷，虽然早知道你在自己家族中地位不高，可……可你也不用如此寒碜薰儿小姐吧？"

没有理会加列奥的讥笑，萧炎对盯着手链忽然有些发呆的少女扬了扬手，有些不耐地道："到底要不要啊？不要就丢了，反正就两三个金币而已。"

"咻……"听着萧炎的话，不仅加列奥失笑，就是连其身旁的一群属下，也是嘲讽地哄笑了起来。

然而嘲讽的哄笑并未持续多久，便犹如被忽然砍断了脖子一般，戛然地断在了喉咙处，众人张着嘴巴惊愕的模样极为滑稽。

原本有些发愣的少女被萧炎的举动惊醒了过来，双手几乎是在潜意识的支配下，迅速抢过了手链，手链到手之后，薰儿这才回过神来，自己表现得似乎有点太急切了……

白皙的精致小脸上浮现一抹淡淡的绯红，不过薰儿也非常人，在略微羞涩之后，便落落大方地将手链套在了光洁白皙的皓腕之上，抬头对着萧炎露出清雅的娇笑："谢谢萧炎哥哥。"

脸色有些不自然地望着那在萧炎面前露出正常少女姿态的薰儿，

加列奥脸庞上有些嫉妒，干笑道："呵呵，没想到薰儿小姐爱好如此与众不同，我倒是有点失算了。"

萧炎瞟了一眼面前的加列奥，目光在其胸口处的一枚金星上扫过，心头不由得有些诧异："去年见到这家伙，他应该是九段斗之气吧？没想到今年竟然成功凝聚斗之气旋了，不过二十一岁才成为一名一星斗者，这天赋，勉强只能算作上等吧……"

见到这家伙还没有离开的打算，萧炎撇了撇嘴，懒懒的话语，并未因为对方的实力而客气几分，萧家与加列家族关系本来就不好，所以他也没必要展现什么低姿态，摸了摸鼻子，萧炎淡淡地道："加列奥少爷，你的风流习性，整个乌坦城都知道，不过薰儿还小，没空和你玩早恋的游戏，所以，以后麻烦你还是去祸害别家闺女吧。"

说完这话，萧炎也不管脸色难看的加列奥，仗着自己年龄大的优势，转头又对着薰儿老气横秋地教训道："以后离他远点。"

"哦。"

薰儿灵动的眸子轻眨了眨，无所谓地点了点头，加列奥对她来说，不过是个有过几面之缘的陌生人而已，而萧炎对她来说，却是无人可替代，既然他说远离，那就远离吧。

这种选择题，对薰儿来说，并不困难。

第十三章
黑铁片

瞧着薰儿竟然点头应下来萧炎的话，加列奥嘴角一阵抽搐，拳头捏得嘎吱作响，目光阴鸷地狠狠盯着面前一脸平淡的少年。

加列奥身后的一群属下，看见自家主子那难看的脸色，非常机灵识相地前踏了一步，隐隐地将两人包围其中，扫视的目光中，掺杂着不怀好意。

坊市深处，人流同样不少，瞧得这边的事故，都不由得好奇地望了过来，萧炎与加列奥在乌坦城也是小有名声，萧炎是因为他的废柴之名，而加列奥，则是那始乱终弃的风流之名，虽然这名声都不太好听，不过也能勉强算作是两位名人了。

望着对方一干人的举动，萧炎眉尖挑了挑，稚嫩的小脸上，浮现一抹戏谑，微偏过头，对着坊市的一处，轻吹了一声口哨。

见到萧炎的举动，众人好奇转头相望，却见到坊市的护卫队，正在队长佩恩的率领下，气势汹汹地冲了过来。

佩恩带着大群护卫，快速地奔跑了过来，手掌一挥，手下护卫，顿时凶悍地将加列奥那群人反围了起来，一时之间，双方有些剑拔弩张。

"三少爷，可是出了什么事？"来到萧炎身后，佩恩先是扫了一眼对面的加列奥等人，旋即恭声笑问道。

萧炎微微一笑，偏头望着脸色难看的加列奥，漫不经心地道："加列奥少爷，这所坊市，可是我萧家的地盘，你想在此处动手？"

加列奥目光有些忌惮地看了佩恩一眼，然后转头对着萧炎冷笑道："你难道就只会依靠家族势力？如果你是个男……"

"你想和我说，如果我是个男人，就和你来一场公平的比试是不是？"萧炎忽然摆了摆手，笑着打断了加列奥的话。

加列奥冷笑一声，挑衅地道："没错，你可敢？"

望着一脸挑衅的加列奥，萧炎似是有些无奈地叹了一口气，手掌摸了摸额头，片刻后，方才抬头，微微耸了耸肩，一脸的纯真与无辜："加列奥少爷，我想问，您今年多少岁了？"

加列奥嘴角一扯，阴着脸不说话。

"大哥，你今年二十一了，我多少岁？十五岁！你竟然让我这个连成年仪式都未举行的小孩和你决斗？你难道都不觉得自己的要求，很是让人有些脸红吗？"萧炎叹道，小脸上的那副无奈模样，使得身旁的薰儿有些忍俊不禁，抿嘴轻笑。

"哈哈。"

听着少年这通无辜的话，坊市深处的一些摆摊的佣兵以及商人，顿时失笑出声，的确，以萧炎此刻的年龄，顶多只能算成一位乳臭未干的稚嫩少年，而加列奥，却早已经成年，这种挑战，实在是让众人不得不在心中有些鄙视。

周围讥讽的目光，犹如一盆凉水，使得加列奥回复了些清醒，萧炎所表现出来的成熟与淡然，总是会让人不自主地将他的年龄省略而去，所以，经得提醒，加列奥这才记起，面前的少年，才年仅十五……

恶狠狠地咬了咬牙，加列奥望了望那群正虎视眈眈地站在萧炎身后的萧家护卫，知道自己今天已经没有出手教训的机会，只得悻悻地摇了摇头，阴恻恻地道："再有一年，你就该举行成年仪式了吧？嘿嘿，我看你这废物，恐怕成人仪式一过，就得被安排到那些穷乡僻壤去吧，以后，连进入乌坦城的资格都没有，真是可怜。"

萧炎微微一笑，不置可否地耸了耸肩。

眼皮抽了抽，不知道为何，加列奥只要一看见面前少年脸上的淡定从容，便是满腔怒火，你一个废物，没事给我装个狗屁的高深莫测啊……

强行压抑住心头的怒火，加列奥冷哼了一声，手掌一挥，带着手下挤开人群。

"哦，对了……"脚步忽然一顿，加列奥似乎是想起了什么，转过头讥笑道："萧炎小少爷，听说你们萧家，被纳兰家族的纳兰嫣然强行解除婚约了？嘿嘿，其实也没什么，以你的修炼天赋，也的确配不上纳兰小姐，哈哈……"说完这些，加列奥这才大笑着离去。

萧炎目光有些阴森地瞥着那离去的加列奥，手掌伸出，一把拉住身旁的薰儿，淡淡地道："一条疯狗而已，它咬了你，你难道还想咬回来？"

"可他……太过分了，难道就这么放过他？"薰儿皱着纤细的秀眉，有些愤愤不平地道。

"呵呵，会有机会的……"萧炎眯着眼睛笑了笑，嘴角噙着的阴冷，使得旁边的佩恩，心头略微发寒，一只咬人的狮子，并不可怕，可怕的是，这只狮子，懂得隐忍……

"佩恩大叔，麻烦你们了。"萧炎转头，对着佩恩等人和善地笑道，先前那些阴森的气息，瞬间化为了少年的朝气与坦率。

心头有些感叹萧炎对情绪的把握程度，佩恩的笑容中，多出了一份发自内心的敬畏，且不论萧炎的修炼天赋，仅仅是这份心智，日后的成就，恐怕也不会太低。

"呵呵，三少爷说笑了，这里本来就是我们萧家的地盘，哪能容加列家族的人放肆。"佩恩笑了笑，望着萧炎东张西望的模样，在告辞了一声后，极为自觉地带人退去。

望着离去的佩恩等人，萧炎这才转过身，手掌狠狠地揉了揉薰儿的长发，薄怒道："你个蠢妮子，一枚一级的魔晶，就让你动心了？那家伙是什么货色，你还不清楚吗？你收了他的东西，那家伙立马打蛇上棍。"

微噘着小嘴理了理被揉乱的长发，薰儿无奈地摊了摊手："送上门来的东西，不要白不要嘛。"

萧炎翻了翻白眼，有些哭笑不得："那东西又不是什么珍贵东西，你犯得着这般吗，你可是萧家的天才少女啊……"

薰儿轻皱了皱可爱的俏鼻，扬起皓腕上的手链，戏谑地道："原来萧炎哥哥一直在注意着薰儿呢。"

白了薰儿一眼，萧炎拉着少女的手掌，再次对着坊市深处的一些摊位行去……

走过了好几家摊铺，萧炎脚步这才顿下，弯下身子望着摊上那一枚还沾有一些血丝的绿色晶体，轻松了一口气，笑道："终于找到了。"

伸出手掌在摊上移过，刚想抓起魔晶的萧炎，手掌猛地一僵，心中忽然涌上一股奇异的感觉……

舌头舔了舔嘴唇，萧炎手掌依旧是一把抓起了魔晶，然后目光似是毫不在意地在摊上扫了扫……

片刻之后，萧炎的目光，停留在了那枚魔晶旁边的一块黑色铁片之上。

黑色铁片很是古旧，上面布满了锈斑，而且还附有一些未曾洗净的黄泥，看上去很像是才从土中掘出来不久的物品一般。

"嘿，小炎子，把那黑铁片买上，好东西喔……"

就在萧炎有些为自己的感应感到奇怪的时候，药老的声音，忽然在心中响了起来。

（新书等级制度，虽然分为十级看上去似乎有些遥远，不过斗气大陆很大，现在主角仅仅接触到大陆的冰山一角而已，日后，随着主角的变强，斗气大陆，才会真正地展现，呵呵。）

第十四章

吸 掌

听着在心中响起的声音，萧炎双眼轻微地眨了眨，不着痕迹地点点下巴。

并没有立即拿起那块黑色铁片，萧炎轻抛了抛手中沾有血丝的绿色魔晶，冲着摊位后的那一位看上去有些贼眉鼠眼的佣兵男子笑道："这是哪种魔兽的魔晶？"

"嘿嘿，少爷好眼力，这是一级魔兽吞木狐的魔晶，在一阶魔晶中，这可算是极品了，为了获得这枚魔晶，我们尖牙佣兵团，可足足守了三天，杀了五只吞木狐，才得到这么一枚……"见到萧炎衣着不凡，那名佣兵男子赶忙殷切地介绍道。

"如果少爷看上了的话，只需要五百金币就好，嘿嘿，为了猎杀吞木狐，我们还有几个兄弟受了不轻的伤……"

萧炎手指搓了搓魔晶上的血丝，果然发现血丝还未完全凝固，微微点了点头，瞟了一眼对方胸口上的两枚金星，随意地道："贵了，一般一级魔晶的价格，只在四百到四百五左右，而且吞木狐虽然也是魔兽，不过攻击力不太高，你的那些队员，不会连斗者级别都没达到吧？"

嘴角抽了抽，佣兵男子干笑了两声，显然没想到面前这少年竟然对市价和魔兽如此了解，当下只得讪笑道："四百七吧，不能再少了，毕竟我们兄弟也得生活不是……"

"唉……"在佣兵男子忐忑的目光中叹了一口气，萧炎弯下身子，在摊铺上一阵乱抓，刚好那古怪的铁片也在其中，扬了扬手中的一把东西："四百七，一起吧……"

眼睛在萧炎手中的物品上刁钻地移过，佣兵男子悄悄地松了一口气，还好都是便宜东西……

"成！"

爽快地丢出一小袋金币，萧炎二话不说，拿起东西转身就走……

"嘿，小炎子，不错嘛，买个东西还这么小心翼翼。"转身的刹那，药老在心中戏谑地笑着。

"这些家伙都是奸商，只要一看见你对什么东西表现了喜欢的举动，那就拍了马地加价，我可不想当冤大头……"在心中平淡地回了一句，萧炎也不再管戒指中古怪的老头，陪着薰儿，悠闲地逛出坊市，然后慢慢地回到了家族之中……

与薰儿在家族中分开了手，萧炎心急火燎地蹿回了自己的屋子，然后谨慎地关好门窗……

回过头，望着那不知何时出来的药老，萧炎从怀中掏出所购买的药物与魔晶，有些急切地道："东西都搞到了，还要怎么弄？"

药老嘿嘿一笑，目光随意地扫了扫桌上的材料，忽然道："你不看看那黑铁片吗？"

"呃？"萧炎一愣，旋即又赶忙掏出那枚黑铁片，上上下下仔细地看了一遍，皱眉道，"这东西，干什么的？"

药老顺手接过铁片，笑道："这里面，似乎存了一种斗技，不过制造铁片的人或许也是一位炼药师，所以，这铁片，只有灵魂感知力过人的人才能感应到。"

"斗技？"闻言，萧炎眼睛一亮，急忙问道，"什么级别的？"

斗技在斗气大陆之上，其重要程度，丝毫不比斗气功法小，一门高深的斗技，能够让人在战斗之时，发挥出远超自身的强横力量。

斗技和功法一样，也分天、地、玄、黄四阶，流传在大陆公众阶层的斗技，顶多只是黄阶高级左右，一些高等级的斗技，只能去一些学院或者宗派，才有可能获得。

当然，斗气大陆辽阔之极，总有一些前人的斗技，因为种种缘故，失传遗落，最后被某幸运人所得，而现在萧炎所得到的黑铁片，或许便是一位前人所遗留下的吧……

药老翻了翻铁片，片刻后方才笑道："吸掌：玄阶低级！"

"玄阶低级？"小脸微喜，萧炎没想到这随意买来的破烂货，竟然还隐藏了一个玄阶的斗技，要知道，自己家族中，最高深的斗技，也不过才是玄阶中级，而且那还只有族长以及几位长老有资格学习。

"吸掌：炼至大成，可吸千斤巨石，若是遇敌，狂猛吸力，能将人体血液，强行扯出！"

"将血液扯出体内？"脸庞一惊，萧炎咽了口唾沫，有些惊异地道，"这……太牛了吧？血液若是离了体，谁还能活下来？"

"这东西当然只能对付等级比你低或者相同的对手，若是遇到比你还强的，人家直接借力近身，倒霉的，还是你……"药老将铁片随意地丢了过来，淡淡地道，看来他对这斗技的评价并不高。

药老是大人物，自然眼界高，可在萧炎眼中，这可是高级斗技啊，当下乐不可支地拿起黑铁片，笑道："不管怎么样，这吸掌总比家族中那些普通斗技要好许多，以后，就学它了……"

"哧，就你那三段斗之气，能吸起一根树枝就很了不起了，还想吸人血……"摇了摇头，药老撇嘴道。

翻了翻白眼，萧炎也懒得理会这古怪的老头，自己抱着铁片嘿嘿发笑。

"瞧你那模样，一个玄阶低级的斗技就把你迷成这样，真是丢人……"无奈地摇了摇头，药老抓起桌上的魔晶，对着萧炎吩咐道，"去弄一大盆水来。"

瞧着药老似乎是要开工了，萧炎赶紧收好黑铁片，屁颠屁颠地去准备了。

……

安静的房间之中，药老左手拿起紫叶兰草，眼睛微微眯起，片刻之后，轻轻地吐了一口气，左掌之上，有些显白的火焰，忽然猛地腾了出来……

火焰刚刚出现，房间之中，温度便升高了许多。

眼睛眨也不眨地盯着那团白色火焰，萧炎心头有些震撼，虽然他并不清楚炼药师的炼药流程，可这斗气外放，化成实质，就算是自己的父亲，那也不可能办到啊……

脸色淡然，药老手中的白色火焰略微扑腾，将那株紫叶兰草吞噬其中……火焰在翻腾，紫叶兰草几乎是在瞬间，便被烧成了一小团绿色的液体……

右手再次抓起一株紫叶兰草，直接丢进白色火焰之中……

将三株紫叶兰草全部丢进之后，那团绿色液体，明显变得大了许多。

绿色液体，在火焰之中不断蠕动，炽热的温度，一刻不停地煅烧着其中的杂质……

随着火焰的煅烧，绿色液体越来越小，片刻后，竟然便只剩下了拇指大小左右……

接下来，药老又将两株洗骨花，投进了火焰之中，将它们在煅烧之后，融进了绿色液体之中……

再接下来，便是炼化魔晶……

三个步骤，足足持续了一个小时左右，而药老的脸色，却依旧精神抖擞，没有半点疲累之感。

一个小时之后，坚硬的魔晶，已经被煅烧成了一团淡绿液体，魔晶中所蕴含的狂暴能量，也被药老以神奇的药性配合，洗刷而去……

手掌中，白色火焰逐渐消退，最后完全地消失。

望着药老手心处悬浮的一滴宛如翡翠般颜色的液体，萧炎搓了搓手，过人的灵魂感知力，使得他清楚地感应到这液体拥有多么充沛的能量……

"老师，就这么服下它吗？"萧炎眨了眨眼，有些迫不及待。

"想死就直接服下吧，凭你那副脉络，马上就得变成真正的废物。"白了萧炎一眼，药老屈指轻弹，翡翠液体落进了房中的那盆清水之中，顿时，一盆清澈的水，便化成了青色。

"以后，就在这里面修炼，以你的修炼天赋，一年之内，达到七段，不是什么难事。"药老拍了拍手，微笑道。

萧炎满心欢喜，急忙点头。

"哦，差点忘记了，这种药水，只能持续两个月，也就是说，你每隔两个月，就还要去购买一次今天的这些东西。"药老笑吟吟地道。

　　小脸一僵，萧炎有点哭丧地点了点头。

　　"奶奶的，这东西果然只有有钱人才用得起……"

第十五章

修　炼

　　温暖的阳光从窗户的缝隙中透射而进，细细碎碎的光斑，点缀着整洁的房间。

　　房间之中，少年赤裸着身躯，盘腿坐在木盆之中，双手交接，在身前摆出一个奇异的印结，双目紧闭，呼吸平稳有力。

　　木盆之中，盛满了青色的水液，略微摇晃间，竟然还反射出点点异芒，颇为神奇。

　　少年的胸膛微微起伏着，呼吸间，极具节奏之感，随着修炼时间的延迟，木盆中的青色水液逐渐地散发出淡淡的气流，气流略带青色，缓缓攀升，最后顺着少年的呼吸，钻进了体内。

　　气流入体，少年那张稚嫩的小脸，似乎也是在忽然之间，散发出了犹如温玉般的光泽。

　　似是察觉到了体内越来越充盈的斗之气，少年小脸上，扬上了浅浅的欣慰笑意。

　　尝到甜头，少年并未就此罢手，双目依旧紧闭，指尖的手印，纹丝不动，沉神凝气，保持着最佳的修炼状态，继续贪婪地吸取着青色液体中的温和能量。

　　青色水液，沾染着少年的肌肤，一丝丝地顺着皮肤毛孔，溜进少年体内，温养着骨骼，洗刷着脉络……

　　在少年永无休止的索取之下，越来越多的气流从水盆中飘散出来，到得最后，竟然隐隐地遮掩了少年赤裸的身躯。

　　修炼，在废寝忘食的苦修中缓缓度过，窗户外射进的阳光，逐渐地转弱，炎热的温度，也在缓缓降低。

......

木盆之中，双目紧闭的少年将最后一缕气流吸进了体内，睫毛微微眨动，片刻之后，漆黑的双眸，乍然睁开。

黑瞳之中，白芒照旧闪过，不过此次却是略带上了点淡青之色。

缓缓地将胸口的一口浊气吐出，少年神采奕奕地眨巴了下眼睛，然后猛地站起身子，任由冰凉的水花从身上淌落，懒懒地伸了一个懒腰，感受到体内那时隔三年的充盈斗之气，有些迷醉般地喃喃自语："按这进度，恐怕再有两月时间，就能冲击第五段斗之气了吧……"

自从上次将所有东西准备完全之后，萧炎已经缩在自己房间中足足半个多月，半个月中，除了吃喝拉撒等事之外，几乎是过上了深居简出的清修日子。

然而虽然修炼的日子有些枯燥，不过这对经历了三年白眼嘲讽打击的萧炎来说，却不过是件小事而已。

三年所受的嘲讽，让他清楚地知道，实力在这片大陆上，究竟有多重要……

不过日子虽清苦，可修炼所取得的成效，却是让人满心欢喜。

药老所炼制而出的灵液，其药力之强，远超过了萧炎甚至药老本人的意料，本来以为即使借助灵液的药力，萧炎也至少需要一月时间才能达到四段斗之气，可没想到，他却硬生生地将时间缩短了一半……

对此，就连药老，也是有些忍不住地对萧炎所表现出来的修炼效率感到惊异，虽说这和萧炎曾经走过这条路有些关系，可这速度，也实在太快了吧？

要知道，斗气的修炼，基础尤为难修，初阶十段斗之气，花费十年，甚至二十年的人，并不乏少数……当然，一旦成为一名真正的斗者，那么其修炼速度，便将会大大加快，在未成为斗者之前，一年时间或许只能够使得斗之气增加一段，然而进入斗者之后，说不定能在一年之中，猛飙几星……

在这前后修炼极为不协调的比较之下，萧炎这半月的表现，也的确是有些骇人了。

……

毫无顾忌地从木盆中爬出来，萧炎回头望了望颜色变浅了一些的青色水液，这是由于其中所蕴含的能量被自己吸收的缘故，无奈地摇了摇头，低声嘀咕道："这还能支持一个半月的修炼吗？"

将身体上的水渍擦净，萧炎随意地套上一件整洁的衣裳，然后爬上柔软的床榻，从枕头下，摸出那块漆黑的铁片。

铁片上的锈斑已经被萧炎细心地洗净，整体有些通亮，散发着幽幽光泽，颇有几分神秘的味道。

半个月下来，萧炎除了闷头修炼之外，便是把其余的心神，全部放在了这铁片中的玄阶低级斗技之上了。

而半月里，在药老的指点下，萧炎也是逐渐地掌握了几分这吸掌的诀窍，不过由于体内斗之气的稀薄，却还从未见到有什么实质效果，这倒是让萧炎有些遗憾。

……

双掌将铁片夹在手中，萧炎眼眸缓缓闭上，灵魂感知，顺着手臂，轻车熟路地探进了黑铁片之中。

随着萧炎呼吸的平稳，房间中，再次平静了下来。

又是一段长时间的寂静，某一刻，床榻上的萧炎，双眼猛地睁开，右掌略微蜷曲，成爪状，体内那淡薄的斗之气，顺着意识的控制，迅速地穿过掌心处的几条特定脉络与穴位，最后吸力喷薄而出。

"砰……"

手掌所指处，桌上的一只青花瓶，突然摇晃了几下，最后砰然掉地，在一声清脆的声响中，化成满地碎片。

"唉，斗技虽然是玄阶，可斗之气却太弱了，根本发挥不出多大的威力。"望着自己所造成的破坏，萧炎撇了撇嘴，无奈地轻声自语道，"照这效果看，想要造出能够扯动一个人的吸力，恐怕至少需要七段斗之气才能办到。"

"算了，去家族斗技堂看看有没有顺手的低级斗技吧，这吸掌，短时间内，是没什么大用了，现在既然能够修炼斗之气了，总不能还像以前那样傻傻地修炼吧……"叹了一口气，萧炎爬下床，目光瞥了一下手中没有反应的黑色戒指，然后行至门前，推门而出。

微眯了下眼睛，在略微适应下有点炽热的日光之后，萧炎这才小心地将门反关上，悠闲地顺着碎石小路，慢悠悠地向着后院行去。

碎石小路两旁栽种着翠绿柳树，葱郁的绿色，让人精神为之一振。

转过一条路，一阵少女嬉笑声，却是从另外一条小路中传了出来。

被打扰了安静的气氛，萧炎眉头微皱，目光顺着声音移过，望着那群娇笑走来的少女。

在几位秀丽少女的簇拥中，一位容貌有些妖媚的少女，正在抿嘴浅笑，小脸上露出的那股妖媚风情，使得其身旁的几位青涩少女有些感到自卑。

这少女便是当日在测验广场大出风头的萧媚。

目光淡然地瞟过这位曾经跟在自己身边表哥表哥叫个不停的美丽少女，萧炎稚嫩的小脸上，闪过一抹讥讽，轻轻地摇了摇头，毫不留恋地收回目光。

走到路途尽头，萧媚那颇具诱惑的笑声忽然弱了下来，她看见了左边不远处的那位少年……

夕阳从天际洒落，照在那后脑枕着手臂、小脸淡然的少年身上，分外迷人。

一双有些勾魂夺魄的眸子，盯着那越来越近的少年，瞧着其小脸上那抹说不出是嘲讽还是微笑的浅浅弧度，萧媚的精神，忽然间有些莫名地恍惚……

三年之前，那位少年，嘴角，便是常常挂着这抹让人有些迷醉的弧度。

第十六章

萧 宁

望着缓缓行过来的少年，萧媚几人都是止下了脚步，嬉笑的声音，也是逐渐地弱了许多。

萧媚身旁的几位清秀少女，睁着大眼睛望着这位曾经被认为是家族荣耀的少年，小脸上的表情，说不出是惋惜还是其他。

萧媚顿在原地，心头有些纠结，在心底，其实她也想和这位曾经使她倾慕不已的少年畅聊，不过，现实却告诉她，两人间的差距，现在是越来越大，再将心思放在一个废人身上，明显是有些不智。

弯弯的叶眉轻皱了皱，旋即舒展开来，萧媚在心中有些无奈地暗道："打个招呼吧，不管如何说，他也算是自己的表哥。"

并不知晓萧媚心中的念头，萧炎后脑枕着双臂，意态懒散地行了过来。

望着近在咫尺的萧炎，萧媚俏丽的小脸上刚欲露出笑容，可少年的举动，却使得那抹还未完全浮现的笑容僵在了小脸上，看上去显得有些滑稽。

后脑枕着双臂，萧炎旁若无人，目不斜视地径直从几位少女身边走过，没有表现出丝毫的留恋。

微张着红润小嘴望着少年的背影，萧媚有些愕然，以她的容貌，何时受过这种待遇？心头略微涌出一股莫名的羞怒，忍不住地喊了一声："萧炎表哥。"

脚步微微一顿，萧炎并未转身，淡淡的语气，犹如陌生人间的对话："有事？"

平淡而生疏的语气，使得萧媚一滞，讷讷地摇了摇头："没……"

萧炎眉尖轻挑了挑，再懒得理会，摇了摇头，继续迈步前行。

望着那消失在小路尽头的背影，萧媚有些愤愤地跺了跺小脚，旋即也跟着往同一条路走了过去。

转过一道弯，萧炎抬头望着眼前那宽敞的房间，房间的牌匾之上，绘有"斗技堂"三个龙飞凤舞的血红大字。

听着斗技堂中传出来的吆喝声，萧炎有些意外，这里平日一般都少有人来，今日怎么如此热闹？

耸了耸肩，萧炎只是随意地转了转念头，便将之丢到了一边，迈步进入斗技堂。

一进斗技堂，阵阵少年少女的欢呼喝彩声，便是滚滚地传了过来。

斗技堂中，分为东西两部分，东部分是存放家族斗技之所，而西部分，却是一个规模不小的训练场，此时，不少人头，正簇拥在训练场之上，兴致勃勃地望着场中比试的二人。

"看萧宁表哥出手的斗之气浓度，恐怕已经有八段斗之气了吧？"

"嘿嘿，两个月前，萧宁表哥就已经晋入了八段斗之气。"

"虽然他有八段斗之气，可薰儿表妹却是九段斗之气了，看来，萧宁表哥想要赢，还真没什么可能。"

"薰儿表妹加油！"

听着人群中传出的惊异喝声，萧炎脚步这才顿住，目光在训练场中扫视了一圈，最后饶有兴致地停在了那身着淡紫衣裙的美丽少女身上。

"这妮子今天怎么有闲情和人比试了？"心头嘀咕了一声，萧炎在大堂东面停下了脚步，随手抽过旁边架子上的一只黑色卷轴，然后缓缓摊开，摊开后的卷轴，背面上出现了几个黄色大字。

黄阶低级：碎石掌！

悠闲地靠在书架上，萧炎一边读着这碎石掌的修炼之法，目光也偶尔瞟向战况激烈的训练场上。

宽敞的大堂，犹如被分割成了两个世界，西边喧哗不断，东边却是安静平和。

薰儿的对手，也是一名少年，不过他的年龄，应该在十七八左右，模样颇为英俊，和那日所见的加列奥相差无几。

少年名为萧宁，是萧家大长老的孙子，修炼天赋也是不错，年仅十七，便已修至八段斗之气，在家族之中，也唯有薰儿能够压他一头。

萧炎对这位自己的表哥没多大的印象，偶尔间见面，也是生疏地打声招呼便各自离开，或许是因为其爷爷和自己父亲间那有些不和谐的气氛，萧炎总能感觉到，这位表哥，似乎对自己并不太满意，而又或许是因为前几年自己所表现出来的颓废的缘故，所以，这位表哥，在三年中，也没有专程来找过自己麻烦……

淡淡地笑了笑，萧炎甩开脑中的回忆，继续研习着手中的碎石掌。

训练场之上，薰儿犹如一只淡紫蝴蝶一般，优雅而敏捷地躲开了萧宁的迅猛攻击，精致清雅的小脸上，始终保持着古井不波的平淡。

小手有些无聊地卸开萧宁的一次近身攻击，薰儿目光随意地在大堂内转了一圈，片刻后，忽然猛地顿住。

望着大堂东边那靠着书架埋头的少年，薰儿淡然的小脸上，露出一抹清雅柔和的浅浅笑意。

在少女这犹如昙花一现的清雅笑容之中，附近围观的少年，都不由得傻了过去。

"薰儿表妹，小心！"就在薰儿略微分神之时，人群中忽然传出少年的急声。

感受到身后凶猛袭来的劲气，薰儿秀眉轻挑，目光却是再度扫向书架下的少年。

与此同时，萧炎也抬起了头，望着场中忽遭偷袭的薰儿，眉头一皱，无奈地摇了摇头，目光中透露着隐晦的担心。

瞧着萧炎眉宇间的那抹嗔怪与担心，薰儿俏皮地眨了眨美丽的大眼睛，然后身形突然向左小小地横踏一步，只此一步，却是有些诡异地将萧宁的攻击不偏不倚地避了开去……

脚上在移动之时，薰儿如玉般娇嫩的小手，涌出淡淡的金芒，犹如穿花夺叶一般，透过了萧宁双掌的封锁，最后轻飘飘地落在了萧宁胸膛之上。

脚尖在青石地板轻点，薰儿曼妙地转了一个圆，化去反推的劲力，淡淡地望着那急退了十多步，最后一脚跨出训练场的萧宁。

瞧着一掌击败萧宁的薰儿，训练场周围微微一静，旋即猛地响起了赞叹的喝彩声。

"呵呵，薰儿表妹不愧是家族中年轻一辈的第一人，真是越来越强了。"被薰儿打落下台，萧宁却依旧满脸和煦的笑容，走上前来，微笑着柔声道。

定定地望着面前那美丽如青莲的少女，萧宁眼瞳中的爱慕，几乎难以掩饰。

虽然名为表兄妹，不过萧宁却知道，家族之中，大多人都并未拥有近亲血统，而萧薰儿，与他更是没有丝毫的血缘关系。

似是没有感受到萧宁那炽热的目光，薰儿礼貌却又生疏地微微摇头，轻声道："萧宁表哥谦让了。"说完，不待萧宁继续套近乎，便对着大堂东部那埋头于卷轴中的少年笑吟吟地行去。

作为大堂中的焦点，薰儿的举动自然被所有人察觉，一双双目光，顺着薰儿的路线前行，最后停留在了书架下的少年身上。

对于满训练场那滚烫的目光，少年恍如未觉，依旧沉醉在自己的世界之中。

第十七章
冲　突

"萧炎哥哥。"

少女俏生生地立在萧炎面前，娇嫩白皙的小手负于身后，身子微微前倾，美丽的水灵大眼睛，弯成了漂亮的月牙，其中笑意盈盈，俏美的小脸之上，浮现浅浅的小酒窝，煞是可爱。

目光从卷轴中移出，萧炎笑着看了一眼面前的少女，旋即目光在大堂中扫过，望着那一道道火热的目光，不由得有些无奈地道："妮子，我知道你的魅力不小，可也用不着把我推出来当挡箭牌吧？"

"嘻嘻。"抿着小嘴轻笑了一声，薰儿靠着萧炎身旁坐了下来，懒懒地伸了一个懒腰，玲珑的曲线，在紧身衣裙的包裹下，顿时诱人地凸显而出，随手从身后的书架中取出一张卷轴，薰儿目光在萧炎身上停留了一会儿，有些慵懒地微笑道，"萧炎哥哥进入第四段斗之气了？"

闻言，埋头于卷轴之中的萧炎眉尖一挑，十段斗之气，都是处于初阶阶段，那股隐晦而弱小的斗气波动，很难被人所察觉，所以若是不动用斗之气或者测验石探测，一般很难确切地分辨出其主人究竟达到了几段，而现在，只是随意看了几眼，薰儿便一口道破了萧炎的底细，这实在是让他有些感到惊异。

"这妮子，究竟是什么身份？看她先前与萧宁战斗所使用的斗技，明显是高级斗技，这种金光斗技，可不是萧家所有……"心头闪过几道念头，萧炎偏头深望了一眼巧笑嫣然的少女，微微耸肩，轻点了点头，"第四段了。"

见到萧炎点头，薰儿小脸上的笑容顿时浓上了几分，轻笑道："想来是和萧炎哥哥这半个月的闭门苦修有关吧？"

"嗯。"淡淡地点了点头，萧炎并未否认，目光转移回卷轴上，嘴上随意地问道，"今天怎么有闲情和他们比试起来了？"

"无聊呗。"学着萧炎耸了耸香肩，薰儿笑吟吟地道，目光转向少年，隐约地有抹幽怨，"自从上次之后，萧炎哥哥可有半个月都未找薰儿了呢，难道还怕薰儿找你还钱不成？"

萧炎一怔，有些尴尬，苦笑道："明年就得举行成人仪式了，我能不赶紧修炼吗？"抬起头，望着少女微微皱起的俏鼻，只得伸出手掌亲昵地拍了拍薰儿的小脑袋，柔声安慰道，"以后一定抽出时间陪薰儿。"

听着萧炎的保证，薰儿小脸这才略微放松了下来，不断在萧炎耳边低声笑语，那副亲昵的模样，使得大堂内的所有少年，都不由得嫉妒得双眼通红。

远远望着书架下轻笑交谈的两人，萧宁嘴角微微抽搐，脸色颇为难看，一双拳头，紧了松，松了又紧……

作为家族中大长老的孙子，萧宁的优越感一向很强，对于薰儿这位与众不同的少女，萧宁在内心中，已经非常坚决地将她内定成了自己的媳妇，虽然这只是他的一厢情愿……

如今见到自己内定的媳妇和另外一个人有说有笑，亲密无间，这很难不让萧宁心头妒火中烧，而且，最重要的，与薰儿亲昵谈笑的，还是家族中最没用的废物。

眼瞳中怒气不断涌现，片刻后，萧宁缓缓地吐了一口气，脸庞之上，再次挂上了和煦的笑容，整了整有点凌乱的衣衫，在众目睽睽之下，对着书架旁的两人快步行去。

大堂之中，众人望着那向着两人走去的萧宁，都是幸灾乐祸地笑出了声，当然，这笑声明显不是冲着萧宁，而是冲着那似乎还茫然不知情的萧炎。

目光扫过卷轴之上的人体脉络形状，萧炎暗暗地将那碎石掌的穴位催动以及脉络走向的位置牢牢地记了下来。

轻轻地舒了一口气，萧炎低垂的眉头，忽然一皱，灵敏的灵魂感知力，使得他清楚地知晓大堂中每一人的举动，包括那正走过来的萧宁。

"这妮子，也是个惹事精。"低低地叹了一口气，萧炎缓缓地收好手中的卷轴。

"呵呵，萧炎表弟，来学习斗技吗？需要表哥我帮你找几份高等级的吗？有些东西，或许表弟还够不着权限。"满脸笑容地站在萧炎面前，萧宁和声笑道。

萧炎卷好手中的卷轴，将之轻放在书架之上，微微摇了摇头，淡淡地道："多谢关心了，我暂时不需要。"

"哦，呵呵，我差点给忘记了……萧炎表弟的斗之气还只有三段，太过高级的，也的确很难学会。"手掌揉了揉额头，萧宁似乎恍然地笑道，只不过其脸庞上的那抹讥讽之意，却并未掩藏得多深。

萧炎轻叹了一口气，这是自己凑上门来找骂的啊……

嘴角缓缓地扬起刻薄的弧度，萧炎有些无奈地道："我知道你说这些无非是想引起薰儿的注意，不过，我还是不得不说，你很幼稚……"

被萧炎这番毫不留情面地一通暗讽，萧宁脸庞上的笑意逐渐收敛，他可没想到，那平日里沉默寡言的萧炎，竟然忽然间具备了和他对嘴的勇气，当下脸色阴沉，冷笑道："看来萧炎表弟对我这表哥很有几分成见啊？要不，我们比画比画？也好让我看看这几年表弟长进了多少？"

"需要我和你比画吗？"薰儿放下了手中的卷轴，扬起小脸，美丽的水灵眼睛，泛起了点点冷意。

眼角一跳，望着替萧炎出头的薰儿，萧宁心头妒火更盛，狠狠地剐了他一眼，嘲讽道："你就知道躲女人身后？"

"三年前为什么不敢和我这么说话？"

萧炎踮起脚尖再次取下一捆卷轴，吹去上面的灰尘，嘴中淡淡地道。

不得不说，萧炎这副淡然从容的模样，落在对他有恶感的人眼中，真真切切地非常让人感到胸口发堵。

牙齿狠狠地咬在一起，发出嘎吱的声响，虽然心中已然暴怒，不过萧宁却是不敢真正地对萧炎出手，不管萧炎的修炼天赋再如何低下，他毕竟是族长的儿子。

深吸了一口气，萧宁阴冷地瞥了一眼萧炎，微微低头，在其耳边森冷低语："萧炎，你已经不再是三年前的修炼天才，现在的你，不过是一个废物而已，薰儿，不是你能配上的，识相的，尽早离开她，否则，嘿嘿，虽然平日不能对你出手，不过一年后的成人仪式上，你却必须接受一位族人的挑战，如果不想变成残疾人士，奉劝你，早早滚蛋，然后躲到穷乡僻壤的地方，安稳地过完下辈子！"

听着这番威胁的话语，萧炎嘴角微掀，略微偏了偏头，用一种极其诡异的目光打量了萧宁一遍，然后翻了翻白眼，抱起手中的卷轴，转身就走。

瞧着萧炎的举动，萧宁还以为他是妥协了，然而还等不到他欣喜，少年那轻描淡写的话语，却使得他骤然间满脸铁青：

"嗯，好吧，一年后……我等着你把我打成残疾。"

第十八章
玄阶高级斗技：八极崩

无视身后那阴森森的目光，萧炎抱着卷轴在斗技堂管理员处登记了一下，这才与薰儿轻声笑谈着，慢吞吞地行出了斗技堂。

"小混蛋，你给我等着吧，等你被分配出家族之后，我有的是时间收拾你！失去了族长的庇护，你狗屁都不是！"望着那逐渐远去的背影，萧宁恨得有些牙痒痒，咬牙切齿地反手一掌轰在身旁的书架上，顿时在其上留下了一个浅浅的手印。

行出斗技堂，萧炎先是陪着兴致勃勃的薰儿到后山逛了一下午，待到天色渐暗之后，这才回到自己的小窝。

回到房间，关上房门，萧炎双肩顿时垮了下来，将卷轴放在桌上，端起茶杯，一饮而尽，有些后怕地苦笑道："这妮子，真是太能走了。"

"那小丫头，来历似乎有点不一般啊。"苍老的声音，忽然在房间中响起。

有气无力地抬了抬眼，望着那犹如鬼魅一般出现在房间中的药老，萧炎撇了撇嘴，懒懒地问道："老师知道她的来历？"

"嘿嘿，好像知道点吧……"药老眼睛微眯，嘿嘿一笑，瞧着萧炎投来的好奇目光，却是忽然住了口，"你也别问，现在你知道了，对你没什么好处，所以，还是不要打听为好，我只能说，那小丫头的背景有些强。"

翻了翻白眼，萧炎只得恨恨地对着药老甩去一个中指。

"你去拿这些垃圾东西做什么？嫌精力过盛？"药老来到桌前，随意地翻了翻那捆卷轴，愕然道。

"垃圾东西？"嘴角一抽，萧炎无力地呻吟道："我现在除了那吸掌之外，什么斗技都不会，以前只知道埋头苦修斗之气，从未学过斗技，而家族中也只有这些黄阶斗技可以随便学习，不学这些，那我成人仪式拿什么和别人比试？"

"嘁，不就是想从我这里骗到斗技嘛……"老眼白了萧炎一眼，精明的药老，直接揭穿了他的目的。

被揭穿心中目的，萧炎也不尴尬，耸了耸肩，双眼巴巴地望着药老。

"斗技有什么了不起的？等你以后学会了炼药术，高级斗技，直接有人抢着给你送上门来。"药老淡淡地笑道，全然不顾萧炎那幽怨的小脸。

"可我现在就需要高级斗技啊，老师！"萧炎郁闷地道。

瞧着萧炎郁闷的模样，药老大笑了两声，摇了摇头，这才戏谑地笑道："算了，谁让我摊上你这可怜徒弟呢？为了你不被人打成残疾，我便教教你吧。"

闻言，萧炎精神一振，他很好奇自己这神秘老师究竟能摸出什么等级的斗技。

"你那吸掌虽然是玄阶斗技，不过却有些名不副实，现在你实力不强，便先教你一种以攻击力著称的玄阶斗技吧，这斗技要求不高，五段斗之气，应该就能发挥出一些威力。"药老微笑道。

"玄阶什么级别的？"听着是玄阶斗技，萧炎双眼一亮，舔了舔嘴唇，急忙问道。

"玄阶高级吧，我记得这斗技当年还是一个人哭着求我收下的，不过我对这东西不太感兴趣，要不是实在是被纠缠得烦躁了，我也不会答应帮他炼制丹药。"药老漫不经心地说道，那副轻描淡写的模样，就如同是在说着地上的垃圾一般。

"玄阶高级？哭着求你收下？"脑袋之上垂下几条黑线，萧炎心头有些受打击，自己家族中被奉为家族绝学的最高斗技，也不过才玄阶中级，而药老随口一张，便是玄阶高级……这种强烈的反差，实在是让萧炎有些哭笑不得。

"闭目沉神，我传给你。"随意地吩咐了一声，药老手指点出，然后轻轻地触在了萧炎额头之上。

脑袋微微一痛，萧炎忽然察觉到有大量的信息，涌进了脑海之中，突如其来的信息，顿时使得他的脑袋有些发涨。

"八极崩：玄阶高级斗技，近身攻击斗技，以攻击力强横著称，炼至大成，攻击暗含八重劲气，八重叠加，威力堪比地阶低级斗技！"

脑袋缓缓清醒，细细地品味了一下信息中的粗略资料，半晌后，萧炎轻轻地吸了一口凉气，攻击力可堪比地阶低级的斗技？

在斗气大陆之上，不论功法以及斗技，玄阶与地阶，那之间的差距，都是犹如天壤之别，不可同日而语，而现在这仅仅玄阶高级的八极崩，竟然号称在攻击力之上，能够堪比上地阶斗技，这如何不让萧炎震撼。

咽了一口唾沫，萧炎双眼有些发直，如果真学会了这斗技，恐怕就仅凭自己这四段斗之气，就能把那嚣张的萧宁打得满地找牙吧……

"别震撼了，虽然八极崩对斗之气的要求不算太高，不过却对肉体的强度有很大的要求，这是一种近身肉搏的斗技，看你这细胳膊细腿的，若是强行使用出来，恐怕最先崩断的，是你的肌肉，而不是对手。"药老淡淡的话语，犹如一盆冷水一般，将萧炎的激动消得干干净净。

"怎么样才能提升肉体强度？"在略微沉寂之后，萧炎急切地询问。

"斗之气就是锻炼肉体的最佳能量，随着斗之气的越来越强，肉体也会随之变强，当然，想要更快的话，那便需要一些外物的刺激。"药老眼睛微眯，老眼中似乎有些不怀好意。

"什么外物刺激？"望着笑意盎然的药老，萧炎忽然地感到有些浑身发凉。

"挨打！挨得越重越好！"药老阴声发笑，萧炎小脸僵硬。

第十九章
残酷训练

清晨，薄薄的淡白雾气笼罩着后山山顶，久久不散，轻风吹过，忽然带来一阵肉体接触的闷响之声。

后山顶上的一处隐蔽小树林中，萧炎双脚如树桩一般地插进泥土，脚趾紧扣地面，牙关紧咬，额头之上，冷汗横流，只穿了一件短裤的赤裸身躯上，一道道青色瘀痕，密布其上。

在萧炎身后，化为灵魂状态的药老，正盘坐在一块巨石之上，此时，他正满脸肃然地望着那咬牙坚持的萧炎，手掌轻轻一挥。

随着药老手掌的挥动，空气略微波动，一道淡红色的斗气匹练猛地自药老掌中暴射而出，最后宛如鞭子一般，重重地砸在了萧炎肩膀之上，顿时留下一道长长的青色瘀痕。

嘴角一阵剧烈的哆嗦，牙齿缝间吸了一口冷气，萧炎只觉得自己的肩膀似乎忽然间麻木了下来，一阵阵火辣辣的疼痛直钻入心，在这股剧烈的疼痛之下，萧炎就是连脚尖都有些发软，差点把持不住地栽下身子……

在剧烈的疼痛过后，是体内那急速淌过的微薄斗之气，斗之气在疼痛的刺激下，似乎比平日更加地具有活力，欢快地流过肩膀处的脉络与穴位，一丝丝温凉，缓缓地渗透进骨骼肌肉之中，悄悄地进行着强化……

"再来！"待到肩膀上的疼痛逐渐褪去，萧炎那稚嫩的小脸上，却满是执着与倔强，咬着牙道。

望着那咬牙坚持打击下的萧炎，药老那干枯的老脸上，挤出了一抹欣慰的笑意，微微点头，手掌中，淡红斗气再次飙射而出。

"砰，砰，砰……"小小的树林之中，一道道有些瘆人的闷响以及略微夹杂着痛苦声音的低低哼声，接连不断地传了开来……

药老的下手极有分寸，每次的攻击，刚好是达到萧炎现在身体所能够承受的临界点，那样，既不会重伤萧炎，又能给他带来真正的痛感。

斗气击打在身体之上的那种钻心疼痛，使得萧炎的小脸，痛苦得几乎有些扭曲了起来。

身体之上，随着药老手掌的挥动，瘀痕越来越多……

"砰！"又是一道斗气匹练射出，那犹如木桩一般的萧炎，终于是到达了所能承受的极限，双腿一软，脱力地瘫了下去。

剧烈地喘息了半晌，萧炎抹去额头上的冷汗，抬起头来，艰难地咧嘴笑道："老师，怎么样？"

"很不错，今天接下了八十四次斗气鞭挞，比一个半月前的九次，已经强上许多了……"药老脸庞含笑地点了点头，老眼之中，有着一抹难以察觉的惊叹，这一个半月以来，萧炎所表现出来的韧性，出乎了他意料，就比如今天，本来他认为七十次斗气鞭挞便已经是萧炎的极限，可后者，却生生地坚持到了第八十四次，这实在是让他不得不感叹这小家伙的忍耐程度。

听着药老的话，萧炎重重地松了一口气，脱力般地坐在泥地歇息了好长时间，待得身子回复知觉之后，这才慢慢地爬起身子，从一旁的石头上取下衣服，穿了上去。

穿衣时，清凉的布料碰触着瘀痕，自然又是痛得萧炎龇牙咧嘴。

透明的身体一扭，药老化为光线闪进了黑色戒指之中，留下一句已经说了很多遍的关切话语："赶紧回去用筑基灵液浸泡身子，不然身体里面残留的瘀血，会让你重伤！"

了然地点了点头，穿好衣裤的萧炎，慢吞吞地行下后山。

……

回到小屋，早已经忍受不住疼痛的萧炎迅速关好门窗，然后再次脱去衣衫，手脚并用地跳进了有着青色水液的木盆之中……

冰凉的青水沾染着满是瘀痕的肌肤，萧炎顿时舒畅地深吸了几口凉气，那股飘飘欲仙的感觉，使得他享受般地将眼眸缓缓闭上，直挺挺地躺在木盆之中，动也不动。

萧炎软软地靠在木盆的边缘上，急促地呼吸，逐渐地平稳，到了最后，低低的鼾声，从其鼻间模糊地传了出来，经历了一场痛苦折磨之后，萧炎终于忍受不住精神与肉体的双重疲惫，沉沉地睡了过去。

在萧炎沉睡期间，青色水液微微晃荡，一丝丝淡淡的温和能量，顺着萧炎浑身上下微微张开的毛孔，悄悄地钻进体内，洗除着那一道道有些狰狞的瘀痕，同时，也不断地为那已经达到极限的肉体，添加活力与不断强化……

沉睡在继续，强化也在不知不觉间进行。

在强化与修补着萧炎肉体的同时，木盆中那青色的水液，竟然是在逐渐地变淡，显然，水液中所蕴含的药力，已经即将被萧炎挥霍一空。

……

不知道这一觉睡了多久，萧炎只记得当他醒来的时候，炎热的日光，已经将房间照得亮堂之极。

懒懒地伸了一个懒腰，浑身骨头猛地噼里啪啦地响了起来，抬起头颅，感受到浑身上下那股说不出的活力与充实，萧炎忍不住地失声："好爽！"

从木盆中站起身子，萧炎忽然一愣，他发现，盆中原本是青色的水液，竟然已经完全地变成了清澈见底的透明清水。

"药力被吸收光了吗？"摸了摸鼻子，萧炎无奈地摇了摇头，忽然似乎是想起了什么，有些欣喜地将眼眸缓缓闭上，细心感应着体内斗之气的状况。

片刻之后，萧炎睁开了双眸，双掌微握，轻轻的笑声中，有着掩饰不住的惊喜之意："终于第五段斗之气了！"

第二十章

拍　卖

半个月晋升第四段斗之气，一个半月之后晋升第五段，这种无与伦比的修炼速度，即使是以前的萧炎，恐怕也唯有望尘莫及。

虽说每升级一段斗之气，晋升的难度也会随之增加，不过以现在的速度来看，萧炎想在一年内修炼至第七段斗之气，应该并不是一件太过困难的事。

当然，在这前提之下，是必须有着充足的筑基灵液，否则，还不等萧炎修炼至第七段斗之气，就将会在药老的挨打培训中重伤而亡，毕竟，若是没有筑基灵液的修复功效，仅凭现在萧炎的这副脆弱身子骨，除了会因为体内瘀血凝聚过多而造成死亡之外，可没有第二条路可走。

所以，眼下萧炎最需要做的，便是再次购买材料，然后炼制筑基灵液，说起来，似乎很简单，不过萧炎却遇到了一个不小的难题——他没多少钱了。

坐在床榻之上，萧炎小脸满是苦笑，没想到自己竟然会被钱逼成这副模样，伸出手指，一点点地盘算着：上次购买材料所剩余的钱，还有九百多枚金币，用这些钱再来购买上次那些等级的材料，明显已经不够。

撑着下巴思量了片刻，萧炎眼珠转了转，忽然出声问道："老师，紫叶兰草或者洗骨花，能不能用年份低一些的啊？"

"能吧，不过那样药力就弱了，我给你配置的筑基灵液，可是按照最合适的搭配精心炼制的。"戒指中，传出药老的声音。

眨了眨眼睛，萧炎轻笑道："没关系，这次就用最差的材料炼制吧。"

"最差的？那效力可就差了，那样的话，你有可能需要半年才能突破下一段斗之气了。"药老的声音中略带着些不满，想必此时他已经皱起了眉头。

"钱不够了？去找那小丫头嘛，以她的背景，给你几万金币花花只是小事而已，再不行，找你父亲要，何必降低药力来耽搁自己的修炼……"

听着药老的建议，萧炎无奈地摇了摇头："你就当是我那无聊的自尊心在作祟吧，哪能三番两次地去找一女孩子借钱，我父亲也算了，我都躲他两个月了，而且万一找他要钱，他追根究底地询问，那岂不是会把老师您给泄露了出去。"

"老师，这筑基灵液，别人能配置吗？"似是想起了什么，萧炎忽然皱眉询问道。

"嘿嘿，小家伙，斗气大陆之上，药材数不胜数，想要配置出不同效果的丹药，就必须从这无数种材料之中，筛选出能够中和你需要炼制的魔晶之中狂暴能量的药材，这样，才能成功炼制出你所需要的丹药，若是胡乱拼凑，炉毁丹损倒是小事，万一来个反噬，嘿嘿……"说到此处，药老阴声笑了笑，这才接着道，"这筑基灵液，是我足足实验了好几年，才凝练出来的药方，当然，或许也能有其他人误打误撞地弄出这种药方，不过这概率，实在太小。

"再有，在炼制的过程之中，三种材料的融合程度以及分量，火焰的浓度，这些都得需要无数次的实验以及超强的灵魂感知力才能把握，不然，你以为为什么每位炼药师都是需要老师手把手地教导？想要成为一名强大的炼药师，没有名师指点，基本上没可能，不然，光是那些实验药方，就能花费你一辈子的时间。"

"所以，整个斗气大陆我不敢说，不过这加玛帝国，我却能打包票，没人能够炼制出与我相同的筑基灵液！"说到此处，药老的话语中，隐隐地透着一股自傲。

有些震惊于这筑基灵液的复杂程度，萧炎下意识地舔了舔嘴唇，当初看药老炼制的时候，看起来似乎很简单，到了现在，才知道炼制丹药，远不止表面上所看见的这点儿皮毛。

炼药师的世界，果然浩瀚莫测，无怪会成为斗气大陆之上最高贵的职业。

在震惊过后，萧炎心头有些欣喜，抿了抿嘴，轻笑道："老师，我并不是要用最差的筑基灵液来修炼，我是打算将之拿去拍卖会拍卖，现在手头不宽裕，等钱到手，我们再买更好的材料，反正炼制筑基灵液，对您来说，也不过是举手之劳而已，怎样？"

"这样么……随你吧，炼药师拍卖自己的丹药，也不是什么稀奇的事，而且那筑基灵液也不过只是最低级的培养药物，卖了也无妨。"略微沉默之后，药老无所谓地道。

听着药老点头答应，萧炎嘿嘿一笑，收拾好东西，便心急火燎地蹿出了房间。

由于此次并不需要太好的药材，所以萧炎只是随意地在药材店中挑选了年份最低的紫叶兰草和洗骨花，至于木属性魔晶，也是在经过几番排查后，买了一颗最便宜的青木鼠魔晶。

买好所需的材料，萧炎寻了个客栈，躲在其中让药老出手将筑基灵液炼制了出来。

此次的筑基灵液，不仅药力较上次要差上许多，而就连那成色，也是从晶莹剔透的翡翠色变成了斑驳的青绿之色……

将这团足有萧炎半个拳头大的筑基灵液收进先前买好的白玉小瓶之中，萧炎这才安心地舒了一口气。

将玉瓶贴身放好，萧炎离开了客栈，健步如飞地向着乌坦城中最大的拍卖会行去。

第二十一章
二品炼药师谷尼

米特尔拍卖场，乌坦城最大的拍卖场所，同时也隶属于加玛帝国中最富有的家族：米特尔家族。

在加玛帝国之中，要论富有，恐怕米特尔家族是首屈一指。

米特尔家族历史恒久，已在加玛帝国发展了数百年时间，关系可谓是错综复杂，而据一些小道消息，这个富得流油的家族，似乎还和加玛帝国的皇室有着丝丝关系。

在帝国中，米特尔家族与纳兰家族、因特尔家族并称为加玛三巨头、三大家族，在帝国的商界、军界等方面中皆有插足，势力不可谓不大。

所以，有着米特尔家族这种强力背景做后台，即使拍卖场的利润再如何引人垂涎，也无人敢打他们的主意。

……

望着街道尽头的庞大会场，萧炎拐进了一条偏僻的巷子，然后快速地将先前购买的黑色斗篷袍子披在身上。

硕大的袍子遮掩而下，不仅掩去了萧炎的容貌，就是连少年有些单薄的体形，也是塞得臃肿了起来，现在萧炎的模样，恐怕就算是薰儿站在面前，也很难一眼认出……

遮好身形，萧炎这才松了一口气，这不能怪他太小心谨慎，筑基灵液这种东西，对一些家族势力太有吸引力，毕竟，如果谁能够大规模制造这种灵液，那其年轻一辈的实力，便将会快速成长，这对于一个家族来说，无疑是最好的催化药。

为了不给自己带来一些不必要的麻烦，萧炎只得选择偷偷摸摸……

手掌摸了摸怀中那有些温凉的白玉瓶，萧炎慢慢地走出巷子，然后向着街道尽头的拍卖会场行去。

在门口几名全副武装的护卫警惕的目光中，萧炎脚步不停地径直走进。

一进会所，那股炎热，便犹如被从身体之上剥离而去一般，凉爽的感觉，让人有种里外两重天的奇异感觉。

目光在金碧辉煌的宽敞大厅内扫过，萧炎向着一旁的屋子走去，屋子的门上，印有金光闪闪的"鉴宝室"三个大字。

推门而入，屋内有些空旷，只有一位中年人有些无聊地坐在桌边的椅子上，听得推门声，中年人抬起头，望着那全身裹在黑袍中的人影，眉头不着痕迹地皱了皱，旋即脸庞上迅速堆上了职业化的笑容："先生，您是打算鉴宝吗？"

"嗯。"黑袍之下，一声有些干涩的苍老声音，轻飘飘地传了出来，竟然是药老的声音。

萧炎上前两步，随手从怀中掏出白玉瓶，轻轻地放在桌面之上。

"这是？"眼睛疑惑地眨了眨，中年人小心地拿起白玉瓶，鼻子在瓶口轻嗅了嗅，片刻后，脸色微微一变，再次望向萧炎的目光中，多出了一丝敬畏，"大人是炼药师？"

"嗯。"苍老的声音，再次传出。

"请问，这瓶……是什么丹药？有何作用？"听见此话，中年人再次恭声询问。

"筑基灵液，可以提升斗之气的修炼速度，不过只能是斗者之下使用，才能有效。"

"哦？能够提升斗之气的修炼速度？"闻言，中年人有些动容，斗之气只能中规中矩地修炼，这几乎都成了所有人的常识，而且这个阶段的修炼者体内脉络极为脆弱，一旦药力过猛，那可就会是脉断人亡的凄惨下场……

"我这灵液，并没有副作用，药力也极为温和，并不会造成那种结果，你大可放心。"似乎是明白中年人的心中所想，苍老的声音缓缓地解释道。

脸色再次一变，中年人小心翼翼地将白玉瓶放回桌面，恭敬地道："大人，能否请稍等片刻？我需要去请我们拍卖场的谷尼大师过来鉴别灵液！"

"嗯，快一点。"挥了挥手，萧炎也不客气，在一旁的椅子上坐了下来，然后闭目养神。

中年人连忙点了点头，然后急匆匆地出了房间。

坐在椅上，萧炎保持着沉默，并没有开口与药老对话，这里是别人的地盘，还是谨言慎行的好，谁能保证这里没有偷窥或者偷听的设置。

在房间中待了半晌之后，中年人再次归来，只不过这次，他还带来了一位头发有些发白的青衣老者。

目光在老者身上扫了扫，最后停在老者的胸口处，那里，并没有绘上金星，反而绘着一个有些类似药炉的东西，在药炉的表面上，两道银色波纹，闪烁着高贵的光芒。

"大人，这位是我们拍卖场的谷尼大师，他是一位三星大斗师！同时，他也是一名二品炼药师！"中年人恭声介绍道。

听着老者后面这个身份，萧炎斗篷之下的眉尖下意识地挑了挑，这还是他第一次遇见除了药老之外的炼药师，当下不由得细细地打量了一下对方。

老者满脸红光，身上的青衣虽然看似普通，不过却隐隐有着光芒流动，显然，这衣衫，应该被加持过什么魔晶防护，平凡的老脸之上，有着一抹难以掩饰的高傲，这是每一位炼药师必备的东西。

在萧炎打量着对方的同时，谷尼也是在不着痕迹地扫视着前者，炼药师可不是斗者，这东西随便出一个，都将会被任何势力争先恐后地拉拢，所以，谷尼在打量之时，也在心中暗自猜测着萧炎的身份。

中年人从桌上小心地拿起玉瓶，然后递给了谷尼……

接过白玉瓶，谷尼轻嗅了嗅那股清香的气味，老眼微眯，眼瞳略微闪烁，瓶口微斜，一小滴青色的液体，缓缓地从中滚了出来，然后悬浮在谷尼掌心之处。

双眼紧紧地盯着青色液体，谷尼双指一夹，一枚银质细针出现在了指间，细针之上，略微泛着斗气波动，悄悄地伸进青色液体之中，然后轻轻搅动……

随着细针的搅动，谷尼脸色逐渐地由平静转化成了凝重，片刻之后，将青色液体收进了玉瓶中，目光再次扫向萧炎之时，高傲的脸上，多了一分敬意，转头对中年人沉声道："灵液已经到达二品丹药的级别，这位大人先前所说，无假！"

闻言，中年人大松了一口气，对着萧炎热切地笑道："大人，您是打算拍卖这灵液吗？"

"嗯，能给我安排最快的拍卖时间吗？"

"呵呵，这自然没问题，大人您拿着这去一号拍卖室，那里正好还在举行拍卖，您的灵液，待会儿就拍出！"中年人笑着递过来一块漆黑的铁牌。

"嗯。"随手接过铁牌，萧炎也不停留，直接在两人的注视中，行出了房间。

"谷尼大师，他是一名炼药师吗？"瞧着萧炎消失之后，中年人这才低声询问道。

"嗯，的确是一名炼药师，那股敏锐的灵魂感知力，错不了……"谷尼点了点头，旋即眉头一皱，有些疑惑地自语道，"可他又是哪方势力的炼药师？没听说过乌坦城何时出了一个能够炼制二品丹药的炼药师啊？"

"需要调查一下他的来历吗？"中年人轻声道。

谷尼老眼微眯，略微思量，微微摇了摇头："暂时不要，炼药师的脾气都有些古怪，如果调查引起了他的注意，恐怕会使得他对拍卖场有不好的印象，随意得罪一位不知道等级的神秘炼药师，可不是什么明智的举动。"

转过头，瞥了一眼中年人，谷尼淡淡地道："如何让他对我们产生好感，你应该知道怎么做吧？"

"呵呵，明白。"

"记住，就算不能交好，那也万不可得罪，否则……"淡淡地丢下一句有些冰冷的话语，谷尼飘然而去。

第二十二章
风卷诀

在一名女侍的带领下，萧炎走进了正在举行中的拍卖会。

一入其中，周围明亮的环境便昏暗了下来，阵阵喧闹，铺天盖地地直灌入耳，使得喜静的萧炎眉头大皱。

拍卖场很大，容纳千百人并不是难事，此时，在拍卖场中央位置的灯光下，一位身着红色裙袍的美丽女人，正用那妖媚得让人骨头有些酥麻的娇滴滴声音为场内的所有人解读着手中物品的功能。

在女人清脆酥麻的娇声中，那件其实并不太算稀奇的物品的价格，正在以一个火热的速度节节攀升。

寻了一个偏僻的位置，萧炎安静地坐了下来，目光扫过场中的那位美丽女人，以他的眼力，自然能够看出这场中的大多人，都是为了她而来。

米特尔拍卖场首席拍卖师：雅妃，乌坦城几乎无人不晓的美人，那股成熟妖媚的风情，使得很多男人都拜倒在她的石榴裙之下。

静坐的萧炎，眉头忽然大皱，微偏过头，望着距离自己座位不远处的一位隐在黑暗中的男子，此时，那名男子正双眼炽热地望着台上的雅妃，双手在那双红润的樱桃小嘴微微启合间，不断在身下耸动着……

"我靠！"低低地骂了一声，斗篷下的萧炎猛翻着白眼，这家伙太强悍了吧。

心中骂骂咧咧，萧炎赶紧移开了些位置，有些苦笑地摇了摇头，目光再次扫向高台，望着那红裙女人丰满玲珑的迷人曲线，低声嘀咕道："妖精。"

视线随意地在雅妃手中的物品上扫了扫，萧炎便失去了兴致，他可没那么多钱买一个废东西回去，即使拍卖它的是一位美丽女人，目光从女人身上移开，然后在拍卖场内缓缓地移动着。

"呃……父亲？"移动的目光忽然地一顿，萧炎瞥见了坐在最前排位置的一位中年人，当下不由得一脸愕然与古怪："难道父亲也对这女人有兴趣？"

古怪的念头只存在了一霎便被抛弃，因为萧炎发现，父亲的目光，并未停在雅妃身上，一脸平静，似乎是在等待着什么。

"父亲来这里做什么？"心头嘀咕了一声，萧炎目光再扫，却是有些惊愕地发现，与萧家齐名的另外两大家族，加列家族、奥巴家族的两位族长都在此处。

"这里有即将拍卖的东西在吸引着他们！"心头一动，眉尖轻挑了挑，萧炎有些好奇地摸了摸鼻子，究竟是什么东西竟然把三大家族的族长都给吸引来了？

……

不得不说，这名叫作雅妃的女人是个调动气氛的好手，她的一颦一笑，都会使得场下的价格一阵疾飙，而每当此时，这女人还会对着提价之处送去妩媚的微笑，顿时，本来还在肉疼的提价之人，立马精神抖擞。

场内的气氛，在这妩媚女人的掩嘴轻笑间，始终保持着高潮。

"呵呵，各位，刚刚拍卖场接到一样新的拍卖物，我想，大家一定会感兴趣。"拍卖完手中的物品，雅妃忽然笑吟吟地道，玉手一挥，一名侍从赶忙端上一个玉盘，盘中有着一个白玉小瓶。

"这是二品丹药。"纤手小心地拿起白玉小瓶，雅妃的妩媚声音，使得拍卖会微微一静，片刻后，嘈杂声顿时响了起来，在斗气大陆之上，最受人追捧的东西，便是炼药师所炼制的各种丹药。

"此物名筑基灵液，只对斗者之下的人有效，用此灵液浸泡身子修炼，能够让处于斗者之下的人，修炼速度加快！呵呵，各位如果想让自己的子孙成为一位少年天才，那可不要放过噢。"充满诱惑的红唇微微开启，吐出的酥腻娇声，使得场内众人骨头有些发麻。

"筑基灵液？竟然能够提升斗之气的修炼速度？雅妃小姐，那个阶段的人，似乎经不起丹药的冲击吧？"虽然雅妃的确美丽妖娆，不过场中也不乏冷静之人，略微沉默之后，便有人发问。

"呵呵，此灵液经过我们拍卖会的谷尼大师亲自鉴定，品阶属二品，绝不会出问题，各位可以放心。"雅妃笑道。

听着由谷尼大师亲自鉴定，场内的声音顿时小了许多，谁都知道，谷尼大师是二品炼药师，整个乌坦城，即使是三大家族的族长见到他，也不敢有丝毫怠慢。

萧炎悠闲地靠在椅背之上，望着场内热络的气氛，心头不由得松了一口气，看来这筑基灵液，应该能为自己带来不小的收获，目光不着痕迹地移向自己的父亲，却发现他的脸色似乎忽然间有些激动了起来。

略微一愣，似是想起了什么，萧炎心头有些感动。

"呵呵，灵液初步价格在八千金币，请各位起价吧！"雅妃含笑道，目光在场中移了一圈，最后停在了坐于最前面的三大家族族长身上，她心中清楚，这三位，才是竞争的主要人物。

"八千五！"雅妃的话刚落，便有人喊出了价格。

"九千！"加价的声音，紧跟其后。

……

场内的价格不断地翻腾，只是片刻时间，便已到了一万三的高度。

萧炎的父亲脸色虽然有些激动，不过他却并未立刻喊价，微闭着眼睛，等待着那些小虾米的哄闹结束。

争抢再次持续了片刻，声音终于弱了下来，与此同时，与萧战并排而坐的一位老者，却是淡淡地出声："两万！"

喊价一落，会场中的声音便安静了下来，一些人望着面无表情的老者，只得沮丧地坐了回去，他们可没实力和加列家族相争。

"嘿嘿，加列毕，你儿子不是已经晋入斗者了么？怎么还打这筑基灵液的主意？"一名中年汉子转头皮笑肉不笑地道。

"奥巴帕，我给我未来孙子买不行吗？"加列毕明显与这中年汉子不对路，直接冷笑道。

"那也得等你有那个福气，说不定你儿子哪天就被人剪断了命根子……"心头诅咒了一声，奥巴帕也是开口喊道，"两万三千！"

"两万五！"

……

不到十分钟的时间，在场内众人惊愕的目光中，两人竟然如同恶狗抢食一般，将价格抬到了三万一的价位。

"四万！"闭目中的萧战，忽然出声。

大厅戛然一静，所有目光都霍然转移到了萧战身上，就连那奥巴帕与加列毕，也被他这一口突如其来的高价给震了震。

"嘿嘿，萧族长看来对这筑基灵液是势在必得啊。"加列毕笑道。

萧战瞥了他一眼，淡淡地道："你想要，出价抢就是，我绝对不会再跟。"

加列毕脸皮一抖，似乎是在思考着萧战此话的真假，片刻后，他摇了摇头，此次他的目的是那件东西，而不是这筑基灵液，现在胡乱花费资金，无疑是个不智的决定。

另外一旁的奥巴帕，见到加列毕退了回去，也是耸了耸肩，筑基灵液虽然吸引人，不过同样不是他的目的，所以，撤。

"萧战族长出价四万金币，可还有人加价？"望着平静的场中，雅妃微笑道。

"既然无人加价，那此筑基灵液，便由萧战族长购买而得！"见到没有人应声，雅妃也是见好就收，手中的小锤，在桌上轻轻一敲，便定下了买主。

偏僻之所，萧炎有些哭笑不得，搞了半天，竟然敲诈到自己父亲头上去了。

"呵呵，下面，便是此次拍卖会的压箱底拍卖！"将玉瓶收下，雅妃玉手一挥，高台上的灯光便黯淡了下来，微微弯身，从台中取出一块银盘，银盘之中，有着一卷青色的古朴卷轴。

卷轴略微泛着青光，在银盘的衬托下，颇为神秘。

"玄阶高级功法：风卷诀！"

第二十三章

争　抢

　　"玄阶高级功法"几字一出，拍卖会场内，骤然寂静。

　　与先前的筑基灵液相比，斗气功法所引起的轰动，无疑要更加震撼人心。

　　丹药虽珍贵，不过却只可用于一时，而斗气功法，却能够用于一生，甚至，还能传承给子孙后代，从某种角度上来说，高阶的斗气功法，比丹药，更要让人疯狂！

　　毕竟，只要拥有了高阶功法，就算没有灵药的支持，那也迟早能成为一方强者，而若是没有功法，只有灵药，那就是把丹药当豆子吃，也难以成为真正的强者。

　　在震撼了片刻之后，会场中陆续有人回过神来，一双双炽热的目光，死死地盯着台上的青色卷轴，就连那妖媚动人的雅妃，似乎也在此刻被遗忘了去。

　　坐于后方的萧炎轻轻地吐了一口气，玄阶高级功法？难怪……这种等级的功法，比他们萧家最顶级的怒狮狂罡，还要高上一级，无怪今日乌坦城三大家族的族长都亲自来到此处，原来都是在打这东西的主意。

　　"玄阶高级啊……"目光悠悠地在青色卷轴之上扫过，萧炎下意识地舔了舔嘴唇，只要谁拥有这个卷轴，那么他便拥有了成为强者的通行证，几十年后，乌坦城，也将会出现一个和三大家族平起平坐的势力。

　　"一个玄阶高级功法而已，有什么好稀奇的。"就在萧炎有些感叹之时，药老的声音，却是不适合宜地在心中响了起来。

"而已……"翻了翻白眼，萧炎跟这眼界已经高到天上去的老头实在无法沟通，只得撇了撇嘴，保持着沉默。

"小家伙，安心修炼吧，等你成为斗者的那天，我让你见见什么才叫高阶功法！"药老在说完话之后，便沉寂下去。

抿了抿嘴，萧炎嘀咕道："希望吧。"

……

"各位，这卷玄阶功法是一位猎人侥幸在山中所得，应该是前人所留，来历正统，并不会带来什么麻烦，大家尽可安心拍卖。"雅妃玉手轻轻捧起青色卷轴，笑盈盈地道。

"雅妃小姐，快点报价格吧！"场下已有人迫不及待地大喊道。

美丽的脸颊上保持着妩媚的笑容，雅妃微笑道："风卷诀，拍卖底价，二十万金币！"

这天价一出，会场内顿时安静了许多，显然，很多人根本没实力吃下这东西。

偏僻之所，萧炎忍不住地摇了摇头，这女人还真是杀人不见血，太狠了，二十万金币，那可足足是萧家两年多的利润啊。

前排的萧战三人，在这天价之下，面皮也是抖了抖，不过他们也是无可奈何，这东西，一个愿打，一个愿挨，你不买，有的是人买。

在二十万的天价之下，场面有些发冷。

面对着有些尴尬的冷场局面，雅妃却并未有什么异样神色，笑容依旧迷人，她非常清楚这玄阶功法的吸引力，一些人，恐怕即使是倾家荡产，也想把这东西收入囊中。

如同她的意料，冷场并未持续多久，一名有些秃顶的中年男子首先颤巍巍地喊出了价格："二十一万！"

萧炎目光顺着声音瞟了瞟，他认识这秃顶中年人，这是乌坦城的武器大亨，几乎垄断了乌坦城的武器销售，虽然势力比不上三大家族，不过在乌坦城中，也算是一号人物了。

"二十三万！"在中年人喊价不久，一名黄衣老者也紧跟而来。

黄衣老者是乌坦城中的大药商，手下有好几家药材店，资财也算丰厚。

目光狠狠地瞪了一眼老者，秃顶中年人再次高喊："二十四万！"

会场之中，零零落落地有着喊价声响起，毕竟，二十万的高价，足以让太多人望而却步。

"三十万！"在后面两人已经外强中干的时候，第一排的加列毕，终于冷冷地出声了。

加列毕的喊价一出口，两人便软了下来，无奈地摇了摇头，闷头缩了回去。

"三十三万！"在乌坦城，能与加列家族相竞争的，便只有萧家与奥巴家族了，而现在出价的，便是奥巴家族的族长，奥巴帕。

阴冷地瞥了一眼奥巴帕，加列毕冷声道："三十五万！"

眼角抽了抽，奥巴帕咧嘴道："三十七万！"

"三十八万！"

"四十万！"

面对着奥巴帕的不断加价，加列毕毫不犹豫地立马跟了上去，俨然一副势在必得的模样。

在价格停留在四十三万的时候，奥巴帕不得不停下了这场竞争，四十三万，已经足以让此时的奥巴家族陷入经济危机了。

"四十五万！"见到奥巴帕退缩，加列毕还未来得及欣喜，萧战淡淡的声音，又使得他脸色阴沉。

阴冷的目光狠狠地剐了萧战一眼，加列毕心头满是火气，三大家族之中，萧家与奥巴家族都拥有玄阶中级的斗气功法，而唯有他加列家族，只有玄阶低级的功法，所以，加列毕此次，真的打算下狠心了。

在奥巴帕那幸灾乐祸的眼光中，加列毕咬牙切齿道："四十六万！"

"五十万！"脸庞淡漠的萧战，报出了使得满场哗然的天价。

高台上，望着争得火热的两人，雅妃那美丽的笑容，又是诱人了几分。

"五十五万！"眼睛略微泛着红丝，在沉默了片刻之后，加列毕孤注一掷地冷喝道。

"你赢了。"出乎所有人的意料，萧战在听见加列毕的此次报价之后，却是微微一笑，冲着加列毕戏谑地道。

脸庞有些愕然，片刻后，加列毕脸色沉了下来，回过头清醒的他，此时才知道，自己被耍了……

"萧战，你狠！给我记着！"怨恨地瞪了萧战一眼，加列毕抬头望着有些错愕的雅妃，怒气更是大盛，不过他毕竟不是街头上的混混，阴沉着脸，尽量地压抑着怒气，"雅妃小姐，该说结束了吧？"

并未因为加列毕的怒视而有什么变色的表情，雅妃平淡地笑了笑，低垂的眼眸中，有着一抹嘲弄与戏谑，玉手中的小锤，在加列毕紧紧的注视中，敲了下来。

"风卷诀，由加列毕族长成功拍下！"

望着收场的一幕，萧炎忍不住地轻笑了笑，缓缓地站起身子，行出了拍卖场。

"唉，把钱拿到手后，就开始努力修炼吧，一年后，还要给父亲一个惊喜呢。"出门的时候，萧炎低笑着喃喃道。

第二十四章
一切待续

出了一号拍卖场，萧炎再次回到了鉴宝室，在那中年人敬畏的目光中，安静地垂首等待。

半晌之后，一阵有些急促的脚步声自外传来，两道人影，推门而入。

"呵呵，这位便是筑基灵液的主人吗？先生应该第一次来乌坦城吧？"香风袭来，酥麻娇腻的轻笑声，忽然在萧炎耳边响起，使得他心尖略微颤了颤。

心头骂了一声"妖精"，萧炎将脸深收入斗篷之中，目光微移向站在身旁的那红裙女人。

脸皮略微有些火辣，不过还好，有着斗篷的遮掩，那雅妃也看不清，当下强行压住心中的绮念，萧炎微微点了点头，而与此同时，药老的声音，也是干涩地传出："拍卖成功了？把钱交给我吧，我还有事！"

似乎是有些诧异黑袍下主人的年龄，雅妃玉手掩着红唇轻声笑了笑，胸前的一对丰满划起惊心动魄的弧度，轻笑了会儿，雅妃这才笑吟吟地道："烦请老先生再等等，一些手续，还在办理之中。"

微微点了点头，萧炎不再开口，将目光从这女人身上移开，然后保持着沉默。

望着面前这全身包裹在斗篷黑袍中的人影，雅妃黛眉轻轻皱了皱，看来自己引以为傲的容貌在这位神秘人面前并没有取得什么效果，当下无奈地撇了撇红润小嘴，目光隐晦地从神秘人身上扫巡而过，想要从一些细小之所分辨出后者的身份。

扫视完毕，雅妃心头有些失望，目光与一旁的谷尼大师触碰了一下，贝齿轻咬着红唇，声音温柔地轻声询问："老先生，雅妃很少见到没有佩戴徽章的炼药师，不知道老先生尊姓？"

"怎么？女娃娃，来这地方，还得自报身份不成？"黑袍下，药老淡淡地道。

"呵呵，雅妃只是好奇而已，老先生若是不想说，雅妃自然不敢强问。"雅妃咯咯笑道。

眼睛透过斗篷的边缘，望着身旁的那对掩在紧身红裙中的雪白小脚，萧炎有些无奈，这雅妃能够成为米特尔拍卖场的首席拍卖师，自然不会是省油的灯，都说红颜祸水，乌坦城内窥视她美貌之人不知几何，可到今天，却从没听说过谁真的达成过目的，虽说这其中不乏有米特尔拍卖场为后台的缘故，不过谁也不敢认为，这女人只是个拥有美貌的花瓶。

与这么一位精明的女人同在一起，萧炎几乎是有些如履薄冰，他怕这心细如发的女人会发现些什么，不过还好，有着药老出声抵抗，这不知道来头的老狐狸，可不会受旁边这只妖精的半点诱惑。

在药老有些冷淡的回话间，雅妃一直未能套出半点有用的话来，到了最后，这女人也只得放弃了念头，笑吟吟地取出一张贴身水晶卡，卡上绘有米特尔家族的族徽。

"老先生，这是米特尔拍卖会的贵宾卡，只要先生持有卡片到米特尔家族的任何一家拍卖场，都将会受到贵宾待遇，同时，拍卖所需要缴纳的税率，也将会从百分之五，降成百分之二。"

闻言，萧炎挑了挑眉头，相比于前面的一大通废话，他更喜欢这实质性的东西，当下略微沉吟，便伸手接过了水晶卡片。

望着那伸出黑袍的修长白皙手掌，雅妃眸中掠过一抹诧异，明明声音苍老干涩，可却拥有一双宛如少年般的干净手掌，这人，究竟是什么身份？

此时，一名侍女从外跑进，将一张绿色卡片恭敬地递给了雅妃。

"老先生，筑基灵液拍卖出了四万金币的价格，扣去百分之二的税金，所余，全在此处。"雅妃微笑着将绿色卡片转递了过来。

接过绿色卡片，萧炎心中终于松了一口气，自己以后修炼的资本，可都在这里啊，这些钱，足以让自己安心修炼到斗者级别吧……

既然钱已到手，萧炎也不想再停留，对着雅妃随意地摆了摆手，苍老的声音淡淡地道："我可以走了吧？"

"呵呵，当然，老先生日后若是还需要拍卖什么丹药，可得关照米特尔拍卖场哦。"雅妃嫣然笑道。

"嗯。"随意地应了一声，萧炎站起身来，头也不回地行出了这要人命的房间。

望着萧炎消失的背影，雅妃俏脸上的笑容缓缓收敛，黛眉轻蹙，走到桌旁，有些慵懒地靠在椅上，曲线毕露。

"谷尼叔叔，他真是炼药师？"略微沉默了一会儿，雅妃轻声问道。

"嗯，而且炼药术只会比我强，至少，那二品的筑基灵液，我是炼制不出来。"谷尼对着雅妃躬了躬身，叹息道。

"有药方都不行？"眼眸微眯，雅妃红润的小嘴微翘，似是随意地道。

听着雅妃这话，谷尼脸色一惊，急忙道："药方是每个炼药师的命根子，小姐可千万不要去打他的主意，随意惹恼一位不知等级的炼药师，即使是米特尔家族，也难以承受怒火，几十年前，当时闻名加玛帝国的切克家族就是因为想动丹王古河药方的主意，最后愣是被人家请动四位斗王强者，将家族毁个干干净净，这事闹到最后，就是连加玛帝国皇室，也不敢多加干涉！

"虽说现在我们家族的势力已经远超当时的切克家族，不过还是不要轻易得罪一些神秘炼药师为好，要知道，炼药师根本就是个毒蜂窝，只要你一捅，他立马能找来数不尽的朋友，而且也有很多强者非常乐意让一名炼药师欠他们一个人情。"

望着有些惊慌的谷尼，雅妃无奈地揉了揉光洁的额头，苦笑道："谷尼叔叔，你说什么呢，我哪有打他的主意，你还真当雅妃这几年的历练白过了吗。"

"我这不是提醒你嘛。"听着雅妃的话,谷尼也松了一口气,他可真怕这妮子做出什么傻事来。

撇了撇小嘴,雅妃玉手托着香腮,轻轻地叹了一口气,炼药师,还真是一群恐怖的人呢,可为什么自己就没这项天赋呢?

第二十五章
钱由我出

有些鬼鬼祟祟地溜进自己的房间，萧炎快速地关上房门，然后飞快地蹿进房间的角落，最后从怀中掏出一大堆的药草以及几颗魔晶，小心翼翼地摆放进柜子之中，深嗅了嗅满手的药材气味，嘿嘿笑着松了一口气。

为了能够潜心修炼，此次萧炎足足购买了八个月的药材量，看这模样，他今年剩下的日子，是打算在苦修中度过了。

亲昵地拍了拍柜子，萧炎嘴角一咧，慵懒地行到床榻边，一头软了下去，大半天的奔波，可着实让他有些疲惫了。

"炎儿，在吗？"有些迷糊间，敲门声忽然传了进来。

睁了睁迷糊的眼睛，萧炎赶忙跳下床，然后打开房门，望着站在门外的萧战，搔了搔头，讪笑着问道："父亲，有事吗？"

"没事就不能来找你了？你这小家伙，可躲了我两个月了。"硕大的手掌亲昵地揉了揉萧炎的脑袋，萧战笑斥道。

望着萧战那温醇的笑容，萧炎心头有些感动，抽了下有点发酸的鼻子，却不知说些什么。

"还在为那事自责呢？呵呵，她看不上我儿子，是她的损失，有什么好伤心的，大男人的，何必做这副小女儿姿态，我知道，我萧战的儿子，绝不是废物！"萧战豪迈地道。

"呵呵，父亲，三年后，炎儿会亲自去云岚宗。"笑了笑，萧炎轻声道。

萧战笑容略微收敛，眼睛紧盯着萧炎，有些迟疑地道："父亲倒没什么，你……真打算吗？父亲不是说你比不上纳兰嫣然，可云岚宗的实力……"

萧炎微微一笑，点了点头，薄薄的嘴唇抿成了一条有些倔强的线条："父亲，有些事，躲不了，是男人，就得承担。"

"呵呵，这性子，倒是和我很像，两位哥哥知道你能这么想，恐怕也很高兴。"对于萧炎的执着，萧战欣慰地笑了笑，轻叹了一声，旋即重重地点了点头，"好，父亲就等着我儿子给我赚脸的时候！我要纳兰肃那老混蛋哪天带着聘礼求我收回当初的那纸休书！"

萧炎点头，失笑。

"喏，给你，就当是父亲给你的赞助！"从怀中掏出一只萧炎极为熟悉的白玉瓶，萧战将之递了过来。

望着这转了几圈，又回到自己手上的筑基灵液，萧炎心头有些哭笑不得，不过他的面上，却保持着疑惑的表情："父亲，这是？"

"筑基灵液，能够加快斗之气的修炼速度，今天拍到的。"萧战咧嘴笑道。

"费了不少钱吧？"接过白玉瓶，萧炎心头有股暖流淌过。

"四万金币，不过只要对你有用，也算物超所值了。"萧战不在意地笑道。

"您花四万金币给我买了这筑基灵液，大长老他们，恐怕又得以此为借口生事了。"萧炎苦笑道。

"嘁，我才是这一族之长，他们也顶多动动嘴皮子罢了。"萧战冷哼道。

"父亲，谢谢您了，一年后的成人仪式上，我会让他们聒噪的嘴全部闭上的。"萧炎抿了抿嘴，轻笑道。

"好，我等着我儿子再次蜕变的那一刻！"虽然不知道萧炎哪里来的信心，不过萧战对自己儿子这副信心十足的模样倒是极为欢喜，当下大笑道。

"好了，也不妨碍你休息了，有事就来找父亲，自家人，有什么好丢脸的。"摆了摆手，萧战转身便大踏步地向着前院行去。

"妈的，还得去应付那几个老不死的，不就是花了四万金币嘛，一个个急得跟吃了你们棺材本一样。"隐隐约约地，萧战的嘀咕骂声，在黑暗中飘飘传出。

望着消失在黑暗中的萧战，萧炎摸了摸鼻子，微笑着低声道："放心吧，父亲，我会用现实让那些家伙住嘴的，三年前，我能让他们仰望，三年后，我依然能！"

伫立在门口半晌后，萧炎收好手中的白玉瓶，斜瞥着墙角处，戏谑道："妮子，偷听人说话，很好玩吧？"

"萧炎哥哥，感觉很敏锐嘛……"墙角处，紫裙少女翩翩闪出，微偏着小脑袋，美丽的小脸之上，笑意吟吟。

望着一脸俏皮的少女，萧炎无奈地摇了摇头。

"萧炎哥哥下午去哪儿了？"莲步轻移，薰儿走上前来，笑问道。

"随便出去逛了逛。"

"是吗？"秋水眸子上下打量，薰儿忽然上前一步，微微弯着身子，俏鼻轻皱了皱，"有女人的香味耶。"

"咳，别闹，哪有什么女人味道。"稚嫩的脸庞微微一红，好在天黑，少女也是看不太清。

"嘻嘻。"似乎挺喜欢萧炎的窘态，薰儿一阵银铃般的娇笑声，片刻后，止住了笑声，略微沉默，柔声道，"刚才萧叔叔的话，我也听见了，我相信萧炎哥哥，嗯……如果日后真要上云岚宗，薰儿可以帮忙喔……"

闻言，萧炎眨了眨眼睛，双眼紧紧地盯着少女俏美的小脸。

在萧炎这毫不收敛的目光下，薰儿清雅的小脸缓缓地浮上一抹娇羞的酡红，低声嗔怪道："萧炎哥哥，你看什么呢……"

"嘿嘿，薰儿也会脸红，真是少见。"片刻后，萧炎忽然笑道。

薰儿白了萧炎一眼，心头嘀咕道："也就你会这么盯着人家看。"

"好了，好了，对萧炎哥哥有点信心嘛，云岚宗虽然强大，可我还年轻，有的是时间，那云韵能娇惯出纳兰嫣然那种女人，想必也好不到哪里去。"萧炎笑着揉了揉少女的青丝，笑道。

"好了，天晚了，回去休息吧。"

望着挥手的萧炎，薰儿无奈地摇了摇头，只得点头，然后在他的目送中，缓缓走进了黑暗。

转过一处走廊，房间中忽然传来萧战和几位长老的争吵声，而争吵的目的，正好是那四万金币的去处。

脚步一顿，薰儿浅浅的柳眉微皱，轻叹了一口气，修长的玉指一夹，一张紫金卡出现在指间。

指尖在紫金卡之上轻轻一弹，金卡化为一抹金光射进了争吵不休的房间之中。

随意地瞥了一眼忽然安静下来的房间，薰儿淡淡地道："那筑基灵液的钱，当是我出的吧，卡中有十万金币，几位长老不必为难萧叔叔。"

房间之中，一片寂静，片刻后，方才传出三位长老苦笑的应"是"声。

第二十六章

苦 修

"八极崩！"

山巅小树林之间，清冷的喝声，猛然响起。

一道敏捷的影子在林间灵活跳跃，树林间密布的荆棘，并未给他带来丝毫的阻碍。

下一霎，影子突兀地在一株足有半米粗壮的大树面前停下了身子，双脚一错，身子半斜，手肘猛地反轰在了大树之上。

"砰！"一声闷响，木屑四溅，蜘蛛般的裂缝，沿着肘击之处，扩散蔓延。

"嘎吱……"被一肘轰出了大半个空洞的大树，发出嘎吱的摇晃之声，片刻之后，终于无力地轰然倒地。

在大树倒下的时候，那道宛如灵猴般矫健的影子抢先一步退开了身形，然后轻飘飘地落在一块青色巨石之上。

望着自己所取得的成果，萧炎清秀的小脸上，满是欣喜的笑容，三个月以来，这还是他第一次成功用出八极崩这种玄阶高级的斗技，而这所谓能与地阶斗技相媲美的八极崩也的确没有辜负萧炎的期待，仅仅是第六段斗之气，所发挥出来的破坏力，便足以比上八段斗之气！

……

初阶斗之气越到后面，升级速度越是缓慢，自从上次购买齐全药物之后，萧炎已经闭门苦修三个月，在第三个月的最后几天，萧炎这才在偶然间，从五段斗之气，跳到了第六段……

三个月提升了一段斗之气，虽然这速度比起前面两个月似乎慢了许多，不过，萧炎却是十分满足，想当年，他可是足足修炼了大半年，才从五段斗之气，到达第六段，如今这速度，已经很是恐怖了。

……

发出了一记八极崩，萧炎浑身也犹如被忽然挤干了水的海绵一般，酸麻的痛感，不断地侵蚀着神经，手臂上的青筋，抽筋般地轻微跳动着，那是用力过度的征兆。

舔了舔嘴，萧炎艰难地微偏过头，望着自己的右手手肘处，那里，已经一片通红……

"嘶……"嘴角一咧，萧炎吸了一口凉气，苦笑着嘀咕道，"难怪要经历那么严酷的挨打训练，不然，这一击用出来，断的不是树，而是我的手臂吧，这八极崩，简直是在比谁的肉体更硬。"

全身乏力地躺在冰凉的巨石上，萧炎略微急促的呼吸，也是缓缓地平稳了下来，不过身体中的酸麻感觉，使得他再不想动一根指头。

以萧炎此时的第六段斗之气，顶多只能够使用出一记八极崩，而使用过后，他便会完全脱力，直到体力恢复为止。

萧炎仰着头，微眯着眼睛，懒懒地望着蔚蓝天空上飘荡的云朵，轻风拂过，吹起一缕黑色头发拍打在额头之上。

身体深处，吸收了好几个月的筑基灵液，也是在此刻从体内各处角落，悄悄地渗透而出，不着痕迹地修复着疲惫的肌肉与细胞，使得它们能够以最快的速度，给主人带去力量。

"老师，我还需要多久才能晋入第七段？"微闭着眼眸，萧炎忽然出口低声道。

只要晋入了第七段，那么他便具备了进入斗气阁找寻功法的资格，虽然现在的他已经看不上萧家的那些斗气功法，不过自己却必须具备这资格，因为这关系到自己父亲的颜面。

一阵清风刮过，药老透明的身形，出现在了巨石旁。

目光中带着笑意地盯着少年，药老先是打量了一下地上断裂的大树，微微点头，略微沉吟，笑道："你的修炼速度有些出乎我的意料，本来我以为即使有着灵液的帮助，你也需要一年才能进入第七段……

或许是因为以前压抑得太过剧烈了吧，现在反弹起来，你也更加地疯狂，照这进度，两月之内，一定能进入第七段斗之气。"

闻言，萧炎唇边扬起了淡淡的弧度，他很想知道，那些在过去三年中对自己万般嘲讽的族人，当看见自己展现实力的时候，会是何种表情？自己当日在大厅中对纳兰嫣然所说的话，又何尝不是在对他们所说？

"我萧炎三年前能创造奇迹，三年后，我依然能！"目光微微闪烁，萧炎想起半年之前，那在大厅各种不屑嘲讽的目光中，少年那有些孤单的背影，倔强而执着！

"纳兰嫣然，我正在一步步地朝你爬过去，你静心等待吧，三年之后，我们，云岚宗见！"

嘴角忽然挑起一抹桀骜，少年猛地跳起身子，仰头对着一望无际的天空大吼咆哮。

望着那大吼的少年，药老微微一笑，并未阻拦，人，需要压力才会成熟，现在的萧炎，天赋够了，需要的，是一种鞭策的压力！纳兰嫣然的出现，为他树立了最好的压力。

"拿她当作你的试炼石吧，强者的路，你还有很长的距离！"

"走，回家修炼！"

吼了几嗓子，萧炎小脸上的笑意更是开心了几分，跳下巨石，对着药老一招手，朗笑着对着山脚冲去。

第二十七章
冲击第七段

时间如水,总在不经意间,悄悄地从指缝溜过。

炎热的夏季已经被凉爽的秋天所取代,绿意葱郁的枝头,也开始掺杂上了点点枯黄。

依旧是那所整洁的小屋,阳光洒进,斑点四布。

房内的木盆中,少年双目垂闭,双手结印,呼吸间,恍若天成。

大半年的苦修,使得少年清秀的稚嫩脸庞上多出了一抹坚毅,紧紧抿在一起的嘴唇,透着几分倔强,那身如同女子般白皙的皮肤,在几个月中的挨打培训中,已经略微偏黄,看似并不如何强健的小身板,却是蕴含着如同猎豹一般的凶猛爆发力。

不管从何种角度上来看,少年,似乎正在以一个恐怖的速度,进行着蜕变,当这种蜕变完成之后,会让所有人感到震撼!

在少年那极为流畅的呼吸间,一丝丝掺杂着点点青色的气流,缓缓地从木盆之中散发而出,最后顺着少年的呼吸,灌进了其体内。

……

"今天一定能突破到第七段斗之气!"

正在修炼间,萧炎心头忽然冒出一个信心十足的念头来,念头来得有些毫无缘由,却犹如水到渠成一般,堂而皇之地出现在了他心中。

在前一个月中,萧炎曾好几次冲击第七段斗之气,不过无一例外,最后都是以失败而收场。

或许是因为今日的修炼为那即将满溢的水盆添加了最后一滴水的缘故吧,那股使得萧炎期盼已久的灵光念头,便如此突兀地出现了。

突如其来的念头使得萧炎的手印颤了颤，差点一个把握不住地从修炼状态中退出去，不过好在萧炎定力不错，强行压抑住了心头的那抹激动，屏气凝神，努力地将自己的心境，安抚而下。

呼吸缓缓平稳，萧炎开始贪婪地吸取着外界能量，以备冲击第七段之需。

木盆之中，青色水液微微波荡，异彩闪烁，一丝丝温和的能量气流，从水液之中散发而出，争先恐后地钻进萧炎的体内。

淡青色的气流越涌越多，只是片刻时间，不仅将萧炎的身体完全地遮掩了其中，就连那硕大的木盆，也只是若隐若现，远远看去，颇为奇异。

在萧炎这般无止境的索取之下，盆中青色水液的颜色，也开始以肉眼可见的速度变淡着。

因为能量大量涌入的缘故，萧炎的小脸略微有些潮红，而且隐隐地有着淡青光芒透发而出。

冲击第七段斗之气的萧炎，无疑已经变成了一个大磁铁，不仅周围空间中的斗之气在被其迅速吸扯，就连木盆中的淡青液体，也开始出现了一个个细小的水漩。

初阶九段斗之气，一至三段为低级，四至六段为中级，七至九段为高级。

第七段斗之气，可以说是初阶斗之气的分水岭，只要踏足了第七段，那么便是进入了初阶的高级地步，到了此时，其体内所储存的斗之气，将会是第六段斗之气的几倍之多，所以，第七段斗之气，一般也被认为是成为斗者的第一把钥匙，其重要程度，不言而喻。

伴随着青色气流的急速涌出，木盆之中，青色液体的颜色越来越淡，终于，在某一刻，青色液体，再次变成了一盆清澈见底的透明清水。

没有了筑基灵液的能量支持，萧炎脸庞上的淡青色也是缓缓暗淡了下来，现在的他，只能从周身空气中，吸取微薄的斗之气来维持冲击之用。

吸收空气中的斗之气虽然也能支撑萧炎完成冲击，不过，这需要的时间，不仅更长，而且到时候就算突破了，其体内的斗之气，也需要温养一月之久，才能回复到充盈的地步。

现在的萧炎，最缺少的，便是时间！

在灵液药力消失的刹那，萧炎手指上的黑色戒指光芒微闪，一滴翡翠颜色的极品筑基灵液，再次投射进了木盆之中，顿时，透明的清水，又是化为深青之色。

有了一滴新鲜灵液的支持，萧炎精神为之一振，在心中对着药老感谢了一声之后，双手保持着印结的同时，心神控制着呼吸，疯狂地吸收着那扑面而来的浓郁能量。

毫无止境的索取在持续了足足半个小时后，终于开始逐渐缓了下来，而此时，深青色的水液，已经又变淡了几分。

当最后一缕温和能量顺着呼吸钻进了体内，萧炎的身子，略微沉寂，旋即猛地一阵剧烈颤抖，小腹微微收缩，萧炎眼眸骤然睁开，漆黑的眼瞳中，青白两色光芒急速掠过，嘴巴微微张大，一口有些浑浊的气体，被吐了出来……

浑浊气体一离体，萧炎的小脸，顿时精神了几分。

睁开眼睛愣了半晌，萧炎这才扭了扭脖子，发出一阵清脆的骨头声响，手掌微微握了握，一股充实的力量之感，使得萧炎嘴角挑起了一抹喜悦。

"终于第七段了啊……"

微闭上眼睛，凝神感应了一下体内那充盈的斗之气，萧炎低笑着喃喃道。

第二十八章
强化"吸掌"

躺在木盆内，身子浸在冰凉的灵液之中，萧炎有些沉醉于体内的那股充实的力量之感，按照寻常的突破模式，一般在到达第七段之后会有一段时间的温养期，而有着筑基灵液相助的萧炎，却直接跳过了这时期，到达了充盈阶段。

在木盆中静坐了一会儿，待得欣喜的心情逐渐平复之后，萧炎这才慢吞吞地站起身来，赤裸的身子沾着淡青的水珠，在阳光的反射下，炫耀着异彩。

慵懒地伸了一个懒腰，体内的骨骼，犹如重生一般，响起一阵清脆的噼里啪啦之声。

随意地扭了扭头，萧炎右手对着床榻之上一招，吸力喷射而出，顿时将衣物卷入了掌心之中。

"不错，斗之气果然充沛了不少，凭现在所造出的吸力，应该能摄动一个人的体重了吧？"穿好衣物，萧炎眉头微皱，喃喃道，"可惜，这'吸掌'，似乎并没有多大的攻击力，那种所谓的强行抽取对手体内血液，也只能对付远比自己等级低的人，对上同等级或者高级的对手，却是有些鞭长莫及了……"

想到此处，萧炎有些遗憾地叹了一口气，这可算是他的第一项斗技啊。

抿了抿嘴，萧炎刚欲踏出木盆，心头突兀一动。

眼瞳略微散发着莫名的亮光，萧炎右掌缓缓地蜷曲，双眼紧紧地盯着自己的手掌，片刻后，手掌隔着半尺距离，对准了一只花瓶。

舔了舔嘴唇，萧炎体内的斗之气没有经历任何特定的脉络，就这般直挺挺地从掌心中喷发而出……

斗气外放，至少需要大斗师级别才能勉强做到，所以，萧炎的此次举动，除了造出一阵不大不小的轻风之外，并未有其他的半点效果。

轻风从掌心中喷出，将那只花瓶吹得剧烈地摇晃了几下，差点便摔落下桌子……

斗气未外放，萧炎不仅未失望，反而一脸欣喜，有些兴奋地搓了搓手，快速地后退了几米，右掌再次对准花瓶。

"吸掌！"一声轻喝，强大的吸力顿时将花瓶扯得急速飞向萧炎。

就在花瓶即将到达萧炎面前三尺之时，萧炎手心中的吸力骤然一收，体内斗之气全部从掌心处喷出，顿时，一股强烈的风压，狠狠地吹在了那急速飞来的花瓶之上。

"砰！"

两股方向截然相反的力量，在半空中相遇，而作为相遇中心的花瓶，却是轰然一声，化成细小碎片，暴射而出。

望着自己这掌所取得的效果，萧炎小脸上，满是惊喜，吸力与反推力的对碰，所造成的破坏力，远超他的意料。

虽然体内充盈的斗之气在先前制造的反推力中已经被消耗殆尽，不过萧炎却是极为兴奋，那股反推力，他只是运用最低级的运功方式将之发挥而出，这种方式不仅耗力最大，而且所取得的效果也是小得可怜，而如果他能有一种类似吸掌这种专门发挥吸力的反推力斗技，那么再两相配合，他敢肯定，所取得的效果，将会极为凶悍！

"小家伙，不错……竟然能想到用这招来强化'吸掌'。"手指上的戒指光芒微闪，药老飘荡而出，望着房间内的碎片，微微点头，赞声道。

萧炎嘿嘿一笑，眼珠子在药老身上骨碌地转着，一脸的讨好之意。

"如果有一种专门发挥反推力量的斗技，再炼至炉火纯青的地步，那么你这玄阶低级的吸掌，在攻击力之上，恐怕就能堪比玄阶中级或者高级的斗技了……"似是没有看见萧炎的脸色，药老自顾自地说道。

"老师，你也知道这种类似辅助斗技的罕见，我能得到这吸掌，还是靠的运气，现在你又让我去哪儿找一种能与吸掌相配合的辅助斗技啊？"萧炎挠着头，似是有些无奈地道。

"别做出你那副无辜的模样了，你不就是想从我这里打主意嘛。"白了萧炎一眼，药老撇嘴道。

"你这想法以前也不是没人想到过，可这两种斗技都是类似鸡肋的辅助斗技，很难寻见，所以，倒很少有人真的凑齐过。"

"老师也没有？"闻言，萧炎小脸顿时拉了下来，郁闷不已，没有专门发挥反推力的斗技，光靠自己用斗气催发，无疑是种得不偿失的举动。

瞧着萧炎颓丧的模样，药老好笑地摇了摇头，手指揉着额头，沉吟道："以前有人求我炼药，我似乎收过这种斗技，当时要不是手中正好有一颗闲置的丹药，我也不会和那人交易，这事太久了，要不是今天被你提醒了一下，我恐怕真要给忘记了。"

"好了……找到了。"手指移开额头，然后在萧炎欣喜若狂的目光中，轻点在了他的额头之上。

被点中额头，萧炎脑袋略微一涨，大量的信息灌入其中，好半晌之后，方才逐渐清醒过来。

"吹火掌：玄阶低级，可造出强大风压！"

简简单单的说明以及老土的名字，使得这玄阶低级四个字显得极为寒碜。

"这东西的创始人是个铁匠，打了一辈子铁，因为炉火的需要，结果莫名其妙地创造出了这吹火的斗技……"望着小脸有些僵硬的萧炎，药老戏谑地笑道。

翻了翻白眼，萧炎有些佩服那铁匠的能耐，创造斗技可不是打铁坯那么容易。

吹火掌并不难学，在药老的指点下，萧炎用了两个小时，便初步地掌握了其诀窍所在。

站在房间之中，萧炎跃跃欲试地望着房中唯一的花瓶，深吸了一口气，手掌一卷，吸力狂放："吸掌！"

顺着强猛的吸力，花瓶直接对着萧炎疾飞而去。

双眼紧紧地盯着飞来的花瓶，萧炎右手急忙撤去吸掌，然后体内的斗之气，顺着吹火掌的脉络运行。

"吹火掌！"

就在花瓶即将砸到脑袋上之时，强横的风压，猛地自萧炎掌心中狂掠而出，顿时，房间中，灰土弥漫。

"砰！"

又是一声清脆的闷响声，此次的花瓶，竟然直接被两股相反的力量，轰成了漫天碎末。

"好……"

满身白色粉末地蹿出灰尘区，望着所取得的效果，萧炎眼睛发光，只要自己能够将两种斗技转换得炉火纯青，那绝对足以让任何准备不足的人吃大亏。

拍去身上的白屑，萧炎心头知道，在最后的这三个月中，自己又多出了一项训练任务。

三月之后，便是自己的成人仪式了……

"嘿嘿，或许很多人，都在期盼着我继续出丑吧？"狼藉的房屋之中，少年轻声冷笑。

第二十九章
重要的日子

三月时间，眨眼便匆匆过去大半，而距离萧炎的成人仪式，也仅有一月距离。

整洁的小屋中，萧炎双眼愣愣地望着木盆中的青色水液，这已经是最后的筑基灵液了，斗之气越到后面几段，越是难以修炼，自从上次突破到第七段之后，萧炎体内的斗之气已经沉寂接近两个月了，两月中，不管他如何修炼，那种突破的感觉，却始终未能出现。

傻子一般地盯着木盆好半晌，萧炎这才无奈地摇了摇头，嘀咕道："不知道依靠这最后一滴筑基灵液，能否突破到第八段斗之气？"

缓缓地站直有些酸麻的身子，萧炎出乎意料地没有继续修炼斗之气，反而从衣柜中取出一套得体的黑色衣衫……

在举行成人仪式的前一月，所有人，都需要参加一项预测，预测的作用，自然是别除那些斗之气不及格的人，斗之气在第七段之上的族人，在成人仪式完毕之后，就能获得进入斗气阁寻找功法的资格，而在第七段之下的族人，却将会丧失这种权利，等成人仪式一过，就将会被分配到家族的各处产业中去，日后若非表现杰出或者在修炼速度赶上其他优秀族人，否则很难再次成为内部家族……

刚刚换好衣物，门口处，却传来轻轻的敲门声。

"萧炎哥哥，在吗？"

听着少女清脆的声音，萧炎眉尖挑了挑，扣好衣服，双手抓起木盆，将之藏到隐蔽角落之后，这才慢悠悠地行至房门旁，将之一把拉了开来。

房门被打开，温暖的阳光顿时扑洒而进，照在那一身黑衫的少年身上，看上去分外精神。

房门外，少女亭亭玉立，清爽的淡绿衣服将那初具规模的娇躯完美衬托，衣衫遮掩的小胸脯，虽然有些青涩，不过却依然骄傲地释放着青春的诱惑，不堪盈盈一握的小蛮腰之上，随意地束着一条紫色衣带，微风拂过，紫带飘扬……

望着门外这娇美的少女，萧炎愣了好片刻，方才缓缓回过神来，上下打量了一下薰儿，啧啧地称奇："大清早的，我还以为是哪里的女神降临了呢，细看看，原来是我家薰儿啊。"

听着萧炎这略带几分戏谑的赞美笑语，薰儿水灵的大眼睛眨了眨，只是矜持地抿着小嘴微微一笑，不过，那双悄悄弯成美丽月牙的柳眉，却是道出了少女心头的喜悦。

秋水眸子带着几分欣喜，薰儿也是轻扬着精致的下巴，打量着开门而出的少年。

接近一年的苦修，使得萧炎脱了几分稚气，清秀的小脸，多出了几分莫名的韵味，长时间的肉体训练，也使得萧炎的身板结实而健壮，一件黑衫套在身上，整个人看上去，倒也算得上是个俊秀的少年。

走出房间，反手关上房门，望着眼睛盯着自己眨也不眨的薰儿，萧炎有些愕然地打量了一下自己，疑惑地问道："没什么不对的吧？"

俏美的小脸微微一红，薰儿赶忙移开了目光，抿嘴微笑道："走吧，萧炎哥哥，今天可是预测的日子哦，你准备好了没？"

眼眸微眯，萧炎耸了耸肩，嘴角挑起一抹若隐若现的桀骜，平摊的手掌缓缓握拢，淡笑道："废物的名头，从今天开始，就还给那些赋予给我的人吧！"

望着信心十足的萧炎，薰儿偏着小脑袋，轻笑道："我相信萧炎哥哥！"

"你当然相信，你恐怕又已经看透我的实力了吧？"萧炎白了她一眼，撇嘴无奈地道。

望着似乎有些郁闷的萧炎，薰儿莞尔，微微点了点头，可爱地摊了摊手，笑道："第三段到第七段斗之气，只用了一年不到的时间，萧炎哥哥的修炼天赋，即使是薰儿，也是望尘莫及啊……"

"走吧，妮子！"

萧炎摸了摸鼻子，手掌亲昵地拍了拍薰儿的脑袋，然后一挥手，向着家族后面的训练场大步行去。

望着少年那与以前的落寞黯然截然不同的背影，薰儿欣慰一笑，低声呢喃道："萧炎哥哥，薰儿早就说过呢，你会寻回属于自己的尊严与荣耀……"

……

巨大的青石训练场，足足百多名少年少女伫立其中，阵阵喧哗声，冲天而起。

在训练场中，立着巨大的测验黑石碑，这种测验碑，也只有一些有实力的家族才有资格配备，价值不菲，黑石碑之旁，依旧是一年前的那位冷漠的测试员。

训练场左边的高台上，坐立着家族中的一些内部人士，在中央地带，是族长萧战和三位长老。

场内，那些即将等待着被审判的少年少女们，正忐忑站立，一些平时表现优秀的，脸上倒并未有多少紧张，而一些天赋一般或者低下的，则是一脸彷徨与忐忑。

萧战沉着脸望着满场脸色各异的族人，心头轻轻地叹了一口气，炎儿，你能过得了这一关吗？

"族长，时间已经快到了，萧炎怎还未到？"萧战身旁，二长老皱眉问道。

萧战斜瞥了他一眼，淡淡地道："时间还未到，急什么？二长老怎连这点定力都没有？"

被萧战噎了一口，二长老脸色略微有些难看，阴恻恻地冷哼道："就算你给他拍了筑基灵液，那也不可能让他在一年内到达第七段斗之气！你别期待什么奇迹发生了。"

闻言，萧战脸庞一怒，他现在也正烦躁着呢，这家伙却是哪壶不开提哪壶，就当他打算回斥之时，场中却略微骚乱了起来。

目光一转，远处广场尽头的小路之上，两道影子，正缓缓而来，从容的步伐，似乎并未因为今天的重要日子而有所急促。

微眯着眼睛望着远处黑衫少年脸庞上的淡淡笑容，萧战不知为何，轻舒了一口气……

第三十章
辱人者，人恒辱之

望着那和薰儿并排行来的萧炎，场中的少年们，脸庞上无一不是流露出些许嫉妒，在这萧家中，能和薰儿走这么近的唯一一人，恐怕便只有这出名的废柴了吧……

广场边缘处，周围簇拥着大群同龄人的萧宁，盯着萧炎的眼瞳中，怒意盎然。

"小混蛋，看你过了今天后，还有什么脸和薰儿在一起。"低骂了一声，萧宁幸灾乐祸地冷笑道。

无视于那一道道充斥着嫉妒与怒火的目光，萧炎领着薰儿，直接行到队伍的最后方，然后互相低声笑谈。

瞧着萧炎这副轻松惬意的模样，高台上的家族高层人士不由得有些惊异，这家伙难道不知道今天的测试，将会改变他日后的道路吗？

"嘿嘿，恐怕是打算破罐子破摔了吧。"二长老冷笑着低讽道。

本来以为说出这话之后，身旁的萧战又要大发雷霆，可二长老等了半晌，却并未察觉到半点动静，当下不由得有些愕然地望着身旁的萧战。

"二长老，凡事还是等到最后再下结论吧，否则，到头来，只会自己扇自己的脸……"萧战深深地看了一眼场中那垂首闭目的少年，淡淡地道。

嘴角一抽，二长老冷哼道："希望吧，我也期盼他能给我带来点惊讶。"

"好了，时间到了，都别磨蹭了。"大长老沉声打断了两人的对轰。

萧战微微点了点头，站起身来，环顾了一圈安静下来的训练场，凝声喝道："你们都是家族的新鲜血液，应该知道今天的测验对你们来说有多重要，测验规矩，第七段斗之气以及其上判为合格，反之，则为不合格，不过，按照以往的额外规定，在测验完毕之后，斗之气七段以下的，有权利向七段以上的同伴发出一次挑战，如果挑战胜利，那也能进入合格区域！

"既然大家都已经清楚，那么，测验开始！"

随着萧战的沉喝落下，训练场之上的少年少女们，顿时紧张了起来。

黑石碑之旁，冷漠的测验员踏前一步，从怀中取出名单册，冰冷的声音，使得被叫上名的人浑身发颤。

盘腿坐在干净的青石地板之上，萧炎平静地望着那些因为斗之气不及格而黯然哭丧着脸的同龄人，淡漠地撇了撇嘴，心头并未因此而有什么怜悯，这些喜欢嘲笑比自己更低级的人，并不值得同情。

他们在比自己更低级的族人身上寻找快感之时，或许并未想到，自己迟早也会有这一天。

辱人者，人恒辱之。

坐在萧炎的身旁，薰儿小脸清雅，云卷云舒的淡然模样，犹如纤尘不染的一叶青莲，纤手把玩着一缕青丝，只是眼光偶尔扫向旁边低垂眼目的少年，与萧炎相同，她也并没有对那些黯然的少年少女表示过多的关注。

"萧媚！"

测验员的冰冷声音，使得萧炎眉尖轻挑了挑，微垂的眼皮也慵懒地抬了起来。

一旁一直关注着萧炎的薰儿，瞧着他这模样，不由得轻皱了皱俏鼻。

"呵呵，当初她可是对我这萧炎哥哥黏得很紧啊……"微眯着眼望着那从容上前的红衣少女，萧炎淡淡地轻笑道。

薰儿眨了眨水灵的大眼睛，偏头望着萧炎嘴角那隐隐的嘲讽，微笑道："我很好奇今天过后，她会用何种态度对萧炎哥哥？"

萧炎微微耸了耸肩，轻声道："一些东西，被毁了，就是被毁了，不管如何弥补，那也有着刺眼的裂缝，这家族，能让我认同的人，不多，几人而已……"

"薰儿算吗？"红润的小嘴掀起俏皮的弧度，薰儿娇笑着问道。

萧炎笑意温醇，伸出手掌，双指夹着薰儿一缕青丝，缓缓滑下，微笑道："当然！"

水灵的大眼睛弯成美丽的月牙，薰儿目光微微迷离，那副几乎深入灵魂的画面，又是带着几分暖意，缓缓出现……

小时候半夜摸进自己房间的小男孩，用着那笨拙得让人忍不住有些想发笑的手法温养着自己看似弱小的身体，虽然明知道并未有多大效果，可小男孩却足足坚持了两年时间……

精致的小脸上浮现可爱动人的小酒窝，薰儿略微偏着头，心中轻声笑道："这家族，能让薰儿真心认同的人，也不多，唯你一人而已……"

远处，望着萧炎对薰儿的亲昵举动，萧宁脸皮一抽，心头的嫉妒火焰，使得他恨不得冲过去对着那张可怜的脸狠狠地踩上几脚。

"斗之气：八段！"

黑石碑之上，强光迸发，端正的硕大字体，悬浮在石碑表面。

"萧媚：斗之气，八段，高级！"望了一眼黑石碑，冷漠的测验员微微点头，沉声公布。

听着测验员的声音，萧媚松了一口气，紧接着，小脸上扬上了骄傲，一年时间，从第七段提升至第八段，这种进度，在家族中足以排上前五，如此斐然的成绩，也难怪少女会大感满意。

测验员声音传出之后，便是在训练场中引起一阵骚动，一道道羡慕的目光，直射向萧媚。

"一年提升了一段斗之气，勉强吧……"摸了摸鼻子，萧炎淡淡地评价道。

"嗯。"薰儿把玩着青丝，目光只是随意地扫了扫那被众人犹如公主一般围绕在中间的萧媚。

经过萧媚这一个高潮之后，后面的十几位，也仅有一人到达了七段斗之气，其他的，都是被淘汰而出。

"萧薰儿!"

测验员冷漠的声音,在这个名字之下,竟然略微带上了点点情感。

全场目光,随音而动,霍然转移到那纤尘不染的俏美少女身上。

"萧炎哥哥,待会可不要吃惊喔……"站直身子,薰儿俯身对着萧炎俏皮地笑道。

挑了挑眉,萧炎望着少女美丽诱人的背影,喃喃道:"难道晋入斗者了?"

第三十一章
一星斗者

望着那缓缓行上的绿衣少女，训练场上有些寂静，一双双炽热的目光，牢牢地盯着少女，眨也不眨。

高台之上，所有家族高层都停止了低声交谈，目光汇聚在这颗萧家最璀璨的明珠之上。

萧战以及三位长老，脸庞在凝重之余，也有着一抹好奇，他们同样很想知道，一年的修炼，这位家族中年轻一辈的第一人，此时，又走到了何种地步？

……

在场中所有目光的注视之下，少女步伐不急不缓地行至黑石碑前，小手伸出，袖口滑下，露出一截雪白修长的皓腕。

玉手轻轻触着冰凉的黑石碑，薰儿眼眸缓缓闭上，体内斗之力，急速涌动。

随着斗之力的输入，黑石碑在沉寂瞬间之后，强芒猛地绽放……

斗者：一星！

望着黑石碑之上那金光闪闪的四个大字，训练场中，略微沉寂，旋即大片大片的倒吸凉气的声音犹如抽风般地响了起来，所有人的表情，都凝固在了此刻。

"薰儿小姐，一星斗者！"

有些震撼于那金光灿灿的四个大字，测验员忍不住惊叹地摇了摇头，大声喝道。

"啧啧……十五岁的斗者……真不愧是……"

听着测验员的公布声，高台上的萧战轻吸了一口气，话到最后的时候，却是忽然地模糊了起来。

三位长老微微点头，同样是满脸震撼，虽然这距离当年萧炎十二岁的成就还有一些差距，不过，这种修炼速度，也的确称得上是怪胎了。

训练场中，那被众人簇拥的萧媚，也被黑石碑上那金光灿灿的四个大字刺得有些眼花，目光下移，望着那站立在石碑处的清雅少女，心头不由得升起些许颓败，十五岁成为一名一星斗者，这样的耀眼光环，她根本没可能将之超越。

人群最后，萧炎惊叹地咂了咂嘴，没想到这妮子不仅真的在一年之内晋入了斗者，而且还在斗者的级别之上，提升了一星之级，这种修炼速度，简直都可以和使用了筑基灵液的他相提并论了。

石碑下的少女，似乎并不喜被这般关注，无奈地皱了皱秀眉，然后转身回到人群最后，对着那一脸惊叹的萧炎俏皮地翘了翘小嘴。

"别得意了，以你的天赋，有这成绩并没什么让人意外的，如果你在一年内没有进入斗者级别，那我才会感到非常惊奇。"耸了耸肩，萧炎戏谑地道。

闻言，薰儿小脸顿时垮了下来，有些幽怨地白了他一眼。

拉着薰儿再次席地而坐，萧炎双手托着腮帮子，无聊地望着那继续上前测试的族人。

想在十五岁左右将斗之气修炼至第七段，一般都需要不错的天赋，方才有可能成功，不过好天赋的人不可能到处存在，即使是以萧家的势力，此次达到要求的人，也不过只占十之二三。

随着越来越多人的不合格，训练场上的气氛缓缓有些沉闷起来，那些未通过的族人，都是哭丧着脸，不过，每当有别的新人不合格之时，这些人脸庞之上，却是会隐晦地掠过一抹幸灾乐祸……

盘坐在地板上，萧炎已经懒得再去观看那些测验，上百人的测试中，也只有一两位和萧媚一样达到了八段斗之气，而至于九段，却还未有一人出现。

场中未被叫上的人越来越少，到得最后，竟然只剩下了包括萧炎在内的寥寥几人。

身前不远处的最后一名少年也是起身测验，不过半晌之后，却同样是以不合格而黯然退回。

对于最后的十几个名额，其实所有人都是心知肚明，这十多名是家族中最垫底的存在，如果不是为了公平起见，恐怕会直接将这十多个名额刷掉也是不一定。

"萧炎！"

黑石碑之下，测验员眼神有些复杂地喊出了这最后一个名额。

"萧炎哥哥，该你了……"娇嫩的小手轻轻地覆上萧炎的手掌，少女轻声道。

微微抬头，萧炎睁开微闭的眼眸，目光在训练场上环视了一圈，那一道道幸灾乐祸的目光，使得他忍不住地轻声冷笑。

缓缓地站起身子，萧炎扭了扭头颅，将视线投向高台上的萧战，微微一笑。

望着自己儿子射来的微笑目光，萧战欣慰地点了点头，一手端起茶杯，轻轻地靠在椅背之上。

深吸了一口气，萧炎大踏步地向着黑石碑行去，眉宇间忽然腾起的那股飞扬神采，使得一些想要出声嘲笑的族人尴尬地住了嘴。

在满场那复杂的目光注视下，萧炎来到了黑石碑之下。

望着面前的黑衫少年，测验员心中轻叹了一口气，当年，萧炎创造奇迹之时，是他第一个见证，而三年中，天才一步步地陨落，也是他亲眼见证，今日过后，如果没有奇迹发生的话，这应该便是少年最后一次在家族中进行测验了……

在满场那紧紧注视的目光中，萧炎胸膛缓缓起伏，手掌平探而出，轻抵在了冰凉的黑石碑之上。

所有目光，此刻，全部眨也不眨地死盯在石碑之上，他们也很清楚，这次的测试，或许将会是这位曾经使得整个乌坦城为之惊艳的天才少年的最后一次测试。

石碑略微平静，片刻之后，强光乍放！

石碑之上，硕大的金色字体，使得在场所有人的心脏都在刹那间停止了跳动。

"斗之力……七段！"

第三十二章
挑　战

满场寂静，死一般的寂静！

场中的所有人，震惊地望着石碑之上的五个大字，脸庞之上的表情，极为精彩，片刻之后，急促的呼吸，犹如风车一般，在训练场上响了起来。

"咔嚓！"

高台之上，萧战手中的茶杯，直接被一巴掌捏成了粉末，茶水混杂着粉末，顺着手掌滴滴答答地掉落而下。

"七段……炎儿，你……真的做到了！"双眼望着黑石碑下的黑衫少年，萧战的眼睛，略微有些湿润，他心中知道，为了能够走到这一步，少年付出了多大的努力。

坐于萧战身旁的三位长老，同样是满脸的不可置信，这一年之前还是三段斗之气，现在就变成第七段了？这种速度……骇人！

"咕，呵呵……族长购买的那筑基灵液……还，还真是强啊，呵呵。"二长老咽了一口唾沫，先前还未完全散去的讥讽与呆滞混合在一起，极为精彩，干笑了一声，讪讪地道。

萧战眉宇间的兴奋，并没有丝毫的掩饰，斜瞥了一眼二长老，淡淡地笑道："二长老，你难道认为二品阶级的筑基灵液，能有这种奇效？"

二长老一滞，尴尬摇了摇头，他又不是傻子，筑基灵液的确能够提升修炼速度，可想靠这东西在一年时间内提升四段斗之气，基本没有丝毫可能！

……

黑石碑旁，测验员愣愣地望着石碑上的大字，脸庞上的那股冷漠，也早已经被震撼所取代。

"萧炎：斗之气，第七段，高级！"

深吐了一口气，似乎是想将心中的震撼随之吐出来一般，测验员那努力想要维持镇定的声音，却依旧有着几分难以掩饰的颤抖。

听着测验员的公布，本来便是寂静的训练场，更显得鸦雀无声。

"咕噜。"不知是谁狂咽口水的声音，突兀地在训练场中响了起来。

站在人群中央，萧媚小手捂着红润的嘴唇，小脸之上，满是震撼。

一年时间，提升整整四段斗之气，这种修炼速度……简直骇人听闻！

这般速度，即使是三年之前处于最巅峰状态的萧炎，也不可能办到！

然而，这种有些让人心脏紧缩的现实，却是真真切切地出现在了所有人的注视之下。

目光带着复杂的情绪，盯着那站在黑石碑之下的少年，萧媚心头忽然地冒出一个让她满脑子糨糊的念头：他那令人惊艳的修炼天赋，似乎又回来了！

训练场的边缘处，正准备看萧炎笑话的萧宁也是呆滞地瞪着石碑上的大字，失声喃喃道："这……怎么可能？"

……

抬头望着石碑上的金色大字，萧炎轻轻地吐了一口气，周围那些忽然间变得复杂起来的目光，使得他回想起了三年之前那意气风发的少年。

如今修炼天赋已经归来，而且随之而回的，还有那越加成熟的心智以及坚毅的韧性。

深深地看了一眼这几次决定自己命运的石碑，萧炎轻轻一笑，云卷云舒的平淡模样与三年前那在测试过后，显得得意忘形的少年判若两人。

轻吐了一口气，萧炎在满场目光的注视下，缓缓地行至人群最后，与薰儿那笑吟吟的目光接触了一下，然后挨着她身旁，盘腿坐了下来。

随着萧炎的退下，场中依旧是长时间的寂静。

"咳……"高台之上，满脸春风得意的萧战站起身来，咳嗽了一声，将场中的目光拉了过来。

"测验已经完毕，下面，举行下一项吧，未合格之人，有权利向合格的同伴发出一次挑战，记住，机会只有一次！"萧战朗笑道。

闻言，训练场中略微有些骚乱起来，那些差之一线就能合格的人，顿时将火热的目光投向了那群合格的同伴。

而面对着对面那一道道充斥着挑衅的目光，那些优秀的族人们则是不屑地扬了扬头，六段与七段，根本是两个境地的级别，若是没有特殊意外的话，一名拥有六段斗之气的人，很难正面打败七段斗之气的对手。

对于这，那些实力在六段斗之气的人同样十分清楚，可这已经是他们最后的机会，无论成与不成，都得拼命地试一试。

一时间，场中气氛有些怪异，一道道火热的视线，从那些合格的同伴身上扫过，所有人都是在暗暗地挑选着最好应付的对手。

盘坐在地，萧炎忽然挑了挑眉，他愕然地发现，那些人的目光，竟然是有一大半落在自己的身上。

"我很像软柿子吗？"略微惊愕，萧炎心头有些好笑。

"萧炎哥哥一年连跳四段斗之气虽然很是让人震撼，不过也正因为这股震撼，导致很多人心底深处有种不愿意相信的错觉，所以，他们很自然地将萧炎哥哥当成了最好的挑战之人。"一旁，薰儿轻声笑道。

无奈地耸了耸肩，萧炎轻拍了拍衣衫上的灰尘，淡笑道："因为不愿相信，所以选择自欺欺人吗……"

薰儿浅浅一笑，微微点头。

此时，平静了片刻的场中，终于有人忍不住地站了出来。

身材壮硕的少年，在众目睽睽之下，快步行到萧炎面前，微微弯身，大声道："萧炎表弟，请！"

少年虽然面容看似恭敬，不过双眼在望向萧炎之时，总会闪过一抹质疑，脸庞上噙着隐隐的不屑，看来，他还并没有从萧炎以前废柴的名头中回过神来。

第三十三章

证　实

　　望着那抢先挑战的壮硕少年，其他未合格的族人顿时有些遗憾地叹了一口气，看那模样，似乎很羡慕这第一个吃螃蟹的人。

　　萧炎微眯着眼眸，上下打量了一下面前的少年，虽然家族中的族人他并认不全，不过这少年，他却有着一些印象。

　　如果所记不错的话，少年名叫萧克，是大长老派系的人，平日经常跟在萧宁屁股后面，俨然一副小狗腿子的模样，以前在自己落魄的时候，也没少给自己脸色。

　　脑海中缓缓地回忆着以往的一些旧事，萧炎嘴角忽然扬起了一抹有些危险的弧度。

　　转头接触了一下目光玩味的薰儿，萧炎微微一笑，在众人的注视之下，点了点头，轻声笑道："好，我接受。"

　　见到萧炎答应得如此干脆，萧克眼角却抽了抽，一抹莫名的不安在心中悄悄升起，喉咙滚动了一下，萧克忽然有些后悔自己的莽撞。

　　然而虽有悔意，不过此刻已是箭在弦上，容不得反悔。

　　"错觉，一年提升四段斗之气，根本没人可以办到，一定是这家伙用了什么手段蒙蔽了大家！我一定能战胜他！"心头在掩耳盗铃的一番鼓舞之后，萧克这才强笑道，"那就让我领教一下萧炎表弟的实力吧！"

　　萧炎微笑不语，站起身来，在众目睽睽中，行到训练场内，然后对着萧克做了一个请的手势。

　　瞧着一脸平静的萧炎，萧克心头的不安更强盛了许多，讪讪地笑了一声，迈动着有些僵硬的步伐，缓缓行进场中。

望着场中的两人，训练场旁的所有人都是迅速地将视线移了过来。

高台之上，萧战接过身后随从递过来的布帕，擦去手上的水渍，目光紧紧地盯着场下，双眼中，有着一抹隐晦的紧张。

说实在的，不仅是那些少年对萧炎所取得的成绩有些感到难以置信，就是连萧战自己，心底深处也是有着几分不真实的恍惚感，这并不能怪他不相信萧炎，毕竟，一年内提升整整四段斗之气，这种速度，几乎可以用妖来形容，这速度，即使是三年前的萧炎，也未曾办到啊。

而也就是因为所取得的成绩太过抢眼，所以所有人心中都是有些难以相信。

不过不管是信也好，不信也罢，只要萧炎与人一交手，其真实实力，自会暴露而出，而到时，众人也就能看出萧炎的真正水平了！

萧战身旁，三位长老的呼吸也逐渐急促，干枯的手掌，在椅把之上，捏出了一个深深的印痕，一双浑浊的目光，复杂地盯着场中。

青石训练场之上，所有的目光，都牢牢地盯着场中的两人，萧炎先前所表现出来的恐怖成绩，究竟是真是假，一动手，就可知分晓！

"绝对是假的！"广场边缘处，萧宁舔了舔干涩的嘴唇，低声恨恨地道。

"应该……是假的吧？"人群中，萧媚贝齿轻咬着红润的嘴唇，心中有些茫然地道，她同样很难相信，这位沉寂了三年之久的少年，会忽然取得如此恐怖的成绩。

在一双双复杂的目光注视中，场中的萧炎与萧克，已经完成了交手前的礼节。

双掌微竖，淡淡的斗之气萦绕其上，萧克深吐了一口气，脚掌在地面上一踏，身形直冲冲地对着萧炎撞击而去。

低级的战斗并没有什么眼花缭乱的感觉，一切都是最简单的对碰。

"劈山掌！"

身形迅速欺近萧炎身旁，萧克右掌之上，斗之气略微凝聚，右掌一挥，狠狠地对着萧炎胸膛斜砍而去。

劈山掌，黄阶中级斗技，五段斗之气以上的族人，才有资格学习！

迎面而来的一阵轻风吹起萧炎额前的发丝，露出其下一双漆黑如墨的双瞳，眼皮眨了眨，萧炎微眯的目光淡淡地盯着那越来越近的手掌。

在手掌即将到达肩膀之上时，萧炎这才不急不缓地向左轻移了一步，一年的肉体锻炼，使得他的反应神经极为出色。

不多不少的一步，正好躲开了萧克的攻击，身子略微一侧，萧炎手掌犹如穿花摘叶一般，透过萧克的手臂，随意地印在了其肩膀之上。

"碎石掌！"

碎石掌，黄阶低级斗技，只需三段斗之气就能学习！

"砰！"一声闷响，被萧炎击中的萧克红润的脸色顿时苍白。一声闷哼，脚步踉跄后退，最后终于一个立脚不稳，软了下去，摔了个四脚朝天。

全场寂静，萧克的落败，很好地证实了某些事实。

一掌击败对手，萧炎有些无聊地摇了摇头，这种对手，实在很没挑战性，别说动用底牌，自己连本身真实实力，都未曾动用一半。

当然，与萧炎自己的无聊不同，此时的场外，所有人，都是缓缓地闭上了眼睛，既然萧炎能够如此轻易地打败一名六段斗之气的族人，那么他的实力，定然在七段之上。

如此说来，那么先前萧炎所表现出来的那恐怖成绩——是真的了！

一年提升四段斗之气，这种成绩，堪称奇迹中的奇迹！

高台上，萧战重重地吐了一口气，心中，也终于放下了那块悬着的巨石。

"……真的，第七段了……"

望着那被击败的萧克，萧媚小手缓缓地掩着红唇，震撼地失声喃喃。

第三十四章
翻　身

望着那负手立于场中的黑衫少年，场面略微有些寂静。

高台上，萧战嘴角的笑容缓缓地扩大，到了最后，终于忍不住大笑了起来。

听着耳边萧战那得意的大笑声，三位长老互相对视了一眼，心头轻叹了一口气，却是再没有出言阻拦，场中少年所表现出来的潜力，使得他们心中有着不小的挫败之感，一年四段，这种速度，足以让任何人感到骇然，他们的子孙，恐怕再没有可能追赶得上。

心情大悦地站起身，萧战拍了拍手，笑吟吟地宣布："萧克侄儿挑战失败，还望日后努力修炼！"

场中，脸色苍白的萧克听着这宣判声，顿时黯然了几分，眼神复杂地望着面前不远处的那黑衫少年，这一年前还被嘲笑为废物的人，一年之后，竟然已经再次凌驾在了家族中的所有人头顶之上，这种几乎是翻天覆地的两极变化，使得萧克忽然想起了那日大厅中少年的铮铮冷语："三十年河东，三十年河西，莫欺少年穷！"

面露苦笑地摇了摇头，萧克艰难地爬起身，对着萧炎略微躬身，声音中，以前的那股不屑终于消失得干干净净："萧炎表弟，你赢了，恭喜你恢复！"

略微点了点头，萧炎目光在场中缓缓扫视，凡是接触到这对漆黑眸子的人，都是有些胆怯地闪避。

目光随意地在那一直盯着自己的萧媚身上扫过，萧炎偏头对着对面那群未合格的族人淡淡地笑道："还有人要挑战吗？"

瞧着萧炎望过来，那群本来还在惊愕的少年们，赶紧闭上嘴巴，一个个作仰天沉思之状，却是再无一人敢上去做那第二个吃螃蟹的。

瞧着这些稚嫩少年的装傻模样，萧炎微微耸了耸肩，直接转身向着后面行去。

望着在身旁坐下的萧炎，薰儿嫣然微笑，目光扫视着了一遍场内，纤细的手指将一缕青丝绾成旋卷，小嘴掀起淡淡的弧度，轻声道："萧炎哥哥，四年前，他们就是这般看你……"

"四年前我会因为他们的敬畏而感到兴奋，现在……没啥感觉。"萧炎摸了摸鼻子，平淡地笑道。

"那是萧炎哥哥成熟了。"薰儿俏皮地眨了眨水灵大眼睛。

"哪有你成熟，有时候我都觉得，在这副少女的躯体之下，是不是藏着一个千年老妖怪！"被一个小女孩认真地说"成熟"，萧炎不由得感到有些好笑，手掌亲昵地揉了揉薰儿的脑袋，戏谑道。

闻言，薰儿娇媚地白了萧炎一眼，精致的小脸上，有些嗔怪，不管少女再如何豁达，也不愿被人说成是老妖怪。

少女娇嗔最是动人，薰儿这无意间露出的少女娇态，不仅使得远处那群少年瞪直了双眼，就是连一些少女，也是不由得面露羡嫉。

"这小混蛋，太嚣张了……"同样是被薰儿的娇憨模样吸引得眼珠有些凸起，瞧着薰儿对萧炎的亲昵模样，萧宁心头的嫉妒火焰，几欲掩盖理智，在这家族中，他自诩唯有自己才能配得上薰儿，可却不管他如何讨好，却总是难以博她一笑，而反观萧炎一介曾经的废物，却总能使得他心仪的女孩开心娇笑，这种强烈的反差，使得萧宁的牙齿咬得嘎吱作响。

"小混蛋，你就嚣张吧，等成人仪式那天，我要当着薰儿的面，将你打得满地爬！"拳头紧紧地捏在一起，萧宁森然地盯了一眼远处盘腿而坐的萧炎。

虽然萧宁也很是震撼萧炎这一年的修炼速度，可往日那种习惯性的俯视心态，一时间，总是难以将萧炎的废物名头丢弃，而且作为家族中年轻一辈仅次于薰儿的人，萧炎此次的突飞猛进，已经让萧宁隐隐地察觉到了一股危机感。

趁他未成长起来，给他惨重的打击，最好再次把他打击到一蹶不振的地步！

心头转动着阴森的念头，萧宁嘴角缓缓挑起一抹狞笑，虽然萧炎如今是七段斗之气，可他却对着自己的八段斗之气颇有自信，毕竟，七段之后，每一段的升级，那都将是巨大的差距！

低声与薰儿轻笑交谈着，萧炎眼角随意地瞟向训练场边缘，刚好看见那萧宁嘴角的一抹狞笑，略微一愣，旋即淡淡一笑，连自己的喜怒都掩藏不住的人，能有多大气候？

……

在萧克挑战萧炎失败之后，再没有一个人敢继续挑战，那群不合格的族人，也只得另寻目标，而在经过几轮的比试之后，也仅有两人，依靠着熟练的斗技和一些运气，将自己的对手击败，成功地步入到合格的区域。

望着逐渐平静下来的训练场，满脸笑容的萧战这才起身，大声宣布测验的结束，以及一个月后的成人仪式需要注意的一些东西。

缓缓地站起身来，萧炎向着高台上那春风得意的萧战微微一笑，而萧战，也是毫不吝啬地对着自己今日大出风头的儿子竖起了大拇指。

拍了拍衣衫上的灰尘，一阵香风扑面而来。

眉头不着痕迹地皱了皱，萧炎抬起头望着站在面前的萧媚，淡淡地笑道："有事？"

看着萧炎清秀小脸上的那抹隐匿的冷淡，萧媚心中一滞，脸颊上露出勉强的笑容，轻声道："萧炎表哥，恭喜你了。"

"多谢。"微微点了点头，萧炎目光向一旁的薰儿瞟去。

"萧炎表哥，明天斗技堂，由我父亲教导黄阶高级斗技，你一起去吗？"萧媚微笑道，脸颊上妖媚与清纯的矛盾集合，实在让人心动。

闻言，萧炎眉尖悄悄地挑了挑。

就当萧炎正在想借口回绝之时，一双修长白皙的娇嫩皓腕却是从一旁探出，然后挽住他的手臂。

微微一愣，萧炎转过头，却是见到一张布满盈盈笑意的清雅小脸。

"实在抱歉，萧媚表姐，薰儿已经请了萧炎哥哥明天陪我逛乌坦城，可能不能陪萧媚表姐去斗技堂了。"在周围一双双呆滞的目光中，薰儿亲昵地挽着萧炎的胳膊，精致的小脸上，略微噙着一些歉意。

第三十五章
罪恶感

听着薰儿此话，萧媚一怔，旋即有些尴尬，若是家族中别的少女如此说话，她倒还能够凭借自己的美貌与天赋在话语上占些上风，可如果将对手换成是薰儿的话，她却只得满心挫败。

望了一眼萧炎那淡然的脸色，萧媚心头一声自嘲的苦笑，只得讪讪离开。

训练场中的人群，盯着那被薰儿亲昵挽住的萧炎，都不由得心头有些嫉妒，作为家族中最耀眼的明珠，他们何曾见过薰儿如此对待一名男子？

望着萧媚那尴尬离开的背影，萧炎愕然，感受到手臂上的娇嫩之感，偏过头，望着一脸微笑的薰儿，不由得有些好笑地戏谑道："妮子，你这是做什么？"

薰儿依旧挽着萧炎的手臂，秋水眼波在周围那些因为她这亲昵举动而呆滞的人群中流转扫过，旋即似是无辜地道："萧炎哥哥难道不是想拒绝她吗？"

闻言，萧炎翻了翻白眼，一种拒绝出自两人之口，却是有着截然不同的意思，回想先前萧媚脸上的那股尴尬，他无奈地摇了摇头，斜瞥了一眼巧笑嫣然的薰儿，心头嘀咕道：这妮子应该是故意的吧？

"薰儿只是不喜欢她那变脸的速度，呵呵，一起去斗技堂学习斗技，这种邀请，以前可从未有过。"薰儿拉着萧炎缓缓向着训练场外走去，也不理会周围那些目光，兀自地轻声道，声音中，有着一抹淡淡的冷笑，她对萧媚这前后的差异态度，实在有些不感冒。

微微耸了耸肩，萧炎也是有些感同身受地点了点头，苦笑一声，三年前他与萧媚的关系也不算差，可自从自己被冠上废物的名头之后，他才真正看清这女人的现实程度。

望着那亲昵行出训练场的萧炎与薰儿，远处的萧宁脸庞使劲一抽，拳头紧握，发出嘎吱的声响，心头的嫉妒，甚至使得他眼睛有些发红。

"小混蛋，一个月后，我要你满地找牙！"萧宁咬着牙，狞声道，然后带着一肚子暴怒，怒气冲冲地离开了训练场。

高台上正准备回去的萧战，也是被这一幕震了一震，目光紧紧地盯着两人亲昵的身形，略微惊讶后，眼中掠过一抹隐晦的担忧："炎儿这孩子，不会……不会喜欢上薰儿了吧？要知道，她的身份……可不是纳兰嫣然可比啊，即使有着恐怖的修炼天赋，可想得到她身后势力的认同，那也不是一件容易的事啊。"

沉默了片刻，萧战轻叹息了一声，摇了摇头，缓缓离去。

……

被少女挽着手臂，行走。

再次转过一条小道，薰儿忽然小脸羞红地放开了萧炎的手臂，腮帮微鼓，娇嗔地瞪着他。

失去了，萧炎心中一空，有些怅然若失地轻叹了一口气，一双目光几乎是不受控制向旁边少女身上移了移。

感受到萧炎那不经意间略微火热的眸子，薰儿清雅的小脸，顿时被绯红取代，小手条件反射地上抬许多，羞嗔道："萧炎哥哥，你……"

"咳……咳……"被薰儿的嗔声惊醒，萧炎剧烈地干咳了两声，脸皮有些发红，讪讪地笑了笑，心头暗暗哀号："真是个孽畜啊，竟然对自己妹妹有感觉？"

虽然实质上薰儿与萧炎并没有血缘关系，不过两人毕竟已经在一起生活了十多年，那种情感，不比亲兄妹差上多少，而现在萧炎竟然吃自己名义上的妹妹的豆腐，也难怪他会觉得有些罪恶感……

这忽然的插曲打乱了两人间的气氛，一时间，氛围沉默而旖旎。

薰儿小脸绯红地低着头，以往的那股淡雅，已经消失得干干净净，目光偶尔瞟闪，却是见到萧炎那目不斜视的面孔。

在这古怪的氛围间，一条并不算太长的小道，却硬是宛如长征一般，总是走不到尽头。

当然，长征再长，也有终点，当走到小路的分岔口时，萧炎讪讪地打了一声招呼，然后就欲落荒而逃。

"萧炎哥哥。"

望着那狼狈而窜的萧炎，薰儿略微愕然，旋即噗嗤失笑，轻声唤道。

"呃？"脚步顿住，萧炎回头望向那俏生生立在柳树下的少女，本来就不安分的心，更是跳了一跳。

少女一身淡绿，在青翠柳树的衬托下，更是清雅动人，微风拂过，吹动少女垂腰青丝，小蛮腰之上的一条紫色衣带，牵绕出曼妙身姿。

"明天……陪薰儿吗？"

柳树之下，少女精致的小脸略微泛着绯红，贝齿轻咬着诱人红唇，一对美丽的秋水眸子，正带着盈盈期盼以及一种莫名的韵味，望着不远处的萧炎。

第三十六章
滑稽的突破

很难想象，天性淡雅从容的薰儿，会有如此轻语含羞的动人娇态，那股清纯诱人的模样，使得萧炎真切地感受到一种别样的魅惑。

在心中暗道了一声"小妖精"之后，萧炎含糊地应了一声，然后在薰儿好笑的目光中，极不争气地选择落荒而逃。

望着那狼狈离去的萧炎，薰儿掩嘴轻声娇笑，上下打量了一下自己，然后将目光投向小路之旁的小水潭。

里面，少女亭亭玉立，明眸皓齿，眼波流转间，暗含着魅惑与一抹难以察觉的莫名韵味。

"真的挺好看哩……"轻轻地打了一个旋，薰儿红润的小嘴，微微挑起一抹得意的浅笑。

不远处，几名刚刚走过来的家族少年脚步忽然凝固，嘴巴缓缓张大，目光中充斥着惊艳，傻傻地望着那在柳树下孤芳自赏的美丽少女。

……

狼狈地逃回自己的房间，萧炎这才气喘喘地松了一口气，抹了一把额头上的冷汗，苦笑道："这妮子，以后若是长大了，恐怕比那拍卖会的雅妃还要妖精……"

在桌边坐下，萧炎灌了一口茶水，脑海中，总是飘拂着先前薰儿那副动人的娇态，随着那对秋水眸子的轻轻眨动，萧炎只觉得心房有些滚烫了起来。

狠狠地甩了甩头，萧炎心中再次暗骂了一声自己孽畜之后，这才逐渐地消停下那些让人心猿意马的旖念。

甩了甩有些酸麻的手臂，萧炎行到房间的角落，将那盛有筑基灵液的大木盆抬了出来，然后飞快地去掉衣物，翻身跃了进去。

冰凉的水液浸泡着皮肤，一股股温凉的感觉，洗刷着骨子中的疲惫之感。

手掌在盆中随意地划了划，萧炎慵懒地靠在木盆边上，略微急促的呼吸缓缓平稳。

想起今日在训练场中所引起的震撼，萧炎淡淡地笑了笑，实力，果然才是这个世界最重要的东西。

手指揉了揉额头，一张冷傲的美丽脸颊，却是忽然不着痕迹地闪进了脑海之中，那是——纳兰嫣然。

眼眸微微眯起，萧炎轻声喃喃道："还有两年吧？你可一定要等着我啊，我会去找你的……"

轻轻的呢喃，如果不是语气中的那股冷意，恐怕谁都会认为是一对小情人的甜腻情话。

想起那日大厅中纳兰嫣然一句句居高临下的话语以及强势的姿态，萧炎的拳头，便是缓缓地紧握，那种耻辱，几乎难以抹去……

"呵呵，修炼不能停滞啊，那女人……虽然高傲，不过既然能被云岚宗宗主收为弟子，修炼天赋又岂是一般。"轻笑了一声，萧炎唇角泛起冰冷的笑意。

深深地吐了一口气，只要一想起那女人，萧炎心中就充斥着一股异样的勤奋，当下振起精神，收起慵懒的姿态，在木盆中摆出修炼的姿势，十指结出印结，然后凝下骚乱的心神，缓缓闭目修炼。

……

自从那日的测验过后，萧炎能够清晰地感觉到，周围族人在望向自己的目光中，已经自动地少去了以往的不屑以及嘲讽，取而代之的，是一种敬畏。

对于这种只在三年前才有资格享受的敬畏目光，萧炎却只是淡然处之，并未表现出什么一朝得势便耀武扬威的得意姿态。

在测验完毕之后的第二天，萧炎自然是依约陪着薰儿安心地游玩了一天，对于这在族中除了父亲之外最亲近的人，萧炎很难拒绝也很不想拒绝她的任何要求。

而在轻松一天之后，萧炎的生活，又回复了以往的平静有序。

清晨去后山苦练斗技，然后回家修炼斗之气，偶尔陪陪薰儿，和父亲谈谈话，几个时间段，被萧炎安排得井然有序。

其间在家族中偶尔遇到萧媚，听着她那甜腻腻的"萧炎表哥"的称呼，萧炎也是淡淡一笑，随意应付了事，对于太过现实的女人，他一向都是保持着敬而远之的态度。

今天她能因为自己的天赋恢复而对自己礼敬有加，来日她也同样能够因为自己的天赋离去而变得冷淡如陌生人，这种另类的背叛，吃过一次亏，就够了。

……

一月的时间，在这般平静悠闲的日子中，缓缓度过，再有七天时间，便是萧家举行成人仪式的大日子……

距离成人仪式的举行还有七天，可萧炎想要突破到第八段的愿望，却依旧是没有丝毫反应，这倒是让他有些遗憾。

再次努力了两天，依旧未有收获，萧炎遗憾之余，放松了绷得紧紧的修炼时间，然而就在他以为突破无望时，让他惊喜不已的意外情况，却是莫名地冒来。

就在成人仪式前两天的一个晚上，熟睡中的萧炎，忽然犹如梦游一般猛地跳了起来，连衣服也未脱去，就这般直挺挺地跳进了那药力即将完全消失的木盆之中。

在经过半夜的折腾之后，萧炎方才迷糊地睁开眼睛，然后……他就傻傻地发现，那困扰自己两三月之久的突破屏障，已经在自己迷糊之间，被捅破了……

对于这种来得莫名其妙以及有些滑稽的突破，事后的萧炎，在惊喜之余，只得哭笑不得地骂了一声："靠！"

第三十七章
萧 玉

一个家族想要保持经久不衰，最重要的，便是需要保持活力，而活力的来源，便是家族中的年轻一辈，他们是家族的新鲜血液，唯有新鲜血液的不断涌入，作为家族的这台大机械，才能时刻地保持着运转。

因此，成人仪式，是每个家族都极为重视的大日子，萧家，同样也不例外。

作为乌坦城三大家族之一，萧家的成人仪式自然引来了城中各方势力的关注，一些与之友好的势力，更是直接应邀参与了成人仪式的举行。

……

陪着薰儿坐在大树的阴凉之下，凉风习习，温凉舒适。

萧炎微眯着眼睛望着远处场中那巨大的台子，台子由巨木所筑，是此次为了举办成人仪式而特意建造的场地。

萧炎目光在空旷的台上扫了扫，旋即转移到木台下方那些来自各方势力的人群中，无奈地轻声道："人还真多……"

望着萧炎那有些郁闷的小脸，知晓他喜静的薰儿顿时有些幸灾乐祸地轻笑了出来。

笑声刚刚出口，薰儿便察觉到萧炎那恶狠狠的视线，当下赶忙闭上小嘴，目光在他身上扫了扫，秋水眸中不易察觉地掠过一道淡金光芒，有些意外地娇笑道："萧炎哥哥到八段斗之气了？"

闻言，萧炎斜瞥了她一眼，跟这妮子在一起，似乎什么东西都隐瞒不住，心中郁闷地叹了一口气，有气无力地点了点头。

"啧啧……一月不到，就突破了第八段，这速度……太恐怖了。"见到萧炎点头，饶是以薰儿的淡定，也不由得脸露惊异。

　　白了她一眼，萧炎瞟动的眼角忽然一顿，在靠近巨木台的方向，一位身着红裙的妖娆女人，正巧笑嫣然地与人交谈，红衣裙包裹之下的丰满玲珑身子，若隐若现，极为撩人，此时，在她的身旁，已经围了不少人，俨然成了台下最热闹的圈子。

　　这一笑一颦间充满着成熟韵味的红裙女人，正是萧炎曾经见过的米特尔拍卖场的首席拍卖师雅妃。

　　目光随意地在那副犹如水蛇一般的腰肢上扫了扫，萧炎心中暗暗叹道："真是个极品！"

　　就在萧炎的目光停留在雅妃身上时，身旁却是忽然传来少女低低的哼声。

　　"咳……"眼睛眨了眨，萧炎不着痕迹地收回视线，对着小脸淡然的薰儿笑道："没想到米特尔拍卖场也有人来参加我们家族的成人仪式。"

　　瞟了一眼佯装若无其事的萧炎，薰儿淡淡地道："萧家与乌坦城的米特尔拍卖场关系本来就不错，她会来，有什么好奇怪的？而且，这女人的交际手段，可是乌坦城公认的强悍，一些奔人家美貌去的公子少爷，在她身上砸了不知多少钱，可到头来，却是一个泡都没见到，萧炎哥哥若是有这念头，可得小心了，薰儿可不会借钱让你去干这些事。"

　　闻言，萧炎讪讪地笑了笑，苦笑道："我就算有这念头，那也得人家看得起我这小屁孩吧，她可大我七八岁。"

　　"有些女人，不就好这口吗？"薰儿红润的小嘴一挑，似笑非笑地道。

　　干咳了一声，萧炎只得败退，目光再不敢移向那块圈子。

　　"咦，她怎么回来了？"见到萧炎退缩，薰儿也放弃了讨伐，略微沉寂之后，忽然惊异道。

　　"谁？"愣了愣，萧炎顺着薰儿的目光望去，眉头，却是缓缓地皱了起来。

　　在两人的目光所望处，一位身着一套似乎是学院服饰的美女正斜靠着一棵大树，美女腰间佩有一把长剑，身材颇为高挑，最引人注目的，还是那双圆润修长的长腿，这双性感的长腿，即使是那妖娆动人的雅妃也未曾具备。

"萧玉？"目光盯着那高挑美女，萧炎皱眉道："她不是去迦南学院进修了吗？怎么回来了？"

薰儿可爱地耸了耸肩，忽然轻偏过头，戏谑地道："萧炎哥哥，你这次，似乎有麻烦了。"

嘴角一咧，萧炎揉了揉有些发疼的额头，低声骂道："这刁蛮的女人，烦死人了，靠，当年不过是不小心闯进后山她洗澡的温泉，然后再无意地摸了下她的大腿，结果竟然被这疯女人追杀了半年。"

"呵呵，女孩子的身子，哪能让人随便碰。"闻言，薰儿掩嘴娇笑，忽然想起自己小时候也被这家伙全身摸了个遍，精致的小脸上，不由得泛上一层淡淡的诱人绯红。

萧炎撇了撇嘴，冷笑道："这女人还是萧宁的亲姐姐，都不是什么好东西，那混蛋对我如此敌视，也有她的很大原因。"

远处，萧玉似是有所察觉，转过头，望着那大树下的萧炎，微微一愣，旋即眉头皱起，美眸中掠过一抹不屑与厌恶。

迟疑了一下，萧玉迈动那双诱人性感的长腿，对着萧炎这边行来。

瞧着她走来，萧炎眉头同样是一皱，眉宇间也是有些厌恶与不耐。

"呵，萧炎，没想到你还能有翻身的时候，真是让人惊讶。"走得近了，望着萧炎脸庞上的那股连掩饰都懒得做的不耐，萧玉冷笑道。

"关你屁事。"

萧炎明显对萧玉极为不感冒，平常的淡然，也完全地在此时抛弃，开口就是一句粗话。

"你的嘴，还是这么刁钻，看来这三年的落魄，依旧没能磨去你的锐气。"萧玉俯视着萧炎，不屑地道，俨然一副居高临下的教训口吻。

"又是这种口气……"心头极其厌恶地叹了一口气，萧炎微偏着头，细细地打量了一下这一年未见的女人，然后目光缓缓转移到那对性感圆润的长腿，摸了摸鼻子，淡淡地道："你的腿，还是这么长，就是不知道自从当年后，还有没有别的男人碰过？"

闻言，冷笑中的萧玉，顿时满脸铁青。

第三十八章
这小家伙，不简单哪

被萧炎一句话戳到这有些羞人的痛处，萧玉顿时俏脸铁青，玉手一探，就已直接握在了腰间的长剑把柄之上。

嘴角噙着淡淡冷笑地望着脸色铁青的萧玉，萧炎身子向后微微一仰，懒懒地道："想动手？"

"动手你又能怎样！"萧玉玉手紧握着剑柄，强忍着拔剑砍人的冲动，冷笑着嘲讽道："就算你如今天赋归来，又能如何？四年之前，我萧玉能把你撵得满山窜，四年后，我同样能。"

萧炎眉尖轻轻挑了挑，目光在萧玉那被淡紫校服所遮掩的丰满胸部之上扫过，那里，绘有三颗金星，这代表着萧玉如今的实力，三星斗者，看来这一年学院的进修，这刁蛮女人也是进步了许多啊。

"你狗眼往哪儿看？"瞧着萧炎的视线，萧玉本就铁青的俏脸，更是冷了几分。

"你打扮成这样，难道不是给男人看的？"萧炎摸了摸鼻子，看似漫不经心的话语，却总是将萧玉气得暴跳如雷。

"小混蛋！"咬着一口银牙，忍无可忍的萧玉终于是"呛"的一声拔出腰间长剑，霍然指向萧炎，"信不信我把你舌头给割了！"

望着面前那把寒光闪闪的精铁钢剑，萧炎眼睛眨也不眨，轻声道："你试试？"说话的同时，萧炎右掌略微蜷曲，强猛的吸力，在掌心中逐渐成形，拥有三种玄阶斗技的他，要真拼命打起来，并不会太过惧怕三星斗者。

望着针锋相对的两人，一旁的薰儿有些无奈地摇了摇头，眸子扫了一下远处，微笑着出声提醒道："萧叔叔他们过来了。"

听着薰儿的提醒，萧玉柳眉微皱，偏过头，果然见到脸色有些变化的萧战正急匆匆地走过来。

"哼，算你好运。"

冷哼了一声，萧玉收回手中长剑，迈动着性感圆润的长腿转身就走，在路过薰儿之时，脚步忽然顿住，道："薰儿表妹，你的容貌和修炼天赋都是绝佳，可得离某些人远一些，不然以后被其沾染什么坏习惯，后悔都来不及。"

对于萧玉这提示声，薰儿淡淡一笑，微笑道："谢谢萧玉表姐的提醒，不过薰儿觉得萧炎哥哥很好。"

听着薰儿这暗含深意的话，萧玉俏脸微变，目光在淡然微笑的薰儿身上扫了扫，若有深意地道："等你日后出了家族，才知道外面的世界有多大，比那家伙更杰出的男子也不知几何，万一什么时候碰到让你动心的男子，那……"

"萧玉表姐，你多虑了，薰儿并不会发生你所说的那些事。"薰儿红润的小嘴微微抿了抿，淡淡地出言打断了萧玉的话。

被薰儿打断话，萧玉略微有些尴尬，在狠狠地瞥了一眼萧炎后，这才有些不悦地离去。

望着那愤愤离去的萧玉，萧炎缓缓地吐了一口气，小脸上，再次回复以往的平淡，低声叹道："真是个讨厌的女人。"

闻言，薰儿莞尔，掩嘴轻笑道："其实我很好奇她为什么总是和萧炎哥哥过不去，虽说当年你无意间闯进她洗澡的地方，可这也不会导致她一直和你作对啊？"

"我怎么知道。"萧炎无辜摊了摊手，旋即将目光投向快步走过来的萧战几人。

"炎儿，没事吧？刚才萧玉那妮子……"快步走来，望着安然无恙的萧炎，萧战松了一口气，皱眉询问道。

微微耸了耸肩，萧炎笑道："没事，那女人忽然发了阵疯而已。"

"你尽量躲着她一点吧，这丫头也是个刁蛮脾气，她如今实力已是三星斗者，万一动起手来，你可要吃大亏，而且她又是大长老的亲孙女，真要打起来，连我都不好责罚她。"萧战无奈地道。

萧炎摸了摸鼻子，不置可否地笑了笑。

"来，炎儿，和你介绍一下，这位是米特尔拍卖场的首席拍卖师，雅妃小姐，上次的那筑基灵液，便是从她手中拍卖所得。"萧战身子一闪，让出站在身后的那位妖娆的红裙女人，笑着介绍道。

萧炎将目光投向那举手投足间释放出成熟诱惑的美丽女人，小脸上露出符合这个年龄阶段的腼腆笑容："雅妃姐好。"

诱人的眼波在萧炎身上转了转，雅妃美丽的脸颊因为他的称呼而多出了一分笑容，红唇微启，笑意盈盈地道："听说萧炎小少爷一年内突破了四段斗之气？呵呵，这事现在可在乌坦城内传得沸沸扬扬啊，就是不知是真是假？"

萧炎搔了搔头，有些"腼腆"地道："全都是父亲购买的筑基灵液的功劳。"

听着萧炎这变相的承认话语，饶是以雅妃的镇定，心中也不禁地轻吸了一口凉气，美眸中掠过一抹惊异与凝重，一年四段斗之气，这修炼进度，可真是有些恐怖，至于那二品的筑基灵液，则是被雅妃自动省略而去，东西经过她的手，她自然是知道那灵液的作用，说它能够提升一些修炼速度，那倒的确不假，不过若是想依靠它一年蹦四段，那绝对不可能。

见到两人已经初步认识，萧战抬头望了望天色，然后拍了拍萧炎的肩膀，温和地笑道："好了，成人仪式快要开始了，我得先去准备一些东西，你待会儿可不要给父亲我丢人哦。"

萧炎含笑点头。

跟着萧战，雅妃在转身的刹那，深深地盯了一眼面前的少年，几年的拍卖历练，将她的眼光养得极为毒辣，在其仔细的观察之下，雅妃忽然心头有些凛然地发现，面前少年虽然一脸腼腆，不过那双漆黑眼瞳深处，却始终是一片古井无波，平淡如一泓深不见底的幽潭。

"小小年纪，就能轻易控制自身情感，这小家伙，有些不简单哪……"转过身，雅妃心中有些凝重地暗道。

第三十九章
仪式复测

成人仪式的举行，其程序的繁琐程度，简直有些让人脑袋发疼。

坐在台下，萧炎望着台上那被摆弄得犹如木偶一般的少年，不由得揉了揉额头，对着身旁的薰儿苦笑道："这成人仪式，简直是自找苦吃。"

看着萧炎无奈的模样，薰儿水灵大眼睛微弯，笑吟吟地道："没办法，这是一直传下来的规矩，就算是萧叔叔他们，也没办法更改。"

萧炎叹息了一声，无奈地点了点头，刚欲无聊昏睡，眉尖忽然一挑，微眯着眼睛，缓缓地转移到左边台下。

在距离两人不远处，萧宁正满脸嫉妒地盯着与薰儿笑谈的萧炎，瞧得后者望过来，顿时挑衅地扬了扬拳头。

"白痴。"

轻轻地吐出两字，萧炎目光左偏了一点，望着那站在萧宁身旁的萧玉，视线在那对高挑性感的大腿上肆无忌惮地剐了几眼，最后待得那女人脸颊变得铁青之后，这才冷笑着收回目光。

一旁，瞧着萧炎如此，薰儿好笑之余，也有些无奈，只要一接触到萧玉，萧炎似乎就会脱去往日的平淡，肆无忌惮的模样，每次都要将后者气得暴跳如雷。

斜靠在温凉的木椅之上，萧炎轻嗅着身旁少女那清新的体香，有些悠闲地闭目静待。

台上的成人仪式，在进行了一大半的时候，终于轮到了萧炎。

听着台上的喊声，高台上的贵宾席中，顿时移下了一双双夹杂着好奇与质疑的目光，今天他们参与萧家的成人仪式，有很大的原因，是因为想要确定一下这位最近在乌坦城传得沸沸扬扬的少年究竟是否如同传闻中的那般。

听着喊声，萧炎缓缓睁开眼眸，周围那一道道夹杂着各色神情，犹如看猴一般的目光使得他在心中无奈地摇了摇头。

轻吐了一口气，萧炎小脸上保持着古井不波的平淡，然后在满场目光的注视下，一步步地踏上了高台。

成人仪式的主持人是二长老萧鹰，虽然这位二长老以前一直没给过萧炎什么好脸色，不过自从那日的测验之后，他明显也收敛了许多，至少，以前那股毫不掩饰的不屑，已经没有再出现在那张苍老的面孔之上。

眼神有些复杂地望着面前这几乎是咸鱼大翻身的少年，萧鹰心中叹了一口气，面庞略微抖了抖，从身后的台上拿去几样仪式所需要的材料，然后对着萧炎行去。

瞧着走来的二长老，想起先前仪式的繁琐，萧炎就不由得感到头疼，苦笑了一声，认命般地闭上了眼眸。

……

在全场目光的注视下，萧炎如同白痴一般地立在原地足足半个小时，那些繁琐的仪式，这才缓缓落幕。

心头松了一口气，萧炎睁开眼，望着洒满全身的各种香料，郁闷地翻了翻白眼。

搞完这些繁琐的东西，二长老也抹了一把汗，转身走到黑石测验碑前，大声道："仪式复测！"

仪式复测，也就是再一次地测验斗之气，一月前的那次测验，只是预测，目的是将族中优秀的种子挑选而出，而这些优秀的种子族人，才具备在这高台上举行成人仪式的资格，而那些七段之下的族人，却只能举行一些简略的仪式，颇为寒酸。

仪式复测也要比预测严格与精细许多，这次的复测，便是实力为两星大斗师的二长老亲自监控检验，由此可见他们对成人仪式的重视程度。

听着二长老的大喝声，本来还有些无聊的台下，顿时精神抖擞了起来，一双双目光，直接投向了高台上。

贵宾席之上，那些来自各方势力的目光，也紧紧地盯着台上的黑衫少年，他们此次前来的目的，便是为了确认这位曾经使得乌坦城为之惊艳的天才少年，是否再次恢复了以往的天赋？

无视于周围那些火热的目光，萧炎小脸平静地走上前去，在黑石碑前顿下了脚步。

眯着老眼望着面前的少年，二长老干枯的手掌触摸着黑石碑，一丝斗之气灌输而进，然后面无表情站立一旁，然而当目光在闪过萧炎身上时，依旧是忍不住地掠过一抹质疑："这小家伙，真的到第七段了？"

看来萧炎此次所造成的震撼给了这位二长老颇大的打击，即使他心中明知道测验碑极难出错，可他依然有些顽固地不愿相信，所以，他此次主动请缨，亲自监控萧炎的测验！

没有在意他目光中的质疑，萧炎手掌缓缓摸上石碑……

望着高台上摸着石碑的萧炎，台下，萧玉柳眉忍不住地微微一皱，偏头对着萧宁低声问道："那家伙真到第七段了？"

由于萧玉最近两天才从学院请假回到家族，所以，她并没有亲眼见到那日的预测。

被姐姐询问，萧宁有些苦涩地点了点头，闷声道："嗯，不晓得那家伙吃了什么东西，一年内，真的蹦了四段斗之气。"

被再一次证实这传言的真实性，萧玉红唇紧抿，有些恼怒地跺了跺性感的长腿，怒瞪着场中的黑衫青年，俏丽的脸颊扬起一抹倔强："没有亲眼看见，我很难相信那废柴能翻身！"

深吐了一口气，萧玉冷笑着盯着场中："上次一定是这家伙做了什么手脚，这次由二长老亲自监控，我看你如……"

冷笑的低语还未说完，萧玉俏丽的脸颊，便是骤然僵硬，剩下的话，也是被凝固在了喉咙之处。

高高的木台之上，巨大的黑石碑光芒乍放，金色的大字，龙飞凤舞地出现在石碑表面。

"斗之气：八段！"

第四十章
震　撼

寂静，全场寂静！

所有的目光，在略微愣了愣后，都是呆滞地凝固在了那闪耀着金光的黑石碑之上。

贵宾席中，不断有着茶杯掉地的清脆响声，那些来自乌坦城各方势力的代表，此刻，皆是目瞪口呆，满脸的不可置信。

他们此次来的目的，只是想确认下萧炎是否真的如同传闻所说，一年内连跳了四段斗之气。

然而现在场中所表现出的情况，不仅使得他们确认了传闻的真实性，而且，还大大地超乎了他们的意料。

一年四段斗之气？现在似乎应变成一年五段斗之气了……这种修炼速度，众人心中，唯有两字可形容：恐怖！

"萧家这次大发了……"贵宾席中，众人禁不住地轻吸了一口凉气，心中喃喃道，一位在一年内连跳五段斗之气的族人，可以想象，其前途将会是何等光亮。

"按这修炼进度，或许……说不定几十年后，萧家会出现一个斗皇级别的超级强者。"贵宾席上的众人对望了一眼，心头都是不约而同地闪过一道有些骇然的念头。

斗皇，只要加玛帝国任何一个小家族出了一名斗皇级别的强者，那这家族，不管它本身有何种局限性，其地位也将会立马随之攀升，到时，就算是加玛帝国三大家族，也不敢对之采取打压的姿态，毕竟，斗皇级别的强者，在这泱泱大帝国之中，也唯有那屈指可数的寥寥两三位而已，而且每一位，都拥有翻天倒海，以一敌万之能，没有任何一个有理智的帝国，会轻易选择得罪一名斗皇强者！

三百多年前，当时加玛帝国唯一的斗皇强者，因为邻国发动战争，导致其亲人惨遭池鱼之灾，暴怒之下，单枪匹马屠杀了对方一支精锐的万人铁骑军团，那次屠杀，血流成河，斗皇的赫赫凶名，令得该国举国震撼。

自此以后，斗气大陆上的帝国，很少再有人选择得罪一名斗皇强者！由此可见，斗皇级别的强者，在这片大陆之上，究竟有多凶悍。

也因此，众人在见到萧炎所表现出来的天赋之后，无不是对萧家感到极度羡嫉。

高台上的中央处，萧战也被黑石碑上的金色大字刺得眼睛有些发酸，良久之后，这才缓缓地吐了一口气，将欣慰的目光投向场中的黑衫少年，轻笑道："这辈子做得最对的事，恐怕便是没让炎儿和我这父亲产生隔阂啊……"

作为萧炎的父亲，萧战非常了解他的性子，他现在依然能够清楚地记得，当年在小时候，自己这出生不久的儿子，对自己有多冷漠，那冷冰冰的目光，就如同是在注视着陌生人，而不是他的亲生父亲。

不过还好，当年的那股冷漠在萧战发自内心的关心与宠爱之下，缓缓地融化……

想起小时候小家伙与自己的冷战，萧战嘴角就溢出淡淡的温和笑意。

"萧族长，萧炎小少爷的修炼天赋，真是让人震撼，你们萧家，此次恐怕真要出一名了不起的强者了。"在萧战身旁，雅妃一双美眸紧紧地盯着场中的黑衫少年，红润微启，笑盈盈地道。

萧战大笑了两声，脸庞上的得意与兴奋几乎难以遮掩，对着雅妃客气地拱了拱手，似是随意地叹道："雅妃小姐过奖了，这小家伙的修炼天赋总是一惊一乍，你也知道，前三年他经历了何种打击，谁也不知道，那种变故，会不会再次发生，如果再来……唉！"

雅妃诱人的美眸微弯，妩媚地轻声笑了笑，萧炎的天赋究竟是长久还是昙花一现，她现在并不知道，她唯一能知道的，便是现在的萧炎，有能够让她看重的潜力，这，便足够了。

迷人的眼波微微流转，雅妃心中却是已经打定主意，日后，与萧家，多多来往，尽量交好！

……

高台之下，萧玉微微张着小嘴，俏丽的脸颊有些僵硬，双眼震撼地盯着场中的黑石碑，许久之后，丰满的胸部大幅度地起伏了片刻，她低下头，对着同样满脸震惊的萧宁薄怒道："你不是说他才第七段吗？怎么又升级了？"

萧宁张了张嘴巴，有些无辜地喃喃道："上月他的确是第七段……这个月，他，似乎又突破了？"

"一月时间从七段提升至八段，这如何可能？就算那家伙恢复了以往的天赋，也不可能有如此进展！"萧玉竖着柳眉叱道，一年五段斗之气？该死的小混蛋，这种速度，简直就可以和迦南学院里那妖怪女人相媲美了。

"我怎么知道……"萧宁愣愣地苦笑道，旋即目光瞟向远处的薰儿，却见她正紧紧注视着台上的少年，对于他的目光，没有半点反应。

"该死的混蛋！"

被心仪的女孩如此无视，萧宁心头的嫉妒火焰，又是毫无预兆地汹涌而出，抬起头恶狠狠地盯着场中的萧炎，咬牙切齿的模样将那张略微稚嫩的小脸，衬托得有些凶狠。

第四十一章
增气散

"二长老，测验完毕了吗？"

萧炎望着石碑上的金色大字，缓缓地抽回手掌，瞟了一眼旁边精神有些恍惚的二长老，淡淡地出声询问道。

"哦，呃，完了……"被萧炎的声音惊醒，二长老有些慌乱地点了点头，从那漂移而涣散的目光来看，他显然还处在震惊之中。

"唉，一年五段斗之气？这修炼速度……恐怖。"许久后，缓缓回复清醒，二长老复杂地看着面前的少年，心头莫名地轻叹了一口气，老眼之中的质疑，终了在现实的面前，消失得干干净净。

黑石碑之上，金光逐渐地消散，片刻后，再次恢复了深沉而冰凉的黑色。

金光消散，全场依旧是一片寂静，显然，众人还沉浸在先前的那股震撼之中。

"咳……"高台上，二长老的咳嗽声，终于拉回了全场的目光。

"仪式复测已经完成，按照以往的规矩，萧炎将会接受一次挑战，挑战的权限是斗者之下，谁要来？"二长老目光在萧家那些年轻一辈身上扫过，轻声喝道。

如果说成人仪式的测验，是检验斗之气的强度的话，那么这挑战，便是检验族人对斗技的修炼与掌握程度，毕竟，一旦与人生死交战起来，斗技也是衡量胜负的重要原因，各个家族对此的重视程度，也并不下于斗之气的修炼。

听着二长老的喝声，台下略微骚乱，萧家的年轻一辈，皆是面面相觑，怯怯地不敢开口说话，刚才黑石碑上那金光灿灿的八段斗之气，已经将他们心中仅存的侥幸打得支离破碎。

现在的他们，已经再没有资格对萧炎耀武扬威。

萧炎静静地站立在场地中央，目光随意地在场下那些同龄人身上扫过，而每次他目光的望向之处，那些少年，都是赶紧后退一步。

"哼，一群胆小鬼！"看着周围退缩的族人，萧宁不屑地骂了一声，抬起头，挑衅地盯着场中的黑衫少年，脚步一踏，刚欲上台，一只玉手却将之拉了回来。

眉头一皱，萧宁不悦地望着自己的姐姐："怎么？"

"他现在也是八段斗之气，你上去了也不见得打得过。"萧玉叹道。

萧宁嘴角微抽，也是踌躇了一下，眼角目光不受控制地瞟向不远处的薰儿，却见到少女正温婉地注视着场中的萧炎，那副娇柔动人的模样，从没在他的面前露出过……

牙齿狠狠地咬了咬，萧宁甩开萧玉的手，略微有些稚气的小脸上，充斥着冷意与嫉妒："我进入八段斗之气已经一年多了，难道还对付不了一个刚刚进入的菜鸟吗？"

望着一脸倔强与嫉妒的萧宁，萧玉也是有些无奈，迟疑了片刻，忽然摸出一枚圆润的绿色丹药，有些不舍地抚摸了一会儿，然后迅速地将之塞进萧宁手中，低声道："这是二品丹药'增气散'，能够让你短时间内拥有一名斗者的实力，不过，吃了之后，你以后的一个月，就得躺在床上度过了，如果不到万不得已，最好别用。"

闻言，萧宁顿时惊喜地将之抓在了手中，喜道："有这东西，一定能给那家伙一顿狠狠的教训！"

萧玉皱着柳眉，轻叱道："你别给我乱来，随便给他点苦头吃就好，万一把他弄成了重伤，爷爷都保不了你，现在的他，可不再是以前那废物。"

"嗯嗯，知道了……"无所谓地点了点头，萧宁撇嘴一笑，将目光投向薰儿，心中得意地道，"我会让你知道，那家伙不过是个绣花枕头罢了。"

冷笑了一声，萧宁挣脱萧玉的手掌，爬上高台，高声喝道："我来！"

听着有人应答，全场的目光顿时汇聚在了萧宁身上，这种万众瞩目的感觉，使得他脸上的得意，更是甚了一分。

望着走过来的萧宁，二长老眉头一皱，将目光投向贵宾席上，果然见到大长老那有些难看的脸色，无奈地轻叹了一口气，心头骂道："不识好歹的笨蛋！你还当现在的萧炎是以前的废物吗？"

萧宁并未注意到二长老难看的脸色，大步走来，得意地笑道："萧炎，就让我来试试你的战斗实力究竟有多强吧。"

懒散地抬了抬眼，望着面前的萧宁，萧炎却是连话都懒得应。

"萧宁，挑战萧炎，萧炎，你可接受？"瞧着萧宁已经来到了场中央，二长老只得无奈地大声道。

"你不会不接受吧？薰儿可在看着呢，你不会让她失望吧……"摸了摸袖中的那枚丹药，萧宁心头自信心高度膨胀，看了一眼台下那犹如青莲般的淡雅少女，冷笑道。

"白痴……"心头吐出两字，萧炎摸了摸鼻子，在众目睽睽的注视下微微点头，淡淡地道，"接受。"

见到萧炎点头，二长老再次无奈一叹，挥了挥手，在退后的时候，用只有两个人能听到的声音低喝道："给我记住，点到为止！"

萧宁撇嘴。

萧炎同样是不置可否地耸了耸肩。

随着二长老的退开，高台之上，气氛顿时紧绷！

第四十二章
你输了

望着高台上对峙的两位少年，在场的所有目光，都是饶有兴致地移了过来，他们也非常想知道，这位在间隔三年之后，再次创造奇迹的少年，是否在斗技的修炼之上，也拥有如此恐怖的进度？

贵宾席上，萧战皱着眉头望着上台挑战的萧宁，脸色略微有些难看，虽然萧炎的斗之气出乎了他的意料，不过对于斗技，他却是从未见到后者什么时候去斗技堂找专门的家族斗技师学习过。

要知道，斗技不同于初阶的斗之气修炼，黄阶低级的斗技，倒还能依靠自己的摸索而修炼，可有一些黄阶中级以及高级的斗技，却必须找家族的斗技师专门教导才行，然而，这几年来，萧战一直未听家族的几位斗技师说萧炎曾经找他们学习过斗技，反而，萧宁倒是常客。

据萧战的了解，今年实力在斗之气八段的萧宁，已经起码掌握了三种黄阶中级，以及一种黄阶高级的斗技，这几种斗技，足以让他在同等级的强者中难觅对手，此次的比试，萧炎似乎是处在下风。

"呵呵，萧族长，你说，萧炎小少爷能赢吗？"在萧战身旁，目光紧紧盯着场中的雅妃轻笑着问道。

萧战缓缓压下心中一些因为萧宁而产生的怒意，淡淡地笑道："炎儿不太精通斗技，而且最近才踏入八段斗之气的境地，对上踏足这个层次足足一年之久的萧宁，胜算恐怕并不是太大。"

"哦，是吗？"诱人眼波微微流转，雅妃眨了眨修长的睫毛，美眸略微带着些慵懒地望着场中气定神闲的黑衫少年，红润的小嘴忽然一掀，笑意盈盈的美丽脸颊有着一分成熟的妖媚，"不知为何，我对萧炎小少爷却是信心十足，我想，他一定能取得胜利。"

萧战一愣，似乎有些诧异她哪来的这么大的信心，笑着摇了摇头："那就借雅妃小姐吉言了。"

……

望着面前随意站立的萧炎，萧宁冷笑了一声，双拳缓缓紧握，淡淡的斗之气，在体内迅速流转，带来一波波强横的力量之感。

略微沉寂，萧宁脚掌猛地一踏地面，身形径直冲向近在咫尺的萧炎，急冲之时，萧宁双掌略微曲拢，十指上有些尖锐的指甲泛着些许寒芒。

在距离萧炎仅有半米之时，萧宁身形骤然顿住，右爪划起一条刁钻的弧线，直取萧炎喉咙："黄阶中级斗技：裂爪击！"

脸色平静地望着疾袭而来的手爪，萧炎不急不缓地抬起手掌，略微蜷曲的手掌，猛地撑开，强横的推力，暴冲而出……

在这股毫无预兆的巨大推力之下，萧宁脸色一变，身形犹如被重锤击中一般，双脚急退了十多步后，方才有些狼狈地止住身形。

高台上，望着这一幕，萧战脸色略微诧异，一旁的雅妃，却是嫣然一笑，优雅地端起身前的白玉茶杯，红唇微启，轻轻地抿了一小口。

"这小家伙，还真是深藏不露啊……"唇角扬起妩媚的笑意，雅妃心中喃喃道。

"你……你这是什么斗技？"摸了摸有些胸闷的胸口，萧宁脸色微变，色厉内荏地喝问道。

萧炎淡淡地瞟了他一眼，旋即垂下眼线望着自己的手掌，这"吹火掌"虽然名字难听，可所造成的这股强横推力，却的确很让萧炎满意。

望着没有理会自己的萧炎，萧宁脸皮微微一抖，牙齿一咬，夹杂着怒气，再次对着萧炎急冲而去。

平伸而出的手掌并未收拢，萧炎微眯着眼睛，望着那越来越近的萧宁，嘴角缓缓地拉起一抹清冷的弧度。

摊开的右手，骤然一握，一股凶猛的吸力，自掌心中激射而出："玄阶斗技：吸掌！"

瞧见萧炎再次握手，萧宁双脚下意识地抓紧地面，然而还未等到推力的到来，一股吸力，却是将之扯得猛地朝前一抛。

　　身体在半空中划起一道弧线，直直地撞向那嘴角噙着一抹莫名笑意的萧炎。

　　虽然被吸力拉扯起了身形，不过当萧宁看着距离自己越来越近的萧炎之后，却是忍不住地喜笑颜开，森然一笑，斗之气飞快地在拳头上凝聚。

　　"铁山拳！"一声暴喝，萧宁拳头猛地紧握，一股尖锐的破风劲气，在半空中低沉地响起，旋即对着萧炎肩膀落去，看这架势，若是被打中，恐怕萧炎的手臂，定要受到重创，看来，这家伙从一开始就没有留手的打算。

　　铁山拳，黄阶高级斗技，威力不俗，需要斗之气七段以上，方才有资格修习。

　　微眯着眼睛感受到那股尖锐的劲气，萧炎缓缓地吐了一口气，体内斗之气的运转路线，骤然变更："玄阶斗技：吹火掌！"

　　随着心中的喝声落下，狂猛的推力，再次自萧炎掌心中喷射而出。

　　"砰！"空气略微波荡，一股无形的反推力，狠狠地击在了急射而来的萧宁身体之上，两股反向之力的夹击，顿时使得其脸色一片苍白。

　　"噗嗤。"

　　两股反向之力，最后还是推力占了上风，在僵持瞬间之后，萧宁直接被那股推力震得落下地面，最后在地板上滑出十多米后，方才缓缓止住身形，而与此同时，一口鲜血，也是凄惨地喷了出来。

　　望着远处地上软瘫的萧宁，再瞟了一眼略微安静的场面，萧炎手掌缓缓移下，淡淡地吐了一口气："你输了……"

第四十三章

强横的萧炎

望着场中败得干脆利落的萧宁，台下在略微寂静之后，迅速骚乱了起来，先前还未完全消散的震撼，又是自心中缓缓地翻腾而起。

萧家的年轻一辈，都是目瞪口呆地望着那吐血软倒在地的萧宁，作为同辈人，他们自然非常清楚萧宁的战力，在萧家年轻一辈中，除了薰儿能够压之一筹之外，可以说是难有对手，然而现在，却仅仅是在与萧炎的两个碰面之中，便被打得落花流水，这种突如其来的变故，简直使得所有人有些措手不及。

台下，望着那迅速落败的萧宁，萧玉一张俏丽的脸颊，同样是布满着不可置信，微微张开的红润小口，宣示着其内心的震惊。

半晌后，缓缓回过神来，萧玉修长白皙的玉颈泛上点点红润的颜色，轻声喃喃道："这小混蛋，怎么变得这么强了？难道在苦修斗之气的时候，他还有空闲时间去修炼斗技吗？"

……

"呵呵，萧炎小少爷不仅斗之气强横，而且连斗技，也是掌握得如此炉火纯青，想必萧族长费了不少心吧？"贵宾席上，虽然早有心理准备，可雅妃依然是被萧炎的手段震了一震，略微沉默之后，诱人的美眸中闪烁着点点异芒，对着身旁的萧战嫣然微笑道。

想要学习高深斗技，就必须有人亲自教导一些斗技的诀窍，看来，雅妃是把萧战当成给萧炎开小灶的人了。

闻言，萧战哑然，苦笑着摇了摇头，别说他根本没教过萧炎斗技，就是他想教，也根本教不了萧炎先前所使用出来的那种奇异斗技，以他对家族中斗技的认识，似乎还从听说过有这种斗技。

既然从未见过，那么便只有一个原因：萧炎所使用的斗技，根本不是萧家所有！

"不是萧家的斗技，那炎儿是从哪儿学到的？"心头有些疑惑，萧战将目光向着家族的高层方向移了移，却见到他们正将有些怪异的目光投射过来。

望着他们的目光，萧战一愣，旋即愕然，难道他们也以为是自己给炎儿开的小灶不成？

无奈地撇了撇嘴，萧战也懒得解释，再次将目光投向场中的黑衫少年，心中喃喃道："这小家伙，还真是有不少的秘密呢。"

……

场中，望着软倒在地的萧宁，从震惊中回复过来的二长老无奈地摇了摇头，眼光复杂地看着萧炎。

少年垂首而立，略微清秀稚嫩的小脸上，只有着平静，并无一丝胜利之后的得意与骄狂。

轻叹了一口气，二长老高高地举起干枯的手掌，刚欲大声喊出比试结束，其脸色，却是猛然一变。

远处，软倒在地的萧宁，忽然犹如一头匍匐的猎豹一般弹起了身子，原本淡淡的斗之气，忽然在此刻骤然暴涨，脚掌在木板之上狠狠一踏，身形暴冲而出，踏脚处，木屑四射。

双眼有些森然地盯着那越来越近的萧炎，萧宁嘴角的血迹，将那张脸庞渲染得有些狰狞："小混蛋，去死吧！"

"萧宁，住手！"

突如其来的变故使得二长老一愣，紧接一声暴喝，然而此时被怒火与嫉妒充斥着头脑的萧宁却是充耳不闻，趁着服下"增气散"的药力，咬牙切齿地向着萧炎攻击而去。

场中的忽然变化，也是惊起满场骚动，贵宾席上的萧战等人，更是脸色猛变，他们能够清晰地感觉到，此刻的萧宁，已经具备了斗者的实力！

"他服用了'增气散'！"见多识广的雅妃在望着实力忽然暴升的

萧宁之后，俏脸微变，沉声道。

"混蛋！"闻言，萧战脸色更是阴沉，一拳砸在面前的桌上，蜘蛛网般的裂缝顿时连绵而出，转过头，恶狠狠地盯着脸色同样有些变化的大长老："老东西，我儿子要出了什么事，你那孙子，赔命都不够！"

现在的萧炎具备的潜力，远非一个萧宁能够比拟，如果真的在比试中，因为萧宁的违规而受了不可挽救的重伤，那即使萧宁的后台是大长老，家族也不可能轻易放过他。

被萧战犹如恶狼一般瞪住，大长老干枯的脸皮也是微微抖动，嘴中略微有些苦涩，如果萧炎还是以前的萧炎，那重伤也就重伤了，可现在……家族就算是把他这大长老放弃了，也不可能将这位将来有可能成为斗皇的小家伙放弃！

场中，二长老的喝声并未起到丝毫作用，近在咫尺的距离，使得萧宁迅速扑身到了萧炎身旁，双拳中斗之气急速凝结，狞声大喝："铁山拳！"

实力的狂涨，使得此次的铁山拳，竟然带来了一股强烈的压迫风压。

风压吹起萧炎额前的发丝，露出一双清冷的黑色眸子。

面对着萧宁的强猛一击，萧炎出乎意料地没有退后，右拳紧握，身形略微弯曲，犹如一头蓄势待发的怒狮一般，沉寂瞬间，身体犹如离弦的箭，猛冲而出。

望着竟然选择和此时的萧宁硬碰硬的萧炎，二长老不由得气得跺了跺脚："笨蛋！"

"八极崩！"

心头响起一声沉闷的低喝，萧炎的拳头，在二长老那有些惊恐的目光中，狠狠地与萧宁对碰在了一起。

"砰！"两只拳头，在半空相遇，略微寂静，萧宁狰狞的脸色骤然惨白，血迹不断地从嘴角溢出。

脸色淡漠，手臂猛地一抖，袖袍似乎都在此刻发出了噼里啪啦的声响，拳头往前一送，萧宁的身形，犹如狂风中一片落叶一般，在无数道惊骇的目光中，直接砸落出了高台。

望着这一幕，台上的二长老，眼瞳骤缩，忍不住地长长吸了一口凉气，不远处那黑衫少年的背影，似乎也在此刻，变得神秘了起来。

第四十四章
陪你试试

望着那砸进人群生死不明的萧宁，满场再一次寂静。

片刻之后，一双双犹如看妖怪一般的目光，投向了高台上的黑衫少年，虽然很多人并不知道先前究竟发生了什么事，可萧宁忽然间实力暴涨，却是众人亲眼所见的事实，然而，出乎所有人的意料，在实力暴涨之后，萧宁却是败得比先前更要惨烈与干脆，一拳，重伤！

贵宾席上，望着场中的变故，雅妃一只白皙修长的玉手缓缓地掩住了诱人的红唇，丰满的胸脯微微起伏着，划起一道道惊心动魄的弧度。

"好强横的斗技……这是什么级别？玄阶？怎么可能？"轻吸了一口凉气，雅妃心头震撼地喃喃道，她可非常清楚，玄阶的斗技有多难得与难修。

在震撼了半晌之后，雅妃脑海终于缓缓地恢复了清醒，再次回想起先前萧炎所使用的那强横斗技，黛眉微微一皱，心头念头飞转："如果我记得不差的话，萧家最高级的斗技，应该是一种与玄阶功法'怒狮狂罡'相匹配的玄阶低级斗技'狮山裂'吧？"

"可先前萧炎所使用的斗技，明显不是'狮山裂'……"修长的睫毛微微眨了眨，雅妃端着茶杯的玉手忽然一紧，心头低声道，"难道……这斗技，不是萧战教他的？"

慵懒眯起的美眸中掠过一抹精光，雅妃不着痕迹地微偏过头，却刚好扫见了萧战脸庞上那抹隐晦的震撼。

"果然不是萧战教的斗技……"丰满的胸脯轻轻地伏下，雅妃修长的玉葱指在茶杯后纠结在一起，回想着萧炎对那些斗技的熟练程度，心头不由得猛地一动，"这小家伙背后……应该有位神秘老师吧？不然，玄阶的斗技，可不是光靠他一个少年瞎摸索就能炼得这般炉火纯青的。"

"能够教导玄阶的斗技，那名神秘人的实力，恐怕至少是一名斗灵强者！说不定，还要更甚！"美丽的脸颊上掠过一抹凝重，雅妃优雅地放下茶杯，美眸带着些许莫名的意味，缓缓地打量着场中的清秀少年，"这小东西……似乎是越来越神秘了呢，真是让人忍不住地有些好奇。"

……

"唉……炎儿这小家伙，真是越来越让人看不透了。"在雅妃心头转动着念头之时，一旁的萧战，心中也是忍不住地叹息了一声，先前萧炎所使用的斗技，即使是他，也都忍不住地在心中喝了一声彩，这般干脆利落的斗技，光从攻击力的角度来说，简直足以媲美家族中的玄阶斗技"狮山裂"！

缓缓地摇了摇头，萧战轻吐了一口气，眼瞳中精光闪烁："炎儿的背后，恐怕有人在教导他吧。"

"是谁教的？"摸了摸脸庞，萧战忽然不由自主地将目光移向远处台下的薰儿，此时，少女俏美的脸颊上，正噙着淡淡的笑意望着场中大出风头的少年。

"难道是她？"心头疑惑地转了转，想起薰儿平日与萧炎的亲昵，萧战心头这才略微有些释然。

……

高台上，萧炎缓缓地吐出一口浊气，犹如岩石般坚硬的双臂悄悄地恢复了正常，那微微鼓起的袖子，也是软了下来。

扭了扭脑袋，萧炎望着台下那急匆匆将昏迷的萧宁抱起来的萧玉，脸庞淡漠，心中并未因此而有丝毫的怜悯，此次如果不是自己拥有两种玄阶斗技护身的话，恐怕刚才萧宁的那一拳，就能将自己的右手给砸断，既然别人不对自己留情，那自己也没理由去做那些白痴烂好人。

缓缓收回拳头，萧炎偏过头对着一旁目瞪口呆的二长老淡淡道："比试结束了吧？"

咽了一口唾沫，恢复清醒的二长老连忙点头，刚欲大喝出比试的结局，一声愤怒的娇叱，却将之打断。

"慢着！"台下的萧玉，望着那满身鲜血、不知死活的萧宁，贝齿愤怒地咬着红唇，恨声喝道。

二长老眉头一皱，沉声喝道："萧玉，你要做什么？"

萧玉小心地将昏迷的萧宁交给身后的一名族人，矫健地跃上台，怨恨地盯着萧炎，怒道："萧宁如何说也是你表哥，你怎下手如此狠毒？"

望着俨然一副兴师问罪模样的萧玉，萧炎嗤笑了一声，偏头冷笑道："不过是一场没有丝毫意义的挑战，可他却违规服用丹药，先前他那副攻击态势，你认为他对我留情了？如果我不反击，现在躺下去的，就是我，而到时候，你是否又会因为我，而如此怒叱他？他萧宁是人，我萧炎就不是人？你萧玉除了会刁蛮地偏袒人之外，还能做什么？"

被萧炎这一连串犹如鞭炮地斥责，萧玉心头一滞，红润的俏丽脸颊白了又红，以她的骄傲性子，何时被一名比自己还小的人当众如此教训，深吸了一口气，压下喷薄的怒气，冷冷地道："我不管你如何狡辩，我只知晓你伤了我弟弟，现在我向你挑战，如果有本事，就接下来！"

"萧玉，下去，这里岂容你胡来！比试的规矩是斗者之下，你没有权限！"一旁，二长老怒声喝斥道。

萧玉倔强地咬着嘴唇，怨恨地盯着萧炎，冷冷地道："你难道不敢接受？"

"这个白痴女人。"

心头咬牙切齿的一番怒骂，先前与萧宁战斗，萧炎已经消耗了不少斗之气，现在再让他与实力为斗者三星的萧玉战斗，明显很是不利。

"你不会连一名女子的挑战都不敢接下吧？"望着目光有些阴冷的萧炎，萧玉却是心头大畅，冷笑道。

摸了摸鼻子，萧炎嘴角略微抽搐，漆黑的眼瞳中，骤然间凶光毕露。

就在萧炎准备拼了命地跟这长腿女人打一架的时候，少女犹如银铃般的淡雅笑声，却是悄悄地飘上了高台。

"萧玉表姐，萧炎哥哥现在已经力疲，你此时挑战他，可是有些趁人之危了，萧玉表姐如果真要挑战的话，不如薰儿陪你试试，可行？"

第四十五章
落　幕

在众目睽睽之下，少女轻灵地跃上高台，施施然地落在了萧炎身旁，秋水眼波缓缓流转，俏美的脸颊上，笑意盈盈。

望着自己跳上来的薰儿，萧炎一愣，旋即无奈地翻了翻白眼："你跑上来做什么？"

薰儿抿着小嘴浅浅一笑，没有回答，将目光转向因为她的出现而脸色略微变化的萧玉，微笑道："萧玉表姐，你年龄比萧炎哥哥大上一些，而且还进入了学院修习，这种挑战，却是有些强人所难，如果萧玉表姐真想找个人出气的话，还是让薰儿陪你吧。"

闻言，萧玉俏脸微沉，皱着柳眉，狠狠地剜着萧炎，冷笑道："你难道就只会躲在女人身后？"

萧炎眉尖微挑，眼中凶光闪掠，现在的他，简直有种把这女人一拳打死的冲动。

"好了！"就在三人纠缠不休之时，不远处的二长老，脸色阴沉地一声怒喝，将三人震得闭了口。

沉着老脸，二长老怒气冲冲地走过来，对着萧玉怒喝道："现在的台上，你没有挑战的权限，立刻回去，如果再破坏仪式的举行，就直接关一个月禁闭！"

对着萧玉撒了一通怒火之后，二长老这才舒了一口气，回转过头，无奈地望着微垂着头、纤指把玩着一缕青丝的薰儿，苦笑道："薰儿小姐，你也先下去吧，你们的挑战，都不合规矩。"

薰儿无所谓地耸了耸肩，微微点了点精致的下巴，转身下台时，还对着萧炎悄悄扮了一个鬼脸，使得后者哭笑不得。

被二长老一通怒斥，萧玉俏脸略微有些委屈，贝齿咬了咬红唇，片刻后，方才恨恨地跺了跺小脚，转身离开时，留下一句冷笑："小混蛋，你给我等着！"

望着这终于收场的滑稽一幕，二长老终于松了一口气，侧头望着那正一脸无辜的当事人，苦笑了一声，旋即板起老脸，对着台下冷冷地喝道："萧宁比试违规服用丹药，从今天开始，关禁闭三个月！"说完之后，也不管台下的略微骚乱，再次喝道："挑战完毕，萧炎胜！"

对于这可有可无的结局，萧炎倒是不置可否，在听得宣布成人仪式完毕之后，直接步下高台。

在全场的注目中回到自己的位置，望着周围族人那些敬畏的目光，萧炎摸了摸鼻子，心中淡淡一笑。

……

在萧炎仪式完毕之后，后边也不断有着族人上场，不过在由他所创造的这个震撼阴影下，其他族人所取得的成绩，却是有些显得黯然无光。

最后薰儿的出场，倒是引起了一场不小的震撼，十五岁的斗者，这种成绩，可就只比当年的萧炎差上一点而已，不过虽然薰儿的成绩很是斐然，不过在场的很多人也都听过萧家这颗最璀璨明珠的名头，所以，虽然对于这种成绩感到惊叹，可比起萧炎那种突如其来的震撼，却是要小上许多。

成人仪式从清晨举行到下午，终于在满场的惊叹声中，缓缓地落幕，在散场之时，一双双目光，依旧有些忍不住带着些许震撼地投向场下小脸淡然的黑衫少年。

望着落幕的成人仪式，萧炎心中也是松了一口气，周围那些目光，实在是让他有些受不了，摇了摇头，起身就走。

"萧炎哥哥今天的表现，可真让人惊讶啊！"身旁一阵香风袭来，薰儿轻灵的笑声，宛如银铃般地传来。

摸了摸鼻子，萧炎笑了笑。

"我原本也以为萧炎哥哥不会斗技，可没想到，却如此深藏不露。"

纤手负在身后，薰儿微偏着小脑袋，若有深意地微笑道。

"嘿嘿，哪有薰儿深藏不露，上次在斗技堂你所使用的斗技，也不是普通东西啊。"萧炎嘴角一弯，对着薰儿戏谑地道。

闻言，薰儿一怔，秋水眸子弯成美丽的月牙儿，笑吟吟地道："萧炎哥哥眼力真好，如果你对那些斗技感兴趣的话，薰儿可以教你喔……"

耸了耸肩，萧炎摇了摇头，道："算了，贪多嚼不烂，这粗浅的道理，我还是懂的。"

"那……斗气功法呢？"萧炎的拒绝使得薰儿略微有些意外，乌黑的灵动眼珠俏皮地转了转，忽然嫣然笑道。

脚步微微一顿，萧炎微眯着眼睛，含糊地道："五日之后，不是能进斗气阁寻找功法吗……"

"家族的功法，顶了尖就是萧叔叔所修炼的玄阶中级的怒狮狂罡，而且那功法，现在的萧炎哥哥，可却没有权限修炼哦。"薰儿小手捋过额前的一缕青丝，微抿着小嘴，似乎是在斟酌着言辞，片刻后，她方才轻声道，"薰儿可以给萧炎哥哥弄来玄阶高级的功法哦，你……要吗？"

"这丫头……还真是个小富婆，玄阶高级……那东西，起码要好几十万吧。"心中叹了一口气，萧炎忽然有些苦笑，如果自己不是侥幸遇到药老，恐怕和薰儿之间的距离，还真的很难拉近，即使自己天赋不差，不过薰儿的那神秘背景，却绝对极为庞大。

手指不着痕迹地抚摸了一下古朴的戒指，萧炎略微心安，这可是自己成为真正强者的本钱啊……

在薰儿的注视下，萧炎轻笑了笑，微微摇头，轻轻的声音中有着一抹倔强与执着："不用了，你哥能靠自己成为强者的。"

薰儿脚步顿住，眨巴着灵动的眸子盯着萧炎那没有停滞的背影，片刻之后，忽然微笑道："看来……萧炎哥哥背后，似乎真的有个神秘人，嗯……需要查查吗？"

纤指有些苦恼地弹了弹光洁的额头，半晌后，薰儿无奈地摇了摇头："算了，萧炎哥哥最讨厌别人探查他的底了，那神秘人既然教了他这么多东西，想必应该不会害他吧。"

　　轻叹了一口气，薰儿仰起小脸，秋水眸子中，淡淡的金色火焰轻轻地跳动着："希望那人没坏意吧，不然……你就算躲到萧炎哥哥身体里，我也要把你揪出来……"

第四十六章
暴怒的萧炎

在举行了成人仪式之后，萧炎的生活，终于可以适当地放松一些节奏，平日被排得满满的修炼日程，也是空闲了大半。

上次所购买的药材炼制出来的筑基灵液已经被消耗殆尽，不过萧炎却并未再打算购买，现在的他，已踏足第八段斗之气，到了此时，筑基灵液所带来的效果，也是微乎其微。

在筑基灵液的效果减弱之后，药老也并未再使用别的丹药帮助萧炎提升实力，反而让他在这段时间尽量放松一些心境，修炼之途，一张一弛才是正道，拼了命地修炼，有时候反而会误进歧途。

在这般轻松惬意的日子之中，习惯了往日紧凑生活的萧炎却是闲得骨头有些发痒，无奈，只好每天陪着薰儿四处游荡，偶尔也去后山修炼一下斗技。

现在的萧炎，无疑已经再次成为了家族的焦点人物，不管走到何处，敬畏的目光，总是如影随形，一声声恭敬的称呼，也使得萧炎心中有些唏嘘这前后间的差距。

……

"嘭！"

绿意葱郁的后山小森林之中，一道犹如灵猴般矫健的身形飞速闪跃，极为敏捷地避过林中的处处障碍，最后在一声闷响中，一蕴含着刚猛劲气的拳头，狠狠地砸在了一棵足有两三公分粗壮的树干之上，顿时，裂缝连绵而出，嘭的一声，拦腰而断。

敏捷地避开砸落而下的树干，萧炎跃到青石之上，右掌对着树干上的衣服一挥，一股吸力便将其扯进掌心中。

抹了一把额头上的汗珠，萧炎吐了一口气，缓缓地将衣衫穿上。

在一阵窸窸窣窣声中穿好衣服，萧炎眉头忽然一皱，微眯着眼眸，望向林子之外，低低冷笑了一声。

拍掉身上的几片枯叶，萧炎嘴角噙着一抹冷笑，懒散地对着林子之外行去。

走出林子，温暖的阳光洒在身上，使得人浑身骨头有些发酥，微眯着眼睛适应了一下阳光，萧炎微偏着头，望着不远处一块巨石上的女子身影。

阳光洒在身材窈窕的女子娇躯上，透射出诱人的曲线，一双性感修长的美腿，显得格外撩人。

冷眼望着巨石上的萧玉，萧炎双手抱着后脑勺，缓缓地行到巨石之下，抬头仰望着那俏脸冷淡的女子，目光特别在那双性感的长腿上停留了一会儿，抽了抽鼻子，淡淡地道："腿很漂亮，不用炫了……"

只是短短的一句话，冷淡的萧玉，顿时俏脸铁青。

丰满的胸脯微微起伏着，萧玉咬着一口银牙，冷冷地道："知道我来找你做什么吗？"

"揍我？"抽回手掌摸着鼻子，萧炎漫不经心地笑问道。

"你那一拳，将我弟弟打成重伤，现在他还躺在床上动不得，既然你下手如此狠，我是他的姐姐，自然不能任由他白白挨打。"萧玉美眸怒视着萧炎，恨恨地道。

嘴角挑起一抹讥诮，萧炎偏头冷笑道："那你的意思，在那种情况下，我还得站在那里不动，让他那一拳把我的手臂砸断？"

萧玉抿了抿红唇，美眸仍然顽固地怒瞪着萧炎，眼中的恨意依然不减。

"等他将我的手臂砸断之后，你心里或许为我这个倒霉人默哀几分钟，然后就再没了歉疚之心，也不用管我后半辈子会不会是残废，呵呵，还是上次那句话，你萧玉除了会毫无理智地偏袒之外，还能做什么？最他妈的讨厌你这种女人，你弟弟是人，老子就不是人了？！"越说越怒，到了后来，小脸略微涨红的萧炎更是直接爆了粗口。

"妈的，胸大无脑就是用来说你这种白痴女人的。"

"萧炎，你这个小混蛋，给我住嘴！"

俏脸一阵青一阵白，萧玉终于在萧炎的最后一句骂声中尖叫着喊了出来。

望着俏脸铁青，眼眸冒火的萧玉，萧炎冷笑着咂了咂嘴，心头大感畅快。

深深地吸了一口气，缓缓地平复下心中的怒火，萧玉性感的长腿一跃，直接跳下巨石，咬着银牙道："不管如何，今天绝不会轻易放过你这小混蛋。"说完，左脚朝前一踏，曼妙的娇躯划起一道诱人曲线，性感的右腿，竟然带着些许破风之声，狠狠地对着萧炎双腿间狠踢而来。

见到这女人居然直接动手，萧炎也是一声怒骂，急忙退后几步，险险地避开那带着阴风而来的长腿。

"哼，你再如何天才，也不过才第八段斗之气，今天不好好教训你，你还真是要嚣张上天了。"望着不断躲避的萧炎，萧玉冷笑一声，修长的双腿舞动，在猛烈的踢甩之间，带起一阵阵巨风，刮起了地面上的枯叶。

三星斗者的实力，的确远非萧炎可比，在这般凌厉的进攻间，萧炎竟然短时间难有进攻的空余，只得采取闪避。

有些狼狈地躲闪着萧玉凌厉的双腿攻势，萧炎小脸却是极为平静，眼眸微眯，锐利的目光，不断地寻找着对方的破绽。

再次用手臂挡下一记萧玉的劈腿，萧炎手臂略微有些发疼，看来萧玉还不是一个真正的白痴，至少她并未使用全力来对付萧炎，现在攻势虽然看似凶悍，不过却顶多让他吃些皮肉之苦。

望着身形急退的萧炎，萧玉红唇掀起一抹得意，脚尖一点，再次猛地猱身进攻。

再次进攻，萧玉俏脸却是骤然一变，面前一直采取躲避的萧炎犹如忽然间从温顺的绵羊变成了拼命的恶狼一般，双掌蜷曲间，狂猛的吸力将立脚不稳的萧玉身形扯得略微朝前一扑。

身体刚刚前倾，萧玉体内的斗气便是急速凝聚在脚掌上，正欲紧扣地面，那股吸力，却是猛地突兀消失，取而代之，是一股凶猛的反推之力……

一吸一推之间，萧玉的身形终于失去了平衡，踉跄地退后了几步，竟然是一屁股坐在了地上。

被萧炎这忽然的爆发推翻了身子，萧玉似乎极为愕然，居然忘记了立马起身，待到她反应过来之时，一道身影却是犹如饿虎扑食一般，从空而降，将之死死地压在了身下。

脸庞上有些瘀青，浑身的伤让萧炎吸了一口凉气，双手死命地按住萧玉皓腕上的脉门，咬牙切齿。

第四十七章

亵渎

　　萧玉一怔，旋即俏脸满是羞怒，死了命地挣扎，不过却被力气忽然暴涨的萧炎紧紧地按住手腕脉门。

　　再次挣扎片刻无果之后，萧玉也只得停下无用的举动，眼眸怒视着萧炎，羞骂道："小混蛋，滚开！"

　　萧炎咧了咧嘴，脸庞上的瘀青带来一波波的疼痛，吸了几口凉气，低头冷笑道："放了你？那少爷白挨打了？！"

　　手腕扭了扭，没有动静，无奈的萧玉只得斜瞥着他，忍不住地冷哼道："小混蛋不学好，等你长大了，再和人说这种话吧。"

　　萧炎眉尖顿时一挑，低头不怀好意地道："你试试？"

　　被萧炎的目光盯得心中有些发毛，萧玉咽了一口唾沫，不过高傲的她，依然倔强地扬起雪白下巴，冷笑。

　　嘴角一抽，对于这死也不松口的女人，萧炎也是有些无奈，说实在的，他虽然对这女人有些气愤，可还远远没达到之前的那种恐怖地步，不管如何说，她毕竟是自己名义上的表姐。

　　然而即使是这样，可自己这顿打，总不能白挨了吧？

　　眼眸微微眯起，萧炎抿了抿嘴，片刻之后，一声尖叫，猛地自萧玉微微张开的小嘴中喊了出来。

　　耳膜被震得有些发麻，萧炎在摸完之后犹如猴子一般地弹跳起身形，然后飞一般地向着山脚下窜去，他知道，这女人多半又要发疯了。

　　尖叫声持续了好半晌，这才缓缓停住，萧玉俏脸此时布满着愤怒的羞红，美眸含着怒火，死死地盯着山脚下若隐若现的背影，咬牙切齿地尖声喝道："萧炎，小混蛋，我要把你碎尸万段！"

远处的背影没有理会山上传来的尖叫，在略微一拐之后，消失在了视野之中。

"混蛋，混蛋，混蛋！"

望着消失的萧炎，萧玉俏脸铁青，一双玉拳狠狠地砸在身旁的泥土之上。

发泄了好半晌之后，萧玉终于缓缓平复了心情。

咬着一口银牙，萧玉顿时有些欲哭无泪，这次不仅没有教训到那家伙，反而又失手被他占了大便宜，这种结局，使得萧玉很是不甘。

想起先前萧炎的放肆举动，萧玉虽然心中又羞又怒，不过却并没有如同几年前那般拖着剑满家族追杀萧炎。

现在的她，也是成年人了，自然不会再像当年那样，闹得满家族都知道自己被那家伙摸了大腿，俏脸阴晴不定地立在原处想了好片刻，萧玉这才恨恨地跺了跺脚，低声骂道："小混蛋，别让我逮着机会，不然一定要你好看！"

抽了抽挺翘的玉鼻，萧玉捋好飘散的青丝，再理了理凌乱的衣衫，有些垂头丧气地向着山脚下慢吞吞地行去。

……

逃下后山的萧炎，也是有些忐忑，躲在山脚下的隐蔽处看着萧玉俏脸铁青离开之后，这才略微松了一口气。

无奈地摸了摸鼻子，萧炎的右手手指不自觉地互相搓了搓。

"唉，和这白痴女人见面总是忍不住性子，看来小时候对她的积怨，还真不是一般地深。"扭了扭脖子，萧炎苦笑了一声，深吸了一口气，压下心中的一些念头，再次恢复以往的平淡，缓缓行出。

行出隐蔽之处，萧炎脚步忽然一顿，有些讪讪地转过头，望着远处那斜靠着树干的青衣少女，尴尬地笑道："薰儿，你在这里做什么啊？"

远处的薰儿，懒懒地靠着树干，小蛮腰上的一束紫色衣带随风飘荡，秋水眼眸扫过萧炎，似笑非笑地道："萧炎哥哥，刚才我看见萧玉表姐怒气冲冲地走过去，难道你又招惹她了？"

讪讪地摸着鼻子，萧炎走上前来，干笑道："谁知道她又发什么疯……"

望着讪笑的萧炎，薰儿有些无奈地摇了摇头："萧炎哥哥只要一和她纠缠在一起，就总会头脑发热地干出一些让人目瞪口呆的事。"

听着薰儿这若有所指的话，萧炎有些心虚，无辜地耸了耸肩，道："你知道，我也是被逼的。"

不置可否地轻笑了笑，薰儿抿了抿小嘴，小手负于身后，少女轻盈的身姿，颇为动人。

"明天就是进斗气阁寻找功法的日子了，萧炎哥哥还是准备准备吧。"少女远去，余音缭绕。

第四十八章

斗气阁

站在队伍之中，萧炎抬头望着面前这幢庞大的阁楼，忍不住惊叹地摇了摇头。

巨大阁楼的牌匾之上，绘有"斗气阁"三个颇显古气的字体，牌匾略微有些显黄，匾上的沟壑，显示着岁月的沧桑。

这所楼阁，便是萧家最重要的所在：斗气阁！

家族几百年来所收集的斗气功法，全部存放在此处，而这些功法，便是萧家如今地位的保障。

作为家族中最重要的地方，此处的防守极为森严，平日里基本上是被列为禁地，就连自家族人，也禁止私自入内，只有在成人仪式举行之后，这里才会被暂时开放。

微眯着眼睛，目光在阁楼四处的一些黑暗角落中扫过，敏锐的灵魂感知力使得萧炎知道，他们这里所有人的举动，都被隐藏在暗处的护卫尽收眼中。

在楼阁的偏僻之所，萧炎还能察觉到几道隐晦而强大的气息，看来，家族对这斗气阁，真的是极为重视。

微偏过头，与薰儿对视了一眼，都是从对方眼中看出一抹笑意，显然，两人都是清楚地发觉了周围隐藏的防卫。

……

"进入斗气阁的规矩，我已经说了很多遍，现在也不细细重复了，总之，进入斗气阁后，两个小时之内，所有人必须出来！还有，每人只能拿一种符合自身属性的斗气功法，不可多取，若有人想要私藏功法，那将会被取消获得斗气功法的资格，所以，你们可得注意了！"站在高高的台阶上，萧战目光威严地扫视着下面的大群少年少女，满脸严肃地道。

"是！"众多少年兴奋地大声应道，目光炽热地望着那巨大的楼阁，能够得到一种较好的斗气功法，就能让自己在起步上领先别人，这一直是所有族人心中最期盼的事。

"既然都知晓规矩，那便开始吧。"

萧战满意地点了点头，退后了一步，让出那立在楼阁大门前的石柱，石柱约有一米左右，在石柱的顶端，安置着一个透明的水晶球。

挥了挥手，身后两位护卫在一阵沉闷的嘎吱声中，缓缓地推开了黑色的巨门。

"测验过自身属性之后，便可进入其中，记住，进入后，按照自身的属性行走通道，别走错了！"萧战对着下面的人群点了点头，示意可以开始了。

瞧着萧战点头，领头的一名少年满脸兴奋地跳了上去，双手在水晶球上摸了摸，一阵淡青光释放而出。

"风属性，嗯，进去吧。"瞟了一眼水晶球，萧战点了点头，笑道。

有人带头后，台下的众人顿时闲不住了，一个个地急忙冲上去，在测验出自身属性后，争先恐后地涌进斗气阁。

望着周围越来越少的人群，萧炎摸了摸鼻子，对着薰儿笑道："走吧，看看能淘到什么功法。"

薰儿可爱地摊了摊手，家族的功法对她并没什么吸引力，不过萧炎有这兴趣，她也乐意陪他。

由于两人心中都不是特别急切，所以待得所有人都进去之后，这才在萧战那无奈的目光中，施施然地走上来。

萧炎冲着萧战咧嘴笑了笑，手掌在水晶球上摸了摸，炽热的红光比先前所有人还要亮上几分，火属性。

萧战早就清楚自己儿子的属性，所以并未表现出其他的神情，微微点头后，目光忽然快速地在周围扫了扫，然后悄悄地走前了一步，咳了一声，作势微微弯腰，低低的声音传出："火道第三条路第四十三号房间！"

听着萧战的低声，萧炎一怔，旋即有些好笑，原来父亲这是在为自己以权谋私啊。

不着痕迹地点了点头，萧炎立在一旁，望着薰儿的测试。

薰儿望着那光滑的水晶球，略微迟疑了一下，旋即有些无奈地摇了摇头，纤指轻轻地点在其上。

随着薰儿纤指的点上，水晶球在略微沉寂之后，猛地变得火红了起来，瞬间之后，竟然犹如一个火球一般炽热与耀眼。

有些震撼地望着那化成火球的水晶球，萧炎微张着嘴巴，心中轻吸了一口凉气。

火球持续了片刻，待得薰儿抽回手指后，方才缓缓熄灭，而此时，一道道细小的裂缝，已经密布了水晶球全身。

苦笑地望着即将破碎的水晶球，萧战无奈地叹了一口气，眼神带着些许莫名意味地望着薰儿，挥了挥手，道："快进去吧。"

"啧啧，好精纯的火之体，不过可惜，体内没有木属性，不然，真是一个天生的炼药师。"在萧炎震惊之时，心中忽然地响起药老的惊叹之声。

心中闷闷地点了点头，萧炎望着走过来的薰儿，无奈地耸了耸肩，转身对着斗气阁内行去。

望着并肩进入斗气阁的两人，再低头看了一眼终于咔的一声破成几瓣的水晶球，萧战摸了摸下巴，喃喃道："唉，真是太……强悍了，薰儿这妮子，不仅脾气好，人也漂亮，背景更恐怖，比那纳兰嫣然不知好了多少，如果炎儿能有这样的媳妇，那该多好啊……"

说完之后，萧战又是自嘲地摇了摇头，为自己的异想天开感到无奈。

在自嘲时，萧战自然是没发现，在他这话说出之后，那即将跨入斗气阁的薰儿，娇躯却是骤然一僵，娇嫩的耳尖，忽然犹如先前的水晶球一般，火红撩人。

第四十九章
选择功法

踏入漆黑的大门，光线略暗，柔和的光芒从周围墙壁上的火珠中散发而出，将宽敞的楼阁照得幽深而寂静。

进入阁楼，几条宽敞的通道出现在眼内，在每一条通道的最前方，都绘有代表各种属性的巨大字体。

萧炎目光在几条通道扫过，最后停在靠左侧的火道之上，摸了摸鼻子，微偏过头，却是见到小脸略微有些娇羞绯红的薰儿，微微一愣，愕然地问道："薰儿，怎么了？"

"啊？"被萧炎的声音吓了一跳，薰儿小脸上的绯红，不由得更浓了一些，片刻后，方才缓缓平复，对着萧炎皱了皱俏鼻，闷哼哼地道，"没什么，快去找功法吧。"

莫名其妙地搔了搔头，萧炎对着那条火道指了指，笑道："走吧。"

薰儿无所谓地点了点头，俏美的小脸上，还未完全散去的一丝红晕，让其显得更加娇媚可人。

眼光斜瞟着薰儿美丽动人的小脸，萧炎心头顿时有些不争气地跳了跳，赶紧目不斜视地前头带路。

……

走进火道，又是出现五条小道，在小道之中，还能依稀地看见一些族人的身影。

"火道第三条路。"目光转了转，萧炎带着薰儿，径直进入了第三条小道。

进入小通道，却是别有一番天地，在通道的两侧，每隔几米距离，就有着一扇火红色的厚实木门，而此时的所有木门，皆已经全部开启，大开的木门中，有着淡淡的红色光幕浮现。

红色光幕是一种防卫设置，同时也是对年轻族人的最后一种考验，想要取得其中的功法，就得需要打破光幕。

小道中已有不少的族人，此时，他们正在一些木门面前，脸色涨红地狠狠击打着红色光幕，偶尔有着光幕的破碎声伴随着欢呼在小道中响起，而每当此时，那些还在奋力攻击的族人，都不由得面露羡慕。

萧炎和薰儿缓步行在小道中，饶有兴致地望着两边那些干得热火朝天的族人。

再次转过路角，萧炎望了望旁边木门上的号码：三十七。

摸着鼻子笑了笑，萧炎快步走了一段距离，然后在号码为四十三的木门前停下了身形，轻笑道："就是这里了吧。"

此时的小道中，也还有十多名族人，当他们瞧着萧炎停在四十三房间时，都不由得一愣，这房间具有此条小道上防御最坚固的光罩，先前有着不少实力不错的族人想要破门而进，可却都在这里吃了大瘪。

无视于周围那些诧异的目光，萧炎手掌缓缓地摸上了光罩。

"萧炎哥哥，萧叔叔这样做，算不算以权谋私啊？"见到萧炎的举动，薰儿俏皮地眨了眨美眸，似笑非笑地低声道。

测量了一下光罩的厚实程度，萧炎回过头，佯作恶狠狠地道："小妮子，最好给我当作什么都没看见，什么都没听见，不然……。"

被萧炎的表情逗得莞尔一笑，薰儿皱了皱精致的小脸，少女娇嗔的风情，使得附近正在攻击护罩的其他族人眼睛顿时有些发直。

戏谑地笑了笑，萧炎退后了两步，双脚略微分开，双掌缓缓握拢，眼眸微闭，体内淡淡的斗之气，顺着特定的脉络，开始迅速地运转。

薰儿懒懒地斜靠在墙壁边，美妙的曲线被紧身的衣装完美包裹，极为诱人，一双秋水眸子紧紧地盯着蓄力中的萧炎，眸中，俏皮地跳动着淡金色的火焰。

"嗬！"微闭的眼眸乍然睁开，萧炎脚掌猛地在地面狠狠一踏，身形诡异地一个急旋，身子反对着光幕，右手肘尖，带着略微有些尖锐的破风之声，最后重重地轰向红色光幕。

"八极崩！"

心头一声冷喝，萧炎的拳头，猛地砸在了光幕之上，顿时，一圈圈涟漪从光幕中心位置犹如波浪一般，急速扩散。

"破！"小脸肃然地一声冷喝，红色光幕在周围十几道震撼的目光中，犹如玻璃一般，轰然破碎！

缓缓地吐了一口气，萧炎手臂骤然一抖，衣衫袖袍发出噼里啪啦的声响，片刻后，悄悄地软了下来。

身旁，望着破碎的红色光罩，薰儿轻轻地拍了拍小手，抿着红润的小嘴点了点头，微笑道："很不错的斗技，攻击力，非常强！"

扭了扭脖子，萧炎舒展了一下手臂，淡淡地笑道："还勉强凑合吧。"

听着萧炎此话，小道中的十几位族人顿时感到有些胸闷，如此变态的斗技，还只是凑合？成心打击人不是……

"呵呵，走吧，进去看看是什么斗技。"对着略微泛红的房间扬了扬下巴，萧炎率先进入其中。

进入小房间，光线明亮了几分，房间内并不宽敞，在小小的房间中央位置，有着一方石台，在石台之上，静静地放着一卷暗红色的卷轴。

走上前来，饶有兴致地拿起暗红色卷轴，萧炎看了一眼卷轴背面，轻声道："黄阶高级功法：炼火焚！"

"果然还不错哩，这可是家族中最顶尖的火属性功法了，呵呵，看来萧叔叔为萧炎哥哥还真是费了不少心。"身后，传来薰儿的微笑声。

笑着点了点头，萧炎心头有着淡淡的暖意。

一只白皙的纤手忽然从身后伸出，从萧炎手中取走了暗红卷轴，薰儿微偏着小脑袋，把玩着卷轴，柔声道："萧炎哥哥，虽然以后你或许能够得到更高级的功法，不过，刚开始修炼斗气的时候，功法等级越高，对日后的好处也越大，黄阶高级功法……却是有些低了。"

萧炎淡淡一笑，微微点头。

望着脸色平静的萧炎，薰儿浅浅柳眉轻轻一蹙，有些无奈地叹了一口气，纤指轻弹，一卷通体呈火玉之色的古朴卷轴出现在手中。

"这是火属性的玄阶高级功法：弄炎诀！"

薰儿抚摸着卷轴，轻声道："萧炎哥哥不用觉得脸面问题而不好接受，薰儿也知道你不是那种迂腐的人，高级功法对你日后有大好处，所以……"

望着一手抓一个卷轴的薰儿，萧炎苦笑了一声，无奈地摇了摇头，伸出手掌亲昵地摸了摸她的脑袋，然后在薰儿略微有些受伤的水灵眸子中取回了那卷黄阶高级的功法。

"萧炎哥哥……"薰儿委屈地噘着小嘴，水灵眸子中，水气盈盈，看上去楚楚动人。

"呵呵，谢谢薰儿了，我并不是因为面子问题不接受你的东西。"萧炎温柔一笑，低头在薰儿娇嫩的耳边轻声道，"萧炎哥哥能弄到更好的功法……"

第五十章

帮？

望着拿着功法行出小房间的萧炎，薰儿摇了摇头，只得无奈地轻声道："姑且相信你吧。"

行出房间，萧炎瞧着附近那些依旧还沉浸在震撼中的族人，轻轻耸了耸肩，待到薰儿出来之后，两人这才闲庭信步地走出小道。

因为距离两个小时还有不少的时间，所以萧炎与薰儿也并不急着出去，斗气阁平日属于禁地，今日难得有机会进来，四处看看也好满足一下好奇心。

在即将出火道之时，薰儿随便进入了所小房间，取了一卷黄阶低级的斗气功法，然后陪着萧炎，走进另外几条属性道。

今天的斗气阁，无疑是它几年来最热闹的日子，每条属性道之中，都是人头密布，一个个脸色激动得涨红的族人奋力地攻击着光幕，少年的欢呼声，伴随着光幕的破碎，不断响起。

在这般的氛围感染之下，萧炎的小脸上，也是一直挂着淡淡的笑意。

再次走出一条小道之后，萧炎算了算时间，伸了一个懒腰，对着身旁的薰儿笑道："走吧，时间快到了。"

无所谓地点了点头，薰儿跟着萧炎转过一条小道的转角，然后径直向着斗气阁之外行去。

转过小道，萧炎眉尖忽然一挑，在两人不远处，身着红裙的萧媚，正急得俏脸涨红地在一道光幕面前不断转悠，看她的模样，似乎是想得到里面的功法，却又没能力打破光幕……

今日的萧媚，身着一件娇艳的红衣裙，略微紧收的裙带，将那盈盈一握的柳腰完美地勒现而出，前凸后翘的动人曲线，极为诱人。

此时，那张清纯与妩媚交集的俏脸，正被焦急所覆盖，柳眉紧蹙的可爱模样，使得周围的少年几乎有种为之献身的冲动。

……

萧媚现在的心情很糟糕，简直可以用心急火燎来形容，今天在进入斗气阁之前，她的父亲就暗地里偷偷告诉了她一个房间号码，特别叮嘱她一定要得到其中的功法，要知道，这可是他费尽心机与口舌，才从斗气布置人员那里得到的消息，他相信，只要萧媚能得到这黄阶高级的风属性功法，一定能够在斗气修炼的起跑线上领先别人。

然而，萧媚的父亲虽然得到了确切的房间号码，可却忽略了房间护罩的强悍程度，自从先前萧媚找到此处时，已经努力了将近一个小时，可依旧未能将之打破，虽然也有着别的族人因为垂涎自己的美貌而想要帮忙，可这种护罩，只能一人单独击破，如果人数一旦超过了两人，护罩也会随之变强，到头来，依旧是竹篮打水，一场空。

现在两个小时的时间即将完毕，如果再不能将护罩打破，那萧媚就真的什么都得不到了，一想到没有斗气功法的后果，萧媚那妩媚的大眼睛中，就是忍不住地浮现点点水气，楚楚动人的模样，惹人爱怜。

略微带着雾气的目光在周围的少年身上扫过，萧媚苦笑了一声，摇了摇头，美眸却是骤然一顿。

不远处，双手抱着后脑勺的黑衫少年，正淡然地行来。

抽了抽挺翘的玉鼻，萧媚刚刚绝望的心，又是悄悄地活络了起来，抹去即将掉落的泪珠，贝齿轻咬着红唇，可怜巴巴地望着那走过来的萧炎，希望他能够帮自己一把。

周围少年望着萧媚这模样，都是顺势移动目光，最后停在了缓缓走来的萧炎身上，嘴上的窃窃私语，逐渐地弱了下来，视线中略微掺杂着敬畏。

一时间，原本喧闹的小路，顿时安静得鸦雀无声。

在小路上几十道目光的注视下，萧炎小脸平淡，径直走来，然后目不斜视地与欲言又止的萧媚，擦肩而过……

微微张着红唇，萧媚望着那没有理会自己的萧炎，在愣了一会儿之后，美丽的小脸上拉起一抹自嘲，轻轻地摇了摇头，想起自己这几年对待萧炎的态度，刚刚那升起的一抹怨气，也是逐渐地消散。

"呵呵，这也算是报应吧，我还真是个讨厌的人，自作自受……"缓缓地蹲下身子，萧媚香肩轻轻地抽动着，有些压抑的轻泣声，在安静的小路中呜咽响起。

望着犹如被抛弃的小猫一般蹲在地上的萧媚，周围的少年，都是黯然地叹了一口气，微微摇头。

蹲在地上，正在轻泣中的萧媚，忽然察觉到周围的气氛有些不对，缓缓地抬起哭得梨花带雨的俏脸，却是一怔。

面前，那本来已经远去的少年，却是反抱着后脑勺，慢吞吞地走了回来。

"让开。"瞥了一眼楚楚动人的萧媚，萧炎淡淡地道。

"啊？哦……"又是一怔，旋即萧媚终于回过神来，俏脸浮现喜悦，乖乖地让了开来。

在众人那好奇与欣慰的注视中，萧炎走到光幕前，伸下手掌，轻吐了一口气。

身子略微寂静，瞬间后，犹如奔雷一般乍然而动，萧炎身子一个急旋，右脚猛地鞭甩而出，裤腿都在此刻，发出咔咔的破风声响。

"嘭！"一脚狠踢在光幕之上，涟漪急速扩散，最后在众人震撼的目光中，砰然爆裂。

保持着甩踢的姿势，萧炎缓缓地收回脚掌，扭了扭脖子，平淡地转身，走向远处的薰儿。

"表哥……谢谢你……对不起。"萧炎从身旁走过，萧媚声音怯怯地道。

"嗯。"

瞥了一眼这终于失去了傲气的少女，萧炎这才淡淡地点了点头，然后在一干少年那崇拜的目光中，消失在小路的尽头。

第五十一章
安 心

　　走近厚重的大门，大门之旁，十几名面目冷漠的护卫正牢牢地堵着门口，在门角处，一名面无表情的老者正端坐在椅子之上，手中拿着笔与厚厚的簿子。

　　此时的老者面前，正排着不少的族人，而所有的族人都从身上掏出寻找到的斗气功法，待老者登记之后，这才在十几名护卫冰冷的审视目光中，从那小小的缝隙中挤出去。

　　这是出斗气阁的一种程序，在进入斗气阁之前，萧炎众人就被详细地告知过，所以当下也并不觉得意外。

　　斗气阁中的功法是家族十几代人辛苦收集所得，这些功法，对于萧家来说，几乎是立足在乌坦城的根基，所以，家族对之有着极为严格的保护措施。

　　萧炎等人手中所载功法的材料，是以一种特殊的墨竹所写，这种竹木，分为子母两体，母体只有巴掌大小，然而子体，却是能够蔓延周围数十米，用这种材料所写的功法卷轴，只要族长手中握有母体，那么任何私自走出母体监测范围的功法，都将会被感应。

　　族中那块母体墨竹的监测范围，刚好将整个萧家囊括其中，所以，这些功法卷轴，只要一离开萧家，就将会被发现，当然，事无绝对，一些实力强大的人，也能够强行截断这种感应，不过，到了这种等级的强者，谁会没事干了来抢一些黄阶功法……

　　在队伍之后等了片刻时间，终于轮到萧炎，他走上前去，从怀中掏出功法卷轴，递给了老者。

一手接过萧炎递过来的暗红色卷轴，老者微微一愣，目光打量了一下萧炎，心头嘀咕道："这'炼火焚'的防御罩似乎足足有九段斗之气的强度吧？这小家伙竟然能够得到？果然有些底子哪。"

将功法登记了之后，老者将之返还给了萧炎，淡淡地提醒道："想必规矩你也知道吧？功法不能带出家族，否则将会有重罚！一年之后，将斗气功法交回！不得有所损伤。"

随意地点了点头，萧炎侧身一旁，斜靠着大门，等待着薰儿的登记。

对着萧炎轻笑了笑，薰儿伸出雪白的皓腕，将自己的功法递了出去。

见到站在面前的薰儿，面无表情的老者脸庞竟然罕见地露出一抹略微有些恭敬的笑意，双手接过功法卷轴，快速地进行了登记。

站在一旁，望着态度变化颇大的老者，萧炎眼眸微眯，手指习惯性地轻轻蜷曲，从这位老者能够管理斗气阁这种禁地就能看出，他在家族中的地位，绝对不会低于三位长老。

萧炎也听说过老者在家族中的名头，冷面人萧旱，这老家伙，就算是自己的父亲，说起话来，也从不会给半点脸面，一张冷冰冰的老脸，犹如肌肉已经僵化一般。

然而这位连族长都不会放在眼中的冷面人，却在薰儿面前如此恭谨，这实在是让萧炎心中对薰儿的身份，再次多了几分好奇。

摸了摸鼻子，想起薰儿每次提及身份时的沉默，萧炎又只得无奈地摇了摇头，抬头望着小脸带着笑意行过来的薰儿，耸了耸肩，两人一起挤出了大门。

出了拥挤的大门，萧炎重重地呼吸了几口新鲜空气，斗气阁中的空气，实在太沉闷了。

"怎么样？炎儿？"

瞧得萧炎两人出来，一道人影缓缓地踱了过来，目光望着大门内，口中却是笑着低声问道。

偏头望着微笑的父亲，萧炎笑着点了点头，袖袍下露出一截暗红色的卷轴，轻笑道："搞定了。"

见到那抹暗红色，萧战这才松了一口气，笑眯着眼睛，低声道："到手就好啊。"

与萧炎对视了一眼，父子俩同时发出得意的笑声。

伸出宽大的手掌拍了拍萧炎的肩膀，萧战笑道："如今功法已到手，等你成为斗者之后，就能真正地修炼斗气了。"

萧炎含笑点头，袖袍中的手掌摸着卷轴，眼睛微眯，心头却是轻声呢喃道："唉，不知道老师所说的那功法，究竟有何特异之处？呵，能够进化的功法……真的存在吗？"

"比天阶功法还诡异……"想起那日药老所放的狂妄之话，萧炎有些苦笑地摇了摇头，他现在所见过最顶尖的功法，便是先前薰儿拿出来的那玄阶高级的弄炎诀了，说实在的，在他拒绝的那一刻，心中还真是挣扎了片刻，毕竟，这种等级的功法，可是可遇而不可求啊。

手掌揉了揉额头，他现在忽然有点后悔拒绝薰儿的好意了，不过现在话也已经放出去了，他可没脸再开口讨要了，所以当下也只得在心中祈祷着药老不是在耍自己的乌龙，不然，这脸可就丢大了。

"哼哼，玄阶高级而已，有什么好舍不得的，虽然那小丫头的身份不一般，可想和我比功法的收藏，她还嫩了许多。"就在萧炎祈祷之时，药老的冷哼声，却是突兀地从心头冒了出来。

"终于出来了……"听着心中的声音，萧炎摸了摸鼻子，嘴角却是缓缓地挑起一抹得意的弧度，在心中说了这么多，不就是为了逼这老家伙能说句让人心安的话嘛。

"哎……你这小狐狸，竟然算计我……"在萧炎念头响起之时，药老这才有所察觉，哭笑不得叹了一口气，无奈地道，"小家伙，安心修炼吧，功法的问题，不用你操心，寒碜不到你的，日后你的成就，不会比你身边那小丫头低，她家也不就是……嘛。"

有些遗憾最后一句话的含糊，不过萧炎也是微笑着点了点头，既然有保证，那么脸面问题，终于是解决了，接下来，就该安心向斗者冲击，只有成为了一名斗者，才有资格去闯荡那广阔的天地，以及……去寻那使得他"日思夜想"的纳兰嫣然……

第五十二章

突　破

　　斗气功法选择之后，整个家族似乎忽然间空荡了许多，那些斗之气在七段以下的年轻族人，都开始被陆续地调出家族，然后分配到家族的各处产业之中，进行着培养与学习，而得到功法的优秀族人，也开始了埋头苦修，以期能够以最快的速度，修炼到手的斗气功法。

　　在这般平静的日子中，两月时间，几乎犹如流水一般，从指缝间悄悄溜过，让人难以察觉。

　　天空烈日高升，炽热的阳光将大地烘烤得有如火炉一般，丝丝热气，从地面中渗发而出，缓缓升空，让人的视线，都是略微有些扭曲。

　　萧家后山山顶，茂密的小森林之中。

　　阳光透过重重树叶的遮掩，将细小的斑点投射在布满枯叶的土地之上，星星点点犹如繁星。

　　小森林之中，两道人影猛地交错而动，双掌交轰间，造出一波波轻微的风浪，将附近的枯叶卷得四处飞扬。

　　双臂在身前猛地交叉，在一声闷响声中，挡下了薰儿白皙小手的轻轻靠贴，虽然攻击看似温柔，然而当两者相交接之时，那股柔和的劲力，却是骤然间变得充满了攻击性。

　　嘴角一抽，手臂上的强大劲力使得萧炎退后了两步，手臂上，薰儿小手的靠贴处，已经多出了一道略微有些铁青的瘀痕。

　　望着退后的萧炎，薰儿微微一笑，白皙的小手在身前缓缓游动，略微泛着淡金色的斗气，将那修长的指尖，附上了淡淡的流光。

　　"啧啧，好强……"稳下身子，萧炎心中惊叹地摇了摇头，抬眼望着那小嘴噙着淡淡笑意的薰儿，舔了舔嘴，战意大浓。

脚掌猛地一踏地面，身形急冲而出，顿时泥土飞扬。

瞧着再次攻来的萧炎，薰儿小嘴一�’，小手上的淡金光芒，越加浓郁。

脚掌狠狠地踏在泥土地面上，小小的凹坑被一脚踩出，萧炎猛冲的身形，在距离薰儿尚有一米左右时猛地顿住，极动与极静之间，完美转化，丝毫未让人觉得有半分的突兀之感。

看着萧炎对自身速度控制得如此巧妙，薰儿秋水眸中，忍不住地流露出一抹赞赏。

"八极崩！"

奔跑的身形骤然化为静止，萧炎右脚点地，身子猛地旋转加力，左腿在半空划起一个充满力量感的弧度之后，带着一股略微刺耳的破风轻声，狠狠地对着薰儿鞭甩而去。

抬眼望着萧炎这记凶猛的攻势，薰儿轻点了点精致的下巴，白皙小手在身前划出小小的半圆，掌心中，淡金光芒骤然大放，小手曲握成一个诡异的半圆弧，旋即毫不犹豫地重轰在了萧炎左腿之上。

"嘭！"

腿手交接，一声闷响，凭空炸响，满地的枯叶，在此刻被席卷一空，漫天飞扬。

一脚一拳，在半空僵持瞬间后，两人身形皆是急退。

身体被腿上传来的劲气直接轰上了四五米的高空，萧炎惊叹地摇了摇头，身体在即将落下之时，右掌猛地对着一旁的巨树一挥，一股吸力，将他急速落下的劲气化解而去，脚掌在树干上一踏，旋即稳稳地落回了地面。

抬起头，望着那同样退后了好几步的薰儿，萧炎咂了咂嘴，笑道："刚才你那斗技是什么？"

"玄阶高级斗技：燕返击……练到高层次，能够将对方的攻击反馈回去，我现在还是初步境界，只能反馈一成左右的力量。"薰儿笑吟吟地道。

搔了搔头，萧炎心头忽然冒出几个字来："借力打力……"

"萧炎哥哥刚才那斗技也很不错哦，要不是薰儿是一星斗者，本身实力高于你，恐怕还真接不下那股刚猛的劲气。"薰儿美眸弯成漂亮的月牙儿，轻笑道。

萧炎不置可否地耸了耸肩，懒懒地扭了扭脖子，高强度的战斗，使得他肌肉在发酸之余，连带着精神也是有些疲惫。

抹了一把脸上如同流水一般的汗液，萧炎暗自骂了一声鬼天气，一把扯住衣服，将之脱了下来。

衣服脱下，露出少年那略微有些黝黑的健壮身材，虽然并不算壮硕，可小小的身躯中，却是隐藏着爆炸般的力量。

望着那在自己面前赤身的萧炎，薰儿俏脸的小脸略微有些绯红。

抓着衣衫，萧炎疲惫地靠在脚下的一块青石下面，冲着薰儿苦笑道："唉，两个月了，还停留在第八段斗之气……"

望着有些无奈的萧炎，薰儿抿着小嘴轻笑了笑，莲步微移，也是靠着青石坐了下来，从萧炎手中取过有些汗味的衣裳，然后温柔地替他将身上的汗渍擦去，柔声安慰道："第八段到第九段是初阶斗之气的瓶颈阶段，萧炎哥哥不要心急，等时间到了，自然是水到渠成……"说到这里，薰儿忽然察觉到对方眼光有些炽热，抬起眼来，却见到萧炎正愣愣地望着自己，小脸一红，娇嗔道："萧炎哥哥……"

少女娇嗔的柔柔声音，顿时使得小密林中炎热的空气清凉了几分。

由于天气炎热的原因，薰儿今日穿着简短的青色薄衣，修长的脖颈之下，露出一大片诱人的雪白，少女略微发育的小胸脯，也是含苞待放，释放着青春的诱惑，如此靓丽的美色，难怪萧炎会有些失神。

被薰儿惊醒，萧炎脸庞也是有些发红，尴尬地笑了笑，斜靠着冰凉的青石，缓缓闭目，任由薰儿那双小手轻轻地擦着身体。

轻翘着红润的小嘴，薰儿在帮萧炎擦着身体之时，眼角偷偷地扫过后者，却是愕然地发现，这家伙不知何时，竟然睡着了。

无奈地摇了摇头，薰儿也知道今天的高强度战斗，实在是让他太过疲惫，轻皱了皱小鼻子，小手放下衣衫，修长的指尖上，缓缓地跳动着淡金光芒……

悄悄地瞥了一眼没有反应的萧炎，薰儿指尖点上了萧炎的皮肤，一点点金色光芒，顺着手指的点动，缓缓地钻进萧炎的身体之内……

随着金色光芒的输入，薰儿光洁的额头，也是浮现细密的汗珠，微咬着小嘴，然而就当她准备继续输送之时，其小脸却是微微一怔。

青石旁，沉睡中的萧炎，身体之内，忽然突兀地发出一股莫名的吸力，周围天地间，一丝丝斗之气，开始了迅速地涌入……

"呃……要突破了？"

张大着小嘴望着毫无意识地吸收着斗之气的萧炎，有过这种经验的薰儿，顿时惊愕地轻声道。

第五十三章
第九段

茂密的小森林之中，一丝丝淡白的能量气流从空气中渗发而出，然后不断地涌进那沉睡中的萧炎身体之内。

望着那几乎成了能量源头的萧炎，薰儿略微有些惊喜，悄悄地退后了一些距离，警戒地守在周围，此时若是将萧炎从这种修炼状态中惊醒，恐怕他又将会失去一次晋级的好机会。

萧炎此次的晋级，几乎可以说是水到渠成的顺利，随着斗之气的不断涌入，萧炎脸庞上隐隐的一丝疲惫，也是缓缓地消失，清秀的小脸，散发着淡淡的白光，看上去，犹如温玉一般。

小密林中，斗之气的波动足足持续了一个多小时，方才缓缓地落幕。

当最后一缕斗之气钻进萧炎体内之时，小密林再次回复了平静，炎热的阳光，也是继续照射而下。

望着眼眸虽然紧闭，不过呼吸却是极为平稳的萧炎，薰儿轻舒了一口气，低声笑道："终于第九段了，或许再有半年时间，萧炎哥哥就能凝聚斗之气旋，成为一名真正的斗者了。"

轻笑了笑，薰儿跃上一处青石，盘膝而坐，小手托着香腮，静等着萧炎的苏醒。

......

当萧炎从沉睡中苏醒过来时，天色已经逐渐昏暗，迷惘地眨了眨眼睛，在略微呆愣之后，萧炎这才缓缓回过神来，抬起头，望着那坐在青石上，被金色的夕阳披上薄纱的薰儿，目光对上那双亮晶晶的水灵眸子，不由得微微一笑。

"萧炎哥哥，醒了啊？"望着醒来的萧炎，薰儿娇笑道。

笑着点了点头，萧炎爬起身来，扭了扭酸麻的脖子，慵懒地伸了个懒腰，一阵骨头相碰撞的噼里啪啦声，却是从刚刚运动的身体中接连传了出来。

被这股只有在晋级之后才能感受到的充盈感觉震得愣了愣，萧炎握了握拳头，旋即微张着嘴，抬起脸，有些迟疑与不确定地道："那个……我好像到第九段了？"

望着萧炎那一头雾水的有趣模样，薰儿莞尔失笑，笑着点了点头。

见到薰儿点头，萧炎嘴角一扯，心头在腾起惊喜之余，又有些哭笑不得，上次是梦游的时候突破，这次竟然直接在睡觉中突破，这种突破的方式，简直是太滑稽了。

虎虎生风地快速打出几拳，感受到那较之几小时前雄厚好几倍的斗之气，萧炎不由得嘿嘿一笑。

在发泄完心中的惊喜之后，萧炎这才察觉到昏沉的天色，冲着薰儿歉意一笑，他知道，这丫头肯定是一直等在此处。

随手抓起衣衫快速穿好，萧炎对着薰儿戏谑地笑道："还不走？今天算是喜庆，哥请你去乌坦城吃一顿好的。"

"嘻嘻，我要最贵的……"闻言，薰儿嫣然轻笑，脚尖在青石上轻轻一点，轻灵地落在萧炎身旁，少女清脆的银铃声，洒满着翠绿的森林。

……

为了感谢薰儿大下午的守候，萧炎特意带着薰儿在乌坦城中逛了许久之后，这才在家族中分别。

拖着依旧有些兴奋的脚步回到自己的房间，萧炎重重地软倒在了床榻之上，抱着柔软的被子，笑眯着眼睛轻声呢喃："终于快要再次成为一名斗者了啊……"

"嘿，这次晋级，你还是沾了那小丫头不少光。"房间之中，苍老的笑声忽然传了出来。

抬了抬眼皮，望着那不知何时出现的药老，萧炎皱眉问道："和薰儿有关？"

"嗯，的确有些关系，不然，你恐怕至少得一周后才能突破。"药老透明的身体悬浮在座椅之上，淡淡地道。

无奈地耸了耸肩，萧炎将头埋在被窝中，闷声道："现在已经九段了，想要突破到斗者级别，恐怕得再要半年左右时间才行……"说到这里，话音忽然一顿，萧炎掀开被子，小脸突兀变得阴沉下来，轻声中有着一抹冷意："时间已经过去一年多了，我却还没成为一名斗者，如果是这种进度，三年之后……恐怕还是赶不上纳兰嫣然。"

闻言，药老不置可否地抬了抬眼皮。

"纳兰嫣然能够被云岚宗当成下代宗主培养，天赋绝对不弱，而且，云岚宗实力雄厚，宗门中，还有着丹王古河这种强大的炼药师……如果他要帮助纳兰嫣然，恐怕她晋级的速度，不会比我慢。"萧炎似是自言自语地道。

药老斜瞥了一眼萧炎，却看到这家伙正双眼亮晶晶地紧盯着自己，当下不由得嘿嘿一笑，却是不肯说话。

瞧着药老没有表示，萧炎只得无奈地翻了翻白眼，这通话，算是白表达了……

"咳……"沉默了好片刻之后，药老这才慢吞吞地咳了一声，站起身来，踱着步子，撇嘴不屑地笑道，"那古河不过是个六品炼药师，也配称作丹王？比起炼药，他算什么东西？"

听着药老如此说话，萧炎脸庞上顿时多了几分笑意，他知道，自己这神秘的老师，终于又要出手了……

"明天去买材料，喊，不就是聚气散嘛，我炼给你当豆子吃……我还不信，那纳兰嫣然能有这般待遇？"双手负于身后，药老傲然冷笑道。

第五十四章

筹 钱

当然，说是将聚气散当成豆子吃有些夸张成分，不过以药老的本事，只要材料足够的话，给萧炎捣鼓出几十来颗聚气散，也并不是什么太过困难的事。

然而听着药老所放的妄语，萧炎还来不及高兴，就被接下来从他口中一个个蹦出来的材料打击得萎靡了下来。

"你明日去准备四株五十年份的墨叶莲，两粒成熟的蛇涎果，一棵二十年份左右的聚灵草，还有一枚水属性的二级魔核。"药老淡淡地道，偏过头，却见到小脸僵硬的萧炎，不由得一愣，愕然道，"怎么了？"

"五十年份的墨叶莲？这种年份的药材，似乎是三千多金币一株吧？成熟的蛇涎果？这已经算是低级药材中的极品了，一些药材店连买都买不到，就算好运遇见了，那起码要八千金币以上啊，二十年份的聚灵草？天啊，我上次只在拍卖会见到过一次，拍卖价格，就是整整一万五啊，还有二级的水属性魔核，那也需要两千金币以上啊。"萧炎手掌拍着额头，痛苦地呻吟道，"光是这些材料钱，加起来就要五万多金币，我哪有这么多钱？"

"呃……"闻言，药老翻了翻白眼，摊着手戏谑道，"那些都是你的事，与我无关，我只负责炼药。"

"妈的，造价太昂贵了，真把这东西当豆子吃，恐怕就算是以萧家的财力，也根本消耗不起。"心头苦笑着骂了一声，萧炎从枕头下摸出一张绿色的卡片，心疼地摸了摸，无奈道，"上次筑基灵液所卖的钱，已经只剩下一万了，根本不够买你所说的那些药材。"

药老嘿嘿一笑，悠闲地坐在椅子上，一副事不关己的模样。

揉了揉额头，萧炎龇牙咧嘴地道："先用这些钱买筑基灵液的材料吧，再炼制一点灵液去拍卖会拍卖，不然，钱肯定不够。"

药老无所谓地点了点头，炼制筑基灵液那种低级灵药，对他来说，并不困难。

瞧着药老点头，萧炎这才松了一口气，再次重重地软倒在床榻之上，苦笑着轻声道："没钱真是烦恼啊……"

……

第二日清早，萧炎便悄悄地溜出了家族，在乌坦城的一些药材店中将筑基灵液所需的材料购买齐全之后，寻了间偏僻的客栈，钻了进去。

由于是卖给别人使用，所以萧炎可没那闲心让药老精心调配，所以，依旧是如同上次一般，买了一些最差、最便宜的药材。

因为此次急需钱财，萧炎足足买了七份材料，同时也将卡中的存款，花得干干净净。

在等待着药老炼药之时，萧炎抛了抛手中的绿色卡片，无奈地摇了摇头，现在又回到以前那种身无分文的赤贫状态了。

此次的炼药，药老足足花了一个小时左右方才全部解决，望着整整齐齐地摆在桌上的七个白玉瓶，萧炎咧嘴一笑，小心翼翼地将之用布套装好，然后放在怀中。

拍了拍怀中的灵液，萧炎将那漆黑的大斗篷黑袍裹在身上，待到将身体遮得严严实实之后，这才嘿嘿笑着走出了客栈。

……

米特尔拍卖场，鉴宝室内。

米特尔拍卖场的首席拍卖师雅妃，现在正惊讶地微张着性感红润的小嘴，双眼愣愣地望着摆在面前的七瓶筑基灵液，颇具视觉冲击的丰满胸脯，轻轻地划起惊心动魄的弧度。

"咳……"坐在雅妃不远处的黑袍人，干干地咳嗽了一声，将她惊醒了过来。

玉手轻轻地抚摸着温凉的白玉瓶，雅妃端起来轻嗅了嗅，然后递给身旁的谷尼。

接过白玉瓶，谷尼细细地检查了一番，略微有些吃惊地道："真的全是筑基灵液……"

听着谷尼确认，雅妃黛眉轻挑了挑，流转的迷人眼波在面前的黑袍人身上扫过，笑意盈盈的俏脸上，充斥着诱人的妖媚："没想到半年不见，老先生竟然给我们拍卖场带来这么一单大生意。"

"什么时候能够拍卖？"黑袍下，传出药老苍老的声音。

"老先生是急着需要用钱吗？如果不是太急，雅妃建议能稍等一两天，市面上很难见到七瓶筑基灵液同时出现，如果让我们拍卖会将之宣传一下，那样，您所得到的利润，将会更大……"雅妃嫣然轻笑，试探地轻声问道。

闻言，黑袍下略微沉默，片刻后，方才传出轻轻的嗯声。

瞧着他答应，雅妃俏脸上的笑容顿时更浓了几分，玉手端过身旁的茶杯，亲自送了过来，她现在基本已经能够确定，面前的这位黑袍人，绝对是一名二品，甚至三品的炼药师！

端着茶杯抿了一口，黑袍忽然动了动，苍老的声音传出："不知道你们拍卖会，能帮我弄到一些药材吗？"

美眸微微一亮，雅妃坐在一旁的椅上，迷人的曲线凸显而出，笑盈盈地道："老先生需要什么药材？"

"四株五十年份的墨叶莲，两粒成熟的蛇涎果，一棵二十年份左右的聚灵草，一枚水属性的二级魔核……"

一旁的谷尼，听着这几种药材，脸庞顿时一变，目光中掺杂着惊疑地打量着黑袍人。

"呵呵，雅妃会帮老先生注意这几种药材，一有消息，会及时通知老先生，不知道老先生所住何处？如何联系？"雅妃眼角瞟着脸色有些变化的谷尼，心头也是一跳，不着痕迹地笑着问道。

"不用联系我，如果有这几种材料，便直接从筑基灵液中扣除吧，我会随时过来取。"黑袍下，苍老的声音淡淡地道。

"我还有事，便不久待了，两天后我会再过来。"随意地说着，黑袍人站起身来，行出了这所鉴宝室。

望着那消失在转角处的背影，雅妃狭长的美眸微眯，轻声道："刚才那些药材，有什么不对吗？谷尼叔叔。"

谷尼微微点头，叹了一口气，苦笑道："如果我没记错的话，这应该是炼制聚气散的材料。

闻言，雅妃俏脸也是一变，失声道："聚气散不是至少需要四品炼药师才能炼制吗？"

点了点头，谷尼叹道："这次似乎还真看走眼了啊，不过加玛帝国四品炼药师不过那么区区二十几位，这黑袍人，以前怎么从未听说过？"

雅妃轻摇了摇头，美眸中流动着异彩，轻声喃喃道："四品炼药师……若有机会，一定要拉拢他！"

第五十五章
不小心

　　不得不说，米特尔拍卖场的宣传效果的确非常强大，在萧炎将筑基灵液交给拍卖会仅仅一天之后，几乎乌坦城大大小小所有势力，都知晓了这一消息，顿时，所有人都心血沸腾了起来。

　　与上次拍卖会所拍卖的玄阶高级功法不同，那种天价物品，只有屈指可数的几大势力够资格拍卖，其他实力较弱的势力，都只得望洋兴叹。

　　而筑基灵液，对很多人来说，却是要显得更加现实一些，为了能够让自己的子孙尽快地成为一名斗者，很多长辈，都愿意花钱购买这种实惠却又不是特别昂贵的东西。

　　当筑基灵液在乌坦城中传得沸沸扬扬之时，深居家族中的萧炎，也逐渐听到一些风声，看着区区七瓶并不纯净的筑基灵液被闹得这般隆重，他在惊愕的同时，也再次感受到了丹药在这块大陆上的独特魅力。

　　在第二天的时候，萧家也收到了米特尔拍卖场的邀请函，或许是因为上次萧战给萧炎购买了筑基灵液的缘故吧，对于这再次出现的筑基灵液，家族中的几位长老也是颇感兴趣，特别是几位还有子孙未能到达斗者级别的长老，更是热切之极。

　　在下午之时，本来打算独自溜出去的萧炎，却被萧战派人抢先通知了一声，无奈，他也只得跟在报信人身后，向着家族大门处走去。

　　来到大门处，不仅萧战在此处，就是连几位长老，也是拥在这里，看上去极为热闹。

抬头望着慢吞吞过来的萧炎，萧战咧嘴一笑，扬手催促了一声。

看着父亲催促，萧炎叹了一口气，走得近了，眼角却是瞟见了萧战身旁的两人，眉头不由得微皱。

"磨磨蹭蹭的跟个女人一样……"望着皱眉的萧炎，等了半天的萧玉心头也是略微有些火气，冷冷地出言嘲讽道。

"你忙着赶丧啊。"萧炎斜瞥了下萧玉，淡淡的声音使得后者差点将一口银牙咬碎。

"噗嗤。"人群中，少女轻笑声，宛如银铃般地传来。

微偏过头，望着人群中间的薰儿，萧炎冲着她耸了耸肩，笑道："你也去拍卖会？"

"待在家族中很无聊，去看看也好……"薰儿挤出人群，与萧炎并排站着，嫣然笑道。

"有什么好看的，一些筑基灵液而已，对你可没什么作用了。"萧炎随意地笑道。

"哼，有什么好看的？要不是你靠了那东西，能这么快就与我平级？"那被萧炎打得休养了两个月才康复的萧宁，望着两人笑谈的亲昵模样，脸皮一抽，又是好了伤疤忘了疼地出言讽道。

"骨头又痒了？"抬了抬眼皮，萧炎似笑非笑地道。

"你……"脸庞一怒，萧宁紧了紧拳头，旋即又慢慢地松了下来，冷笑道，"你别得意，这次你把我打伤，我还真得感谢你，要不是这段时间的静养，我恐怕也碰触不到第九段斗之气，顶多再有七天时间，我便能进入第九段斗之气！到时，是谁骨头痒，那还不一定！"

听着萧宁此话，围拢在周围的长辈族人，不由得有些惊讶地看了他一眼，而一旁的大长老，老脸也是略微有些得意之色，想必是认为这孙子给自己长了不少脸。

萧战眉头微皱，有些不悦地瞪了大长老一眼，刚欲挥手让众人动身，却忽然瞧得萧炎小脸上的一抹戏谑笑意，当下不由得一愣，到嘴的话也是咽了下去。

望着一脸冷笑与得意的萧宁，萧炎抿了抿嘴，沉默了一会儿，方才搔了搔头，无奈地轻声道："那个……不好意思，前几天一不小心……到第九段了，看来，你恐怕又比我慢了。"

"呃……"

萧炎此话出口，周围的族人顿时一静，惊愕的目光瞬间转移到表情有些无奈的萧炎身上，不小心……突破了？

哭笑不得地摇了摇头，众人心头暗道，这小家伙真是存心打击人哪，可怜的萧宁……

听着萧炎这话，萧宁脸庞上的得意骤然僵硬，嘴角一阵抽搐，喉咙滚了滚，死死地瞪着萧炎，片刻之后，终于颓丧地软了下去，本以为此次的触摸瓶颈能让自己取回一些脸面，没想到，却是换来了更大的打击。

玉手拉着颇受打击的萧宁，萧玉狠狠地剜了萧炎一眼，不过却少见地没有出言讽刺，只在心头嘀咕道："这小混蛋到底怎么修炼的？这才两个多月时间啊……怎么就到第九段了？"

即使是平日和萧炎非常不对路子，可萧玉心头，依然是对萧炎的修炼速度，感到有些震撼。

"哈哈……"望着周围脸露惊诧的族人，萧战皱起的眉头顿时舒展了开去，开怀地大笑了几声，瞟了一眼老脸无奈的大长老，大笑道，"走吧，走吧，拍卖会快开始了，大家别再拖延了，不然去晚了被人家抢了就不好了。"

目视着几位长老走出大门，萧战忍不住地回头开心地揉了揉萧炎的脑袋，畅快地笑道："不错，不错，又给父亲我长脸面了，那老家伙今天在我面前说了不下十遍他孙子如何如何了得，听着我都快烦死了，不就是想让家族出钱给他孙子买一瓶筑基灵液嘛，拐弯抹角的，真烦人，老吝啬鬼。"

被揉乱了头发，萧炎苦笑了一声，无辜地摊了摊手，抬腿走出大门，无奈地道："本不想说的，可那家伙偏偏哪壶不开提哪壶……"

刚刚出门不远的萧宁，听着萧炎此话，嘴角一抽，心中实在有些郁闷与懊丧。

第五十六章
迦南学院

今日的米特尔拍卖场无疑是半年来最火爆的一次，宽敞的大厅之中，人头涌动，嘈杂的喧哗声，使得刚刚进来的萧炎等人脑袋一蒙，耳边犹如大群苍蝇在窜动一般，使得人心烦意乱。

望着水泄不通的大厅，萧战皱着眉无奈地摇了摇头，只好让拍卖场的人带他们从贵宾通道进入，这才安稳地进了拍卖会。

拍卖会内，虽然人数也是不少，不过较之外面，却是安静了许多，萧战扫了扫场内，然后轻车熟路地带着萧炎等人行到距离拍卖台靠前的位置处，坐了下来。

坐在稍稍靠后的位置，萧炎无聊地四处望了望，慵懒地靠着椅背，等待着拍卖会的开始。

"姐，再有半年，好像就该到迦南学院今年的招生时间了吧？"萧炎悠闲地跷着腿，微眯着眼迷糊间，耳边却忽然传来萧宁那略微有些热切的询问声，特殊的名字，使得他眉头不由得微微一挑。

迦南学院，斗气大陆闻名的斗气学府，其实力之雄厚，远超常人想象，据说，在迦南学院中，想要成为一名导师，实力至少需要在大斗师左右，若要比底蕴实力，恐怕就是连云岚宗，也要弱之好几分。

在斗气大陆，学院与宗派有些不同，加入了宗派，就会受到宗门的一些限制，日后的行事，也代表着背后的宗门，而学院则不同，在你毕业之后，与学院将会没有任何强制性的关系！

不过话虽如此说，可人毕竟不是没有感情的生物，在学院这种单纯的象牙塔中，学员很容易培养出对学院的一种情感，在毕业之后，这种隐隐的情感，将会使得很多人愿意在力所能及的范围中，给学院一些帮助。

一人帮助，或许并没什么，可若是千人万人的话，那这种人脉所造成的威慑力，却是相当可怕了……而这，也正是所有学院的目的。

进入学院，是得到功法与斗技的最好捷径，在迦南学院这种等级的学府之中，若是表现杰出或者被某些导师看中的话，说不定还能得到一些高阶的功法以及斗技，而有了这两样东西，那么在距离成为强者的路上，又将近了许多。

功法，斗技，丹药，斗气大陆上最富有吸引力的三种东西，迦南学院就占据了两项，因此在大陆无数人的心中，只要踏进了迦南学院，基本上可以说是前途无忧，每一个从迦南学院顺利毕业的学员，都将会被各方势力当成人才争先抢夺，前途可谓是一片光明。

因此，每年加玛帝国都有无数年轻人，争破了头皮，想尽一切办法地钻进迦南学院。

然而，迦南学院的确是一个镀金的好地方，不过，它的录取要求，却也是极为严格：十八岁之前，必须到达八段斗之气！

严格的录取底线，也将所有天赋不够之人，拒之门外，所以，能够进入迦南学院的人，无一不是天赋不错的年轻人。

……

听到萧宁的询问，萧玉微微点了点头，目光瞟了一眼萧炎，语气不无得意地道："放心吧，你已经具备了录取资格，而且此次负责乌坦城这片区域招生的人，正好是我的导师，她可是五星大斗师哦，有姐我帮你说话，肯定没什么问题啦。"

"嘿嘿，那就好。"闻言，萧宁脸庞顿时涌出几分喜意，兴奋地点了点头。

听着旁边两人的对话，萧炎轻撇了撇嘴，若是以前的话，他也只能进入迦南学院，以期能得到更高级的功法以及斗技，不过现在，有了药老这位来历神秘的老师，迦南学院，已经很难再吸引他。

"萧炎哥哥半年后不打算考取迦南学院吗？"身旁，瞧着萧炎那兴致缺缺的模样，薰儿轻声问道。

听着薰儿的问题，一旁的萧玉，黛眉一扬，也是将目光投射了过来，她心中打定主意，如果这小混蛋也想去迦南学院，定要私下让自己的导师给他一些苦头吃。

萧炎摸了摸鼻子，懒懒地道："没什么兴趣，和一群小屁孩在一起，有什么好学的？想要斗气功法，那我干脆去跳悬崖找宝藏还要刺激一些。"

"哼，口气倒很狂，你还以为学院会求着你加入不成？有点天赋就自傲，像你这种天赋，在迦南学院中并不少见，你不进去倒好，去了，依你这讨厌的性子，多半还是自找打击。"听着萧炎将心中引以为傲的学院贬低得如此不堪，萧玉俏脸一寒，冷冷地叱道。

萧炎抬眼扫了扫义愤填膺的萧玉，撇了撇嘴，却是懒得理会，他与纳兰嫣然的约定已经只有不到两年的时间了，他现在唯一的目的，就是超越那个女人。

时间所剩不长，可两者间的差距依旧不小，萧炎可不会认为，在那迦南学院中，有谁能让自己在仅剩的两年中，超越纳兰嫣然。

既然达不到，还去那破学院做什么？难道他们还能如同药老这般，教导自己炼药术不成？而且就算他们能教，可有药老那本事吗？

摇了摇头，萧炎不再和她争论学院的问题，目光向旁边不远处移了移，发现另外两大家族的人，也是进了拍卖会。

在一处人群之后，萧炎忽然察觉一道有些阴冷的目光，微偏过头，却发现竟然是那日在坊市中有些冲突的加列奥。

此时，这位加列家族的少爷，正不怀好意地盯着自己，偶尔目光垂涎地扫过身旁薰儿那玲珑有致的身姿，瞧得萧炎望过来，顿时阴声一笑，嘴巴微动。

淡淡地望着嘴巴一开一合的加列奥，萧炎勉强能够分辨出他的意思："萧家的小废物，成人仪式终于完了吧？以后别让少爷在乌坦城碰见你，不然……嘿嘿！"

微眯着眼睛望着得意发笑的加列奥，萧炎微微一笑，低垂的眼瞳中，凶光闪现。

第五十七章
广　告

随意地收回略带寒意的目光，萧炎并没有和这家伙开口大骂一通的耐性，十指习惯性地略微蜷曲，诡异的吸吐之力，在掌心中犹如呼吸一般，极有节奏地吞吐着。

经过一年多的锤炼，萧炎对"吸掌"与"吹火掌"的转换虽然不敢说到了炉火纯青的地步，可也能算得上是熟练之极，若是与人动起手来，绝对能保证在不延迟速度的情况下，将两种斗技迅速转化，以达到攻击伤人之效。

"萧炎哥哥，那家伙似乎比以前强了不少啊……"身旁，薰儿瞥了一眼不远处的加列奥，忽然轻笑道。

萧炎微微点了点头，淡淡地道："上次他父亲在拍卖会拍下了一卷风属性的玄阶高级功法，加列奥本身也是风属性，一年时间，也够他将以前的斗气转换成新功法的斗气了，实力较之以前自然是要强上不少。"

"呵呵，难怪如此嚣张，玄阶高级功法很稀罕吗？"薰儿笑盈盈地道，秋水眸间，闪掠过淡金火焰。

萧炎笑着摇了摇头，戏谑道："对你这随便拿本功法出来都是玄阶高级的小富婆来说，自然是不稀罕。"

听着萧炎的取笑，薰儿挺翘的玉鼻皱了皱，白了他一眼，有些幽怨地道："再稀罕，萧炎哥哥不也看不上眼嘛？"

闻言，萧炎讪讪地笑了笑，赶紧对着高台上扬了扬下巴，道："拍卖会开始了……"

瞧着顾左右而言他的萧炎，薰儿只得无奈地摇了摇头，将目光投向灯火忽然亮起来的拍卖台之上。

在无数道目光的注视下，身穿一套有些类似红色旗袍的雅妃莲步微移地行上了拍卖台，那在红色旗袍的紧紧包裹下，显得凹凸有致的丰满身姿，顿时使得场内一些人的目光泛起了炽热。

俏脸上带着妩媚的笑意，雅妃掩嘴对着台下娇笑着说了几句话，那股几乎让人小腹腾起邪火的成熟风情，轻易地将场内的气氛调得火热了起来。

望着周围忽然火热起来的氛围，萧炎也是忍不住地咂了咂嘴，不愧是米特尔拍卖场的首席拍卖师啊，仅仅几句话，就将某些自制力不强的男人，变成了脑袋发热的雄性牲口，这个时候的雅妃若在上面随便拿件地摊上的便宜货，恐怕下面的一些人，都会当成宝贝一样地买回去吧？

望着火热起来的场内，雅妃心头也是略微有些得意，几年的历练，使得她明白了自己的美貌对男人究竟有多强的吸引力，红唇掀起淡淡的笑意，眼波在台前转了转，当目光扫过那坐在萧战身后的少年之时，却是不由得微微一愣。

少年目光虽然看似在盯着台上，不过那双游离不定的漆黑眸子，却使雅妃知道，这小家伙，似乎并未对她的容貌表现出多大的兴趣，当下，黛眉不由得有些诧异地轻扬了扬。

将目光从萧炎身上不着痕迹地移开，雅妃红唇微启，轻笑了一声，拍了拍玉手，笑盈盈地道："各位，雅妃也知道你们此次的目的，所以，拍卖会前面的一些开头菜，便被省略而去，压箱底的东西，直接出场。"

说着，雅妃玉手轻扬，台上的灯光，顿时暗淡了许多，微微弯下身子，从台中取出一个玉盘，盘中，放着一个小小的白玉瓶。

望着那小小的白玉瓶，场下众人的目光，立刻炽热了许多，一个个摩拳擦掌，准备着将之收入囊中。

"此次的筑基灵液与上次所拍卖的灵液同出一人之手，药力也是相同，品阶也是相同，而且经本拍卖场的谷尼大师亲自鉴定，所以各位大可放心。"雅妃轻笑了笑，目光忽然转向台下的萧炎，笑意妖媚动人，"上次的筑基灵液是被萧族长所购买，而萧族长在购买了灵液之后，萧炎少爷便在一年时间内，从三段斗之气跳到了八段斗之气，这其中是否有筑基灵液的缘故……呵呵，雅妃也不知道。"话到最后，雅妃美眸中，闪过狡黠。

听着雅妃此话，场中的目光顿时转移到了前排那尚还有些愕然的萧炎身上，惊叹的声音，不绝于耳，虽然萧炎那恐怖的修炼速度早已经再次传遍了乌坦城，不过很多人并未亲自所见，如今有机会亲眼见识，自然是少不了一番感叹，当然，与此同时，也加深了他们对筑基灵液势在必得的念头。

不远处，望着成为焦点的萧炎，加列奥阴冷地扯了扯嘴，脸庞上充斥着不屑的冷笑。

被众人注视，萧炎有些不自在地扭了扭身子，心头实在是有些哭笑不得，这女人实在是太精明了，竟然拿自己出来做免费广告，现在有了自己这一个活标本，恐怕台上的那些筑基灵液的价格，会涨幅足足两三成左右。

"唉，这女人……不做商人简直就是浪费。"

再次感叹了一声，萧炎虽然心头被周围的目光搞得有些烦躁，不过一想到台上拍卖的东西是自己的，也只得无奈地摇了摇头，狠狠地剐了一眼台上巧笑嫣然的雅妃。

被萧炎瞪了一眼，雅妃未有丝毫畏忌，反而大胆地回了他一个妖媚成熟的诱人微笑，使得坐在萧炎身后的几位男子，暗暗地咽了一口唾沫。

"第一瓶筑基灵液，拍卖价格，一万五！"

台上笑意盈盈的雅妃直接狮子大开口，将筑基灵液的价格，翻了接近一倍左右。

"好狠……"台下，听着这价格，萧炎咧了咧嘴，暗自摇头，女人果然是最狠的生物哪。

第五十八章

高 价

　　雅妃所报出的价格，虽然使得场内略微静了静，不过很快地，一位脑子被雅妃那一颦一笑勾得神不守舍的年轻人便急匆匆地高声喊了出来："一万六！"

　　在喊完价格之后，这名脸色有些苍白的年轻人还故作优雅地对着台上的雅妃微微鞠躬，却全然忘记了自己那双眼睛正死死地盯着后者丰满的胸脯。

　　心中对这脑子全被女人肉体所占据的年轻人报以了冷笑的鄙视，雅妃面上却是保持着完美的笑容，对着台下轻笑道："还有出价的吗？"

　　"一万七。"

　　"一万九！"

　　场下在略微沉寂之后，又是骤然喧闹了起来，一道道不断提价的喊声，使得那名年轻人满脸尴尬，最后当价格被提到了两万三的时候，只得讪讪地坐了回去。

　　听着那不断递增的价格，萧炎在惊愕之余，也只得发出惊叹的啧啧声，在场的人对筑基灵液的热切态度，显然远远超出了他的意料，看来，让米特尔拍卖场宣传的决定，还是颇为明智的。

　　对于这第一瓶筑基灵液，三大家族采取了旁观的姿态，并未开口喊价，而那些实力较弱的势力也看准了这一个机会，顿时拼了命地提价，想要将之收入囊中，毕竟，这种能够提升斗之气的修炼速度的灵药，在整个加玛帝国中，并不多见。

在喊价持续了接近半个小时之后，第一瓶的筑基灵液，终于在四万七千这个高价上停留了下来。

望着那因为成功拍下而显得满脸喜悦的胖子，萧炎着实有些无语，没想到，这些家伙比上次父亲出的价还要疯狂……造价仅仅在一千金币左右的筑基灵液，却是硬生生地被炒了几十倍，这种恐怖的暴利，使得萧炎使劲地咂了咂嘴。

摸着下巴，萧炎眨了眨眼睛，心中却是忽然想到，如果自己没有遇到药老，恐怕也没资格过上每天用筑基灵液浸泡身子的奢侈生活吧？

见到第一瓶筑基灵液拍卖出这种高价，雅妃也是松了一口气，心头暗道："这种价格，应该能够使得那位神秘人满意了吧？只要能让他对米特尔拍卖会多一分好感，那便足够！"

轻轻摇了摇头，雅妃望着场中那些因为拍卖失败而满脸遗憾的众人，笑了笑，再次在众目睽睽之下，端出盛有两只白玉瓶的玉盘，微笑道："后面的六瓶筑基灵液，将会分为三批拍卖，每批两瓶，拍卖底价：三万金币！"

瞧着端出来的两瓶筑基灵液，场内却是诡异地平静了许多，一双双目光，开始扫向最前排的三大家族，他们都知道，这三方势力，应该要出手了。

"三万一。"加列家族的族长加列毕在沉默了片刻之后，方才慢吞吞地喊出价格。

"嘿嘿，加列毕，上次买功法，把家族的钱都用光了吗？现在怎么如此吝啬？一千你都加得出来？"听着加列毕的喊价，与之很不对路子的奥巴帕顿时嘲笑出声。

脸皮略微抽了抽，加列毕阴冷地瞪了奥巴帕一眼，却并未出口对轰，只是双眼阴沉地盯着台上的白玉瓶。

"三万五。"瞧着嘲讽没反应，奥巴帕也是有些无趣，抬了抬手，淡淡地喊道。

"三万八。"加列毕冷冷地紧跟。

"四万五。"奥巴帕满脸挑衅。

"五万。"喊价的时候，加列毕手掌略微有些发抖，奥巴帕先前所

286

说，虽然难听，不过却不假，上次为了抢到那玄阶高级功法，几乎是用光了加列家族好几年的存金，最近加列家族的产业，已经缩水了两三成之多。

"五万五。"

"五万六……"

望着这几乎是在拼气的两人，场内所有人都遗憾地叹了一口气，即使他们资金足够，也没实力与三大家族相争，毕竟，乌坦城三大家族，每个家族内，起码都有三位大斗师级别的强者！

经济虽然也算是家族强大的根源，不过若是没有守护这些经济的武装力量，即使拥有再多的钱，腰杆子也硬不起来。

所以，在场的人，都是很识相地没有参与两个家族的竞争，只是偶尔，会将目光投向那一直保持着冷眼旁观态度的萧家。

当筑基灵液的价格在提到七万三的价位之时，加列毕终于满脸铁青地撤了回去，现在的家族，已经容不下继续挥霍。

望着满脸铁青的加列毕，奥巴帕得意洋洋地缩了缩身子，脸庞上笑意灿烂。

在两方的竞争中，台上的雅妃一直保持着迷人的微笑，看待两人的眼光，就如同那光溜溜的肥羊一般，当最后价格拍定之时，这才有些意犹未尽地砸下了手中的小锤子。

当雅妃再次端出两瓶灵液之时，一直保持着沉默的萧战终于伸手，淡淡的声音，将那还未喊出来的加列毕打击得有些萎靡。

"七万五！"平淡的声音，夹杂着势在必得的口吻，响彻着场内。

台上的雅妃，也是有些震撼萧战的魄力，愣了愣后，方才笑问道："还有人加价吗？"

加列毕坐在椅上，目光阴狠地盯着淡笑的萧战，心中怨毒地怒骂道："混蛋，要不是上次被这家伙诓了一道，我加列家族又怎会落得如此尴尬的地步？"

眼瞳略微闪烁，加列毕咬了咬牙，忽然冷喝道："八万五！"

"九万五！"似是不屑地瞟了一眼加列毕，萧战大手一挥，颇有一副你出多少老子跟多少的豪迈姿态。

见到萧战这副势在必得的态度，加列毕嘴角略微跳了跳，眼瞳深处，却是闪过一抹得意的冷笑，似是有些犹豫地咬了咬牙："十万！"

听着加列毕所报的价格，场内顿时一片沸腾，惊呼声不绝于耳，用十万金币来购买两瓶筑基灵液，明显是亏大了。

微眯着眼睛望着那似乎看上去准备死拼的加列毕，萧炎轻轻一笑，摇了摇头，低声对着薰儿道："我敢打赌，如果父亲再加一次价，那家伙就会立马把这赔本的买卖甩手。"

薰儿眨巴了一下修长的睫毛，她并未关注两方的争夺，当下有些愕然地道："看那家伙的模样，似乎很想得到啊。"

萧炎嘿嘿一笑，却是不再说话。

前排处，听着加列毕的加价，萧战沉默了一会儿，忽然猛地站起身子，目光有些诡异地望着加列毕，片刻之后，忽然微微一笑，说出的话，使得他目瞪口呆："你赢了……"

第五十九章
拍卖结束

萧战此话出口，全场略微有些寂静，半晌后，一道道幸灾乐祸的目光，便是移向了满脸铁青的加列毕。

"啧啧，十万金币购买两瓶筑基灵液……这家伙，真是够豪爽啊。"望着脸庞抽筋的加列毕，萧炎低下头，忍不住地轻声笑道。

望着幸灾乐祸的萧炎，薰儿莞尔，轻笑道："一般的二品灵药，市面上顶多三万金币左右，筑基灵液这种能够提升斗之气修炼速度的奇药，一般颇为罕见，所以价格也要高上不少，不过……用十万金币来购买它，那加列毕，也的确很'豪爽'。"

萧炎笑着点了点头，咂了咂嘴，有些向往地笑道："一瓶二品的筑基灵液便能卖几万金币，我想，那些强大的炼药师，恐怕个个都是肥得流油吧？"

"炼药师是斗气大陆上最富有的一种职业，这倒的确不假，每一位炼药师，财产也极为丰厚。"薰儿笑盈盈地点了点头，目光扫过台上的筑基灵液，道，"不过当炼药师的品阶越来越高时，他们就很少会再出来拍卖所炼的灵药，那时候的他们，将会选择以物易物，金钱，已经很难再打动他们……"

"以物易物？"眉尖悄悄一挑，萧炎有些明白药老为什么私藏那么丰富了。

"嗯，用功法、斗技，或者罕见的药材、高阶的魔核等等这些东西，来从炼药师手中换得灵药。"红润的小嘴翘了翘，薰儿轻声道，"所以说，炼药师是大陆上最让人嫉妒羡慕的职业，所有人都想成为炼药师，可那种近乎苛刻的条件，却是断了无数人的念头。"

望着小脸略微有些遗憾的薰儿，萧炎摸了摸鼻子，心中为自己的灵魂变异而庆幸不已。

停下了说话，萧炎将目光转向另外一边那脸色铁青的加列毕身上。

同样是被萧战的话震得愣了愣，加列毕傻傻地望着放弃得没有丝毫拖泥带水的萧战，眼角急促地抽动着，半晌后，方才声音有些嘶哑地道："混蛋，你又给我演戏！"

"呵呵，你不也一样吗，只是最近你头脑不太清醒，演得有些假而已。"萧战淡淡地笑道，语气中不无讥讽。

"好，好，萧战，这口恶气，我加列毕记住了！"深深地喘了几口气，加列毕眼瞳阴冷而怨毒。

对于这种威胁，萧战直接无视，冷笑了一声，转头对着台上的雅妃笑道："雅妃小姐，进行最后的拍卖吧。"

微笑着点了点头，雅妃面上保持着含蓄的笑容，心中，却是不可自制地失笑了出来，这次的拍卖价格远远超出了她的意料，而拍卖的价格越好，她就越能使得那位神秘的炼药师对拍卖场产生好感。

冲着脸色铁青的加列毕送去安慰的笑容，雅妃再次弯身取出最后两瓶筑基灵液，嫣然一笑，红唇微启："各位，这是最后一批灵液了，拍卖底价，依旧是三万金币。"

见到最后一批灵液出来，坐在萧战身旁的几位长老老脸顿时一颤，赶忙对着萧战投去隐晦的视线。

淡然地坐在椅上，萧战没有理会几位长老的眼色，目光环视了一圈平静的场内后，方才淡淡地道："五万。"

听着萧战出价，加列毕脸皮再次一抽，嘴巴动了动，可一想到资金的短缺，他也只得恨恨地闭上了嘴。

另外一旁的奥巴帕，望着那脸色淡然的萧战，眉头皱了皱，手指在手背上轻轻敲了敲，眼眸微微闪烁，旋即笑道："五万五。"

乌坦城三大家族的关系很有些诡异，明明都想吞掉其他两个家族在乌坦城的产业，可却又怕独自动手，某方会坐收渔人之利，然而若是联手，却又避免不了互相猜忌，所以，在没有将对方一举歼灭的把握之下，三方都只得维持着这种脆弱而诡异的平衡。

三大家族，彼此都是各有芥蒂，谁也看谁不顺眼，别看先前奥巴帕对加列毕冷嘲热讽，现在轮到萧战出价了，他即使并不会如同对待加列毕那般，不过小小地提一些价，给萧家造一些小问题，还是非常乐意的。

奥巴帕的提价，并未让萧战脸色又什么变化，随意地瞥了一眼，淡淡地道："六万五。"

六万五的价格，也是有些超出筑基灵液的市场价格了，不过萧战心中也清楚，在三大家族的竞拍中，想要以低价成功购买到灵液，明显有些不可能。

"呵呵，萧族长真是豪气，不过我可是怕会被你牵绕进去，这筑基灵液我也已经购买成功，这一次的，就让给你们吧。"瞧着萧战加价，奥巴帕略微迟疑了一下，看来，先前加列毕吃的大亏，使得他也警惕了许多。

瞧着皮笑肉不笑的奥巴帕，萧战也是附和着笑了笑，靠在椅背上，用低低的声音道："妈的，又让老子多出了一万，这王八蛋也不是好人。"

闻言，萧炎有些好笑，在这种竞争下，哪还有什么好人？若不是对方怕重蹈加列毕的覆辙，恐怕还会加上一些才肯罢休。

手指屈弹，萧炎望着台上那将小锤子敲下来的雅妃，心中轻轻地松了一口气，这笔钱，又能支持自己挥霍一段时间了，现在只要药材到手，就能让药老炼制聚气散……

"斗者终于不远了啊……"

舔了舔嘴唇，萧炎长舒了一口气，这道修炼途上的第一道坎，终于要被自己跨过去了！

第六十章
药材到手

见到拍卖会即将结束，萧炎找了个借口从拍卖会中溜了出去。

小心谨慎地走出拍卖场，然后再围着附近的街道逛了几圈之后，萧炎方才窜到某个隐僻的角落，将顺手买来的大黑斗篷披上，待到将身形包裹得极为臃肿之后，这才慢吞吞地回到拍卖场之中。

自从在辨别萧炎是四品炼药师之后，雅妃便在拍卖场中安排了眼线，所以这次萧炎刚刚来到，便被一名在此处等待许久的清秀侍女恭敬地引到了候客厅，小心地侍候着。

沉默不语地坐在椅上，萧炎端起桌上的茶杯浅浅地抿了一口，斜瞥了一眼身旁那有些显得怯怯的少女，微微点头，嘴巴未动，苍老的声音却是淡淡地传出："拍卖会还有多久结束？"

"啊？"被忽然响起的声音惊了一跳，少女眼角偷偷地看了一眼全身笼罩在大黑斗篷中的萧炎，小手紧紧地捏在一起，小脸微白，忐忑地道，"大人，拍卖会已经结束，现在雅妃小姐正在与他们办理交接的手续。"

瞧着少女这副犹如受惊的兔子的模样，萧炎不由得有些纳闷，自己没这么可怕吧？无奈地摇了摇头，只得继续保持着高人般的沉默。

垂首站在一旁，少女望着再没有开口的萧炎，内心悄悄地松了一口气，在接下任务的时候，谷尼大师就郑重警告过，必须不惜一切条件地满足这位神秘大人的任何要求，即使……是某些极为过分的要求。

在拍卖场干了接近一年的少女，自然是明白，这过分的要求是指什么，所以，每次萧炎说话，她都会吓得浑身发抖，生怕这位神秘大人会提出那些……要求。

在少女战战兢兢地等了十多分钟后，那在门外响起的急促脚步声，终于使得她重重地松了一口气。

"呵呵，老先生，您来得可真早，雪梨应该没什么招待不妥的地方吧？"缓缓行进候客厅，雅妃那水蛇腰摇曳间，释放着诱人的风情，凹凸有致的丰满身材，使得一些自制力不强的男人，几乎有种小腹冒火的冲动。

"妖精……"再次在心中暗骂了一声，萧炎向后缩了缩身子，轻点了点头。

瞧着萧炎点头，一旁的那少女再次松了一口气，恭敬地弯了弯身之后，赶紧退了出去。

见到萧炎并未有什么不满意的模样，雅妃这才略感放心，对着他微微一笑，笑容间，魅惑天成。

被这浅笑狠狠地电了一下，对于这只狐狸精，萧炎还真不敢怠慢，斗篷下的手指轻抚了抚古朴的黑色戒指，赶紧将话语权交给了药老。

"拍卖结束了吗？"

"嗯。"笑意盈盈地点了点雪白的下巴，雅妃素手一扬，一张淡蓝色的玉卡出现在手中，微笑道，"老先生，七瓶筑基灵液，总拍卖价格是二十八万五千枚金币，扣除税率之后，所余金额，全在卡中。"

伸手接过蓝色玉卡，入手后，温凉舒适，显然造价不菲，轻抚了抚玉卡，萧炎点了点头。

望着那双犹如少年般白皙有力的手掌，雅妃心头再次涌起一抹古怪的感觉。

"这价格，已经出乎了我的意料，我很满意……"

苍老的声音，使得雅妃俏脸微喜，赶忙丢弃心中的古怪情绪，明眸顾盼间，甚是诱人，抿着红润的嘴唇轻笑了笑，雅妃嫣然道："以后老先生若是还需要拍卖丹药，请尽管来米特尔拍卖场，我们一定会为您争取最好的价格。"

"我需要的那些药材，你们找到没有？"点了点头，萧炎收好玉卡，略微迟疑了一下，药老出声询问道。

狭长的美眸弯起一个漂亮的弧度，雅妃笑了笑，娇润的轻声，使得萧炎心头有些惊喜。

"呵呵，老先生的要求，我们拍卖场自然会全力办到。"

雅妃素手轻拍了拍，谷尼亲自端着一副玉盘快步行进，然后在萧炎身边停下，略微躬身，将玉盘小心翼翼地放在桌上，笑道："大人，您所需要的药材，全都在此。"

萧炎望着身旁玉盘上的药材，目光中有些欣喜，米特尔拍卖场的能耐果然不小，这些药材若是自己去购买的话，恐怕会耗费不少的精力与时间，而这拍卖场，却是仅仅一天时间，便将所有东西全部备好，这实在是让萧炎有些喜出望外。

"嗯，麻烦了……"见到炼制聚气散的药材全部到手，药老那淡淡的声音中，也是略微柔和了一点。

作为在拍卖场混了好几年的人精，雅妃自然是分辨出了药老那柔和许多的语气，顿时，心头泛起惊喜，这买卖，没做错！

"我也不想占你们的便宜，这些药材的钱，你们从卡中扣去吧。"

见到萧炎想要再次掏出玉卡，雅妃急忙笑道："老先生，这些药材是我们从内部所得，价格较之外面廉价许多，您这两次的拍卖给我们拍卖场带来了不少名声，这点东西，我们又怎敢收钱？"

"也罢，随你吧，日后若是还需要别的药材，我会用灵药与你们换取。"点了点头，精明如药老，自然明白她是想拉关系，当下也懒得矫作，在雅妃那惊喜的目光中，将玉盘中的药材谨慎地拿出，然后小心地收进怀中。

"好了，我还有事，便不多留了。"

见到所有东西都已经搞定，萧炎站起身来，摆了摆手，径直向着外面走去。

"老先生，雅妃送送你。"雅妃与谷尼打了个眼色，两人都是快步上前，殷勤地在前引路。

在米特尔拍卖场这两位管事人一前一后的恭敬引路中，萧炎行出了候客厅，刚刚出门，抬起头，脚步却是一缓。

刚出候客厅的门，对面的拍卖会内，三簇人群，却也是彼此冷眼而对地拥了出来，目光扫过三簇人群，萧炎不由得有些心虚地扯了扯身上那大黑斗篷，他发现，中央的一簇人群，竟然是刚刚结束拍卖的父亲萧战……

"千万别被认出来了啊……"萧炎心中祈祷道。

第六十一章

装

与一旁的两个家族同时行出拍卖会的大门，三位族长在对视间，都是发出皮笑肉不笑的难听笑声，而当移开目光后，冷笑与敌意皆是浮现脸庞。

三簇人群大摇大摆地行走在大厅之中，路过之处，其余人都是赶紧退让，在这乌坦城中，基本上还没别的势力会招惹三大家族。

再次与旁边的奥巴帕敷衍地说了几句话，萧战移动的目光骤然一凝，脚步一顿。

瞧着萧战的举动，众人都是顺着其目光移过了视线，身体微不可察地一震，加列毕与奥巴帕，脸庞也是略微有些变化。

在大厅的另外一处大门中，三道人影缓缓行出，前面引路的，竟然是米特尔拍卖场的首席拍卖师雅妃，作为拍卖场的常客，萧战等人非常清楚，别看这女人平日总是笑盈盈的模样，可谁都知道，这女人心中高傲得很，曾经奥巴帕想要请人家吃顿饭，结果却直接被人家非常"客气"地拒绝，由此可见，这女人并不像表面上那般容易接近。

然而这位高傲的女人，今日却反常地以这种恭敬的引路姿态，这实在是让萧战等人有些惊异。

眼睛略微眨了眨，萧战等人将目光再次后移一些，脸色继续变化。

在三人的最后，拍卖场的谷尼大师，正含笑着在那位神秘黑斗篷人耳边说着什么，笑意满布的脸庞上，甚至有着一抹讨好的意味。

如果说雅妃的恭敬让萧战等人感到惊异的话，那么后面的这谷尼大师，却是让他们感到震撼了。

作为乌坦城品阶最高的炼药师，平日就是连萧战三位族长与之见了面，那也得恭敬三分，不敢有丝毫怠慢。

而身为二品炼药师的谷尼，也经常保持着炼药师那副独有的高傲，与人说话，淡然的语气，更让众人对他多了一分敬畏。

可如此一位人物，竟然会这般恭敬地在别人身旁毫不避嫌地露出讨好笑容，那……那位使得他想要讨好的人，又是何人？

目光带着震撼，终于缓缓地移到了中间的那位全身裹在大黑斗篷中的人影身上。

扫了扫黑影人那臃肿的身材，萧战心头念头急转："这究竟是何人？竟然能够让米特尔拍卖场的两位主事人恭送？这等人物，来乌坦城做什么？"

舔了舔有些干涩的嘴唇，萧战左右望了望，却是见到加列毕与奥巴帕也是一脸的好奇与震惊。

抬眼望着越来越近的三人，萧战脸庞上挤出一些笑容，快步上前两步，笑道："雅妃小姐，谷尼大师，呵呵，真是难得见到你们二位同时出现啊。"

雅妃与谷尼在出来之时也早就看见了他们，瞧着萧战出来说话，都是脚步微缓，不过却是将目光移向中间的黑袍人，而在见到黑袍人也停下步子之后，这才松了一口气。

"呵呵，送下贵客而已。"雅妃微笑道。

"哦，呵呵……"一旁的加列毕也是笑眯眯地凑了上来，将目光投向雅妃身后的黑袍人，似是随意地客气问道，"呵呵，不知道这位先生……也是乌坦城人吗？呵呵，有些面生啊。"

"咳……加列族长，老先生是米特尔拍卖场的贵客……"谷尼大师眉头微皱，干咳了一声，提醒着加列毕不要多嘴乱问。

听着谷尼大师提醒的语气，加列毕脸色微微一变，心头嘀咕道："竟然连谷尼这老家伙都如此忌讳？这人什么身份？"

瞧着加列毕碰了个软钉子，一旁的萧战也是咽下了到口的话，看谷尼那忌讳的架势，这黑袍人明显和他们不是一个等级的存在，当下也只得附和地笑了笑，准备识相地带人退开。

"你……是萧家的萧战吧？"就在萧战想要退开之时，那一直保持着沉默的黑袍人，忽然淡淡地出声询问道。

听着这苍老的声音，萧战略微一怔，旋即迟疑点头。

"听说贵少爷依靠着筑基灵液一年内连跳了几段斗之气？呵呵，这实在让人惊讶啊。"黑袍人淡淡地笑道。

被如此客气对待，萧战心头略喜，笑道："小儿只是好运罢了。"

随意地摆了摆手，黑袍人笑道："好运也是本事，以后如果有机会，我很想见见他，说不定他还能成为一名炼药师呢。"

有些愕然此话的意思，萧战似乎并未听明白。

"嗯……以后如果有机会，我找你们萧家合作合作。"笑了笑，黑袍人转身对着雅妃两人道，"不用送了，我还有事，先走了。"

说完，不待两人有所反应，便是大踏步地行出了拍卖会。

莫名其妙地摸了摸脸庞，萧战转过头，却是瞧见正满脸羡慕地盯着自己的雅妃与谷尼，不由得愕然地道："两位这是干什么？"

"萧族长，你认识先前的那位老先生？"雅妃试探地问道。

"第一次看见。"萧战苦笑着摇了摇头，望着雅妃两人脸庞上的诡异之色，不由得有些忐忑，"他是什么身份？"

"唉，萧家有福了。"

谷尼轻轻地摇了摇头，瞥了一眼被加列毕当成宝贝一样抱在怀中的筑基灵液，淡淡地道："这些东西，就是他炼制出来的。"

闻言，萧战三人脸色同时狂变。

片刻之后，回过神的萧战喜形于色，没想到那位黑袍老人竟然是位炼药师，看谷尼先前的态度，明显还是一位品阶比他还高上不少的炼药师！

一名二品炼药师就能使得他们几人客气有礼，那一名三品，或者四品的呢？

天啊，那种等级的人物，他们这种家族，可没资格与之结识啊。

"这次大发了……"回想起先前那位黑袍人所说的有机会合作，萧战顿时双眼大亮，失声喃喃道。

一旁，震惊过后，加列毕与奥巴帕，双眼嫉妒得犹如那兔子眼睛一般。

第六十二章
打

　　行出拍卖场，萧炎再次在附近乱转了许久，方才在一处人流偏少处，悄悄地溜进了一条巷子。

　　手脚麻利地将大黑斗篷取下，萧炎低声抱怨道："老师，你差点让我暴露了。"

　　"嘿嘿，我做的，不就是你心里想的嘛。"古朴的漆黑戒指中，响起药老那戏谑的笑声。

　　无奈地摇了摇头，不过萧炎心中还真有点感觉对不住父亲，两次出来拍卖丹药，都间接地敲诈了自己父亲一笔，将手中的斗篷踢下水沟中，轻声嘀咕道："以后找个时间和萧家合作一下，就当是给父亲的一点补偿吧。"

　　抱着手中的药材，萧炎将之塞进怀中，然后小心谨慎地蹿出了巷子，一路飞奔回萧家。

　　由于萧战等人还未回来，所以家族也是有些显得空荡，门口的护卫在见到这位已经在萧家再次名声大震的小少爷也是不敢有丝毫阻拦，讨好地冲之一笑后，便是任由他急匆匆地冲了进去。

　　风风火火地冲回自己的房间，萧炎将怀中的材料犹如宝贝一般，小心翼翼地捧出，轻轻地放在桌子之上。

　　通体枯黄，五片叶子宛如黑墨一般，这就是墨叶莲，五片叶子代表着它的年份，十年成长一片。

　　蛇涎果是一种碧绿色的圆形果子，足有半个拳头大小，将之拿在鼻下嗅嗅，能够闻到一种甜腻的酸味，这种果实只生长在五阶蛇形魔兽的巢穴之旁，颇为难得，由于蛇属阴，所以这种果实更是偏向阴寒，是炼药时用来中和烈性药材的常用药物。

　　聚灵草，和普通叶草没什么区别，只不过在草枝的顶尖部分，有着淡淡的荧光，荧光越浓，代表其中所蕴含的纯净能量越雄厚。

二级水属性魔核通体呈蔚蓝之色，放在桌上，淡淡的湿气，将桌面浸得湿透，可见其中所蕴含的水属性能量有多丰厚。

目光细细地从这几种材料之上扫过，萧炎有些迫不及待地低声道："老师，材料都已经齐全了，可以炼制了吧？"

"急什么，药材在这里又不会跑了，炼药期间不能被打扰，现在天色尚早，万一被人不小心打断，浪费材料事小，把我暴露了怎么办？"戒指中，药老没好气地道，"等晚点再炼制。"

闻言，萧炎郁闷地摇了摇头，叹了一口气，只得怏怏地将材料小心地收进墙角的柜子中，然后闷头躺在床上，等待着夜晚的降临。

在萧炎躺在床上半个多小时之后，房间大门"哐"的一声被人粗暴地踢开。

迈动着修长性感的长腿走进房间，萧玉目光在房间中环顾了一圈，然后望着那被惊醒的萧炎，冷哼道："小少爷，你吃饭还得人请哪？"

被突如其来的声音从迷糊间震得直接从床上坐起了身子，萧炎愣愣地望着那双臂抱着丰满的胸脯，站在房间中央的萧玉，半晌后，后背猛地一凉："妈的，妈的，还好没刚才就让老师炼药，这白痴女人……"

想起若是被打断炼药的后果，萧炎便是心颤得咽了一口唾沫，望向萧玉的目光，逐渐地愤怒了起来。

嘴角抽了抽，萧炎缓缓吸了一口冷气，心头的那股后怕，在瞬间转化成暴怒："白痴女人，你懂不懂礼貌啊？你进门不会敲门啊？你个白痴女人，白痴女人！你有没有教养啊？"

傻傻地望着第一次在自己面前露出这副气急败坏模样的萧炎，萧玉也是有些发蒙，不过当听得萧炎那句句骂声之后，俏脸也是铁青了起来，咬着一口银牙，迈动着那双性感的长腿，直直地对着萧炎冲了过来："小混蛋，踢了你的门你又能怎样？以后我天天踢你门！"

望着咬着银牙冲过来要给自己教训的萧玉，萧炎也是铁青着脸，抬起手掌，骤然一握："吸掌！"

强横的吸力，猛地自萧炎掌心中暴涌而出，那刚刚冲到床榻边的萧玉，顿时前身倾斜，竟然直接被萧炎爆发而出的吸力扯上了床。

在晋入第九段斗之气后，萧炎吸掌所造出的吸力，似乎又是强横了许多，至少以前，想要吸动一个人的重量，绝对不会这般容易。

萧玉脑袋有些发晕，片刻之后，俏脸附上一抹诱人的酡红，剧烈地挣扎了起来，咬着银牙怒骂道："小混蛋，滚开！"

双手死死地摁住萧玉的手掌，萧炎也被她的挣扎搞得有些气喘，再次僵持了一会儿之后，忽然猛地让开身子，拉住萧玉的手掌一翻，顿时将她的身子翻了一个面。

"奶奶的，少爷让你敢不敲门就进来！"

第六十三章
异火榜

　　饭桌之上，萧炎斜瞥着对面那狠狠咬着饭菜、一口银牙在吃饭间竟然嚼出了点点嘎吱声音的萧玉，撇了撇嘴，回想起先前的那股异样的美妙感觉，右手的手指，却是不由自主地摸了摸掌心。

　　对面，一直凶狠盯着萧炎的萧玉，瞧得他这举动，俏脸之上，顿时再次青红交替。

　　目光古怪地望着咬牙切齿的萧玉，再看了看身旁那若无其事的萧炎，薰儿疑惑地蹙了蹙眉，旋即无奈摇头，细嚼慢咽地将小嘴中的食物缓缓地咽下。

　　目光跳过萧玉，停在她旁边的萧宁身上，此时，这家伙正满脸的喜悦，嘴巴的弧度，几乎已经扩展到了半个脸长，手指轻弹了弹桌边，萧炎在心头幸灾乐祸道："这家伙应该已经拿到筑基灵液了吧？可他似乎并不知道，灵液对于八段以上的斗之气，并没有多少效果……"

　　偷笑着摇了摇头，萧炎视线有些无聊地在周围扫过，望着桌旁笑容遍布的父亲等人，心中满是纳闷："家族聚餐，不是只有在一些节日才会举行吗？今天有什么好喜庆的？难不成花了高价拍到筑基灵液，还值得庆祝一下？"

　　胡思乱想的萧炎，自然是不知道，这次的家族聚餐，正是因为今日他所化作的黑袍神秘人随意说的那句有机会合作的话。

　　与一个二品以上的炼药师合作，萧家将会获得让大多人眼红的利润，说不定，还可以借此一跃而上，凌驾于另外两大家族，因此，也无怪连平日沉着镇定的父亲，也是如此喜悦，而那几位长老，更是已经笑得合不拢嘴，微眯的老眼，显然被这从天而降的馅饼砸得有些迷糊。

聚餐在喜庆的气氛中缓缓结束，而在见到父亲挥手之时，萧炎立刻跳下椅子，抢先跑出大厅，然后头也不回地直奔向自己的房间。

在萧炎走后不久，萧玉咬着牙追了出来，然而却未见到半个人影，无奈之下，只得恨恨地跺了跺脚，带着满腔的怒火离开。

……

回到自己的房间，吃一堑长了一智的萧炎并未再次请求药老立刻炼药，将门窗关好后，懒散地滚上床榻，昏沉地睡去。

待得深夜降临，万物沉睡之后，躺在床上的萧炎猛地睁开双眼，矫健地从床上跃下，将藏在柜中的药材取出，小心翼翼地放在桌上，然后回过头，望着那犹如幽灵一般悬浮在离地面一尺处的药老，轻声问道："老师，此时可以了吧？"

"你总算学会小心一些了，炼药需要极静的环境，若是被打扰，后果很严重，我现在倒不会受什么反噬伤害，不过以后等你学会了炼药术，若是还如此粗心大意的话，恐怕丢掉小命是迟早的事。"药老行至桌旁，虚幻的手掌轻轻触摸了一下各种材料，微微点头，淡淡的口气略微有些严厉。

有些尴尬地搔了搔头，萧炎受教地点了点头。

瞧着萧炎乖觉的模样，药老这才略微松了一口气，手掌平摊而出，略微沉寂，白色的火焰，缓缓地腾烧而起。

灵魂感知力不断地控制着火焰的温度，药老趁此空闲，瞟了一眼满脸好奇地望着掌心中火焰的萧炎，略微迟疑后，轻声道："炼药师，一般都能够从火焰的颜色，来分辨出它的品阶。"

"一般的炼药师，火焰都是淡黄色，品阶越高，则颜色就越深，威力也越强。"

闻言，萧炎眨了眨眼睛，手指指着药老手中的火焰，愕然地问道："那老师的，怎会是白色？"

"呵呵，先前我所说的，是炼药师中常见的火焰，然而在炼药师的圈子中，除了依靠斗气的雄厚来催化火焰之外，还有另外一种……"

药老微微一笑，笑容中略微有些自傲。

"那就是，借火！"

"借火？"并不陌生的词语，其所蕴含的意思，却使得萧炎满脸迷茫，炼药的火也能借？

"没错，就是借火。"重重地点头，药老笑道，"在这片茫茫天地间，存在着一些天地异火，或许是天降陨石中心所携带的那簇火苗，也或许是火山深处，被锻烧了千百年的熔岩地火……这些异火，威力比由斗气催化而出的火焰要更强横几分，炼起药来，还能提升丹药的药力，不过，这些天地异火都极为狂暴，平日难得有缘相见，而且就算见到了，也极难将之纳为己用。

"很多炼药师寻找了一辈子的异火，到头来都未曾得偿所愿，毕竟，想要控制异火，就得需要将火焰引进自己的身体，而异火又无一不是狂暴毁灭之物，就算是魔金钻这种以坚固著称的金属材料，也抵不住异火的煅烧，更别提人那脆弱的肉体……如此行径，无疑是在引火烧身，所以，只有极少数的幸运儿，在机缘巧合之下，能够炼化一小簇异火，将之培养成自身的火种，而这些人，无一例外，都是炼药界中的翘楚……"

听得有些目眩神迷，半晌后，萧炎舔了舔嘴唇，目光紧紧地盯着药老手中的白色火焰，细细感觉下，似乎有种冰冷的错觉。

"老师的这火焰，肯定也是一种异火吧？"萧炎试探地问道。

"呵呵。"提起自己的火焰，药老老脸略微有些放光，眼神炽热地道，"斗气大陆的炼药界，将现为人知的异火，编制成了一个'异火榜'，其中共有二十三种，我这火种，便是排名第十一位的'骨灵冷火'，这种异火，只有在每百年，日月交替之时，方才能够在极寒与极阴之地遇见……"

"骨灵冷火？"

目光眨也不眨地望着那团不断翻腾的森白色火焰，萧炎轻声喃喃道。

第六十四章
炼制聚气散

"当年为了成功获得这'骨灵冷火'，我可是在那暗无天日的鬼地方待了八年，而且在最后吸收的那一刻，饶是我准备周全，也差点被这鬼东西烧成灰烬……"药老感叹地摇了摇头，平静的老脸上，罕见地露出一抹后怕，看来，那次的遭遇，还真的是让他记忆犹新啊！

"嘿嘿，虽然危险性极高，不过只要能够得到这'骨灵冷火'，一切都值了。"药老得意地扬了扬掌心中的白色火焰，笑道，"只要拥有了异火，不仅炼出的丹药药力更浓，而且与人对敌时，同等级的强者，根本不敢与之硬碰。"

闻言，萧炎望着那团不断翻腾的森白火焰，满脸的羡慕。

瞧着萧炎那副羡慕的模样，药老嘿嘿一笑，脸庞上闪过一抹狡猾的笑意，话音却是忽然一转："异火对你来说，还颇为遥远，现在，你最大的期盼，还是祈祷自己早日成为一名斗者吧。"

有些遗憾地点了点头，萧炎也只得暂时地撤回自己对异火的垂涎，将心神拉到现实中来。

见到萧炎回过神来，药老微微一笑，掌心中的森白火焰，不断涌动，一簇簇的火苗腾上半空，旋即消散。

干枯的手掌抓起一株墨叶莲，然后轻轻地丢进火焰之中。

墨叶莲刚刚沾染上"骨灵冷火"，便在瞬间被煅烧成了一团墨黑的液体，液体在火焰之中缓缓滚动，反射着幽幽光泽。

森白火焰翻腾得越来越烈，然而一旁的萧炎，却是诡异地发现，森白火焰之外的空气，越来越冷。

药老全神贯注地控制着掌心中火焰的温度，这种时刻，只要温度稍稍高上一丁点，这团墨黑液体，就将会被煅烧成一团虚无的空气。

在火焰温度维持到某个界限之后，那团墨黑的液体中，忽然出现了一点点黄色的杂质。

望着那团出现在液体中的黄色杂质，药老这才微微点头，屈指轻弹，一小团包裹着黄色杂质的墨黑液体，被他从主体中驱逐而出。

在驱逐了这团黄色杂质之后，后面又陆陆续续地出现了一些小小的淡黄杂质，而这些杂质，也全部无一例外被药老清理干净。

在森白火焰的不断煅烧中，体积本来足有小半个拳头的墨黑液体，已经缩小到只有拇指大小。

深邃的黑色液体在森白火焰中缓缓地翻滚，犹如一粒黑珍珠一般，幽深而神秘。

将第一株墨叶莲煅烧得只有拇指大小后，药老这才停止继续煅烧，再次将另外四株也投入其中，将它们全部炼制成了四颗犹如黑珍珠般的纯净液体。

经过"骨灵冷火"的长久煅烧，五颗小液体逐渐地融合，而融合之后，体积膨胀了许多，不过这种现象只持续了片刻，便再次缩水到了原先那般大小。

在火焰中滚动了许久，甚至连那漆黑的液体内，似乎也都能看见一簇白色火苗在跳动。

见到这一幕，药老手掌快速地抓起桌上的蛇涎果，然后一把将之投进了火焰之中。

蛇涎果一进入火焰之中，便是化成了一团冒着丝丝寒气的碧绿色液体，将这团碧绿液体中的杂质飞速剔除，药老将之缓缓覆盖上了通体冒火的漆黑液体。

"吱吱……"

两种属性不同的液体相碰触，顿时响起一阵阵异声，淡淡的白气，从火焰中翻腾而起。

白气逐渐减弱，一颗表面粗糙的丹药，悄悄地在火焰中现出了雏形来。

平静地望着那颗已具雏形的丹药，药老微微点头，再次将聚灵草与那颗水属性的二级魔核投入其中。

煅成液体，剔除杂质，互相融合……几种繁琐而精细的步骤，药老几乎是一气呵成，没有丝毫的停滞。

见到药老这种利索的动作，就是萧炎这尚还不懂炼药的门外汉，也是忍不住地在心中轻赞了一声。

用聚灵草将魔核中的狂暴能量中和之后，一股淡蓝色的纯净能量，缓缓地灌注进了丹药的雏形之中。

当最后一滴蓝色能量进入丹药内部之后，表面有些坑坑洼洼的丹药雏形，顿时被修复得圆润光溜，淡淡的蓝色光泽，浮现在丹药表面，将之渲染得美轮美奂。

做完了这些步骤，药老却并未立刻收手，而是将丹药在火焰中温养了近十多分钟后，掌心中的白色火焰，方才缓缓熄灭。

当火焰消失之时，药老左手猛地吸过桌上的一只玉瓶，然后一把将那枚碧绿中略微带着一抹淡蓝的丹药装入其中。

"呼……"长长地松了一口气，药老随手将玉瓶丢给萧炎，淡淡地道，"看看吧。"

小心谨慎地接过玉瓶，萧炎有点激动地将之放在鼻下轻嗅了嗅，一股熟悉的异香从中散发而出，使得他精神为之一振。

望着瓶中那蓝绿交替的丹药，萧炎依靠着出色的灵魂感知力，他能模糊地知道，这一枚聚气散，绝对比上次纳兰嫣然拿出的聚气散，品阶与药力，要更强一些！

想起当日那女人拿着丹药那俯视的模样与口气，萧炎轻笑了笑，笑容中，有着一抹淡淡的讥讽。

摇了摇头，萧炎紧紧地握着温凉的玉瓶，重重地吐了一口气，间隔三年，终于能够再次踏足那个等级了……

第六十五章
晋级斗者

得到聚气散之后，萧炎却并未选择立刻服用，深吸了一口气，强行压下心头翻滚的迫不及待，逼迫自己滚上床榻进行着休息。

萧炎心中非常清楚，以他现在的状态来冲击斗者，失败的概率，恐怕将会在七成以上，虽然聚气散对于药老来说，炼制并不困难，不过萧炎却不想冒这种无谓的风险。

见到萧炎竟然能够忍耐住立刻突破斗者的诱惑，药老满意地点了点头，老脸上浮现一抹欣慰，身躯微晃，化为一抹毫光，钻进了戒指之中。

……

在聚气散炼制成功后，萧炎的修炼，开始不急不躁起来，每天准时修炼一小时斗之气，然后便去后山苦练斗技，偶有空闲，更是陪着薰儿闲逛乌坦城，悠闲的生活，过得惬意之极。

而在这般轻松地过了五日之后，萧炎也终于将自己身心状态调整到了巅峰，此时，才是他冲击斗者的最好时刻。

……

萧家后山，一处隐蔽的峭壁之下，萧炎盘腿坐在这片仅有一米多宽的山洞之中，这处峭壁，是他精心挑选的修炼之地，峭壁对面，云雾缭绕，云雾之下，掩藏着凶险万分的魔兽山脉，峭壁之下，是望不见底的悬崖，而唯一能够进入此处的小路，已经被他事先用树枝与碎石遮掩住，所以，萧炎心中很有把握，此次的突破，不会被人中途干扰。

缓缓地吸了一口气，萧炎从怀中掏出玉瓶，瓶口微斜，一颗蓝绿交替的丹药，便滚了出来。

望着表面光泽圆润的聚气散，萧炎微微一笑，再次嗅了嗅那股令人心旷神怡的异香，舔了舔嘴唇，再没有丝毫迟疑，一口将之含入嘴中。

聚气散一入口，淡淡的冰凉之意便在嘴中扩散开来，片刻之后，一股温热的精纯能量，直接从嘴中冲进了体内，顿时，萧炎身体猛地一颤。

脸庞平静，萧炎双手快速地结出吸收斗之气的手印，呼吸逐渐变得平稳，体内淡淡的斗之气，应心而动，飞快地纠缠上那股强大的精纯药力，然后开始了疯狂的炼化。

小小的山洞之中，平静的空气忽然猛地波荡了起来，一丝丝淡白的斗之气，从空气中渗透而出，然后源源不断地钻进萧炎身体之中。

牙齿紧咬着嘴唇，体内两股能量的对碰，使得萧炎的经脉不断传出阵阵抽痛之感，不过好在他的脉络较之常人要坚韧许多，所以虽然感觉有疼痛，不过却暂时还未造成太大的伤害。

体内，斗之气包裹着一团团的绿色精纯能量，随着疯狂炼化，不断有绿色能量被同化成淡白色的斗之气，而有了这些后力的支援，萧炎体内斗之气的规模，正在以肉眼可见的速度不断地膨胀着。

精纯的药力虽然不断被炼化，不过它们却仿佛是源源不断一般，每当斗之气炼化一团药力，都将会有更大的一团绿色能量冲过来。

在体内的炼化与体外斗之气的不断注入下，萧炎体内的斗之气，已经逐渐地塞满了大部分脉络。

炼化依旧在持续，当精纯药力的后继力开始减弱之时，沉醉在力量飞速增长之下的萧炎忽然猛地发现，体内的斗之气，已经膨胀到了一个不可再增加的临界点。

斗之气的膨胀，直接导致萧炎的经脉轻轻地抽搐着，一股股剧烈的疼痛，使得萧炎嘴角直抽。

"快，凝聚斗之气旋！不然就要爆了！"药老的喝声，犹如惊雷一般，在萧炎心中赫然炸响。

深吸了一口凉气，萧炎手印霍然变动，食拇指交接，中指互点，十根手指结出一个奇异的手印。

当年的萧炎，曾经走过这一步，所以现在再次使用出来，也是得心应手，并无半点生涩之感。

随着萧炎手印的变动，体内澎湃的斗之气犹如受到一阵狂猛的吸力一般，猛地向小腹处的位置急速收缩。

体内各处脉络中的淡白斗之气，都不约而同地开始了退缩，而当所有斗之气都缩到小腹位置时，淡白的斗之气，已经开始化成了乳白色。

"快，压缩斗之气！用灵魂感知力压缩它们，如果凝聚斗之气旋失败，你将再次跌回八段斗之气！"药老的喝声，极为合宜地在萧炎心中响起。

微微点头，萧炎凝下心神，出色的灵魂感知力瞬间便取得了体内斗之气的控制权，然后，开始了疯狂的压缩……

在灵魂感知力的驱使之下，那团乳白色的斗之气却开始了反抗，不断地剧烈翻腾着。

反抗的力量虽然不弱，不过萧炎的灵魂感知力，当初连药老都惊叹不已，所以，斗之气的抗议，无疑是螳臂挡车，在略微僵持了一会儿之后，便开始了无奈的收缩。

当斗之气收缩到仅有巴掌大小时，再次凝固不动。

"再压！"药老喝道。

咬了咬牙，萧炎眼睛紧闭，环绕在那团乳白色斗之气之外的灵魂感知力，猛然间开启到最大，然后狠狠地压缩而下！

"嘭！"

轻轻的闷响声，在体内悄悄地响起……

随着闷声的响起，那股使得萧炎精疲力竭的竭力反抗感，凭空散去。

重重地松了一口气，萧炎全身脱力地倒了下去，胸膛剧烈地起伏着。

躺在冰凉的山洞中，萧炎感应着体内那股阔别四年时间的充沛能量，嘴角泛起一丝笑意，片刻之后，笑意逐渐地扩大，最后化为轻笑，大笑，狂笑……

第六十六章

焚　诀

躺在冰凉的石头地面许久后，萧炎方才缓缓地顺过气来，脸庞之上的喜悦几乎难以掩饰，动了动略微有些酸麻的双腿，再次盘起修炼的姿势。

轻吐了一口气，萧炎微闭着眼眸，心神逐渐地沉入体内。

内视，斗者级别方才能够掌握的一项辅助技能，实力越高者，对体内的情况，也是探寻得更为透彻。

心神沉入小腹位置之处，巴掌大小的乳白气旋，正在缓缓旋转，在气旋的外围，包裹着一层类似星云状的乳白能量气体。

心神注视着这团细小的气旋，萧炎满意地点了点头，虽然现在的气旋体积很小，不过其中所蕴含的能量，却绝对比以前的九段斗之气，强上十倍以上！

斗者与九段斗之气，几乎是本质上的不同，斗者之前所吸收的能量，叫斗之气，而斗者之后，所吸收的能量，才叫真正的斗气！

两者虽然只有一字之差，不过其中的差距，却是犹如天壤之别，毫无可比性。

心神控制着气旋，萧炎心头微微一动，一缕乳白色的斗气迅速地从气旋中分离而出，然后顺着心神所指奔涌而去。

心神不断地控制着气旋的吞吐，待得越来越熟练之后，萧炎这才满意地停下玩乐般的举动，心神缓缓地退出体内。

紧闭的双眼乍然睁开，漆黑的眼瞳中，乳白色的光芒足足停留了十来秒后，方才逐渐消散。

嘴巴微张，一口有些昏沉的浊气，被萧炎喷了出来，吐出这口浊气后，萧炎的脸色，明显地更显光润了许多。

　　扭了扭脖子，骨头相碰撞发出的咔嚓声，使得萧炎咧嘴一笑，抬起头，望着那犹如幽灵一般悬浮在山洞口处的药老，灿烂地笑道："成功了。"

　　"嗯，运气还不错，第一次就凝聚气旋成功了。"药老点了点头，淡淡地道。

　　"我这是靠的实力吧？"耸了耸肩，萧炎忽然脸现一抹讨好之意，伸出手来，似是有些腼腆地道，"老师，您看，我已经到斗者级别了，是不是该给我斗气功法了？"

　　闻言，药老翻了翻白眼，身子飘进山洞中，在萧炎面前缓缓坐下，沉思了一会儿，脸庞略微郑重地开口道："你想要什么功法？"

　　"咳，就是……就是那个比天阶功法还诡异的东西啊，能……能进化的那个。"萧炎搔了搔头，讪讪地道。

　　听着萧炎此话，药老脸庞上闪过一抹莫名的意味，却是出乎意料地有些沉默了下来。

　　"老师，怎么了？难不成那功法是你忽悠我的？"望着药老如此神情，萧炎不由得有些忐忑地问道。

　　"这功法，的确能够进化，这我倒是没骗你。"药老轻声道。

　　见到药老再次开口承认，萧炎脸庞不由得一喜，搓了搓手，小心地道："那能让我修炼吗？"

　　"这功法极其诡异，能进化也不假，不过，危险率，极高！"再次沉默了半晌，药老叹道。

　　被药老这唉声叹气的模样搞得有些忐忑不安，萧炎缓缓地收回手，弱弱地问道："多高？"

　　苦笑了一声，药老摇了摇头，无奈地道："自从得到这功法后，我从没见过，也从没听过谁修炼过这种功法，所以，我也不知道真实答案，不过，以我活了这么久的经验来看这诡异功法，修炼至巅峰的成功率，似乎并不会超过两成……"

　　"两成？"脸庞一僵，萧炎干笑道，"不会……不会这么低吧？"

叹息着点了点头，药老苦涩地道："恐怕还真只有这么低。"

苦笑地揉了揉额头，萧炎依旧有些不愿放弃，能够进化成天阶功法的诱惑对他来说，实在是太过巨大了。

"老师能说说这功法的大致修炼法门吗？"

药老干枯的手掌互相搓动着，迟疑了片刻，方才轻声道："这功法的进化条件，还与我前几天和你说的'异火'有关。"

萧炎眼睛微眯，保持着寂静，附耳倾听。

"唉，这功法我也是在无意间得来，功法本来无名，不过我给它起了个名，叫'焚诀'。"说到这里，药老脸庞上闪过一抹复杂的神色，看来当初得到这功法的过程，似乎并不像他说得这般简单。

"焚诀的确能进化，不过，它的进化前提，却是需要'异火'为原料，每一次的进化，都必须吞噬一种'异火'！"药老的声音，略微有些沙哑，"要知道，'异火'本就是毁灭狂暴之物，不仅百年难得一见，而且就算见到了，谁又能保证能够成功将之吞噬？当初我为了搞到这'骨灵冷火'，可差点被活生生地烧成虚无……"

"最让人感到恐怖的，还是这功法必须吞噬各种各样的'异火'……老天，光是一种异火就能把一名斗皇强者折腾得死去活来，我真不敢想象，如果一个人体内拥有两种，甚至两种以上的'异火'，那将会是何种场面……"

望着满脸不可思议的药老，萧炎也是被震得身子僵硬，靠吞噬异火来进化？奶奶的，究竟是谁吞噬谁还不一定呢！创造这功法的家伙，多半是个疯子。

"虽然这功法的危险率，高得出奇，不过，我却并不怀疑它的潜力，如果真的修炼成功……斗气大陆上，除了那屈指可数的几人之外……恐怕还真没几人能是对手。"药老感叹道。

萧炎感同身受地点了点头，如果真有人能得心应手地控制几种异火，到时候，就算是"斗圣"级别的强者，也不敢轻捋胡须吧？当然，在这前提下，是他自己别被异火反吞噬了……

望着萧炎，药老迟疑了一下，问道："现在，你……还想学吗？"

身子微颤，萧炎沉默。

第六十七章

选 择

　　对于这所谓的"焚诀"，说真的，萧炎心中很不想放弃，毕竟，能够进化成天阶的功法，对他来说，实在是太具诱惑力，在这片庞大的斗气大陆之上，只要谁拥有了天阶功法，几乎便是拥有了成为巅峰强者的通行证。

　　然而功法虽强，可那不到两成的成功率，却是能够使得所有人望而却步。

　　十指紧紧地叉在一起，萧炎的脸庞显得有些阴晴不定，迟疑与苦恼不断地纠缠。

　　静静地望着沉默中的萧炎，药老脸上也闪过一抹复杂的神色，良久之后，轻声叹道："这种事，只能你自己选择，我也不想过多干预，不过，我想额外问一句……你对那位叫萧薰儿的丫头有没有感觉？"

　　"呃？"被药老这天马行空般的问题搞得一怔，萧炎脸庞略微有些泛红，张了张嘴，半晌后方才苦笑道："老师怎么忽然问这种问题？薰儿是我妹妹吧，我对她……能有什么感觉？"最后一句话，萧炎似乎觉得有些气弱。

　　"呵呵，妹妹吗？你也清楚，你与她并没有丝毫的血缘关系，那丫头现在不过十五六岁，便使得这萧家的年轻一辈对她爱慕不已，等日后若是长大了，那还得了？"说到这里，药老瞥了一眼萧炎，淡淡地笑道，"如果你能想想，以后的哪一天，她被别的男人拥入怀中，那你是什么感受？"

　　苦笑的脸庞微微一僵，萧炎眉头缓缓皱起，轻吐了一口气，低声道："似乎……有点难以接受。"

"嘿嘿，既然你能觉得有些难以接受，那说明在你心中，可不是单纯地只把她当作妹妹……"药老似笑非笑地道。

脸庞再次一红，萧炎有些支支吾吾地说不出话来，无奈地摊了摊手，苦笑道："老师你究竟想说什么？"

"和你说这么多，只是想让你认清一下情感而已……既然你对她有着一些堪称邪恶的念头，那么你也该审视一下自身的实力与发展潜力。"脸庞微凝，药老咂了咂嘴，有些疑惑地道，"那丫头的背景，很有点恐怖，我不知道以她的那背景，怎么会和你们这小小的家族有瓜葛，不过这也并不能填补你们之间的那道鸿沟，你与她身份的差距，实在太过巨大，就算那丫头也喜欢你，可她背后的那些人，也绝不会答应！"

眼眸微眯，萧炎那又在一起的手掌不由自主地紧握了起来。

"这片大陆，是实力为尊的世界，有实力，就有尊严，当初那纳兰嫣然是何种态度你也清楚地瞧见了，她之所以能够居高临下地嘲讽你，便是因为她的背景与实力，比你强！"望着萧炎的模样，药老语重心长地叹道。

"萧薰儿的背后势力，比云岚宗更恐怖，所以，你在他们的眼中，地位犹如蝼蚁，即使你有着杰出的修炼天赋，他们也不会太过重视，传承了这么多年，他们见过太多惊才绝艳的天才……只有你拿出真正让他们为之忌惮的实力，才有可能如愿以偿。"

萧炎摸了摸鼻子，耸着肩轻声道："修炼这'焚诀'，就能让我得到那种力量？"

"应该说只有你成功修炼'焚诀'，才有可能！"药老摇了摇头，凝重地补充道。

轻叹了一口气，萧炎手掌撑着下巴，清雅少女往日的一颦一笑，莫名地在眼前缓缓地浮现，银铃般的娇笑声，盘旋耳际。

长长地吐了一口气，萧炎苦笑道："老师说了这么多，还叫不干预我的选择吗？"

"嘿嘿……"药老摸了摸干枯的老脸，讪讪地笑了笑，略微有些尴尬地道，"好吧，我承认我是有些怂恿的意思，不过从我的角度上来说，我很希望你能修炼这'焚诀'。"

"你应该知道，我现在只是个灵魂状态吧？"药老摊了摊手，问道。

萧炎点头。

"我的这种状态，按照常理来说，应该说是已经死了，然而由于我灵魂力量较之常人要强上许多的原因，所以，我又这样怪模怪样地生存了下来……"药老自嘲地笑了笑，笑容中有着一抹苦涩。

"我并不喜欢这种虚幻的日子，我还有一些必须要亲自完成的事，所以，我需要脱离这种灵魂状态"。

"老师想复活？"眨了眨眼睛，萧炎愕然道，"这世界上，似乎并没有能够将死人复活的东西吧？"

"正常情况下，的确如此。"点了点头，药老眼神悄然炽热了起来，"不过根据'焚诀'上的一些隐晦介绍，若是修炼成功的话，似乎能够用几种互相配合的异火，锻造出一副能容纳灵魂居住的躯体，而那时，拥有了新躯体的我，也能算是另外一种重生了……"

"我在戒指内那暗无天日的黑暗中坚持了这么多年，为的，就是希望有朝一日能够遇到灵魂力量达到要求的人，我很幸运，最后遇到了你。"药老干枯的老脸上，隐藏着一抹难以察觉的悲凉。

药老望着那睁着一对漆黑眼珠紧盯着自己的萧炎，苦涩地笑道："呵呵，这些话，你就当是我这老头子的闲语吧，唉，明明说了不干预的，可却还是忍不住话多，看来我还真是……"

自嘲地摇了摇头，药老伸出干枯的手掌，双手微晃，一黑一红两卷有些虚幻的卷轴分别出现在他手掌之上。

"红色卷轴，是火属性地阶低级的功法，黑色卷轴，就是那卷'焚诀'……"药老笑着扬了扬手，干枯的老脸上略微有些柔和，轻声道，"你自己选择吧，考虑你自己的因素，只要你记着，不管你如何选择，都是我的弟子，我并不会因此而怪罪什么。"

愣愣地望着面前的两卷虚幻的卷轴，萧炎手掌撑着下巴，许久之后，方才舔了舔嘴，耸着肩懒懒地笑道："我虽然有些怕死，不过，没有实力，就没有尊严，纳兰嫣然那种耻辱，我并不想受第二次，再说，万一实在不行，到时候转修其他的功法不也一样嘛。"

摇了摇头，萧炎清秀的脸庞上扬起灿烂的笑容，伸出手来，在药老那略微泛红与湿润的老眼中，一把抓住了那卷黑色的卷轴。

手掌触着卷轴，后者便是化为一股信息流，径直地灌进了萧炎脑袋之中。

第六十八章

陨落心炎

狭窄的山洞之中，药老望着那闭目转化斗气的萧炎，手掌揉了揉泛红的老眼，他心中清楚，萧炎会选择这种危险的功法，也有着他的几分原因在其中，苍老的心灵中涌起点点暖意，仰天低叹了一声，呢喃道："放心吧，我一定会把你培养成最杰出的炼药师……"

在突破斗者之后，所有人都具有了修炼功法的资格，而在修炼了功法之后，体内那无属性的乳白斗气，就将会成为转化功法的属性斗气。

第一次的斗气转化并不会需要太久的时间，所以，仅仅两个小时之后，盘腿而坐的萧炎便缓缓地睁开了眼眸。

修炼了斗气功法之后，萧炎看上去较之以前似乎要显得更精神了一些，清秀的脸庞上，泛着点点温玉般的光泽，看上去精神抖擞。

眨了眨眼睛，萧炎望着这似乎明亮了许多的山洞，微微一笑，他知道，这是修炼了功法所带来的一些感官增强反应。

"成功了吧？"一旁的药老含笑问道。

"嗯。"点了点头，萧炎伸开白皙的手掌，体内那已经整体化为淡黄色的气旋迅速流转出一道浅黄色的斗气，最后停留在了手掌处的穴位之中。

斗气外放，那至少是需要大斗师才有可能办到的事，现在的萧炎，明显不具备这种实力，所以，体内的斗气，并未突破穴位的堵塞，只是在那白皙的手掌上，逐渐地泛起点点淡黄光芒，光芒看上去似乎犹如残烛的余火一般，微薄而略显黯淡。

淡黄色，黄阶低级火属性功法的标志颜色，斗气功法等级越高，则颜色越深。

望着手掌上这微薄的黄光，萧炎无奈地摇了摇头，抬起脸苦笑道："在这'焚诀'未能进化之前，我的斗气功法，可是比大多人都要低级了，别说越级挑战了，若是遇到一个修炼了玄阶功法的同等级对手，我能不能胜还是问题……"

"这'焚诀'虽然现在只是黄阶低级，不过论威力，却也不会弱于黄阶中级功法，况且，虽然功法弱了，可你不是还有斗技吗？三种玄阶斗技，这足以弥补功法所造成的差距了。"药老笑着安慰了一声，旋即告诫道，"你的斗气功法不如别人，那也就是说在持久力与雄厚程度上比不上别人，所以，以后与人战斗，必须干脆利落，不动则已，动则必尽全力！速战速决！"

萧炎点了点头，皱起的脸庞，似乎依旧有点郁闷。

瞧着萧炎这模样，对他性子极为清楚的药老无奈地摇了摇头，只得大出血地道："等你将手中的三种斗技彻底消化之后，我再给你新的斗技吧，不然贪多嚼不烂，这道理你难道还不知道？"

"啥级别的？"萧炎眼睛一亮，小心翼翼地问道。

被萧炎这谨慎的模样气乐了，药老吹着胡子，冷哼道："不会比'八极崩'级别低就是。"

听着此话，萧炎小脸顿时乐开了花，八极崩可是玄阶高级的斗技，比它还高？那是什么级别？

地阶！

地阶虽然与玄阶高级仅有一级之差，可两者间的距离，却是宛如鸿沟，玄阶高级的功法，只要财力雄厚，加上一些运气，偶尔也能从高级拍卖会中得到，至于地阶功法，那可是真正的有价无市，听说，在加玛帝国的帝都黑市中，已经将地阶功法炒到了接近一千万左右的天价，这可是相当于加玛帝国整整一年的税收，然而却依然未能如愿。

仅仅是这一阶之差，可两者的价格，却是相差了上百倍，由此可见，玄阶与地阶，根本是两个不同的概念。

想到这几乎是传说中的级别，萧炎便是满心滚烫，恨不得现在就强迫药老立刻教导，不过当在衡量了一下双方地位之后，他还是乖乖地打消了这滑稽的念头。

"老师，啥时候教我炼药术啊？"暂时地将地阶斗技的诱惑放下，萧炎再次涎着脸问道。

"炼药术可不是在这小小的家族中就能学习的。"药老摇了摇头，笑道，"而且你和纳兰嫣然还有三年的赌约，现在距离三年时间，也已经快要过去一半，一直待在这乌坦城，修炼进展太慢，而且我的一些培训措施也因为这里视线复杂等诸多原因，不能用出来，所以，我想带你出去修行历练，此次修行，时间有些长，或许，要一年多。"

"一年多啊？"闻言，萧炎有些迟疑，不过想起那趾高气扬的女人，又只得狠狠地点了点头，"好，一年多就一年多，什么时候动身？"

"再等两月。"药老笑道。

"还等那么久做什么？"萧炎纳闷地道。

"因为一月后，是迦南学院招生的时间，你需要去报名。"药老微笑道。

翻了翻白眼，萧炎苦笑道："我去那里做什么？我功法斗技都不缺，他们还能教什么？"

"又不是让你去学东西。"药老白了他一眼，眉头皱了皱，沉声道，"你去迦南学院里，是需要寻找一种'异火'，我以前得到过情报，迦南学院中，应该有着一种名为'陨落心炎'的异火，这种异火，在'异火榜'上排名第十四！如果你能得到这异火，那'焚诀'，或许就能进化了……"

"陨落心炎？"

嘴中轻轻地呢喃着这古怪的名字，萧炎的眼睛缓缓地亮了起来。

第六十九章
气愤的薰儿

在将一切都办理妥当之后，萧炎这才慢吞吞地从山洞中走出，沿着那陡峭的小路鬼鬼祟祟地爬上了山顶，望着四周并未有人影后，这才松了一口气，迈开大步，径直向着家族中行去。

悠闲地回到家族之中，行至前院，却是瞧着大长老三人脚步匆匆地与他擦肩而过，顿下脚步，萧炎有些疑惑，刚才他分明看见三人脸庞上的阴沉与怒火。

"谁招惹他们了？"愕然地摇了摇头，萧炎转过身，身着青衣的少女却是也从一旁的小路中蹿出，然后亭亭玉立地站在了面前。

望着面前笑意盈盈甚是可爱的薰儿，萧炎心头略微一跳，回想起山洞中药老所问的问题，脸皮不由得一烫，有些心虚地将目光转移到天上，佯作沉思状。

被萧炎这与平日不同的举动弄得愣了愣，片刻后薰儿方才莫名其妙地摇了摇头，上前一步，眼波在萧炎身上转了转，精致的小脸上悄悄浮现一抹惊诧，双手负于身后，身子略微前倾，将两人的面孔仅仅间隔一公分距离，似笑非笑地道："萧炎哥哥，晋级斗者了？"

被那迎面而来的温热香风吹在脸庞上，萧炎有着瞬间的失神，狠狠地甩了甩头，将心中的绮念压下，手掌拍了拍面前几乎和自己同样身高的少女的小脑袋，无奈地道："你就不能让我说出来，也好满足一下我的虚荣心吗？"

闻言，薰儿眸子微弯，犹如一对美丽的月牙儿，伸出白皙娇嫩的小手，如同往常那般，替萧炎将那略微皱起的衣衫认真地理顺。

以往被薰儿如此对待，萧炎倒没什么心思，可自从被药老一言揭穿心底念头之后，今天他却是心头忽然有点骚动了起来。

小路附近，偶尔有着族人路过此处，瞧得那犹如小媳妇一般替萧炎理着衣衫的薰儿，都是不由得满脸羡嫉。

低头望着那张精致得没有丝毫瑕疵的小脸蛋，一缕青丝飘落在光洁的额前，偶尔被轻风拂起，露出一双水灵大眼睛，眼波流转间，极为动人。

愣愣地看着薰儿，萧炎的呼吸，悄然间，逐渐地有点急促了起来，目光中也泛起了一抹炽热。

"萧炎哥哥……你，你看什么呢。"理顺了萧炎的衣衫，薰儿终于察觉到他那炽热的眸子，小脸蛋一红，轻声嗔道。

"啊？呃……"被惊醒过来，萧炎脸庞同样变得有些红润起来，不过好在他的脸皮要比薰儿厚上许多，在干咳了两声后，便若无其事地道，"没什么，只是觉得薰儿越来越漂亮了。"

听着萧炎此话，薰儿不置可否地轻哼了一声，红润的小嘴，却是拉起了一个愉悦的弧度。

"哦，对了……"似是想起了什么，薰儿忽然再次将目光投注到萧炎身上，柔声道，"萧炎哥哥既然已经晋级斗者，那么斗气功法，也应该学习了吧？"

脸庞一僵，萧炎讪讪地点了点头。

纤细的手指抵着雪白的下巴，薰儿笑吟吟地道："能让薰儿看看，是什么级别的功法吗？"

"咳……功法嘛……都是身外之物，那个……只要勤奋修炼，啥级别不是一样吗？"萧炎干笑道。

见到萧炎这副模样，薰儿眸子缓缓眯起一个危险的弧度，然而轻轻的声音，依旧温柔动人："萧炎哥哥还是让薰儿看看吧……"

望着薰儿坚持不懈，萧炎也只得无奈地耸了耸肩，伸出手来，片刻后，涌上微薄的淡黄光芒。

"萧炎哥哥，这就是你所说的能找到更好的功法？"望着那犹如随时都会熄灭的淡黄光芒，薰儿小脸略微有些难看，紧抿着的红润小嘴，显示着其心中此时的气愤。

萧炎尴尬地笑了笑，不知如何解释。

"你明明知道初期如果拥有高级功法，对日后修炼的好处不言而喻，可却还是拒绝了我，薰儿又不是施舍给你，大不了以后你找更高级的功法还给我就是了，可你现在却修炼最低级的功法，成心气我是不是啊？"薰儿睁大着眼睛，愤愤地瞪着萧炎，修长的睫毛上，竟然还沾有几滴晶莹，楚楚动人的模样，极惹人怜爱。

能够让性子温婉柔和的薰儿，用这副态度来说话，可以想象，其心中对萧炎的这举动有多不解与气愤。

望着咬着嘴唇，一脸倔强地要自己给她一个答复的薰儿，萧炎无奈地摇了摇头，低声苦笑道："我们在一起生活了十多年，难道你还不了解我吗？你难道还真的以为我是那种放着高阶功法不练，反去练最低级功法的白痴？"

"可你这功法……明明是黄阶低级的，我能感受得到。"闻言，薰儿小脸上的气愤松了一些，不过她依旧倔强地道。

"凡事不能光看表面，现在我还不方便与你细说其中的原因，等日后，你就能知道，我现在，绝对不是在意气用事……"萧炎笑道。

"真的？"望着萧炎那副信誓旦旦的模样，薰儿略微沉默，方才迟疑地再次问道。

"真的，真的，绝对真的……"急忙地点了点头，萧炎生怕她继续在这个问题上纠缠，赶忙转移话题道，"最近家族是不是出什么事了？为什么几位长老脸色都不太好？"

"嗯，最近加列家族不知道从哪儿请来了一名一品炼药师，现在他们的坊市中，已经多出了一种名为'回春散'的疗伤药，这种疗伤药便宜而且高产，极受乌坦城附近佣兵的喜爱。"薰儿点了点头，蹙着柳眉，轻声道，"受'回春散'的影响，现在萧家的所有坊市，人流都减少了将近一半左右，而因为人流的减少，那些坊市中商人，也是直接跑到了加列家族的坊市中去，现在才几天时间，萧家就受到了不小的经济打击，萧叔叔已经被这事搞得焦头烂额。"

闻言，萧炎恍然地点了点头，难怪三位长老脸色如此阴沉……

摸了摸鼻子，萧炎眼睛微眯，心中轻声冷笑道："一个一品炼药师而已，难道他加列家族还逆天了不成？"

第七十章
探 查

　　在家族中找了个借口和薰儿分开之后，萧炎悄悄地溜出了家族，略微沉吟，然后向着附近最近的一所加列家族的小型坊市行去。

　　虽然他没兴趣帮几位长老排解烦恼，可他却希望能在力所能及的范围中，给自己的父亲一些帮助，而想要帮助，自然是要知道从何下手，所以，萧炎需要先去加列家族的坊市中探探底。

　　加列家族的这所小型坊市位置略微有些偏僻，平日里人流极少，然而当萧炎走进坊市之时，那街道上拥挤不堪的人群，以及震耳欲聋的喧哗声，却使得他愣了一愣。

　　宽敞的街道之上，人头涌动，一些赤着膀子的大汉，一边大声地吆喝着，一边拼命地朝人群里挤去，从这些大汉身上隐隐散发的血腥味来看，应该大多都是些刀口舔血的佣兵，经常与死亡搏命的他们，对疗伤的药物，几乎有种偏执的热爱，毕竟，在深入一些危险之地时，一点点疗伤药，说不定就能拉回同伴的一条命。

　　站在坊市门口，萧炎能够看到一些佣兵抱着用木头做成的小盒子，从人群中挤出来，然后满脸喜悦地飞奔出坊市。

　　"那盒子里，应该就是装的'回春散'了吧？"轻声嘀咕了一句，萧炎也是窜进街道，然后费尽全力地挤进人群之中，在一处销售"回春散"的柜前花费了一百金币购买了一盒。

　　抱着盒子再次辛苦地挤出人群，萧炎这才重重地松了一口气，回想起先前卖药之人那满脸得意与不耐的面孔，心头不由得冷笑了一声，狗仗人势的东西。

抱着盒子走出坊市，萧炎将盒盖子掀开，露出里面的十只小瓶子，瓶子材料粗糙，显然是用最低级的玉石所制，用这种容器来盛装药物，药力极难完全保存。

打开瓶盖，露出里面的淡青液体，一股极薄的药味散发而出。

"老师，这也算是疗伤药吗？"有些愕然于药水中所含药力的稀薄程度，萧炎忍不住地在心中问道。

"嗯，算是最低级的疗伤药吧，能起到一些疗伤的作用，这种简易的疗伤药并不太难炼制，不过由于疗伤药并不稀奇，而且卖价也很便宜，所以只有一些一品炼药师，才会有闲心炼制。"

"的确很便宜，一百金币十瓶，算下来一瓶才十金币，这对一名炼药师来说，的确有些寒碜。"微微点了点头，萧炎踌躇了一会儿，问道，"老师，你那里有稍好一点疗伤药的药方吗？"

"很多，不过那些丹药太低级，我一般很少炼制。"药老顿了顿，随口道，"你想炼制出来给萧家？也好，反正你已经成为斗者，也该炼些药试试手了。"

"呃？我来炼？"闻言，萧炎有些错愕。

"难道这种东西你还要我动手啊？"没好气地回了一句，药老吩咐道，"先去拍卖会找找有没有稍好点的药鼎吧，另外，你还需要购买大批的初级药材，炼药师初期，就是靠烧药来得经验。"

萧炎舔了舔嘴，脸庞上也是有些跃跃欲试，随手将手中的盒子丢进一旁的水沟中，然后健步如飞地对着城市中央位置处的米特尔拍卖场行去。

在即将到达拍卖会前，萧炎又是在隐僻处换上了臃肿的黑色斗篷，这才慢吞吞地走近了拍卖场。

萧炎的这副打扮，已经被所有米特尔拍卖场的内部人员所熟悉，所以，远远地见到那缓缓而来的黑色斗篷人影时，便有人快速地进入拍卖场内，通知了雅妃与谷尼。

听着手下的通报，雅妃与谷尼同时丢下手中的事情，飞快地出现在拍卖场门口，最后笑盈盈地将萧炎引进了候客厅。

"我此次来，是想请你们帮忙弄一个稍好的药鼎。"端起身旁的茶杯浅浅地抿了一口，苍老的声音，从黑袍下传出。

知道对方身份的雅妃，并没对此要求有什么诧异，笑着点了点头，招手叫来一名侍女，在其耳边轻声吩咐了几句，然后挥手将之遣退。

"呵呵，老先生还真是来得巧，今天早上拍卖会刚刚收到一件由炎火精制造的药鼎，此鼎是由加玛帝国著名的荷尔大师所铸，不仅对斗气火焰有着一定的增幅，而且其中所掺杂的一些稀有金属，还能提高炼药的成功几率，最近这种药鼎，很受加玛帝国炼药师的喜爱。"雅妃笑吟吟地道，眼波流转间，荡人心魄。

"嗯。"苍老的声音中有着几分满意，略微迟疑后，再次道，"再替我准备一枚低级的'纳戒'吧，另外，凝血草五百株，生骨花六百朵，罂粟花五百朵，活气果五百粒……"

听着这种种要求，一旁的谷尼眼皮微微一跳，"纳戒"，即使是最低的级别，也需要七八万一枚，后面那些药材虽然不算稀奇，不过这般大量，也足足需要十万金币才能搞定，再有，先前雅妃所说的那炎火精药鼎，如果拿去拍卖，至少能拍卖出十五万左右的价格，这几种东西加起来，没有三十万金币，定然难以办到。

雅妃同样是被这些材料震得愣了愣，现在的拍卖场毕竟不是她一人所有，大多的利润，都需要上缴给总部，私自调动三十万的金额，虽然并不是不可能，不过肯定会被上面发觉。

贝齿轻咬着红唇，在衡量了一下一名四品炼药师所能带来的好处之后，雅妃轻笑道："老先生，一个小时，所有东西都能备好。"

"呵呵，好……"淡淡的苍老声音，第一次在雅妃面前露出满意的笑声。

黑袍下，白皙的手掌从怀中掏出蓝色玉卡，放在桌上，药老笑道："这里面的钱，我知道不够购买先前的那些东西……不过待会儿的药材中，你们再加一副聚气散的材料吧。"

闻言，一旁的谷尼脸色微微一变，再加一副聚气散的材料？那岂不是又得多费五万多的金币？

红润的小嘴微微张开，雅妃心头也是略微有些薄怒，虽说对方是四品炼药师，可一直这样，未免也有些得寸进尺了吧？

然而心中有些怒气，不过雅妃那张妩媚动人的俏脸，却依旧是笑意盈盈，沉吟了瞬间，心中苦笑了一声，念叨了一遍舍不得孩子套不到狼之后，只得叹息着点了点头。

　　"呵呵，看来两位是误会了，这副材料，并非为我所有，我只是想出手帮你们炼制一枚'聚气散'而已，让两位只出材料钱，这不算过分吧？"苍老的声音，淡淡地笑道。

　　妩媚的俏脸微微一愣，旋即猛地涌上喜悦，被这突如其来的惊喜震得有些回不过神来，片刻后，雅妃方才俏脸红润地平静下来，与同样满脸喜悦的谷尼对视了一眼，略微有些紧张地轻声道："那就多谢老先生了。"

第七十一章
萧家形势

在静坐了接近一个小时之后，一位俏丽的侍女终于从门外走进，双手端着一个银质小盘，小盘中，放有一枚淡红色的戒指。

接过银盘，遣退侍女，雅妃亲自将之递向萧炎，含笑道："老先生，您所需要的药鼎与药材，全在'纳戒'之中。"

伸出手从银盘中将纳戒拿起，在掌心中转了转，萧炎微微点头，药老的声音，也是极为合时地传出："嗯，聚气散炼制成功后，我会给你们带过来。"

美眸中蕴含着一抹喜意，雅妃连忙点头。

"好了，你们就不用送了，我自己出去。"

挥了挥手，萧炎将纳戒随手套在手指上，然后头也不回地对着候客厅外行去，桌上的蓝色玉卡，因为不想过多地欠人情，所以他也一并留了下来。

望着那消失在门后的背影，雅妃轻咬了咬红唇，上前一步，将蓝色玉卡收入手中，略微沉吟，轻声问道："谷尼叔叔，炼制聚气散，似乎成功率并不太高吧？"

"嗯，据说连丹王古河大师炼制聚气散的成功率也不过在七成左右，正常的四品炼药师，或许只有不到五成的成功率。"谷尼沉声道。

"可这位老先生，一次就炼制成功了……"雅妃微蹙着黛眉道。

"谁知道呢，或许是他运气好吧……"谷尼摇了摇头，并没有对此太过在意，毕竟炼药师炼制丹药的时候，有很大的成分是需要运气，运气好的话，说不定一连几次都不会失败。

"他会不会……不止四品炼药师啊？"略微踌躇后，雅妃迟疑地道。

"呵呵，怎么可能，加玛帝国五品炼药师就那么屈指可数的一些人，到了那种级别，就算是帝国以及云岚宗那些强大势力，也会将之视为上宾，又怎会来我们这里拍卖丹药。"谷尼笑道。

闻言，雅妃也是微微点头，轻叹了一口气，苦笑道："看来我还是历练不够，先前的那番迟疑，恐怕使得这位神秘炼药师对我们的好感打了不少折扣吧。"

"这也怪不了你，那般大的金额数量，就是连我也不敢一口就送出去，你能做到这步，已经很好了，至于关系嘛，以后再慢慢打好就是，只要他没对我们产生恶感就好。"谷尼安慰道。

苦笑着点了点头，雅妃慵懒地坐在椅上，曲线毕露，眨了眨狭长的眸子，有些疑惑地轻声道："他拿这么多低级的药材，想做什么？"

"那些药材都有止血生骨的效果，想来他应该是打算炼制疗伤药吧。"略微沉吟，谷尼眉头皱起，同样是有些疑惑道，"可以他的身份，怎么还会去炼制这些廉价的疗伤药呢？"

闻言，雅妃美眸微眯，修长的玉指轻点在桌上，片刻后，猛地一顿，轻声道："看来这位老先生，似乎对萧家很是照顾啊……"

眉头紧皱，谷尼满脸惊异："你是说，他想给萧家炼疗伤药？"

"最近听说加列家族请来了一个一品炼药师，廉价的'回春散'已经抢去了城中大半坊市的人气，如果萧家再不采取措施，恐怕就得落个坊中无人的尴尬局面了。"雅妃眼波流转，淡淡地笑道，"上次那位老先生就说过，如果有机会，会和萧家合作，而他又在这种时候购买如此多的疗伤药材，其目的，似乎不言而喻。"

"嘿，看来萧家这次还真的是抱了一只粗大腿，加列家族，有麻烦了。"听着雅妃的分析，谷尼咧嘴一笑，脸庞上有些羡慕，能得到一名四品炼药师的帮助，那可不是别的家族能有的待遇啊。

微微点了点头，雅妃轻笑道："最近我们也多和萧家接触一下吧，锦上添花固然可喜，不过雪中送炭，却更加容易加固双方的关系。"

谷尼赞同地点了点头，背后有着四品炼药师撑腰的萧家，已经值得他们重视。

……

出了拍卖场，萧炎如同以往那般，谨慎地转了半天后，方才拐进偏僻的巷子，将衣衫换了下来。

抛了抛手中的淡红色"纳戒"，萧炎有些欣喜，这种纳戒是由一种名为"纳石"的稀有材料所制，其中有一片特殊的小空间，可以存放没有生命气息的任何东西，极为方便，不过由于"纳石"的稀少，所以也导致"纳戒"的珍贵，像萧炎手中这枚最低级的"纳戒"，里面的空间，也就仅仅三四立方米的样子，饶是这样，其价格也要接近十万金币，在萧家，萧炎也只见过自己的父亲以及大长老有一枚这种纳戒而已。

把玩了一下纳戒，萧炎迟疑了一下，却并未将之再套上手，而是小心地揣在怀中，这种戒指价格不菲，万一被父亲他们看见，自己还难以解释从何而来。

将脚下的黑色斗篷踢进水沟，萧炎这才小心地走出偏僻的巷子，然后一路飞奔回家族中。

沿着小路穿过家族，走过议事厅时，里面正传出父亲的暴怒骂声，眼皮跳了跳，萧炎凑上头来，悄悄地从门缝中望进去。

"妈的，加列毕那个老混蛋太嚣张了，竟然敢如此明目张胆地抢生意！"大厅中，萧战正满脸铁青地怒砸着桌子，茶杯中茶水，被溅了一桌。

"现在萧家的几所坊市，人流已经大为亏损，坊市中剩余的商户，也被闹得人心惶惶，已经有不少人偷偷地跑去了加列家族的坊市，照这样下去，再有半个月，恐怕……我们的坊市就得倒闭了。"坐于下方的二长老，此时也是满脸阴沉，咬牙切齿地道。

"要不……我带点家族精锐，去把那一品炼药师偷偷给宰了？"三长老眼露凶光，森然地道。

"现在那炼药师身边起码有两位大斗师守卫，哪有这么容易。"萧战摆了摆手，无奈地道。

"可这样拖下去，我们的损失太大了啊，乌坦城的坊市利润，可占了我们家族收入的大头啊。"三长老不甘地道。

萧战嘴角抽了抽，此时的他，也想不出别的法子。

"那天在拍卖会的那位神秘炼药师，不是说，有机会与我们合作吗？看谷尼对他的恭敬态度，想必他品阶绝对不低啊，如果有他的相助，加列家族，肯定翻不起多大的浪。"一直沉默的大长老，忽然轻声道。

"唉，谁知道人家是不是随口说说而已，那种级别的人物，和我们合作，他能得到些什么？那点利润，他会在乎？"萧战苦笑着摇了摇头，一屁股坐在椅上，叹息道。

三位长老也是沉默，的确，那种等级的人物，萧家确实有些难以高攀。

"妈的，再熬几天吧，如果加列家族再不知收敛，那就别怪我们拼个鱼死网破了！"舔了舔嘴唇，萧战手掌紧握着椅背，眼瞳中，凶光闪掠。

门外，听到此处的萧炎，微微耸了耸肩，手掌摸了摸怀中的纳戒，嘴角浮现一抹阴冷，缓缓退开。

第七十二章
初学炼药

离开议事厅，萧炎回到自己的房间，将炼制疗伤药所需要的一些东西准备好之后，再次悄悄地溜上后山先前修炼的那个偏僻山洞。

药老曾经说过，炼药之时，切忌被打扰，家族中人多口杂，万一又像上次萧玉那般直接冲撞进来，那萧炎可承受不起后果。

鬼鬼祟祟地蹿进山洞，萧炎迫不及待地从怀中掏出纳戒，将一道斗气输入其中，淡红色戒指之上光芒略微闪动，然后一尊接近半米的红色药鼎，凭空出现在了山洞之中。

药鼎通体呈暗红之色，其上略带着点点毫光，在药鼎的下方处，雕刻有两个狰狞的蛇头，大张的蛇口，形成两个彼此相连的通火空洞，空洞弯曲连绵，越深入里面，则直径越小，隐隐看去，似乎内藏奥妙。

药鼎顶端位置，巨蛇盘踞成暗红的鼎盖，鼎盖一处，还有着一个特殊的孔洞，这是专门投入药材的地方。

在鼎盖上，散布着一些用冰银打造的细密孔洞，这有着散热的功效，以防止高温而导致爆炉，药鼎中间的部分，安置了一块由寒冰精打造而成的透明镜面，从这里，能够在炼药时，清楚地看见里面的一切动静。

药鼎的表面，绘着美轮美奂的魔兽雕纹，栩栩如生的模样，犹如活物。

望着这尊外表华丽的药鼎，萧炎满意地点了点头，摸了摸手指上的古朴黑色戒指，药老化为一抹毫光，闪现了出来。

"嗯，两口之鼎，这对于你这种新手来说，还算不错吧。"瞄了一眼暗红药鼎上面的两个蛇口，药老淡淡地道。

"两口之鼎？"听着这陌生的称呼，萧炎疑惑地眨了眨眼。

"药鼎也有级别之分，鼎炉的通火口越多，则说明药鼎越高级，也越稀有，你别以为这种火口是随便打几个洞就成，里面的奥妙，外行人根本难以发觉，而火口，是药鼎的精华所在，需要高精度的打磨，打造期间，只要稍有一点差错，整个药鼎，都将会沦为失败品，所以，火口越多的药鼎，对炼药的辅助效果，也更强，当然，想要控制多个火口，那就需要强大的灵魂感知力，像你现在，能控制两个火口，已经是极限了。"药老笑了笑，解释道。

"一个好的药鼎对于炼药师来说，就如同武士手中的宝剑一般重要。"

略微有些恍然地点了点头，萧炎望着面前的这个大家伙，愣愣地问道："接下来该怎么办？"

"你还是先熟悉一下药鼎吧，把你的一只手按在火口之上，然后运转体内的斗气输入其中。"药老盘坐在山洞中，指挥道。

点了点头，萧炎触摸着火口，眼眸微闭，体内那淡黄色的气旋微微波动，一股股淡黄色斗气喷涌而出，最后将掌心照得略微泛黄。

淡黄的斗之气，在到达掌心之后，略微沉寂，然后犹如受到狂猛吸力一般，竟然从掌心中窜出，然后通过火口，钻进了药鼎之中。

"噗……"

一声闷响，淡黄气流在经过火口之后，突兀地被转化成了淡黄的实质火焰，在药鼎之内，不断翻腾燃烧。

手掌突然喷火，使得萧炎心头一惊，差点条件反射地抽回手来，不过好在感应到手心中依旧冰凉后，这才压下惊慌。

"嗯，还不错，第一次就能转化出火焰了。"

望着药鼎内翻腾的火焰，药老点了点头，沉声道："你此时所召唤出来的火焰，并非是炼药之火，现在你凝神控制体内的那一丝木属性，然后将之灌注进药鼎之内！"

萧炎依言闭上双眼，心神缓缓凝定，出色的灵魂感知力，不断地在体内来回地扫描着那一丝浅薄的木之力。

第一次寻找体内的木之力，足足用了十多分钟，萧炎方才松了一口气地睁开眼眸。

"找到了？"见到萧炎睁开眼睛，药老有些诧异地道，在见到前者点头之后，心中忍不住地赞了一声，当初他第一次寻找体内木之力时，可是用去了接近半小时的时间，由此可见，萧炎的灵魂感知力，是如何地强悍。

萧炎伸出一根手指，轻点在另外一只火口之上，一道极为微薄的绿色气流，被缓缓地灌注而进。

绿色气流刚刚进入药鼎，里面那淡黄色的火焰，便犹如产生了化学反应一般，骤然间安静下来，这种时候，即使萧炎还未控制其中的火焰，也能察觉到，火焰中的那种狂暴因子，已经被木之力中和，而且由于木生火的原理，此时的火焰，明显比先前，更具有持久性与掌控性。

"好……"满意地点了点头，药老伸出手指触着萧炎的额头，一股信息传了后者脑袋之中。

"这是我自配的疗伤药药方，你就试着炼制吧，我会随时提醒你掌控火焰的温度与提炼药材的成分。"

微眯着眼睛感应中脑中的信息，萧炎微微点头。

"凝血散，凝血草一株，活气果一粒，罂粟花两朵……"

在脑中记忆了一下药材的数量之后，萧炎的灵魂感知力逐渐地侵入进药鼎之中，努力地控制着那股较为温和的火焰。

手指在纳戒上弹了弹，一株有些暗红的凝血草出现在掌心中，略微迟疑后，萧炎将之从药鼎顶部的那盘踞蛇头中丢了进去。

凝血草一进入药鼎之中，萧炎还来不及控制，火焰便是扑腾而上，转瞬间，一株凝血草便化成了漆黑的灰烬，最后被药鼎中的特殊设置，驱逐出了鼎内。

望着自己第一次的失误，萧炎尴尬地笑了笑。

"继续。"药老淡淡地道。

咽了一口唾沫，萧炎再次投了一株凝血草，此次的凝血草，在火焰中多坚持了一会儿，依旧是化成了漆黑灰烬。

"温度高了。"

抹了一把冷汗，轮到自己动手来炼制丹药，萧炎终于知道，这活，果然不是任何人都能轻松应付的啊。

在坚持不懈地烧毁了足足二十多株凝血草之后，萧炎终于勉强摸到了凝血草对温度的适应点。

再次投进一株凝血草，萧炎脸庞凝重，灵魂感知力牢牢地压缩着火焰的温度，眼睛透过寒冰镜面，死死地盯着其中那株悬浮在火焰上的凝血草。

在火焰中翻腾了片刻时间，凝血草终于开始逐渐地脱去草皮，草叶中所蕴含的汁液，也被熏烤成了一点点淡白粉末，凝血草中的精华药力，终于被萧炎这菜鸟，成功提炼而出。

第七十三章
第一次炼药

狭窄的山洞之内，药鼎中的火焰，反射在山壁之上，张牙舞爪地不断跳动。

萧炎全神贯注地注视着药鼎中那翻腾的火焰，略微有些苍白的脸庞上，密布着汗珠，长时间炼药，是一件极其消耗斗气的工作，而且萧炎此时的功法，又只是最低的黄阶低级，在雄厚程度以及持久性之上，很难有什么优势，所以，他能在药鼎前坚持炼药接近两个小时，已经很是不易。

微眯着眼睛望着萧炎再次成功地将凝血草提炼成白色粉末，知道他已经到了极限的药老微微点头，轻声道："好了，先休息一会儿吧。"

闻言，萧炎努力保持平衡的肩膀顿时垮了下来，身子犹如脱力一般，软软地躺倒在了冰冷的地面之上，大口大口地喘着气，胸腔不断地起伏着，全身酸麻的他，现在简直连一根手指头都懒得再动弹。

"这种时候修炼，效果最好。"

瞟了一眼犹如软泥一般躺在地上的萧炎，药老淡淡地道。

懒惰与勤奋在心中天人交战片刻之后，萧炎又只得万分不情愿地哀号着坐起身子，颤抖的双手摆出修炼的手印，然后缓缓地闭目。

见到萧炎这般模样，药老笑了笑，目光转移到了摆放在药鼎面前的十几个玉盒上，玉盒之中，盛满了从凝血草中提炼而出的淡白色粉末，这些都是先前萧炎努力下来的成果。

玉盒从左向右看，淡白的颜色也是越来越浓郁，到了最后一个玉盒之时，其中的白色粉末，几乎达到了纯白的质地。

望着这极为明显的进步，药老有些惊叹地点了点头，心头再次为萧炎那出色的灵魂感知力赞了一声。

瞥了一眼正在恢复斗气的萧炎，药老盘腿斜靠着石壁，悠闲地闭目养神，现在的萧炎才提炼出第一种材料，后面还有两种，等着他慢慢努力。

……

在闭目休养了接近一个小时之后，萧炎体内那因为斗气的耗尽而显得黯淡的气旋，终于再次散发出明亮的光泽，而且此次的光晕，较之几个小时前，似乎还更亮堂了一点点。

缓缓地睁开眼眸，全身上下那股酸麻的无力感，也是退散了大半之多，扭了扭脖子，骨头相碰撞的声音使得萧炎舒畅地吐了一口气。

"休养好了？那就继续吧。"睁开眼，望着再次变得生龙活虎的萧炎，药老微笑道。

苦笑着摇了摇头，经过先前那般痛苦的炼药过程，萧炎终于明白，自己被药老忽悠了，以前药老炼药，只是伸出手掌随便烧几下，使得无数人为之疯狂的丹药便火热出炉，这般简单的过程，也给萧炎留下了炼药极为轻松的印象，可如今当自己动手炼制了，他才知道，这东西，简直比苦工搬矿石还要累。

现在明白，似乎有点晚了，所以萧炎也只得郁闷地叹息了一声，再次端坐在药鼎之前，开始提炼另外两种药材的精粹。

有了先前提炼凝血草的经验，这次的萧炎，却是明显要轻松了许多，在烧毁了八颗活气果以及十朵罂粟花之后，终于成功地从两种药材中，提炼出了配置疗伤药所需要的东西。

从活气果中提炼出来的东西，是一种略微偏黑的细小颗粒，这些细小颗粒有着去瘀活血的功效，在野外，一些经验丰富的受伤佣兵，若是没有了足够的疗伤药，就经常将活气果捻成碎肉，用来减轻伤势。

从罂粟花中提炼出来的，则是一种淡红色的液体，这种液体，有着麻痹神经的效果，可以用来作止痛之用。

望着整齐地摆放在萧炎面前的三种药物，药老微微点头，轻声道："所需的材料已经被提炼了出来，现在，就将它们的药力，融合在一起吧，这是炼药中，最重要的步骤。"

深吸了一口气，萧炎脸色肃然地点了点头，熟练地将纯白粉末丢进药鼎之中，再用温火熏烤了十来分钟，待得纯白粉末略微有些泛红之后，迅速地将罂粟花的液体倒入其中。

液体刚刚进入药鼎，便将纯白粉末包裹，在火焰之中略微翻滚了一阵，两者逐渐融合成一种淡红的黏稠液体。

灵魂感知力努力地控制着火焰的温度，缓缓地熏烤着淡红的黏稠液体。

在火焰的不断熏烤之下，黏稠液体逐渐地化成了一种暗红的糨糊形状。

从透明镜面处死死地盯着药鼎中那团暗红的糨糊，萧炎略微迟疑，将活气果的黑色小颗粒，也投进其中。

黑色小颗粒进入药鼎，却并未有什么变化，大团的细小颗粒，在火焰中来回蹦跶，就是不肯如愿地融合进暗红糨糊之中。

"各种材料对温度的抗性不一，所以，你必须学会随心所欲地控制鼎中任何一处的火焰温度，需要低温的地方，你则要压制火焰，需要高温的地方，你则要放开压制提升火焰温度……"望着急得满头大汗的萧炎，药老淡淡地道。

舔了舔干枯的嘴唇，萧炎点了点头，连忙分出一簇灵魂感知力，努力地控制着细小颗粒之下的火焰缓缓地提升着温度。

"嘭……"

随着灵魂感知力放开对温度的压制，一簇不受控制的火焰猛地腾了上来，只是片刻时间，便将一小半黑色颗粒焚烧成了灰烬，吓得冷汗直流的萧炎赶忙死命压制。

灵魂感知力一方面要保持着一边的火焰温度，一方面又要提升着另外一边的火焰温度，这种一心两用的要求，实在是使得萧炎头疼不已。

不过在经过好几次的险情之后，萧炎终于从手忙脚乱中静下神来，抹去额头上的冷汗，长吐了一口气，体内所剩无几的斗气，全部灌注进了火口之中。

药鼎之内，细小的黑色颗粒在不断增高的温度下，终于是承受不住地爆裂开来，一撮撮乌黑色的粉末，缓缓地飘进了那团淡红色糨糊之中，将后者的颜色，染得更加深沉……

当最后一撮乌黑粉末飘进糨糊之中后，萧炎长长地松了一口气，手掌缓缓脱离了火口，而随着萧炎手掌的抽回，药鼎中的火焰，也是逐渐地熄灭。

望着气喘不停的萧炎，药老微微一笑，手掌一挥，药鼎的鼎盖便是掀飞而落，右手一招，鼎中大团的深红糨糊，凭空飞跃而出，最后悬浮在山洞半空。

瞟了瞟那团散发着浓郁药味的深红糨糊，药老手掌凭空切下，而随着其手掌的挥动，那团不断流动的深红糨糊，也被分割成了起码上百块细小的糨糊液体。

一手从萧炎手中拿过纳戒，药老手指一弹，上百个小玉瓶，顿时摆满了狭窄的山洞。

将玉瓶摆好后，药老随意地一摆手，半空中那些糨糊液体，便准确地落进了玉瓶之中。

随手取过一只玉瓶，药老笑着将之递给萧炎，戏谑地笑道："恭喜你，第一次炼药成功！"

迫不及待地接过玉瓶，萧炎望着里面那成色并不太纯净的深红药液，心头却是忍不住地涌上一股兴奋的自豪感觉。

"嘿嘿，从此以后，我也算是一名炼药师了！"

第七十四章
不请自来

在后面的几天之内，萧炎几乎是整天守着药鼎边，虽然日子过得极为辛苦，不过那满满一纳戒的疗伤药，却使得他在休息之余，觉得颇为欣慰。

当然，值得一提的，还是在接近五天持续不断的炼药之中，萧炎体内的斗气，竟然也在不知不觉间雄浑了许多，按现在的程度，恐怕已经达到了斗者一星。

而在这双重鼓舞之下，萧炎也终于咬着牙熬了过来。

在萧炎躲在山洞中咬牙炼药之时，乌坦城中，萧家与加列家族间的气氛，也是越来越紧绷，两天前，加列家族更是瞅准时机，开出了种种对商户极为有利的条件，顿时，本来还在观望的那些商户，大半都开始转投向加列家族的坊市。

对于加列家族这几乎是想从根本上动摇萧家根基的措施，萧家的高层，在暴怒之余，几乎都开始动起了杀心。

……

"妈的，不能再忍下去了，短短五天之内，我们萧家利润起码损失了五六成，再这样下去，所有的坊市，都将会倒闭！"议事厅内，三长老满脸凶光，怒声道。

大厅之中，家族中地位不低的族人，都坐于此处，阴沉的脸色，显示出他们心头的怒火。

"的确不能再拖下去了……"大长老缓缓地吐了一口气，道："虽然米特尔拍卖场的谷尼大师替我们家族炼制了上百瓶疗伤药，可这点数量太少，根本不可能与加列家族那种庞大数量相比，短时间内，倒还可以和加列家族僵持，可一旦时间过长，疗伤药销售完毕，我们又得回到以前的尴尬境地。"

叹了一口气，大长老苦笑道："虽说如果谷尼肯全力相助，一定能在数量上耗死加列家族的那名一品炼药师，可他毕竟是米特尔拍卖场的人，他们一向很少介入家族间的战斗，如今能做到这步，已经很让人意外了。"

坐于首位的萧战脸色阴沉地点了点头，加列家族所售的疗伤药品阶虽然极为低级，不过却胜在量大，价格也便宜，最合那些常在刀口舔血的佣兵们的胃口。

"如果我们也能请到一位一品炼药师，那就能和他们相抗衡了……"大厅中，不知谁低声说了一句。

闻言，萧战无奈地摇了摇头，乌坦城的炼药师极少，想要请到那些自视甚高的家伙，谈何容易，这次的加列家族也不知道踩了什么狗屎运，竟然真的弄来了一位炼药师相助。

大厅的角落位置处，萧玉与萧宁等家族年轻一辈的族人也是坐于其中，望着自家长辈那阴沉的脸色，他们也是不敢胡乱插嘴，气氛沉默而压抑。

"姐，那一品炼药师真这么强？竟然把我们萧家搞成这样？"有些耐不住沉闷的气氛，萧宁轻声地询问着身旁的萧玉。

闻言，萧玉低叹了一口气，苦笑着低声道："炼药师，的确是一种得天独厚的职业……一名一品的炼药师，实力顶多在斗者级别，若是正面拼杀，家族中随便一位长辈都能轻松杀了他，可炼药师的可怕处，却并非是正面战斗，他们能够炼制出让人为之疯狂的神奇丹药，而有了这些丹药，他们就拥有了无与伦比的号召力，为了得到这些丹药，很多强者都愿意为炼药师充当马前卒。"

"在斗气大陆上，很多人都把炼药师比喻成毒蜂窝，只要一捅，他立马能找来无数打手，想想被上百强者群殴的场面吧，那就算打不死你，恐怕也得活生生地累死你。"

想起那种群殴的场面，萧宁先是打了个寒战，旋即满脸羡嫉。

"别妄想了，想要成为炼药师的条件是如何苛刻，你又不是不知道，那种几率，简直比天上掉馅饼还小。"白了萧宁一眼，萧玉毫不客气地泼了他一盆冷水。

被萧玉打击得有些萎靡，萧宁撇嘴道："恐怕我们整个萧家，还真没那福气出一个炼药师。"

闻言，萧玉刚欲点头，脑海中，却是极其突兀地跳进了一位黑衫少年，看少年的模样，似乎正是萧炎……

狠狠地甩了甩头，萧玉心头嘀咕道："怎么会想起那小混蛋？哼，以那家伙的人品若能成为炼药师，恐怕这世界上的炼药师，就不值钱了。"

在心中将萧炎诅咒了一番之后，萧玉将目光投向靠窗的角落，那里，青衣少女正安静地捧着一本厚厚的古朴书籍，纤指偶尔翻开书页，眼波流转，平静淡雅的模样，引来附近不少同龄人的偷偷注视。

"多好的女孩，可怎么偏偏对那小混蛋青睐有加啊？"无奈地摇了摇头，萧玉再次保持着沉默。

静坐在窗边，虽然将心神沉入书籍之中，可薰儿也能察觉到大厅中的压抑气氛，柳眉微蹙，不管如何说，她也在萧家待了十多年，而且不看僧面看佛面，就算是因为萧炎的缘故，她也不会真的任由萧家被加列家族打击得永无翻身之地。

"唉，希望那些家伙不会太过分吧……"心中轻叹了一口气，薰儿再次将目光投向书页，没有萧炎在身旁，她几乎都不想开口说话。

就在大厅内议论计策之时，一名家族护卫匆匆地跑进，恭声报道："族长，外面有一位黑袍人，说是有些合作事宜想找族长详谈。"

闻言，萧战以及几位长老都是一愣，互相对视了一眼，阴沉的脸色猛然腾起狂喜，几人同时猛地站起身来，急喝道："快请！"

望见萧战以及三位长老这副模样，大厅中的所有人，都是有些惊愕，随即面面相觑。

"呵呵，不用请了，萧族长近来可好？老头我可是不请自来了。"萧战的声音刚刚落下，苍老的笑声，便从门外朗笑传来。

随着声音的传进，一道笼罩在黑色大斗篷之下的人影，在众目睽睽之下，不急不缓地踱进了大厅。

在黑袍人进门的那一霎，一直沉浸在书籍之中的薰儿柳眉忽然一挑，缓缓地抬起小脸，秋水眸子，紧紧地盯着进门的黑袍人。

第七十五章
大手笔

望着那进门而来的黑袍人，萧战以及三位长老连忙从桌旁走出，快步上前，恭声笑道："老先生，族中事务繁忙，萧战未曾出来迎接，还望包涵哪。"

"呵呵，虚礼就不用了。"黑袍下，苍老的声音淡淡地笑了笑。

萧战热切地点了点头，对着三位长老使了个眼色，赶忙让开道路，笑道："老先生请上坐。"

黑袍人笑着点了点头，也不客气，径直走上，在首位靠旁的位置坐了下来。

望着萧战几人如此恭敬地对待这位黑袍人，年轻一辈的族人不由得窃窃私语了起来，一道道好奇的目光，不断地在黑袍人身上扫动，而当听得身旁的长辈在说出黑袍人炼药师的身份之后，眼瞳顿时变得炽热与……崇拜了起来，不管在何处，炼药师始终都是最让人感到敬畏的职业。

"姐，那人，不是那天在拍卖场见到的神秘炼药师吗？"双眼放光地紧盯着黑袍人，萧宁拉着萧玉的袖子，急切地道。

"嗯。"萧玉微微点了点头，美眸也是停留在黑袍人身上，俏脸略微有着些许惊喜，"没想到这位老先生真的来我们萧家了，看来他上次所说的合作之事，并不是随口说说啊……如果有他帮忙，萧家这次的困境，应该能顺利解除了。"

听着身旁族人的窃窃私语，薰儿浅眉微蹙，秋水眸子紧紧地盯着那体形臃肿的黑袍人，不知为何，她似乎总是隐隐地感觉到，面前的黑袍人，行动和语言上，总有点不和谐的模样……

蹙着眉头苦苦地思索着，半响无果后，薰儿也只得有些无奈地放弃胡乱的思索。

"呵呵，老先生，不知今日来萧家，是为何事？"亲自端过一杯温茶，萧战笑问道。

"刚好路过这里，所以想过来看看贵家族那位靠我一点筑基灵液就连蹦了好几段的天才少年。"黑袍下，苍老的声音淡淡地笑道。

闻言，萧战目光赶忙在大厅内环顾了一圈，却是未曾见到萧炎的影子，不由得苦笑了一声。

"呵呵，萧族长不用喊了，我已经见过贵少爷了，很不错的少年，非常对老头我的胃口……"摆了摆手，阻止了萧战想要派人去叫的举动，黑袍人笑道，语气中的那抹赞赏，却是丝毫未加掩饰，这倒是让某位躲在黑袍下的少年脸庞有些发窘。

听得黑袍人这赞赏的语气，大厅内的众人眼中不由得流露出一抹羡慕，能得到一位级别不低的炼药师如此评价，那可不是一件容易的事啊。

"什么好东西都被那家伙占了。"不甘地撇了撇嘴，萧宁语气中不无羡嫉。

萧玉也是无奈地叹了一口气，玉手托着香腮，轻声嘀咕道："那家伙真有这么好吗？我怎么没发现啊？"

听着黑袍人此话，萧战脸庞上的笑容更盛了几分，眼瞳中，略微有着几分得意。

"呵呵，萧族长，萧家最近，似乎情况并不好啊？"萧战脸庞上的笑意还未完全扩散，便又被那苍老的声音打击得有些沉闷下来。

闷闷地点了点头，萧战苦笑道："想必老先生也应该知道萧家现在的局面了吧？"

"嗯，知晓几分。"点了点头，黑袍人微笑道。

"唉，现在的萧家，已经被加列家族将产业压榨了将近五成之多，若长此以往，恐怕我们也得沦为乌坦城的二流势力了。"萧战唏嘘地叹道，皱起的眉头，犹如苍老了几分。

"呵呵，虽然我和萧家并无深交，不过我与贵少爷，却是颇为谈得来，如果萧族长不怕老头我打什么坏主意的话，我们不妨合作合作？"黑袍人轻笑道。

闻言，萧战先是一怔，旋即满脸狂喜，他憋了一肚子，不就是想说这句话嘛……兴奋地与三位长老对视了一眼后，毫不犹豫地点头："老先生，能与您合作，萧家求之不得！"

一位级别起码在二品以上的炼药师，他们这种家族平日几乎是请都请不到，而且萧战也不会认为自家家族能有什么东西可以打动一名二品炼药师，看这位老先生说话的模样，与他们萧家合作，似乎还多半是因为萧炎的缘故，这等机遇，作为一族之长的萧战，又怎会轻易放弃？

见到萧战表态，黑袍人笑着点了点头，一只白皙的手掌从黑袍中探出，手指上有着一枚淡红色的戒指，指尖在戒指上轻弹了弹，顿时，光芒闪动……

望着那只犹如少年般白皙的手掌，萧战有着瞬间的失神，这只手掌，给他一种……有点熟悉的感觉。

萧战还来不及思索这股熟悉感觉从何而来，紧接着，便被那突兀出现在桌上的大堆玉瓶震呆了过去。

巨大的会议桌面之上，眨眼时间，便被整齐的小玉瓶覆盖得没有丝毫缝隙。

望着这凭空出现的无数小玉瓶，大厅之内，除了窗边的青衣少女之外，其他的所有人，都被这庞大的丹药数量给震撼得轻吸了一口凉气。

"这里是一千二百八十三瓶疗伤药，名为'凝血散'，虽然不敢说是疗伤药中的极品，不过比起加列家族的那'回春散'，疗伤效果，却是要更加地显著。"望着大厅中那些震撼的目光，黑袍人，依旧若无其事地轻声介绍道。

萧战嘴角一抽，深深地吸了一口冰凉的空气："这才是真正的大手笔啊！"

第七十六章

合 作

　　寂静的大厅中，一道道炽热的目光，死死地盯着桌上的上千小玉瓶，这种大规模的丹药，在场的人，几乎从未曾亲眼见过。

　　粉红舌头下意识地舔了舔红唇，萧玉同样也是被这么多数量的丹药震得有些发愣，俏脸上布满着震撼，片刻后，方才惊叹地摇了摇头，望向黑袍人的眸子中，有着星星在闪现。

　　坐于窗边的青衣少女，微偏着小脑袋，瞥了瞥桌上堆满的小玉瓶，秋水美眸中，掠过一抹诧异，目光再次在一旁的黑袍人身上扫了扫，在未能发现可疑点之后，这才继续将视线投注于手中的古朴书籍。

　　望着被桌上的丹药震得鸦雀无声的大厅，黑袍人轻咳了一声，将身旁的萧战惊醒了过来。

　　"呃……"脸庞略微发红，萧战尴尬地笑了笑，望向黑袍人的眼中，越发地多了一丝敬畏，能够随手拿出上千瓶的疗伤药，这种手笔，可不是寻常炼药师能够办到的。

　　"老先生，您也知道萧家现在的局势，我们需要疗伤药来拉回失去的人气，而老先生的这举动对我们萧家来说，无疑是雪中送炭。"萧战感激地叹了一声，略微沉吟，迟疑地试探道，"这样吧，我们萧家负责销售这些疗伤药，所得金额，老先生一人占九成，剩余一成，呵呵，虽然有些脸厚，不过我们毕竟还需要这些钱来打点一些东西，老先生，您认为如何？"

　　说完，萧战有些忐忑地望着面前的黑袍人，生怕自己的条件会让他有所不满，现在的萧家，可全得倚仗这位神秘炼药师了啊。

"呵呵。"黑袍人轻笑了笑，缓缓摇了摇头。

见到黑袍人这般举动，萧战脸色微变，刚欲再次开口将最后一成也减去，可那苍老的声音，却是让其不知所措地愣在了原地。

"萧族长太客气了，虽说丹药是我所炼，不过销售也不是一件轻松的活，如何能这般占你们的便宜……公平点吧，五五分，呵呵。"

听着黑袍人此话，那本来还在一旁焦急的三位长老以及满厅族人，顿时惊愕得张大了嘴，半晌后，方才不由自主地摸了摸自己的耳朵，都是有些怀疑这番话的真实性，五五分？这……这位老先生，也实在太照顾萧家了吧？现在的这种情形，就算他一人要占十成的利润，估计萧家也没人敢说不答应。

"天上真掉馅饼了……"对视了一眼，所有人心头都冒出这句话来。

在原地呆愣了好半晌后，萧战方才缓缓回过神来，深吐了一口气，苦笑道："老先生，您这样，实在是让萧家有些感到受宠若惊，您能在这种时候帮助萧家，我们已是感激不尽，又如何能再占您的便宜？"

随意地摆了摆手，黑袍人淡淡地笑道："这点利润对我并没什么吸引力，要不是怕你心里不踏实，那五成我其实也懒得收。"

听得这般大口气，萧战也只得苦笑着点了点头。

"这些丹药，就随你销售吧，以后有时间，我会过来看看。"黑袍人站起身来，笑道，"我还有些其他的事，便不在此处久待了，萧族长也不用送，安排族中事务吧，呵呵。"说罢，便在众目睽睽之下，径直向着大厅外行去。

行至房门时，黑袍人脚步忽然一顿，微笑道："走前多嘴一句，萧炎的确很不错，呵呵，老头多谢了。"

听着这句话，萧战有些摸不着头脑，刚想开口，黑袍人却已飘出了大厅，逐渐地消失在视线转角之处。

望着那消失的黑袍人，萧战良久之后方才轻叹了一口气，苦笑道："看来炎儿和这位老先生关系有点不一般啊，不然，人家和咱们又不认识，怎会如此帮忙？"

三位长老对视了一眼，也是叹息着点了点头，从这位老先生进门以来对萧炎所表示出的赞赏来看，明显是对他青睐有加，他如此善待

348

萧家，恐怕真和萧炎脱不了关系。

大厅内，听得黑袍人走前的话，众多与萧炎同龄的族人，都不由得满脸羡嫉。

窗边的青衣少女，微偏着小脑袋，目光透过窗缝，望着那转角之处，柳眉微蹙，精致的小脸上闪过一抹疑惑。

……

出了萧家，黑袍人依旧缓缓地前行着，待得周围人流少了许多之后，黑袍中传出少年低低的抱怨声："老师，你没事把我扯出来做什么啊，万一被发现了，我可不保证不把你供出去。"

"嘿嘿，有感而发而已，要不是萧战从小对你不错，我又去哪儿找这么好的弟子？所以谢谢他是应当的。"苍老的声音，戏谑地笑道，"而且不扯点关系，你那谨慎的父亲，还真难以相信我是不是在图他萧家什么东西。"

无奈地摇了摇头，萧炎望了望四周，随口问道："现在去哪儿啊？"

"去一趟拍卖场吧，把炼好的聚气散给他们，免得拖欠人情，我最讨厌这东西了……而且练手的药材已经被你烧光了，应该采购点别的药材了。"药老略微沉吟，笑道。

闻言，萧炎点了点头，有些期待地笑问道："老师，现在的我，也能算是一名一品炼药师了吧？"

"喊，你以为炼了几天药，就成炼药师了？疗伤药是丹药中最简单的一种，炼成那东西，没什么值得好炫耀的。"药老嗤笑了一声，毫不留情地对着萧炎脑袋猛泼冷水。

翻了翻白眼，萧炎有些郁闷："那怎样才算是成为真正的一品炼药师啊？"

"炼药界对一品炼药师的评估底线，是至少能炼出一种丹型的丹药，而不是那种简单糅合在一起的糨糊药液。"

"看来的确还有点距离。"听着这要求，萧炎只得无奈地摇了摇头，迈开步子，向着城中心的拍卖场走去。

第七十七章
断其药路

米特尔拍卖场，候客厅。

整洁的桌面之上，摆放着小小的玉盒，玉盒之中，一枚龙眼大小的淡青丹药，正安静地躺在其中，丹药表面圆润而富有光泽，浓郁的异香，从中飘散而出，使得人心旷神怡。

望着玉盒中的丹药，作为拍卖场的主事人，雅妃与谷尼脸庞上的欣喜，几乎难以掩饰。

目光透过黑袍瞥了瞥有些失态的两人，萧炎暗暗地摇了摇头，心头戏谑道："如果他们知道这枚聚气散不过是药老偷工减料炼制出来的，会是何种表情？"

萧炎所拿出来的这枚聚气散，与他以前所服用的那枚品质明显不在同一个档次，然而即使是这般，这枚由药老随意炼制而出的聚气散，也给雅妃与谷尼带来了不少惊喜。

"老先生的炼药术，真是让人佩服，这枚聚气散的品质，恐怕都能与一些五品炼药师所炼制的聚气散相比了。"再次深看了几眼这枚淡青丹药，谷尼由衷赞叹道。

黑袍下，苍老的声音淡淡地笑了笑，道："两位把丹药收好吧，帮了这么多忙，不答谢一下，我心里总有些疙瘩。"

"呵呵，老先生实在太客气了，您是客人，我们只是尽分内之事而已。"玉手小心翼翼地端起玉盒，雅妃明眸中眼波流转，嫣然笑道。

不置可否地笑了笑，这话别说是药老，就连萧炎，也是在心中嗤之以鼻，若真照她这般尽分内之事，恐怕米特尔拍卖场早就倒闭了。

从怀中取出一卷纸张，萧炎将之递给雅妃，苍老的声音笑道："麻烦帮我准备一下上面的一些药材。"

殷切地接过纸张，雅妃快速地瞟了几眼，笑盈盈地应了下来，经过上次的教训，她现在可不敢再表现出任何的迟疑。

招手叫来一名侍女，雅妃将纸张交与她，然后吩咐其速速准备。

端过身旁的茶杯，萧炎轻抿了一口，心头忽然一动，略微沉吟，苍老的声音缓缓传出："雅妃小姐，我想问个事。"

听着药老开口，雅妃嫣然一笑，轻声道："老先生请说。"

"加列家族在这里，购买了不少药材吧？"药老淡淡地问道。

闻言，雅妃心头微紧，妩媚的俏脸微变，偷偷地与一旁的谷尼对视了一眼，沉默了一会儿，方才迟疑地道："上次加列家族的确在拍卖会购买了将近十万金币的药材，而这些药材……也都具有一些止血疗伤的效果。"

微微点头，苍老的声音突兀地沉默了下来。

瞧着面前的黑袍人这般模样，雅妃心头顿时有些忐忑了起来，她早已知晓前者准备帮助萧家，而现在拍卖会又卖了这般大量的药材给加列家族，难保这位不知脾性的老先生，会不会对拍卖场抱有一些怨气。

大厅中的气氛，缓缓地沉闷起来，望着一直不说话的黑袍人，雅妃有点坐立不安了起来，若不是一旁的谷尼不断用眼色制止，恐怕她早已经想要开口询问了。

"你们其实也应该知道我上次买那么多药材，是想干什么吧？"良久之后，苍老的声音，终于打破了沉闷。

贝齿轻咬着红唇，雅妃轻点了点头，低声道："老先生是打算将这些药材炼成疗伤药帮助萧家吧？"

"在刚才来之前，我已经把炼制出来的疗伤药都给了萧家。"微微点头，药老沉声道，"或许再过两日时间，萧家与加列家族，就将会开始用疗伤药争夺乌坦城坊市的人气。"

对于这种话题，雅妃也不知如何开口，所以，她只得聪明地保持着沉默。

"炼制疗伤药，需要大规模的低级药材，乌坦城中，除了米特尔拍卖场能够如此大量提供之外，别的药材店，都没这能力。"见到雅妃没有说话，药老依旧自顾自地道。

"后面两个家族在疗伤药上的比拼，除去疗伤药的价格与品阶之外，充足的炼药材料，也是重要的关键。

"所以，我希望，米特尔拍卖场，以后能够拒绝向加列家族提供药材！"

药老的话音刚落，萧炎的视线便是透过黑色斗篷，紧紧地盯着身旁这妩媚得犹如狐狸精的成熟美女，他在乌坦城停留的时间不会超过两个月，所以，两个月之内，他必须帮助父亲搞垮加列家族，只有这样，他才能安心地随药老外出修行。

听着药老此话，雅妃俏脸微变，有些为难地道："老先生，我们米特尔拍卖场有过规定，不能参与任何家族间的战斗，如果我们答应了老先生这要求，那也就等于是在间接帮助萧家，这不符合我们的规矩啊……"

"我可以再免费为你们炼制两枚聚气散。"药老平静地道。

"老先生，这不是丹药的问题，真的……"两枚聚气散的诱惑，使得雅妃玉手不由自主地颤了颤，不过她还是努力地坚持着。

"三枚……"

"老先生……"雅妃苦笑，一旁的谷尼也是脸皮狂抽，三枚聚气散？这起码得值五十万金币左右吧？

"五枚！"淡淡的苍老声音，毫不留情地狠砸着雅妃心中的底线。

"嘶……"狭长的美眸缓缓紧闭，雅妃轻吸了一口冰凉的空气，半晌后，猛然睁开，苦笑道，"老先生，您赢了，以后米特尔拍卖场，不会再向加列家族提供一株药材！"

"雅妃小姐的定力也实在是让我有些意外，一月之后，我会把东西带过来，当然，前提是米特尔拍卖场没有让我失望。"药老淡笑道。

"老先生请放心，孰重孰轻，雅妃心中非常清楚。"

好歹也是在拍卖场中历练了几年时间，所以雅妃也是迅速地平复下了心情，加列家族的价值与一名四品以上炼药师的价值，两者基本是毫无可比性，做这种选择题，其实并不难，难的是如何在选择的时候争取到最大的利润，而现在的这种利润，雅妃已经很满意。

第七十八章
炼啊炼的就突破了

望着那拿着药材、满意地走出大厅的黑袍人，雅妃努力保持着的肩膀，终于垮了下来，丰满玲珑的娇躯有些无力地缩在椅子之中，看上去犹如一头蜷缩的狐狸一般，慵懒的模样，别有一番异样的魅力。

"这老先生……实在是太有魄力了。"脑袋贴着冰凉的椅背，雅妃苦笑着摇了摇头。

一旁，谷尼也是同样的表情，揉了揉额头，叹道："五枚聚气散……这手笔，就算他本身是四品炼药师，也是有些大了啊。"

雅妃点了点头，抿了抿红润的小嘴，自嘲地道："我还以为我能坚持下来的，没想到……"

谷尼笑了笑，道："如果换作是我的话，恐怕当他出到第三枚的时候，就会忍不住地答应下来了，你能坚持到第五枚，已经很出乎我的意料了。"

"我哪是坚持啊？我是被他开的价格吓得有些愣神了，所以这才不敢开口，可没想到……他竟然这么有魄力，直接一连提升了两枚。"雅妃翻了翻白眼，忍不住地笑道。

"你这一愣神，直接为拍卖场添加了接近四十万的纯收入。"闻言，谷尼一乐，取笑道。

玉手掩着红唇娇笑了几声，雅妃缓缓地从椅子中伸直身子，站起身来，叹道："加列家族这次算是踢到铁板了。"

谷尼赞同地点头。

"不过让我有些疑惑的是，这位老先生似乎和萧家并不熟悉吧？

怎会如此热心帮他们？甚至还不惜用五枚聚气散来砸断加列家族的药路。"明眸中闪现过一抹疑惑，雅妃轻声道。

"谁知道呢……这位大人来路极为神秘，加玛帝国中，我从没听过炼药师中有这号人。"谷尼摇了摇头，道。

雅妃微微点头，眼波流转，略微沉吟后，笑道："看来以后我们和萧家的关系，可得打牢了，有这位老先生的丹药，我有信心将乌坦城的拍卖利润提升两倍之多，等下次的家族业绩评估，我看谁还能压过我？"

说到此处，雅妃得意地翘了翘红唇，双手负于身后，轻哼着小曲，向着客厅之后悠闲行去。

……

走出拍卖场，萧炎长长地吐了一口气，低声道："老师，多谢了。"

"有什么好谢的，若不把那加列家族弄垮了，你会专心地随我去修行吗？"药老无奈地道。

"嘿嘿。"咧嘴一笑，萧炎也不再多说，按照以往那般在附近转了许久后，方才在偏僻处脱下黑袍，然后小心地蹿出街道，向着萧家走去。

回到家族，偶尔遇到族人，萧炎能够察觉到，这些人看向自己的目光中，又多出了一分羡嫉，显然，今天大厅中的那件事，已经在家族中传了开来。

对这些目光视而不见，萧炎径直向着自己的房间慢慢蹿去，在经过一处转角之时，一位红衣少女却是迎面撞了过来，好在萧炎刹车及时，不然免不了碰在一起的尴尬。

"萧炎表哥？终于找到你了。"红衣少女退后了一步，抬起头来，略微青涩的清纯小脸，却是蕴含着一抹淡淡的妩媚，有些矛盾的集合，使得少女比别的同龄女孩多出了几分难以言明的诱惑，这种诱惑，直接使得萧炎也忍不住地多看了几眼。

这位此时小脸正布满着喜悦的少女，正是萧媚。

目光在萧媚那张漂亮的脸蛋儿上扫了扫，萧炎摸了摸鼻子，淡淡地道："有事？"

听着这有些生疏的招呼声，萧媚俏脸微微一黯，低声道："族长让萧炎表哥去一趟书房。"

"呃？"略微一怔，萧炎点了点头，笑道，"知道了，谢谢了。"说着，随意地摆了摆手，便是转身向着前院的书房行去。

"萧炎表哥，上次谢谢你了。"望着走得干脆利落的萧炎，萧媚眸子中掠过一抹失望，咬了咬嘴唇，轻声道。

脚步微顿，萧炎向后潇洒地挥了挥手，淡淡地道："顺手而已。"

眸子盯着萧炎的背影，萧媚忽然鼓足勇气地问道："萧炎表哥，你会参加迦南学院的招生吗？"

"应该会吧。"少年抱着后脑勺，慢吞吞逐渐远去，留下轻飘飘的话语。

听着萧炎这话，萧媚那黯淡的漂亮小脸终于莫名地明亮了几分，捏了捏小拳头，站在原地望着萧炎消失在视线之外后，这才有些幽怨地轻叹了一口气，转身离去。

……

在家族中逛了几逛，萧炎终于来到一所宽敞的房间面前，轻敲了敲门，然后缓缓地推门而进。

房间之内，萧战以及三位长老正在交谈着什么，瞧得萧炎进来，几人都停了嘴。

"父亲，您找我啊？"含笑走上前来，萧炎问道。

笑着点了点头，萧战望了三位长老一眼，迟疑了一下，低声道："你应该见过那位老先生了吧？"

"嗯。"萧炎点了点头，他自然知道萧战指的是什么。

"你知道他的来历吗？"萧战沉吟道。

"我与他才认识不久，又怎知道他的来历。"萧炎这话，倒是有些发自于心，他还真不知道药老的确切来历。

"不过我知道他是一名炼药师。"萧炎搔了搔头，笑道。

"废话。"白了他一眼，萧战笑骂道。

笑着摇了摇头，萧战显然心情极好，再次问了萧炎几个关于药老的问题，可却都被他故作糊涂地糊弄了过去，到了最后，竟然是半点东西都没问出来。

"你这小家伙，真不知道是不是装的。"望着一问三不知的萧炎，萧战无奈地摇了摇头，挥手道，"算了，去玩你的吧，以后若是再遇到那位老先生，尽量别惹恼了他，萧家的前程，还得倚仗他啊。"

耸了耸肩，萧炎不置可否。

"咳……萧炎啊，我看你现在的气息，似乎有点……强啊。"一旁一直盯着萧炎的大长老，忽然有些迟疑地道。

听着大长老此话，萧战也是一怔，目光微凝，在萧炎身上缓缓扫过，片刻后，嘴巴逐渐张大，惊愕地道："你……你突破斗者了？"

闻言，二长老与三长老嘴角一抽，有些不可置信地盯着面前的少年。

"呃……"搔了搔头，萧炎无辜地摊了摊手："好像是吧，这炼啊炼啊的，怎么就突破了……"

眼角急促地跳了跳，萧战在惊愕之余，也有些哭笑不得，你当是在炼什么呢？

对于这段时间萧炎所创造的奇迹几乎已经有些麻木，萧战只得挥了挥手，苦笑道："突破了就好，有时间去等级测试工会领块等级徽章吧。"

萧炎点了点头，嘴角噙着一抹戏谑："那我可以走了？其实我还真是炼啊炼啊就直接突破了……"

"你可以滚了……"翻了翻白眼，萧战笑骂道，这小家伙纯粹是在打击人，难道他不知道在座的三位长老，当年在凝聚气旋时，都连续失败了两次，才成功成为一名斗者的吗？

望着脸色有些僵硬的三位长老，萧炎咧嘴大笑了一声，这才在萧战的骂声中，蹿出了书房。

听着那逐渐远去的少年笑声，三位长老脸皮微松，互相对视了一眼，都不由得满脸苦笑。

第七十九章
萧家的反击

在得到萧炎暗地支持的大量疗伤药之后，萧家表面上虽然并未有丝毫声张，然而暗地里，却已经开始在紧锣密鼓地准备着对加列家族进行反击。

那日家族大厅内的所见，已被萧战以及三位长老下了严格的封口令，有关疗伤药之事，也被列为了最高规格的禁令，任何族人，都不可与外界说起，否则必受族规处置。

而随着萧家这两天的沉寂，加列家族的行止，却是越来越嚣张，毫无忌惮地使用种种手段，想要将萧家坊市中所剩余的商户，全部拉走。

对于此，萧家依旧沉默。

见到萧家这副软弱的沉默举动，一些与之同一个阵线的小势力，都开始变得失望起来，暗地里，也悄悄地准备着一些明哲保身的举动。

在这种有些诡异的气氛中，两天时间，悄然而过。

又是一个艳阳高照的明媚天气，加列家族的坊市，依然是如同前段时间那般火爆，大街之上，人头攒动，在"回春散"的销售之地，更是人山人海，喊声，骂声，打架声，汇聚在一起，震耳欲聋地冲上了云霄。

在丹药销售台之后，售药的加列家族族人，正满脸戏谑地望着门外那些为了争夺疗伤药而大打出手的佣兵，脸庞上的笑容，很有几分人仗药势的得意。

加列库，加列家族内部的核心人员，在家族中地位不低的他，掌握了加列家族中人气最火爆的一所坊市。

站在二楼的前台，加列库居高临下地俯视着大街上拥挤的人群，肥胖而油腻的脸庞上，布满着得意的笑容。

这段时间，"回春散"的销售量，远远地超过了加列家族的内部统计，在这股巨大利益的诱惑下，加列家族已经变得不再满足起来，于是，他们将销售的"回春散"，从原先的一百金币一盒，直接跳到了三百金币，这之间的价格，足足上升了两倍之多。

虽然价格在提升之初，引起了不少佣兵的反感，不过"回春散"的销售，除了加列家族之外，别无他家，所以，在闹腾了一阵之后，虽然心中极度不满，可大多佣兵也只得无奈地接受被宰的现实。

嘴中轻声地哼着小曲，加列库细小的眼睛眯成了一条缝，得意地轻声道："你不买，有的是人买……"

伸出短小而肥胖的手掌挡了挡天空上的炎日，加列库不耐地抹了下额头上的汗水，嘀咕道："妈的，今天火气太大了，看来晚上得去消消火了，啧啧，上次那小丫头可真水灵，那小蛮腰，扭起来真要人老命啊。"想起那令人销魂的堕落之地，加列库便是浑身燥热难忍，再次擦去汗珠，眉头忽然一皱，他眼角瞟见，在街道尽头处的人流，似乎骚乱了起来。

"妈的，又打起来了？这些佣兵全是被肌肉塞满脑子的白痴，打坏东西难道不要钱吗？"望着那骚乱之地，加列库不由得有些恼火地骂道。

"萧家坊市也有疗伤药出售了！！"

就在加列库准备派遣护卫前去平息骚乱之时，大喝声，却是极其突兀地在大街之上响了起来。

听着这突如其来的大喝声，加列库浑身肥肉顿时犹如排山倒海般地一阵剧颤，脸色微变，片刻后，冷笑道："萧家看来还真是没救了，竟然想出这种办法，简直是自找死路。"

喝声使得喧闹的大街略微静了一静，众人在面面相觑之后，一道道大骂声立马吼了出来："妈的，别想用这土得掉渣的办法来抢老子等了半天的位置。"

显然，这些人都将这喝声认为是一些想要借机挤到前排来抢购药品的无耻小人所发，毕竟这段时间中，这种伎俩，并不少见。

在骂完之后，这些人，继续开始了对"回春散"的疯抢。

当然，也并不是所有人都抱有这种想法，一小部分对加列家族的暴利行为已经感到厌恶的佣兵，在踌躇了一会儿之后，将信将疑地挤出了街道，然后向着萧家坊市飞奔而去。

站在楼上，加列库望着那人气依然火爆至极的大街，忍不住地发出得意笑声，阴声道："萧家？嘿，看你们还能坚持多久，以后的乌坦城，将会是加列家族一家独大的局面，三大家族并列？嘿嘿，那日子已经一去不复返咯！"

先前的大喝声，在喧闹的大街上，犹如掉落在大海中的一叶浮萍，没有溅出丝毫的浪花，加列家族坊市的人气，也并未因此而有半点实质损伤。

当然，这只是暂时。

在距离上次的大喝声有半个小时之后，加列家族的坊市门口，几十名身穿佣兵服装的大汉，极其蛮横地撞翻了门口的护卫，满脸狂喜地冲了进来，高高地举起手中的绿色玉瓶，整齐的呐喊声，瞬间盖过了坊市中的喧闹声音。

"萧家也有疗伤药出售了！！"

整齐的呐喊声，使得坊市为之一静，所有的目光，霍然转向喊声来源地。

那冲进来的一位佣兵大汉，望着坊市中转移过来的目光，急忙踏上一旁的大石头，"呛"的一声拔出腰间的大刀，然后咬着牙在手臂上拉出一道血痕。

举起鲜血淋漓的手臂，大汉将手中的绿瓶倾斜，一股深红色的黏稠液体缓缓滚落而出，最后覆盖在那条刀痕之上。

深红的黏稠液体侵入伤口，滚滚涌出的鲜血，在众目睽睽之下，缓缓地变细，片刻之后，血液竟然便已经在刀痕处凝结成了一层薄薄的血痂。

亲眼望着这一幕，大街之上，所有的目光，顿时火热了起来，这般快速的止血效果，简直就是做任务时的必备之物！

"这就是萧家坊市最新出品'凝血散'！不仅药力更好，而且价格还比'回春散'低了一半多！你们还等什么？被当作白痴一样敲诈很好玩吗？还不快撤？"佣兵大汉举起玉瓶，猖狂地咧嘴大笑道。

大街之上，略微寂静。

一名刚刚进入坊市的佣兵，愣愣地望着大汉手中的绿瓶，瞬间之后，猛地掉头就跑……

望着那卖命般冲出坊市的人影，坊市中的人群在略微呆滞之后，轰然而动，地动山摇的步子带着潮水般的人流，疯狂地涌出了坊市。

站在石头上，那名手臂被划破了的佣兵大汉，瞧着疯狂涌出的人流，脸庞上浮现一抹诡异的笑容，微风吹过大汉的衣领，隐隐地露出下面的萧家族徽……

喧闹拥挤的坊市，在经过这般大震荡之后，几乎是在眨眼间变得空空荡荡，除了那些目瞪口呆的商户之外，大街上，人迹稀少。

"萧家……开始反击了。"

望着空荡的大街，所有的商户，脑中都飞快地闪过这一念头。

众商户面面相觑地对视了一眼，然后抬起头，将目光投向楼阁之上的加列库，此刻，这位满脸得意的胖子，已经不知何时，脸色惨白地瘫了下来。

与此同时，加列家族的其他所有坊市之中，也都在重复着这一幕……

第八十章
炼药师柳席

灯火通明的大厅之中，气氛压抑而沉闷。

在大厅中央的桌面之上，摆放着一只小小的绿色玉瓶，淡淡的药味，从中散发而出。

大厅中，坐有不少人，看他们的服饰，显然都是加列家族的高层，而今日所见的加列库，也正好在其中。

在大厅首位靠左的一处位置之上，一位身穿白衣的青年，懒懒地靠着椅背，青年颇为俊俏，只不过那双眼瞳中时不时闪过的一抹淫邪，却是生生地破坏了这副容貌，此时，这位青年的一只手掌，正缓缓地钻进站在一旁的俏丽侍女的衣裳之下，肆无忌惮的模样，丝毫没有因为人多而有所收敛。

在青年的亵渎之下，那名俏丽侍女脸颊略微苍白，眸子之中湿气酝酿，娇躯不断地轻轻颤抖着，可却不敢发出半点声响。

"这就是萧家忽然搞出来的'凝血散'，现在我们坊市中的人气，已经在开始骤降了。"似是没有看见白衣青年的无礼举动，加列毕望着桌上的小绿瓶，脸色阴沉地道。

"萧家怎么可能有疗伤药？难道他们也请到了炼药师不成？"与萧炎有着不小纠葛的加列奥，瞟了一眼身旁的白衣男子，然后皱眉道。

加列毕老眼微眯，脸色颇为难看："还记得上次在拍卖会遇到的那位神秘炼药师吗？看他当时的态度，似乎对萧家很是青睐，如果这'凝血散'是他所炼，那我们可就有难了啊，要知道，那人说不定是三品炼药师啊。"

听着三品炼药师的名头，那位白衣青年终于停下了在侍女身上游动的手掌，有些不舍地抽出手，上前一步拿起小绿瓶，放在鼻下轻嗅了嗅，然后再倒出少许，在手指间轻搓了搓，冷笑道："什么狗屁三品炼药师，这凝血散的确比回春散药力要好上一些，不过看这成色，炼制之人的品阶明显比我还差，能有这般药力，多半还是因为他的药方有些特殊罢了。"

闻言，在座的所有人都是暗暗地松了一口气，如果萧家真有三品炼药师相助的话，加列家族恐怕就毫无翻身之日了。

"依我的经验来看，萧家请来的炼药师，或许只是一个刚刚入行的菜鸟，借着不知从哪儿得来的药方，方才炼制出了这凝血散。"白衣青年的脸庞上，噙着淡淡的不屑。

"呵呵，柳席大哥从一瓶小小的丹药中，就能看出其主人的底线，眼光还真是毒辣。"加列奥笑道，笑容中似乎有着一抹讨好之意。

"这只是炼药师的基本功而已。"被称为柳席的白衣青年，谦虚地摇了摇头，只不过脸庞上浮现的隐晦得意，却并未瞒过在座的一群老狐狸。

"虽然回春散药力的确有些逊色于这凝血散，不过两者也相差不多，现在坊市人气骤降，主要是因为前段时间我们提价太猛的缘故，等我们将价格回调之后，人气也就会慢慢地回来，不过想要回到以前那种场面，却是有些困难了，毕竟，这凝血散，将会拉走不少的顾客，以后乌坦城的疗伤药市面，萧家也会插足进来了。"加列毕略微沉吟，缓缓地道。

"要回调价格？"闻言，柳席眉头一皱，显然有些不愿，他已经习惯了高价出售，现在忽然降价，他还真有点受不了。

见到柳席这模样，加列毕在心中骂了一声没脑子之后，只得含笑解释道："柳席先生，现在的市面，不比前段时间，以前我们可以垄断乌坦城的疗伤药市场，可现在，却是不行了，所以，我们必须得降价，以此来拉回人气。"

无奈地摇了摇头，柳席撇嘴道："随便你怎么搞吧，不过当初我所说的份额，你就算是降价了，那也得照以前的三倍价格给我分成。"

眼角忍不住地抽了抽，加列毕心头冒起丝丝火气，深吸了一口气，脸庞上依然堆起热切的笑容，只不过，这笑容看上去，似乎有点冷："呵呵，当然，柳席先生的那一份，我们一定会照约定全部付给。"

"嗯。"满意地点了点头，柳席再次坐回椅子，更加放肆地将身旁的俏丽侍女搂在怀中，上下其手。

"柳席先生，现在我们的回春散所剩已不多，我先前已经派人去米特尔拍卖场采购药材了，到时候，恐怕还得请你劳累一下。"加列毕笑了笑，补充道，"另外，昨天侥幸购买来了一对塔戈尔大沙漠的珍稀蛇女，在下已经将她们送到了先生的房间。"

听着又要动手炼药，柳席脸庞明显有些不耐，不过当蛇女两字入耳后，不耐立马变成了淫邪，双眼放光地点了点头，大包大揽地道："只要药材足够，回春散的数量，族长不必担忧。"

见到这般容易便使得柳席点头，加列毕嘴角挑起一抹得意与不屑，心中冷笑道："被色欲充斥脑袋的废物，除了会炼药之外，一无是处。"

冷笑着摇了摇头，加列毕端起茶杯喝了一口，然后笑容满布地和柳席谈论着一些他最感兴趣的风花雪月事来。

再次与柳席笑谈了一会儿，一名族人急匆匆地闯进了大厅，然后快速奔至加列毕身旁，低头在其耳边一阵窃窃低语。

含笑地听着族人所述，片刻之后，加列毕脸庞上的笑容逐渐僵硬，手中的茶杯"咔嚓"一声，化成粉末，粉末混合着茶水，顺着手掌，滴答而落。

"该死的米特尔拍卖场，竟然和我玩这套！"

满脸森然地站起身子，加列毕愤怒地咆哮道，狂暴的气势，猛地自其体内暴冲而出，小小的风卷，在半空中传出呼啸的轻声。

那与加列毕相距最近的加列奥，被这股强悍的气势压迫得胸口有些气喘，赶忙退后了几步，急声喊道："父亲！"

加列奥的喝声，使得加列毕恢复了些许清醒，脸庞略微抽搐，然后阴冷地坐了下来，森然道："米特尔拍卖场现在拒绝向我们加列家族出售药材了！"

此话一出，大厅一片哗然，所有人都是面面相觑，满脸惊恐。

"怎么可能？米特尔拍卖场不是一直保持着中立吗？怎会如此针对我们加列家族？"闻言，加列库脸色一变，颤抖着失声道。

　　"在足够的利益面前，谁会一直保持着无谓的中立？"冷哼了一声，加列毕缓缓地吐了一口气，瞟了一眼那因为他的气势而有些狼狈的柳席，冷声道，"我想，这事恐怕和萧家脱不了干系。"

　　"他们没这么大的能耐让米特尔拍卖场拒绝向我们出售药材吧？"加列奥喃喃道。

　　"哼，谁知道他们是用了什么条件来打动米特尔拍卖场。"加列毕摸了摸苍老的脸庞，心头不知为何，却是腾上了一抹不安。

　　"现在怎么办？没有足够的药材，我们的回春散，很快就将会销售殆尽，到时候，坊市无人的场面，就该轮到我们了。"加列库焦急地道。

　　咬了咬牙，加列毕阴冷地道："站在我们这边的还有不少药材店，先去派人将他手中的药材收拢过来，尽量支撑一段时间，实在不行，那就去别的城市高价收购药材，我就还不信了，他萧家能把手脚插到其他城市！"

　　说着，加列毕顺手端过另外一只茶杯，却是发现，自己的手掌，似乎在轻微地颤抖着，咽了一口唾沫，加列毕有种莫名的感觉，加列家族，似乎招惹到一些惹不起的东西了……

第八十一章
察 觉

凝血散的出现，几乎犹如狂风骤雨一般，以雷霆之势，迅速抢占了乌坦城五成之多的疗伤药市场，而且还使得萧家坊市在短短两天之内回复了以往的人气，甚至犹有过之。

在凝血散出来的第二天后，加列家族的回春散，也是逐渐地将价格调回了最开始的价位，不过由于前段时间加列家族的暴利行为已经惹起了大多佣兵的反感，所以，即使加列家族下调了价格，可坊市中的人气，依旧难以再回到以往的那般火爆场面。

由于乌坦城临近魔兽山脉的边缘，整座城市佣兵的吞吐量规模极大，而魔兽山脉中危险重重，所以佣兵对疗伤药的需求，也极其庞大，因此，即使疗伤药市场被萧家抢去了大半，可加列家族依旧是在赢利，只不过现在的盈利和前段时间比起来，缩水了大半而已……

疗伤药销售的火爆，远远超出第一次做这种生意的萧家的意料，每日坊市中的凝血散，在上午的时候，就会被早已蹲点在此处的佣兵哄抢而走，而一般下午之时，坊市之中的疗伤药，就将会销售殆尽，而此时，一些未能抢购到凝血散的佣兵，无奈之下，也只能去加列家族的坊市，购买品质较差的回春散。

在佣兵对疗伤药大量需求的间接帮助下，加列家族也算是在萧家这番狂猛攻势面前，勉强地站住了脚，以后的情形，就要看双方疗伤药的存货，究竟谁更厚了。

……

坐在会议厅中，萧炎有些无奈地望着笑得合不拢嘴的萧战，眼光再移了移，三位长老，也都是满脸的笑容，乐呵呵的傻笑声，在大厅中一直未曾停过，造成这种状况的主要原因，是因为上午萧炎扮成黑袍人，又再次悄悄送来了一批凝血散。

"呵呵，凝血散的销售实在太疯狂了，要不是老先生又送来了一批，恐怕我们的仓库，也该清空了。"萧战手中宝贝似的捧着一个绿色小瓶，笑眯眯地道。

"是啊，短短几天时间，我们坊市的人气，便比以前最巅峰的时候，多出足足两倍有余，前段时间的亏损，也已经逐渐被回转了过来，嘿嘿，再加上疗伤药的销售分成，光是这几天的利润，就已经能比得上萧家以前一两月的收入了！"性子一向沉稳的大长老，在这般大丰收面前，也是忍不住地变得话多了起来，皱纹密布的老脸，犹如一朵盛开的菊花一般。

萧战笑着点了点头，转头望着坐在椅上有些无聊的萧炎，不由得斥道："你这小家伙，每次老先生来家族都遇不见你，你难道就不能安稳一点地待在家里别动吗？"

无辜地挨了一通斥骂，萧炎无奈地翻了翻白眼，心中嘀咕道："我如果不动，你们去哪儿拿疗伤药？"

"唉，这老先生实在是太豪爽了，不过还好刚才我把疗伤药所需要的药材问了出来，以后药材的事，就由我们来操心吧，萧家从人家那里得到的好处已经太多了，如果再贪得无厌，恐怕会得不偿失。"萧战从怀中摸出一张纸单子，沉吟道。

"嗯。"对于萧战此话，三位长老都是急忙点头，要不是萧战心细，他们还真的差点把这茬给忘记了。

"嘿，在这般巨大利润面前知道适可而止，不错，难怪你父亲能成为一族之长。"萧炎的心中，响起药老的赞叹声。

笑着点了点头，萧炎也是略微有些心安，他即使能够在物质上帮助一下萧家，可家族想要强盛，最重要的，还是要看其掌舵人的能力，如果掌舵人品质不行，说句难听的，那就算萧炎再如何神通广大，也不可能将一摊烂泥扶上墙，然而现在看来，萧战明显具有这种能力。

"族长，三位长老，米特尔拍卖场的雅妃小姐在家族之外。"就在萧炎心中略感欣慰之时，一名族人快步跑进大厅，然后恭声道。

"雅妃？"闻言，萧战一怔，连忙道，"快请。"

在族人出去通报之后不久，一道曼妙的娇躯，缓缓地出现在视野之内，那令人骨头有些酥麻的娇笑声，也是袅袅地传进大厅："呵呵，萧族长最近可真是春风得意啊！"

脑袋斜靠着冰凉的椅背，萧炎将目光投向大门处，略微一愣，目光中充斥着惊艳。

大门边，身着红色旗袍的成熟女人，含笑而立，一套紧身红色旗袍将那玲珑丰满的曲线包裹得淋漓尽致，水蛇般的腰肢，摇曳出令人垂涎的曼妙弧度，旗袍的下摆处，一道口子直直地延伸到了大腿之处，行走之间，雪白晃花人眼，春光若隐若现，撩人心魄。

"妖精……"望着这一颦一笑间散发着成熟诱惑的女人，大厅内的一少一中三老，心中都是不由自主地嘀咕了一声。

"咳。"干咳了一声，萧战笑着站起身来，嘴中说着客套话，"雅妃小姐真是爱说笑，我们萧家一年的利润，还比不上你们米特尔拍卖场的一处分部雄厚呢，哪有什么资格得意。"

"呵呵，萧族长真会说话，最近萧家坊市的人气，已经远远超过了拍卖场，这可是所有人都亲眼所见的事实哦。"雅妃对着大厅中的三位长老笑盈盈地行了一礼，明眸微眨，诱人眼波缓缓流转到一旁的萧炎身上，微微一怔，有些吃惊地道，"看萧炎小少爷现在的状态，似乎比上次，更强一些了？"

"雅妃姐直接叫我名字吧，这小少爷听得怪瘆人的。"萧炎貌似纯洁地笑道，这称呼，使得他浑身起鸡皮疙瘩。

闻言，雅妃莞尔。

"不知雅妃小姐今天来萧家，是有什么事吗？"萧战笑着询问道。

雅妃微笑着点了点头，在萧炎身旁的椅子上优雅地坐了下来，抿了抿红唇，直奔主题地轻笑道："萧族长，米特尔拍卖场，已经拒绝再向加列家族提供药材了。"

此话一出，萧战手中的茶杯顿时洒了不少在桌面上，眼瞳中隐晦地掠过一抹狂喜，不着痕迹地擦去茶水，眼角瞟了一眼三位长老，却是发现他们眼中，同样是在瞬间迸出了异彩。

大厅中略微沉默，萧战将茶杯中的茶水一饮而尽，迟疑道："为什么？你们不是一直中立吗？"

雅妃笑而不语。

咬了咬牙，萧战低声问道："你们这样做，想要我们付出什么？"

"什么都不需要。"雅妃嫣然笑道。

"呃？"再次一愣，萧战有些不可置信地望着微笑的雅妃，他可不相信米特尔拍卖场会毫无代价地帮助他们打击加列家族，摸了摸下巴，萧战心头忽然一动，试探地轻声问道，"是……那位老先生干的？"

翘了翘红唇，雅妃微微点头，笑道："那位老先生已经付出了报酬，所以萧族长不用担心我们会找萧家索要什么，从今以后，我们也算是在同一战线了。"

听到此，萧战脸庞上终于涌上了狂喜，仰天大笑了几声，笑声将房屋震得略微发抖。

缓缓收敛笑声，萧战忽然意识到自己似乎有点得意忘形，低下头，果然见到三位长老正无奈地撇着嘴。

尴尬地笑了笑，萧战望着那捂嘴偷笑的萧炎，不由得恼羞成怒地喝道："小混蛋，笑个屁，还不快给雅妃小姐端茶，没礼貌。"

无奈地翻了翻白眼，萧炎伸出手来从身旁的桌上端过一杯温茶，然后屁颠颠地跑到雅妃面前，双手将之递了过去。

对着萧炎温柔一笑，雅妃从萧炎手上接过茶杯，俏脸，却是忽然微变，一对美眸，紧紧地盯着萧炎的一双白皙手掌，或者说……是右手上的一枚黑色戒指。

望着雅妃的视线，萧炎目光微凝，不着痕迹地抽回手掌，背对着父亲几人，微眯着眼睛，淡淡地盯着面前的美丽女人。

被萧炎如此注视着，雅妃心头微紧，然后非常识相地低头抿着茶水，脸颊上的表情，也是被她极好地收敛了起来。

见到这美人的乖巧举动，萧炎轻松了一口气，摸了摸鼻子，懒懒地回到自己的座位，皱着眉头似乎是在思考着什么。

第八十二章

坦　白

　　再次与萧战等人闲谈了一会儿之后，雅妃便打算告辞而去，一旁一直保持着沉默的萧炎，此时也表现出身为主人家的热情，在萧战那满意的目光中，一路送雅妃出了家族。

　　走出家族大门，萧炎依旧没有打算回去的态势，双手抱着后脑勺，紧紧地跟在雅妃身旁，微眯着眼睛，也不知是在寻思着什么。

　　与萧炎行走在一起，雅妃心中略微有些紧张，紧握的玉手中，布满着汗水，她这人的记忆力极为出色，上次在拍卖会，她曾经偶然间见到过那位神秘黑袍炼药师的一双手掌，宛如少年般的白皙与活力，而且，在那双白皙的手掌上，佩戴了一枚与萧炎一模一样的黑色戒指，有了这个巧合的开头，再想一想为什么那神秘炼药师会对萧家青睐有加，一些谜底，似乎已经要呼之欲出了。

　　贝齿轻咬了咬红唇，雅妃眼角偷偷地打量了一下身旁的少年，少年身穿一件并不昂贵的青衫，身躯颀长矫健，双手抱在脑后，看上去很有些慵懒的味道，一张清秀的脸庞，虽然有着年少的稚嫩，不过嘴角那若隐若现的弧度，却怎么看都不像是一位没有丝毫阅历的无知少年。

　　仔细地打量了一下萧炎，雅妃依旧很难相信，那在拍卖场中，将自己与谷尼震得服服帖帖的，竟然会是一个不过十七岁左右的清秀少年。

　　"看够了？"就在雅妃有些无奈苦笑之时，身旁的少年淡淡出声了。

　　脚步微缓，雅妃轻叹道："你……我是叫你老先生好呢？还是萧炎小弟弟？"

　　萧炎挑了挑眉，忽然向着一旁扬了扬下巴："进去。"

雅妃顺着他的目光望过去，脸颊不由得微红，原来萧炎所指之地，竟然是乌坦城中一处有名的情侣幽会之所。

略微踌躇了一下，雅妃本来打算想弱弱地建议换个地方，然而萧炎却已经大摇大摆地走了进去，并且在碧绿柳树下的石椅上坐了下来。

对于萧炎这一反先前在家族中恭顺的霸道行止，雅妃只得无奈地摇了摇头，这身份的转化，也太快了吧？

莲步微移，缓缓走上前去，在萧炎对面坐了下来，一对诱人的狭长美眸，亮晶晶地打量着面前少年。

"认出来了？"伸出手摘下一片柳叶嚼在嘴中，萧炎含糊地问道。

雅妃玉手捋过飘落在额前的青丝，随意的风情，使得不远处的一位男子眼睛发直，抿了抿红唇，苦笑道："我其实宁愿相信是自己弄错了。"

闻言，眼眸微眯，萧炎牙齿狠狠地咬了咬有些苦涩的叶子。

"你不会打算杀人灭口吧？"见到萧炎这模样，雅妃顿时有些怯生生地道，只不过那双美眸中，却是掠过一抹笑意。

"我打算把你强奸，然后抛尸。"萧炎恶狠狠地道。

听着这有些粗鲁的荤话，雅妃俏脸微红，娇媚地白了他一眼，嗔道："小孩子哪儿学这么多不良的东西。"

撇了撇嘴，萧炎伸了一个懒腰，既然已经被认出了身份，他也就不再拐弯抹角："以前和你们谈生意的黑袍人，的确是我。"

"不过炼药的人，应该并不是你吧？"雅妃眼波流转，含笑道，她并不是傻瓜，萧炎的实力如何，她再清楚不过，就算他本身是一名炼药师，不过碍于其本身实力的缘故，他也不可能炼制出聚气散这种品阶的丹药。

"女人太聪明了，没男人喜欢。"斜瞥了一眼将实情猜得八九不离十的雅妃，萧炎撇嘴道。

"那不过只是一些庸俗男人的想法罢了。"雅妃挑了挑黛眉，语气中颇有几分不屑。

翻了翻白眼，萧炎没空和她在这无聊的问题上纠缠，嚼着在嘴中化开的苦涩叶子，淡淡道："你应该知道我找你做什么，我的身份，尽量帮我保密，这对大家都有好处。"

舔了舔嘴唇，萧炎深瞥了一眼面前的妩媚美人："当然，别把这东西当作是可以要挟我的筹码，不然，你会得不偿失。"

"我看起来很像是那种胸大无脑的蠢女人吗？"雅妃无辜地摊了摊手。

萧炎认真地盯着雅妃胸前的那对汹涌波涛，片刻后方才点了点头："胸的确很大，可惜有没有脑，就得看以后的表现了。"

"……"

被一个小了好几岁的少年满脸认真地吃着豆腐，雅妃只得哭笑不得摇了摇头，抛开萧炎现在的双重身份不谈，就光是他这副俊秀的少年模样，就很难让人起恶感。

"那我们之间的合作？"雅妃略微有些紧张地盯着萧炎，这才是她最想问的问题。

"照旧，你们拒绝提供加列家族药材，我付给你们五枚聚气散的报酬。"耸了耸肩，萧炎的淡淡声音使得雅妃松了一口气。

"呵呵，很期待我们的合作。"落落大方地伸出玉手，雅妃嫣然笑道。

懒懒地点了点头，萧炎握了握那只娇嫩的玉手，却是有些出乎雅妃意料的，沾之即离。

望着眼前行为举止完全没有规律可循的少年，雅妃忍不住地叹了一口气："真让人怀疑，你究竟是不是真的只有十七岁，我发现自己一直在被你牵着鼻子走。"

无视于这种话题，萧炎挥了挥手，站起身来向外行去，边走边道："以后见面，还是用以前的态度吧，免得被人看出破绽。"

笑着点了点头，雅妃轻声道："若是有空，可以让你身后的那位炼药师来米特尔拍卖场做客，我们永远欢迎。"

脚步微缓，萧炎摸了摸鼻子，含糊道："有空再说吧。"再次向后挥了挥手，萧炎走得干脆利落，没有丝毫的拖泥带水。

立在原地望着少年逐渐远去的背影，雅妃苦笑着摇了摇头，低声道："真是个小妖怪，真搞不懂纳兰家的那丫头，怎么会与他解除婚约，唉，以后纳兰肃，恐怕会后悔得吐血吧？"

第八十三章
小坊主

在凝血散出来后的不到一月时间，萧家便囊括了乌坦城百分之七十的疗伤药市场，巨大的利润，使得萧家一片喜庆，前段时间略微有些稀疏的门庭，现在也是络绎不绝，宛如集市一般热闹。

相比于萧家的喜庆，加列家族则是一片阴沉，由于前段时间的暴利行为，引起了极大多数佣兵的厌恶，而且萧家的凝血散，功效较之回春散，也要强上不少，所以，加列家族的疗伤药产业，一直被萧家压得动弹不得，要不是萧家每日的疗伤药是限量供应，恐怕加列家族就真的只能喝汤水了。

不过疗伤药产业虽然缩水了，可其中的利润依然不小，然而最让加列家族头疼的，还是炼药所需的大量药材。

作为城中的最大资源库，米特尔拍卖场已经拒绝再与他们合作，对于这种药材封锁，加列家族也是恨得咬牙切齿，可即使心中怒火再大，他们也不敢对米特尔拍卖场进行强迫，要知道，米特尔拍卖场的后台，那可在整个加玛帝国都能排行前列的强大势力，他一个乌坦城的小家族，还没那么大的能耐招惹人家。

拍卖场的路子已经走不通，无奈之下的加列家族，只得用比市场价高好几成的价格，将乌坦城中的药材店抢购一空，不过，这也只是权宜之计，毕竟这些药材店，也没有实力长久供应如此庞大的需求量。

而且，最重要的一点，现在乌坦城中所有人都瞧出了萧家与加列家族之间的火气与杀意，此时帮助加列家族，无疑就是在得罪正如日中天的萧家，所以，在第一次出售了药材给加列家族之后，很多药材店，都不敢再大规模地出售，而这般行止，更是使得加列家族雪上加霜。

如此一来，加列家族在乌坦城的药材来路，几乎已经被斩断了将近八成，剩余的两成，已经远远满足不了炼制疗伤药的需要，为此，百般无奈的加列家族，也只得采取高价，从其他城市收购药材，这才勉强地解去了药材不足的危机，可也因此，加列家族的利润，再次大幅度缩水，要不是有着疗伤药的利润支撑，加列家族，恐怕早已经面临破产。

现在的乌坦城，萧家正借着疗伤药的东风，地位扶摇直上，甚至隐隐有盖过另外两大家族的势头。

……

喧闹的坊市，萧炎慵懒地行走在街道之中，在他的身后，跟着七八位身着萧家护卫服装的魁梧大汉，这些大汉的胸口上，都无一例外地绘有四颗以及四颗以上的金星，显然，这些大汉，都具备有四星斗者的实力。

大街之上，人流颇为汹涌，很多浑身散发着血腥气味的凶悍佣兵，在见到这双手抱着后脑的懒散少年之后，都是对其报以和善的笑容，偶尔有些稍熟的，更会大笑着取笑道："小坊主，又来巡街啊？"

每次对于这种称呼，萧炎都会有些无奈地扯了扯嘴，然后发出一声低低的哀叹，半月之前，萧战忽然把他丢来管理这所坊市，美其名曰锻炼，对于萧战的这项举动，萧家还着实争论了一番，十几岁就管理一所坊市，这在萧家，还从未有过，不过最后，在念着萧炎如今身份已经不同往日的分上，一些人也只得答应，于是，在家中休息得好好的萧炎，便被丢了过来。

虽然坊市很大，不过使得萧炎略微有些欣慰的，还是管理坊市并不是太过劳累，一些繁琐的街道划分，以及黄金地段商户的价格讨论，这些事他都丢给了父亲专门派给他的老管家，每日偶尔带着一群大汉巡巡街，管理下坊市中的安全问题，日子倒也过得安稳潇洒。

萧炎看似性子平和淡然，不过却极其喜欢和佣兵在一起谈论那些做任务时的刺激冒险，奇异魔兽，以及一些某某处的山洞中，有着前人所留功法，如此种种，都将萧炎骨子中的冒险因子刺激得滚烫起来，恨不得现在就钻进那些人迹罕至的深山之中，去寻找那些神秘而强大的功法以及斗技。

萧炎年龄偏小，而且一张清秀的脸庞本来就不容易让人起恶感，再加上这家伙每次谈得兴起就会从怀中掏出限量疗伤药送人，所以，这使得那些性子豪爽的佣兵大汉，对他颇有好感，久而久之下，萧炎的这所坊市，老顾客的回头率，几乎是萧家几所坊市中最高的一所。

回想起这半个月来的事，萧炎有些感怀地轻笑了笑，这种日子，所剩不多了啊，顶多再过一个多月，他就得随药老外出修行，以后，恐怕一两年时间内，都不会再回来。

将心头的一抹惆怅甩了出去，萧炎抬起头，一道有些猥琐的瘦小影子，忽然从人群中快速地穿了过来。

微顿着脚步望着这位衣衫普通的瘦小男子，萧炎眉头一皱，淡淡地道："克鲁，不去干你的发财大业，跑我这儿做什么？"

面前的猥琐男子，是坊市中有名的金手指，呃，也就是小偷，对于这种生长在阴影下的职业，萧炎并没有异想天开地将他们完全革除，他心中清楚，凡事有正面就有背面，这种职业虽然让人挺看不起，不过他们的消息，却是极为灵通，乌坦城中不管何处发生的事，他们都能知晓一些。

"嘿嘿，小少爷。"冲着萧炎谄媚地笑了笑，名叫克鲁的瘦小男子媚笑道，"小的是过来给您通报一声，刚才我接到手下的话，说薰儿小姐几人，在坊市外围处，被一个不知底细的男子出言轻薄了，小的这才赶紧过来。

"哦，对了，加列家族的加列奥，也在其中，看样子好像还和那穿着一身丧服的家伙认识，他们有不少人。"

眼眸微眯，萧炎淡然的脸色缓缓地变得森寒起来，微偏过头，轻声道："萧力，叫人，只要是活的，全部给我叫过来！"

"是！"一名大汉恭声应道，然后飞快地转身向着坊市内部跑去。

"带路。"转过头，萧炎对着克鲁扬了扬下巴，淡淡地道。

望着脸色忽然阴冷的萧炎，克鲁赶忙点头，屁话都不敢再说，连忙前面带路。

"这王八羔子，竟然敢跑到我们萧家的地方调戏我……萧家的人，我萧炎今天若是让你安然无恙地走出了坊市，那我就不当这坊主了！"舔了舔嘴唇，萧炎森然地轻声道，使得前面的克鲁身体一颤，速度再次加快。

第八十四章
废 掉

柳席现在很兴奋，而他的兴奋源头，就是那俏生生地站在面前不远处的青衣少女。

少女一身清雅装束，精致的小脸未曾施加任何粉饰，自然天成，一头滑顺青丝被短短的绿巾随意地束着，刚好齐及腰间，微风吹来，青丝飘动，撩动人心。

在少女那不堪盈盈一握的小蛮腰处，一条淡紫衣带，将那曼妙的曲线，勾勒得淋漓尽致，就连路人的视线，都是忍不住地偷偷在那腰间扫了扫，心头暗自想道，若是能将这等小蛮腰搂进怀中，那会是何种享受？

脸庞炽热地望着少女，柳席的手掌因为激动，有着轻微的颤抖，面前的清雅少女与他以前所玩过的女子完全不同，那犹如青莲般脱俗的气质，简直使得爱女如命的柳席恨不得马上将之夺入手中。

眼光扫了一眼那被他一掌轰翻在地的萧宁，柳席笑道："护花可得需要些本事，你还差了点儿。"

被柳席一番嘲笑，萧宁脸庞通红，双眼赤红地怒视着前者，咬牙切齿的模样恨不得冲上去啃他一口。

"萧宁，回来，你不是他的对手。"萧玉脸颊略微有些冰寒，上前一步，轻声叱道。

萧宁咬了咬牙，衡量了一下双方的实力，只得不甘地退了回来，在心仪女孩面前如此丢脸，他只觉得羞愧欲死。

目光在萧玉身上扫了扫，最后柳席目光微亮地停留在后者那双性感高挑的长腿之上，不由得赞声道："又是一个极品女子，看来今日我的运气还真不错。"

"呵呵，柳席大哥，他们都是萧家的人，这女的，名叫萧玉，不过她性子太辣，没点本事的男人，还真降服不了。"身后跟着一群彪形大汉的加列奥，笑眯眯地凑上前来，有些猥琐地笑道。

"呵呵，越辣才有味道。"柳席目光再次转移到那一直未曾开口说话的青衣少女身上，眼瞳释放着绿油油的光芒，"这位女孩子，又叫什么？"

望着柳席竟然打上了自己心仪之人的主意，加列奥嘴角略微抽搐，心中在恶狠狠地诅咒了一声这精虫上脑的王八蛋后，方才无奈地回道："她叫萧薰儿。"

"好名字。"含笑点了点头，柳席不再与加列奥废话，上前两步，佯作绅士般地笑道，"在下柳席，不知能否邀请两位小姐一同逛逛坊市？呵呵，如果坊市中有两位小姐看上的东西，尽管算在在下头上。"说着，柳席手臂微微张开，将自己胸口上的职业徽章，有点炫耀般地露了出来。

徽章之上，绘着一个古朴的药鼎，在药鼎表面，一道银色波纹，在日光的照射下，反射着异样光芒。

"一品炼药师？"见到柳席胸口处的职业徽章，周围的人群，顿时失声惊呼，而这些惊呼声，也使得柳席脸庞上的笑容越来越浓。

听着"一品炼药师"几个字，萧玉俏脸微变，不过以她的性子，自然不可能因此就和这看上去贼眉鼠眼的家伙一起逛街，当下直接冷冷地出声："没空，你另找别人吧。"说罢，一手拉起薰儿，转身欲走。

刚刚转身，人群中，几名大汉便钻了出来，满脸淫笑地将去路挡下。

望着拦路的几位大汉，萧玉俏脸一沉，回转过身，对着加列奥冷声道："这里是我们萧家的地盘，你是不是太嚣张了点儿？"

"呵呵，萧家？很强吗？不过就是靠着凝血散拉回了点人气罢了，若是我愿意，我可以很轻松地将你们萧家搞得元气大伤，回春散，不过是我随意而做的疗伤药罢了。"柳席抚了抚雪白的袖子，得意地道。

闻言，萧玉俏脸一怒，不过却并未怒骂出声，深知炼药师实力的她，也有些不敢将话说得太过刺人，以免为萧家惹来一些不必要的麻烦。

萧玉会担心这些，可薰儿，却不会在意这些烦恼，她现在只知道，这块类似人形状的垃圾，已经耽搁了她见萧炎的时间。

轻抬了抬眼，望着那满脸得意的柳席，薰儿小嘴微启，轻灵动听的声音，所吐出来的话，却使得所有人发愣："垃圾就是垃圾，就算披上了炼药师的皮，那也依然只是个垃圾，像你这种有点本事就四处炫耀的人，用萧炎哥哥的话来讲，那就是一个……傻逼。"

大街上略微寂静，很多人都是满脸错愕，这位看上去清雅动人的少女，骂起人来，竟然也并不比一般人逊色。

萧玉同样是愕然地望着身边的薰儿，半晌后方才无奈地撇嘴道："我早就说过，你会被那小混蛋污染的……"

被薰儿在大庭广众下这番毫不客气地讽刺，心胸本来就并不开阔的柳席，脸庞上的笑容逐渐地收敛，阴沉地道："这么多年来，你还是第一个敢这么和我说话的人。"

"真是……好傻的对白。"

小手揉了揉光洁的额头，薰儿现在几乎已经能够确定，面前的这位，如果不是白痴的话，那就应该是太过自视甚高了。

"加列奥，动手吧，本来还想采取正当手段的，可惜，她却不领情。"脸庞阴沉地挥了挥手，柳席寒声道。

"呃……"加列奥一怔，有些头疼地摸着脑袋，心头苦笑道，"这家伙究竟是在想些什么啊？父亲所说果然不假，他除了会炼药之外，简直一无是处，妈的，为什么这种人都能成为炼药师？"

叹了一口气，加列奥只得干笑道："柳席大哥，我们加列家族，现在也惹不起萧家啊。"

"萧家？"冷笑了一声，柳席不屑地道，"只要我能得到她，那我便帮你们真正搞垮萧家，我手里除了回春散之外，还能炼制两三种别的丹药，若是炼出，保管萧家再次回到以前的那种境地。"

闻言，加列奥再次呆愣，他没想到，这家伙竟然如此轻易地就把自己的老底自曝出来，心中在窃喜之余，又一次感叹了一声是不是智商越低，成为炼药师的几率越大后，加列奥手掌一挥："抓住她们！"

见到加列奥开口，其身后的十多名大汉，立刻满脸凶悍地向着薰儿三人围拢而去。

望着对方如此嚣张，萧玉气得柳眉倒竖，冷笑了一声，玉手在腰间一抽，一根绿色的长鞭，狠狠地抽向那急扑而来的大汉，"啪"的一声，顿时，一条长长的血痕便出现在了后者脸庞之上。

萧玉虽然是三星斗者，可对方的十多名大汉实力也在斗者级别左右，在打翻了两三名大汉之后，萧玉终于逐渐地落入下风，有些狼狈地躲闪起来。

再次一掌将一名大汉轰得吐血倒退，萧玉也是俏脸微白地退后了几步，转头对着萧宁喝道："带薰儿走，进去叫那小混蛋出来！"

萧宁急忙点了点头，脸庞忽然一变，急喝道："姐，小心！"

听着萧宁的提醒声，萧玉赶忙回过头，只见先前那被她狠甩了一鞭子的大汉，已经满脸狰狞地举起铁拳，狠狠地对着其胸部砸了过来。

见到这家伙竟然下流地攻击女人这种部位，萧玉俏脸气得有些铁青，斗气急速在掌心凝聚，刚欲狠扇而出，一道黑色影子却是快速闪现身旁，一道凶悍的劲风，狠狠地砸在大汉脸庞之上，巨大的力道，直接使得后者满脸鲜血地在地面上倒滑了好几米，方才缓缓止住。

"刚才凡是动了手的人，都废掉……"

少年手持着一根精钢铁棍，目光有些阴冷地瞥了一眼对面的柳席与加列奥，抿了抿嘴，淡淡的声音，有着些许森然。

听着少年的声音，人群中，几十名手持同样铁棍的大汉，顿时犹如虎狼之众一般，满脸狞笑地蜂拥而出。

第八十五章

接 受

面对着几十名手持铁棍的四星斗者，先前还耀武扬威的十多名护卫，顿时脸色惨白，还未来得及逃跑，一根根漆黑的铁棍，便是狠狠地对着身体各处招呼而来，片刻时间，凄厉的惨叫声就已响彻了整条街道。

森冷地瞥了一眼对面脸色难看的加列奥，萧炎微偏过头，望着那因为羞怒而俏脸晕红的萧玉，语气稍微柔和了一点："没事吧？你们过来也事先通知我一声吧，最近加列家族的那群混蛋一直想找点麻烦。"

头一次被萧炎如此轻言细语地对待，萧玉明显怔了一怔，俏脸上的晕红悄悄地更盛了一点，有些不知所措地胡乱移动着目光，嘴中道："出来的时候遇到薰儿，她说想过来看看，我就陪她过来了，我哪知道会遇到这群混蛋。"

萧炎无奈地摇了摇头，目光跳到一旁那因为他的出现而满脸雀跃的青衣少女身上，脸庞的笑意越加柔和："刚才骂得很痛快啊。"

听着萧炎的取笑，薰儿无辜地摊了摊手，抿着小嘴轻笑道："我也不想的，只是很有些看不惯他那副模样罢了，要知道，即使是当年的萧炎哥哥，也不敢当街抢人的哦。"

被薰儿偷偷地反击了一次，萧炎干笑着摸了摸鼻子，当年他虽然有些张狂，可也不至于到这家伙的脑残地步吧？

"哟，这不是萧家小少爷吗，一年多时间不见，听说你终于脱离了废物的名头？"望着那与心仪的女孩亲昵交谈的萧炎，加列奥眼角一阵抽搐，在嫉妒心的驱使下，发出阴阳怪气的笑声。

"他是谁？"柳席目光同样有些阴冷，先前那一直没对他正眼看待的薰儿，现在却和另外的男子谈笑，这种打击，实在是使得性子高傲得过了头的他难以接受。

"嘿嘿，柳席大哥，这可是萧家有名的'天才'，名叫萧炎，以前修炼了十多年，斗之气也才停留在三四段左右，不过最近不知道吃了什么东西，却是在几个月前，直接蹦到了八段斗之气。"加列奥在柳席身旁阴笑着介绍道。

"一个连斗者都不是的东西，再'天才'，那不也是废物？"柳席冷笑道。

听着柳席此话，薰儿小脸微寒，秋水眸中，金色火焰，闪掠而过。

伸手轻拍了拍身子略微紧绷的薰儿，萧炎淡笑着摇了摇头，偏过头，望着那一身白衣的柳席，目光随意地瞥了一眼他胸口处的炼药师徽章，微笑道："你应该就是炼制'回春散'的人吧？"

柳席一声冷笑，挺了挺胸口处的徽章，傲然道："没错，我就是加列家族请来的炼药师。"

萧炎似是恍然地点了点头，笑吟吟地道："难怪，如此低级药力的疗伤药，也只有您这种炼药师，才能炼制得出，您还真没愧对您老师的教导。"

听着萧炎此话，周围围观的佣兵，顿时发出哄然笑声，经过前段时间加列家族的暴利，这些佣兵对那回春散的制造者，也是有着不小的怨气，现在见到萧炎竟然敢当面嘲讽，都是有些感到畅快。

周围的大笑声使得柳席脸庞缓缓阴沉，双眼森冷地盯着萧炎："你这是在给你们萧家招惹一些惹不起的敌人。"

闻言，萧炎略微有些愕然，苦笑了一声，手掌揉了揉额头，他实在是对这位自视甚高的极品有些无语，他难道认为自己是哪位斗帝的亲传弟子不成？一个一品炼药师的确能够让萧家正视，不过若要说惹不起，却不过是一个笑话。

"唉，这种智商也能成为炼药师？"叹息着摇了摇头，萧炎心有戚戚焉地与薰儿对视了一眼，在与柳席交谈一会儿之后，他终于明白性子温婉柔和的薰儿为什么会对这家伙如此不感冒了。

手掌摩挲了一下脸庞，萧炎懒得再和这明显智商有些问题的家伙废话，对着身后几十名大汉扬了扬手，笑吟吟地道："打，连主子一起，既然人家敢到我们萧家地盘闹事，那我们也不必客气，不然免得被人说笑。"

瞧着萧炎如此举动，加列奥脸庞微微一变，他可没想到萧炎竟然敢来真的，眼珠转了转，冷笑着嘲讽道："还以为你长进了多少，原来还是一个只会依靠手下的废物罢了。"

"你的激将，很低级。"萧炎挥舞着手中的铁棍，轻声道。

"你愿意当作是激将，那便是激将吧，像你这种废物，根本没资格与薰儿小姐走在一起。"加列奥讥讽道，眼瞳中悄悄地掠过一抹寒光，不怀好意地道，"你应该进行过成人仪式了吧？嘿，那也就是说，我现在向你挑战，你已经没理由再拒绝了？"

"你还真够无耻的，萧炎今年才十七，你已经二十三了，这种挑战，亏你也说得出口，如果你想玩，本小姐陪你！"听着加列奥的挑战，萧玉柳眉微竖，手中长鞭一甩，在地板上带出一道浅浅的白痕，叱道。

嘴角微微抽搐，加列奥讥诮地道："你艳福还真是不浅，又有女人替你出头，嘿，就知道躲在女人身后的软货。"

"奶奶的，这小白脸太嚣张了，小坊主，我们帮你陪他玩玩。"望着咄咄逼人的加列奥，周围一些平日与萧炎关系不错的佣兵顿时大声嚷嚷道。

见到自己一番话引起这么大的反应，加列奥脸庞一变，他的实力不过才三星斗者，若真是引起了众怒，他心中还真有点虚。

瞄了一眼那依然面无表情的萧炎，加列奥拂了拂袖子，冷笑道："既然不敢接受，那也就算了，走吧，柳席大哥，这种连挑战都不敢接的人，有什么值得重视的。"

柳席阴笑着点了点头，目光垂涎地在薰儿身上停留了一会儿，方才恶狠狠瞪了萧炎一眼，恨恨道："小子，等着吧，我要你萧家主动把人给我送过来！我看上的女人，还没有到不了手的。"

薰儿淡淡地瞥了满脸淫秽的柳席一眼，眸子中，终于掠现过一抹森然的杀意。

加列奥与柳席转过身，几名满脸冷漠的萧家大汉却是在坊市门口出现，然后宛如一堵门墙一般，将大门牢牢堵死。

　　"我知道你很想把我弄成残废，嗯，好吧，如你所愿……你的挑战，我接受。"正在加列奥也准备发信号叫人之时，少年淡淡的声音，忽然缓缓地在身后响起。

　　闻言，加列奥先是一愣，旋即一抹狰狞的笑意，在嘴角缓缓拉起："你自己找死，那就怪不得我了！"

第八十六章
挑　战

　　缓缓地转过身，加列奥偏过头，嘴角的笑意略微有些狰狞："柳席大哥，能不能让我来与他玩玩？"

　　柳席笑着点了点头，手掌不着痕迹地在身前微微一竖，阴笑道："有机会，不要留手。"

　　加列奥笑着眯起了眼睛，柳席的话，让他忽然想起了一次私下与加列毕的密谈，当时的加列毕，刚好获得萧炎恢复修炼天赋的消息，他在脸色阴沉地沉默了许久之后，极其严肃与冷漠地对加列奥说了一句话：

　　"如果以后哪天萧家那小子接受了你的挑战，下手，绝对不要留情，如果能当场将之击杀，那是最好，就算不能，废了他的手或者腿，那也是为加列家族减少了一个未来的恐怖敌人。"

　　脑海中缓缓地回荡着父亲在说此话的严肃与冷漠，加列奥脸庞上的笑意，也是越加地狰狞，目光森然地瞥着不远处那脸色平静的萧炎，他似乎已然能够预感到，这位天才少年，将会夭折在自己手中。

　　加列奥的信心，来源于其本身实力，他现在不仅已经位列三星斗者，而且，所修习的功法，更是风属性的玄阶高阶功法：风卷诀，再加上其本身所掌握的几种斗技，他几乎已经能够越级挑战一名普通的五星斗者而不败。

　　而与之相比，虽然萧炎的修炼天赋已经归来，不过几个月之前的成人仪式之上，其实力也不过才八段斗之气，就算这段时间，他的实力再次有所精进，可那也不可能超越自己，对此，加列奥有着绝对的信心。

　　整条大街之中，不仅加列奥认为萧炎没有一丝胜利的可能，就算是周围围观的佣兵以及萧玉等人，也同样如此认为，不管萧炎天赋如何杰出，可毕竟两者间的等级差距，容不得任何人将之忽视。

　　"这小混蛋平日不是精明得过分吗？怎么会中那家伙如此低劣的激将法？"望着那肩扛着铁棍的萧炎，萧玉俏脸微沉，踏前一步，有些恨铁不成钢地怒声道，"你这家伙什么时候变得这么容易逞强了？明知打不过，还接受什么挑战？活腻了是吧？"

　　被萧玉喷了一口，萧炎轻耸了耸肩，笑道："又还没开始打，谁活腻了还不知道呢。"

　　"你……"望着顽固的萧炎，萧玉恨恨地跺了跺脚，性感修长的长腿朝前一迈，直接挡在萧炎面前，手中绿色长鞭将空气甩得瞬啪作响，"还是我来吧，我知道你潜力很不错，可那也是以后。"

　　瞧着背对着自己的萧玉，萧炎愣了一愣，他没想到这一直和自己针锋相对的女人，在外人面前竟然会如此地护着自己，有些莫名地搔了搔脑袋，然后目光在萧玉香肩处缓缓扫下，视线移过后背，柳腰，挺翘的娇臀，以及那双堪称完美的性感长腿。

　　有些惊诧于这野蛮女人背面的完美曲线，萧炎咂了咂嘴，旋即在其主人快要发觉之前，快速收回目光，脑袋微微前倾，看上去就如同将下巴放在萧玉肩膀一般："呃，你以前不是巴不得我被人打死吗？"

　　耳边传来的呼吸，使得萧玉身子瞬间紧绷了起来，娇嫩的耳尖迅速浮上一层粉红，片刻后，深吸了一口气，淡淡的声音中有着一抹不易察觉的颤抖："你应该清楚你对家族的价值，所以，你不能随便接受别人的挑战，作为你的……表姐，我有权利帮你挡下一些危险。"

　　"呃，真是奇怪的言论。"搔了搔头，萧炎无奈地摇了摇脑袋，"不过还是算了，我自己的事，能解决，女人家，还是一边待着去吧。"说完，手中铁棍猛地一紧，身形一侧，便是让过了挡在身前的萧玉，脚掌在地面一踏，径直对着那早已不耐烦的加列奥疾冲而去。

　　瞧着萧炎的举动，萧玉俏脸一急，手中长鞭刚欲将之卷回来，少女轻灵的嗓音，却使得她的动作停滞了下来："萧玉表姐，相信萧炎哥哥吧，他不是莽撞的人，没有把握，他也不会主动挑衅的。"

"薰儿……"回过头，萧玉望着笑吟吟的薰儿，怔了怔，只得叹息着点了点头，只不过，玉手，却依旧紧紧地握着长鞭。

"嘿嘿，小王八蛋，今天我要你后悔这愚蠢的举动。"盯着那手持铁棒疾冲而来的萧炎，加列奥一声冷笑，淡淡的青色斗气，在手掌中急速凝聚。

立在原地，身形不动，加列奥双掌猛然蜷曲成利爪般的模样，指尖之处，青色斗气若隐若现地汇聚成十根尖刺，狞笑一声，手爪舞动，带起一股破风之声，狠狠地对着萧炎攻击而去。

感受着那股隐隐有着撕裂空气的尖厉声响，萧炎眼睛微眯，略微蜷曲的左手猛地对着身前的地面挥出，一股无形劲气击打在地面之上，力量的反推之力，顿时将萧炎猛冲的身形骤然止住。

望着萧炎如此灵活地控制因自身速度而产生的冲力，周围经验丰富的围观佣兵，顿时发出一片惊叹之声。

身形在止住的那一刹那，萧炎手中的铁棍毫不停滞地脱手而出，犹如离弦的利箭，急射向加列奥的脑袋。

望着激射来的铁棍，加列奥不屑地冷笑了一声，泛着青色斗气的手掌反手一握，旋即一震，身前空气略微波荡，几个淡青色的小风卷，凭空出现。

铁棍在穿过几个小风卷之后，其上的力道，被后者轻易化解而去。

失去了力量支持，铁棍在距离加列奥脑袋仅有半米距离时，无力落地，发出一声清脆的声响。

"唉……"见到萧炎此次攻击被对方轻易化去，周围的人群，顿时发出无奈的叹息声，拥有高级功法的加列奥，几乎已经立于不败之地了。

第八十七章
下杀手

　　"姐，萧炎的情况似乎不太好啊。"望着场中失去了武器的萧炎，萧宁有些忐忑地道。

　　萧玉沉着俏脸，闷闷地道："我管他去死，就知道逞英雄，现在可好，英雄没当成，却是被人家欺负得丢尽了脸面。"略微沉默了一下，萧玉叹道："准备救人吧，我看加列奥那混蛋，似乎想下狠手。"

　　萧宁讪讪地点了点头，不过却不敢再去触她的霉头。

　　与忐忑的萧玉两人相比，薰儿却是显得极为镇定，眸子扫过场中处处落于下风的萧炎，小嘴噙起淡淡的笑意。

　　侧身有些狼狈地避开加列奥的一次攻击，萧炎身形刚退，那因为风属性功法而增幅了速度的加列奥便是紧逼而来，手掌紧握，脸色狰然地重轰向萧炎脑袋。

　　身后不知何时，已是一处墙壁，虽然已经避无可避，可萧炎的脸庞，却依然平静如水，缓缓地吐了一口气，拳头之上，淡黄的斗气猛地涌出，然后带着一往无前的凶悍气势，与加列奥，终于即将开始第一次的正面碰撞。

　　瞧着那竟然选择与加列奥硬碰硬的萧炎，周围的人群，都不由得有些哗然，两者级别明显相差极远，若是萧炎继续选择躲避，倒还能拖上一拖，可若要选择硬碰，无疑只有当场落败一途。

　　就在所有人都为萧炎遗憾之时，萧炎那紧握的拳头，却是骤然摊开，一股突兀的强猛无形推力，忽然凭空出现，最后隔空狠狠地砸在了加列奥胸口之上。

胸口受到莫名劲气的攻击，加列奥迅猛前冲的身形直接被反射而出，脸庞发白，充满狰狞的眼瞳中，慌乱急速闪过："这是什么斗技？怎如此诡秘？"

　　看着那在半空中突然诡异倒飞的加列奥，在场的很多人，都是满脸诧异。

　　"吸掌！"

　　摊开的手掌，对准倒飞而出的加列奥，萧炎眼光极其毒辣地选择了最好的时机，顿时，狂猛的吸力，将倒飞而出的加列奥猛地对着这边狠狠扯了过来。

　　在半空中被当成皮球一般扯过来丢过去，加列奥心头变得极其暴怒，咬着牙望着那距离越来越近的萧炎，脸庞上泛起一抹残忍，右拳猛地紧握，青色斗气在拳头表面急速凝聚，最后竟然是形成了一个小小的漩涡："玄阶低级斗技：青风旋拳！"

　　拳头在半空中，带起尖厉的破风声响，巨大的风压，居然将萧炎身旁地面上的杂物，全部掀飞而去。

　　微眯着眼，感受着那迎面而来的强猛风压，萧炎脸色逐渐严肃，身体在沉寂瞬间之后，忽然猛地回转过身，右脚在墙面之上狠狠一踏，巨大的劲力，在墙面上留下了一个约有半寸深的脚印，借着墙壁的反推之力，萧炎身体在半空中一个急旋，右脚绷成一个诡异的发力弧度，在这一刻，柔软的裤腿，似乎都犹如钢铁一般坚硬。

　　"八极崩！"

　　紧抿着嘴，萧炎脸庞森然，右脚在半空中完成近乎完美的蓄力之后，终于在众目睽睽之下，与加列奥的重拳，交轰在了一起。

　　"别以为就你是三星斗者！"

　　在拳脚碰触的刹那，萧炎右腿之上，黄色斗气，急速涌现，淡淡的轻声，使得加列奥脸色骤变。

　　"嘭！"拳脚相接，一声闷响，犹如闷雷般，从交接处扩散而出。

　　"咔嚓！"交接的瞬间，骨头断裂的声响刺耳地传出，萧炎与加列奥，身体几乎是同时倒射而出。

　　身体重重地砸在背后的墙壁之上，萧炎喉咙一甜，一口鲜血忍不住地喷射而出，星星点点地洒满地面。

望着吐血的萧炎，周围的佣兵，都是惋惜地叹息了一声，然而就在他们认为萧炎已经落败之时，那同时狠狠砸落地面的加列奥，却是忽然捧着右手，满地打滚地凄厉号叫了起来。

围观者中，不乏眼力出众之人，当他们瞧得加列奥那几乎已经扭曲得变形的手臂之后，不由得倒吸了一口凉气，旋即满脸震撼。

略微有些喧闹的大街，在此刻突兀地寂静了下来，一道道目光，震惊地望着那在墙壁下不断喘着粗气的少年，半晌之后，喝彩声哄然响起。

微张着红润小嘴，萧玉有些不可置信地望着那在地上凄惨号叫的加列奥，惊愕地道："那小混蛋，竟然赢了？"

"好像是吧，那家伙的手，被萧炎打断了……"萧宁咽了一口唾沫，萧炎下手的这股狠劲，使得他有些心悸地想起了上次自己的惨状，不过这一次加列奥的状态，明显比当时的自己，还要凄惨上十倍不止，望着加列奥那几乎已经钻出肉皮的骨刺，萧宁能够知道，这家伙的手，多半废了。

听着萧宁的确定声，萧玉半晌无语，狠狠地剜了一眼不断喘着粗气的萧炎："原来这小混蛋早就晋入了斗者，难怪如此有恃无恐。"

……

在地面上坐了足足有十多分钟，萧炎方才缓缓地爬起身子，眼光森冷地瞥了一眼不远处目瞪口呆的柳席，拖着已经麻木的右脚，捡起一旁的铁棍，满脸凶光地对着躺在地上号叫的加列奥艰难行去，刚才加列奥的出手，已经露出了他对自己的杀心，对于想要自己命的人，萧炎也同样不会做出无谓的慈悲。

躺在地上，望着那越来越近的萧炎，加列奥满脸怨毒之余，还有些恐慌，咽了一口唾沫，他也瞧清了萧炎眼中的杀意，不由得急忙道："我认输了！"

萧炎面无表情，似是没有听见此话一般，手中的铁棍，握得越来越紧。

看着场中那满脸冷漠的少年，饶是一些佣兵常年在刀口舔血，那也不免有些心寒，现在的萧炎，很难让人将之与以前那成天微笑的少年重合在一起。

脚步顿住，萧炎居高临下地俯视着加列奥，忽然露齿一笑，然而那整齐的洁白牙齿，却使得加列奥心中寒气直冒，到得现在，他才知道，这平日将自己掩藏在温顺的绵羊皮下的少年，其实有着一颗比他还要狠辣的心。

"死吧，垃圾……"

轻轻一笑，萧炎那漆黑的眼瞳中，杀意骤然暴涨，手中漆黑的铁棍，带起破风之声，狠狠地对着加列奥脑袋重砸而下。

第八十八章

落　幕

望着下手毫不留情的萧炎，加列奥脸色惨白，恐惧的神色，笼罩着脸庞。

街道之上，瞧着那加列奥即将血溅当场，在场的人，都不由得轻吸了一口凉气，萧炎这干脆利落的举动，使得很多人对他有种刮目相看的感觉。

萧玉微张着红润小嘴，全身僵硬地立在原处，萧炎这说杀就杀的利落性子，简直颠覆了以前他在前者心中的温和形象，萧玉怎么也想不到，那平日里与她打闹耍脾气的少年，真要发起狠了，竟然如此老辣。

所有人的目光，都是随着萧炎手中的铁棍移动着，然而，就在铁棍距离加列奥脑袋仅有半米距离时，暴喝声，却是宛如炸雷一般，在街道之上，突兀响起："萧家的小子，挑战切磋而已，居然敢下如此狠手？"

听着这蕴含着暴怒的喝声，萧炎眼睛微眯，嘴角泛起一抹冷笑，手中铁棍不但未曾停止，反而以更加凶悍的力道，狠狠砸下。

"给我滚开！"萧炎的举动，明显惹起了先前大喝之人的怒火，一声怒骂，尖锐的破风劲气，呼啸而出，犹如一抹青色闪电一般，从萧炎铁棍中间横切而过，顿时，坚硬的铁棍，凭空断裂成两截，断口处，光滑如镜。

铁棍被轻易切成两半，萧炎脸色微变，牙齿一咬，刚欲发狠将手中剩余的半截铁棍插进加列奥的喉咙，那青色劲气，再次袭来，强烈的风压，竟然使得萧炎呼吸有些急促。

眼瞳微缩，使劲插下的铁棍，却犹如被一层看不见的风膜隔离了一般，无论如何，都是砸不下去。

嘴角抽搐了一下，萧炎右手紧握着铁棍，身体微偏，旋即猛然扭过，手中的铁棍，脱手而出，化为一道黑影，狠狠地射向半空之处飞跃而来的人影。

"哼！"见到萧炎居然敢出手攻击自己，人影冷哼了一声，双手蜷曲成爪，在身前猛地一阵挥舞，浓郁的青色斗气，形成几道淡青色的能量风刃。

手指一弹，风刃离手而出，将那一截铁棍，切成十几块碎铁。

"小小年纪，心肠却是如此狠毒，今天我倒要代萧战好好教训一下！"在击碎铁棍之后，人影冷笑一声，双掌之中，青色斗气急速凝聚，一圈风卷在其脚下成形，然后将之驮负在半空之中，身形犹如一颗炮弹一般，对着萧炎俯冲而下，手掌一挥，一道淡青色斗气风刃再次凭空出现，对着萧炎暴射而去。

风刃所产生的强烈风压，将地面上的杂物吹得干干净净，纤尘不染。

"教训我？你算个屁！还是管好你自己的儿子吧。"冷笑着摇了摇头，萧炎已经从斗气的属性中，认出了来人正是加列奥的父亲——加列毕。

脸庞平静地望着急射而来的风刃，在其即将进入头顶五米距离时，萧炎手掌猛地对着脚下地面一掌击出，无形劲气暴冲而出，在接触到地面之后，顿时将萧炎的身形反冲上半空，身子在半空凌空一翻，然后稳稳地落在十几米开外的空地之上。

风刃落空，"哧"的一声，将坚硬的石板之上，留下一道足足寸许的深痕。

"父亲，杀了他！"望着那从半空中俯冲而下的人影，加列奥脸庞狂喜，旋即怨毒地大喝道。

落下地来，加列毕脸色阴沉地望了一眼加列奥的手臂，脸皮微微一抽，眼瞳中掠过森寒的杀意，并未答话，脚掌在地面一踏，再次猛冲向萧炎："让我来试试你这萧家天才究竟有何了不起之处？"

从加列毕的出现，到萧炎的急退，不过是片刻时间，当众人瞧得加列毕竟然以大斗师的身份偷袭一名少年斗者之后，都不由得响起漫天嘘声。

"妈的，加列老狗，你个大西瓜还真有脸出手！"看着竟然不顾双方身份的差距，再次冲过来的加列毕，萧炎脸色终于变得有些难看，大骂道。

"小子，你打断了我儿子的手，想安然无恙就走，哪这么容易！"加列毕脚掌在地面一踏，身形竟然犹如一阵清风一般，诡异地出现在了萧炎头顶之上，面无表情的脸庞上闪过一抹狰狞，拳头猛地紧握，其上汹涌的青色斗气急速凝聚成了巨大的青色旋涡。

"我操，竟然还用玄阶斗技，加列老狗，加列家族的脸都被你丢光了！"感受到加列毕拳头上所蕴含的狂猛劲道，萧炎的脸色，变得极为难看，一只手掌，悄悄地抚上了手指上的漆黑戒指。

不远处，望着身陷险境的萧炎，薰儿小脸微变，缓缓地轻吐了一口气，秋水般的眸子中，金色火焰，逐渐地腾烧，纤手之中，淡金色斗气，也开始凝聚出凶悍的劲气。

然而就在萧炎准备自救，以及薰儿准备抢救之时，一道充斥着暴怒的大吼声，再次突兀地在街道上炸响："妈的，加列老狗，我萧战的儿子，什么时候轮到你个杂种来教训了？"

喝声刚落，一道全身泛着火红的人影猛地从坊市之外闪掠而来，脚掌在一处房顶之上狠狠一踏，身形便已闪电般地出现在萧炎面前，仰头一声大吼，吼声中，竟然隐隐有着狮吟之声。

"狮山裂！"

脸庞森然，萧战铁拳紧握，旋即猛地对着头顶之上的加列毕轰出，拳头之上，巨大的红色狮子头，若隐若现。

"轰！"

青红交接，宛如闷雷般炸响，使得街道上的大部分人感到有些耳朵发蒙。

半空中，交轰的两人身体微震，旋即身形暴退，萧战在退开之时，也顺带一把将萧炎抓在了身后。

脚步急促地在地面上退后几步，每一步，都在地板上留下一个肉眼可见的脚印，由此可见，双方对轰的力量，有多强悍。

化去劲气，萧战阴冷地瞥着不远处的加列毕，冷笑道："加列毕，你还真是活到狗身上去了，竟然有脸对晚辈出手。"

加列毕脸色阴沉，嘴角微微一抽，指着地上的加列奥，阴冷地道："他把我儿子打成这模样，萧战，今日，你得给我个交代！"

"交代？交代个屁啊！刚才要不是我儿子机灵，现在躺地上的，就该换他了，到时候，我是不是得要你给个交代啊？"萧战嗤笑了一声，剽悍地破口大骂。

"这挑战，是你儿子发出来，在场的人都可以作证，而且挑战，断胳膊断腿，很正常嘛，何必大惊小怪。"萧战脸庞的凶悍缓缓收敛，笑眯眯地道。

"你……"脸庞急促地抽搐了几下，加列毕望着那满场的戏谑目光，知道今日已经失去对萧炎最好的出手机会，只得咬牙切齿地道："别让我抓住机会，否则！"

"这句话，反送给你。"笑了笑，萧战的眼瞳中，同样是凶光闪掠。

"好，好，等着吧！"怒极反笑地点了点头，加列毕上前将痛苦号叫的加列奥夹在手臂之下，转身就走，在经过柳席之时，望着他那目瞪口呆的模样，心中的怒火再次涌盛，深吸了一口气，压抑着怒气沉声道："柳席先生，走吧！"

"呃？那女孩……"柳席将不甘的目光投向不远处的薰儿。

眼角急促地跳了几跳，加列毕现在几乎有种当场拍死这脑中只有女人的白痴的冲动，拳头紧紧地握了握，片刻后，他强迫自己露出一个难看的笑容："此事，回去后从长计议吧。"

"唉，好吧。"望着满脸"痛苦"的加列毕，柳席只得不甘地点了点头，目光再次淫秽地在薰儿那玲珑身姿上扫过，这才恋恋不舍地跟着加列毕离开坊市。

目送着狼狈的加列毕一行人行出坊市，萧战冷笑了一声，目光在周围扫了扫，然后转过身，望着那嘴角有着一丝血迹的萧炎，目光缓缓柔和，重重地拍了拍他的肩膀，旋即咂了咂嘴，惋惜道："小家伙下手还不够狠，加列毕就那一个儿子，你如果能把加列奥那玩意踢断了，那加列毕今天应该就会发疯了，而到了那地步，埋伏在外面的三位长老也就有借口联手击杀他了，啧啧，可惜了。"

闻言，萧炎愕然，无奈地翻了翻白眼，一旁的薰儿与萧玉，却是被这荤话弄得脸颊晕红。

听着萧战此话，周围的佣兵，不由得感到头皮发麻，难怪儿子如此狠辣，原来这当父亲的，还要更甚。

第八十九章
月黑风高

漆黑的夜空之上，银月高悬，淡淡的月光，为大地披上了一层银纱，看上去分外神秘。

在经过白日的喧哗之后，深夜的乌坦城，也是陷入了一片黑暗与寂静。

萧家，后院的房间内，少年正仰面躺在床榻之上，与夜空同色的漆黑眸子，此时却是寒芒悄涨。

"老师，你现在的这种状态，实力底限是多少？"再次沉默了半晌，萧炎忽然轻声询问道。

"怎么？"手指上的漆黑戒指中传出一句随意的反问声，片刻后，药老含糊地道："虽然现在只是灵魂状态，不过凭借着异火，对付一些大斗师或者斗灵这些小杂鱼，应该没什么问题吧。"

闻言，萧炎脸庞微喜，眼中却是掠过一抹寒意。

"你想去杀了白天那小子？"见到萧炎这模样，药老略微有些诧异地问道。

"加列奥还不值得我费这么大心。"萧炎笑了笑，淡淡地轻声道，"两月时间快要到了，我有点失去和加列家族继续耗下去的耐心了，所以，我想偷偷地把那叫柳席的炼药师给解决了，只要那炼药师一死，没有疗伤药来源的加列家族，就将会失去仅余的一点市场，到时候，就算家族还能生存，那也将会势力骤降，从此再难对萧家造成威胁。"

"唔，真是因为失去耐心了吗？以你的性子，可不像是浮躁的人啊。"沉默了一下，戒指之中，传出药老的戏谑声，"看来你对那位叫作薰儿的妮子还真的很在意啊，那家伙不过是表现得下流了一些，你便是记恨下了心，还真是一个爱吃醋的小孩子啊。"

闻言，萧炎脸皮微微一烫，被揭穿了心底所想，他顿时有些恼羞成怒："我时间本来就不多了，哪能陪他们一直玩下去？就算今天没遇见那家伙，我也会开始用些别的手段了。"

"好吧，好吧，不关那妮子的事……"瞧着萧炎这模样，药老大笑了几声，笑声中的戏谑，使得萧炎无奈地翻着白眼。

"既然想动手，那便动身吧，我是灵魂状态，所以还要借你的手。"停止了取笑，药老笑道。

急忙点了点头，萧炎飞快地跃下床榻，从怀中掏出暗红色的纳戒，然后取出一套早已经准备好的漆黑大斗篷，极其熟练地套在身上，顿时，身材单薄的少年，便化成了臃肿的神秘黑袍人。

"走吧，你什么都不用做，我来控制你的身体就好，有我的灵魂包裹，你也不用担心被人从气息中分辨出身份。"见到萧炎准备完毕，药老笑着提醒了一声。

"嗯。"点了点头，萧炎轻手轻脚地行至窗边，犹如做贼一般地四处望了望，这才跳了出去，身形在半空急落而下，一股莫名的强大力量从手指上的戒指中传了出来。

莫名的力量迅速地包裹了萧炎全身，顿时，急降的身形，竟然突兀地悬浮在了半空之上，脚掌在一处房顶之上轻轻一点，漆黑的身形，宛如一头隐藏在黑暗中的鹰鹫，悄无声息地掠出了萧家，最后消失在黑茫茫的夜色之中。

月黑风高夜，杀人好时机。

……

加列家族。

"柳席先生真的还能炼制别的丹药？"灯火通明的大厅之中，本来心情极度阴沉的加列毕，听得面前柳席的得意声音，先是一怔，紧接着大喜问道。

非常满意加列毕这副惊喜的模样，柳席端起身旁茶杯喝了一口，脸庞上的表情，颇为自傲："除了疗伤药之外，我还能炼制一种极其适合佣兵需要的丹药，丹药名为蓄力丸，能够在短时间内，使得服用此药之人，增加一成左右的力量。"

闻言，加列毕脸上的喜意更是甚了几分，如果真的能够炼制出这种药效如此特别的丹药，那加列家族便能借此为广告，然后拉回不少的人气，最后说不定，还能再次压下萧家。

"不过这种蓄力丸，并不能如同疗伤药一般地大规模炼制，按我的实力，恐怕一天顶多只能炼制二十粒左右。"柳席有些惋惜地道。

"呵呵，二十粒就二十粒，我们可以弄出类似拍卖会的形式，价高者得嘛，反正疗伤药才是主道，我们只是依靠这东西拉回人气。"加列毕摆了摆手，笑道。

"嘿，加列族长，这蓄力丸，我的确能够炼制，不过按照我们的约定，我似乎只负责炼制疗伤药吧？"见到蓄力丸勾起了加列毕的念头，柳席却是眼珠一转，忽然笑道。

脸庞微微一变，老奸巨猾的加列毕如何不知道这家伙在打什么主意，不过到了这种时候，他也只得干笑着问道："那柳席先生的意思？"

"呵呵，放心，我知道加列家族现在的状况，所以不会再狮子大张口。"望着松了一口气的加列毕，柳席眼瞳中掠过一抹淫笑，"在下只是想请加列族长帮忙把那位叫作萧薰儿的女孩，给我弄过来。"

脸庞上的笑意还未露出来，便是骤然僵硬，加列毕眼角一阵抽搐，他没想到，这色胆包天的家伙，竟然直接把念头打到萧家头上去了。

"柳席先生，如果我们加列家族动了萧家的人，那萧战就有借口对我们加列家族正面宣战，到时候，恐怕就不再是这种经济上的对决，而是要真正地拔刀相向了啊……"叹了一口气，加列毕苦笑道。

手指弹了弹桌子，柳席嘿嘿道："这些不是我思考的问题，不管族长是打算硬抢也好，下药迷昏拖走也罢，我只要结果，只要族长能把她弄过来，我随时开工炼制蓄力丸。"

眼角再次急促地跳了跳，即使加列毕怒意大盛，可他也只得强笑道："能否让我想想？明日再给先生答复可好？"

"嘿嘿，也好，那族长便想想吧，走前多嘴一句，其实现在的加列家族与萧家，本来就已经势同水火，又何必再怕多这么一桩恩怨？"阴声笑了笑，柳席站起身来，拍拍屁股，大摇大摆地走出大厅，然后向着后院自己的房间快步行去，今天被那位犹如青莲般脱俗的少女挑起了心中欲火，现在的他，很想赶快找一位年轻貌美的侍女消消火。

望着消失在转角处的柳席，加列毕阴沉着脸庞，半晌后，方才长吐了一口气，森然道："这头满脑子都是女人的王八蛋，迟早要死在女人身上。"

……

后院的一处房间之中，萧炎有些无奈地望着那被打昏在床榻之上的俏丽女子，女子身上只披了一件单薄的浴纱，诱人的雪白春光，泄露了大片。

"那家伙回来了。"戒指之中药老的轻声提醒，使得萧炎飞快地缩进一处隐蔽角落，眼睛透过细小的缝隙，将房间内的一切，收入眼中。

"嘎吱……"木门被缓缓推开，柳席那招牌似的淫笑声，顿时在房间中响起，"哈哈，宝贝，我回来了，今天晚上准备接受摧残吧。"

"真是个被精虫填满大脑的白痴，药老，准备动手吧。"冷笑着摇了摇头，萧炎在心中出声道。

"好……等等，有变故！"好字还未说完，药老的急喝声，使得萧炎心头猛然一紧。

额头上被药老的喝声吓出了一抹冷汗，萧炎身体立在原地，动也不敢动。

"左边！"心中，药老的轻声提醒，再次传出。

听着提醒声，萧炎缓缓地扭转脑袋，将目光投向房间左边的窗口之处，眼瞳骤然一缩……

那原本紧闭的窗口，已经不知何时打开，淡淡的月光，挥洒而进，那在眨眼之前还空空荡荡的窗户边缘，此刻，一位身着金色裙袍的少女，却是诡异地坐立其上，金色裙袍之下，一对如玉般圆润雪白的小腿，在半空中划起诱人弧线。

月光洒进，照在少女那张精致的小脸上，宛如月光中的女神一般，绚丽而神秘。

望着那不知何时出现在此处的少女，萧炎忽然感到喉咙有些发涩，心中近乎呻吟般地呢喃出了一个名字：

"薰……薰儿？"

第九十章
料理后事

　　愣愣地望着那犹如鬼魅一般出现在窗沿上的少女，半晌之后，萧炎惊疑地轻声喃喃道："她来这里干什么？"

　　"嘿嘿，看这情况，似乎她和你是一样的目的啊。"药老莫名地轻笑道。

　　眉头微皱了皱，萧炎将身体完全地缩进阴影之中，旋即有些迟疑地在心中询问道："薰儿的实力……怎么变得这么强横了？看她先前出现的速度，恐怕不会弱于一名大斗师吧？"

　　"她的真实实力，的确是你平日所见到的，不过现在的她，明显是动用了一种秘法，使得自己在一段时间内提升了实力，以她的身份背景，拥有这种神奇的秘法，并不稀奇。"药老淡淡地笑道。

　　闻言，萧炎略微愕然，旋即苦笑了一声，心头对薰儿的神秘背景再次发出无奈的感叹，摇了摇头，不再说话，视线透过面前的纱帘，注视着略微有些诡异的房间之中。

　　房间内，鬼魅般出现的薰儿，并未引起柳席的注意，此时，这位被欲火冲昏了脑子的家伙，正双眼放光地盯着床榻上春光大泄的美貌女子，双手手忙脚乱地扯着身上的衣衫。

　　在某一刻，柳席扯动衣衫的手掌骤然一僵，身为六星斗者的他，也终于有些察觉到一点不对劲的地方，略微迟疑了一下，然后缓缓地扭过脖子，目光投射到了那大开的窗户之上。

　　窗户上，身着金色裙袍的少女，慵懒地斜靠着窗沿，一对泛着些许金色火焰的眸子，淡漠地注视着房中衣衫不整的男子，素手之上，金色火焰，犹如精灵一般，跳动起妖异的轨迹。

柳席呆呆地望着那沐浴在月光下的少女，缓缓地移动目光，停留在那张淡漠的精致小脸之上，眼瞳之中，不可自觉地浮现出一种醉意，饶是此刻气氛不对，可面对着少女那几乎毫无瑕疵的容貌与空灵脱俗的气质，柳席依然忍不住地有些失神。

然而在失神了瞬间之后，柳席极其突兀地猛然转身，脚掌在地面重重一点，身形犹如一道离弦的箭，疯狂地向着大门处冲去，在这种诡异的气氛之下，一股临近死亡的阴冷感觉，终于将他的欲火浇得完全熄灭，柳席虽然自大，不过他却不会真的认为，在这种时候，这位诡异出现的少女，会是专程过来找自己谈心的。

房间虽然宽敞，不过以柳席的速度，从床榻到达门口，却不过是短短几秒时间罢了，望着那近在咫尺的木门，柳席眼瞳中闪过一抹喜意，只要出了房间，他就能大声吆喝，到时候，听到呼救声的加列毕，就能立刻赶来救援。

然而，就在柳席即将碰触到门板之时，双脚猛然一痛，快速奔跑的身形顿时倾斜而下，最后狠狠地砸在地面之上，几颗牙齿伴随着鲜血，被柳席一口喷了出来。

满脸恐惧地低下头，只见那双腿之上，不知何时出现了两个拳头大小的血洞，在血洞边缘，一片焦黑，隐隐有着焦煳之味传出。

"来人啊，有人要刺杀我！"

腿上的剧痛几乎使得柳席晕过去，不过此时，他却是咬牙扛了下来，张口拼命地嘶声大喊。

"不用叫了，房间被我的气息包裹了，没人听得见。"窗沿之上，少女淡淡地道，纤指轻弹，一根金色的火焰利刺，便在指尖凝聚成形，看来，柳席腿上的创伤，应该便是这东西所伤。

"你……你究竟想干什么？你要什么？钱？丹药？我什么都给你，只要放过我！"惊恐地望着少女，柳席脸色惨白，死亡的威胁，终于压下了他对美色的垂涎。

淡漠地瞟了一眼瘫在地上不断蠕动的柳席，少女轻灵地跃下窗台，莲步微移，缓缓走向后者。

望着那从窗户跃下的薰儿，萧炎这才发现，原本薰儿那只是齐及腰间的青丝，现在却是一直垂至了娇臀，显然，这应该便是那所谓的秘法所致。

宽敞的房间之中，身披象征着高贵的金色裙袍，少女淡漠地对着那在地上不断哀号的柳席行去，在行至其面前时，顿住脚步，低下头，忽地轻轻一笑，刹那间的笑容，使得柳席心头狠狠一跳。

"你不是想让人把我捉过来吗？"缓缓蹲下身子，薰儿轻灵的嗓音中，蕴含着淡淡的森冷。

柳席咽了一口唾沫，脸庞上的冷汗，因为恐惧，几乎打湿了整张脸。

"我其实很讨厌动手杀人的……"望着满脸恐惧的柳席，薰儿忽然轻叹了一口气。

闻言，柳席眼瞳中掠过一抹希冀，然而他还来不及出言求饶，少女那骤然寒起来的俏脸，却将他打进了绝望的深渊。

"我其实也并不介意一些无谓目光的，可为什么你要出言侮辱他？你有什么资格侮辱他？虽然他或许不会在乎你这种垃圾，可我却不能！真的不能！"随着少女语气的骤然变冷，其纤指之上的金色火焰尖刺，猛然脱手而出，最后化为一抹金色闪电，狠狠地刺进柳席胸膛之处，顿时，血洞迅速浮现。

遭受致命重击，柳席眼瞳骤然一缩，惨白的脸庞缓缓灰暗，略微凸出的眼球，看上去极为恐怖。

淡漠地瞥了一眼生机逐渐丧失的尸体，薰儿站直身子，轻叹了一口气，冷漠的小脸上流露出一抹无奈，低声喃喃道："若不是怕萧炎哥哥怪我多事，这乌坦城，早就没了加列家族，哪还会有这么多麻烦事……"

轻摇了摇头，薰儿目光随意地在房间之内扫了扫，身形微动，再次出现之时，便已到了窗户之前，娇躯一跃，最后消失在夜色之中。

"啧啧，这妮子看起来温婉可人，没想到真要杀起人来，也是这般地干脆利落，嘿嘿，看来你这次捡到宝了。"在薰儿消失之后不久，药老戏谑的声音，在萧炎心中响了起来。

苦笑着摇了摇头，萧炎低叹道："今天晚上，似乎是白来了。"

"嘿嘿，那可不一定，那妮子虽然下起手来不留情，不过毕竟年龄太小，经验还是太嫩。"药老淡淡地笑道。

闻言，萧炎一怔，愕然道："什么意思？"

"看着吧……"药老神秘一笑，旋即沉寂。

见到药老这模样，萧炎只得无奈地摇了摇头，继续将身体缩进黑暗之中，目光紧紧地注视着房间之内的一举一动。

略显昏暗的房间之中，除了床榻上那昏过去的侍女轻轻的呼吸声之外，一片寂静。

再次静待了十多分钟，就在萧炎眉头开始皱起来之时，那偶尔瞟到柳席尸体之上的眼瞳，却是微微一缩。

大门之处，那原本已经失去了生机的柳席，手掌却是不可察觉地细微一动，片刻之后，那紧闭的眼睛竟然缓缓地睁开，脸庞上的灰暗，居然也退去了许多。

"嘶……"望着胸口上的血洞，柳席轻吸了一口凉气，眼睛中充斥着怨毒，"该死的女人，要不是我在出来的时候从老师那里偷来一枚'龟息丹'，今天就真的要栽到这里了。"

艰难地伸出手掌，柳席从怀中掏出一个小玉瓶，小心翼翼地从中倒出一些白色粉末在伤口之上，然后再次掏出一枚淡青丹药，毫不迟疑地咽进肚中，做完这些轻微的动作，柳席的脸色，却是再次惨白了几分。

"这次的重伤，恐怕需要半年时间才能痊愈，明天便让加列家族送我回去，然后把老师请过来，只要有老师帮忙，萧家绝对没好日子过，到时候，我要把那女人玩死为止！"狰狞地咬着牙，柳席惨白的脸庞上，充斥着怨毒。

"抱歉，打扰一下，你或许没有回去的机会了……"就在柳席幻想着那高贵少女被自己蹂躏的惨状之时，淡淡的笑声，忽然突兀地在房间之中响起。

突如其来的声音，使得柳席身体骤然一僵，脸庞急变，艰难地扭转过头。

全身笼罩在黑袍之下的人影，正从阴影之中，缓缓走出。

"马虎大意的丫头，看来还是得需要我来料理一些后事啊。"黑袍之下，传出少年的笑声，手掌轻探而出，森白的诡异火焰，缓缓腾出。

"异火？"望着这团诡异的森白火焰，柳席眼瞳一缩，惊骇地失声道。

"恭喜你，答对了，有奖。"

微微一笑，黑袍人手掌一挥，森白的火焰顿时脱手而出，闪电般地将柳席覆盖其中，只是瞬息间，还未来得及大喊出声的柳席，便被迅速煅烧成了一堆……灰烬。

从此，名为柳席的一品炼药师，便是彻彻底底地消失在了这片大陆之上。

冷漠地拍了拍手，黑袍人手掌一挥，一股劲气将地面上的灰烬扫得干干净净，这才优哉游哉地跃上窗户，然后腾空掠出。

没有惊动任何人地掠出加列家族，黑袍人脚尖在一处房顶处轻轻一点，身形刚刚飘出几十米，却是骤然凝顿，无奈地轻叹了一口气，缓缓地抬起头。

在对面不远处的一处楼阁边缘之上，身着金色裙袍的少女，随意地摇晃着一双圆润雪白的小腿，蕴含着淡淡金焰的秋水眸子，正慵懒地盯着那停顿在房顶之上的黑袍人。

"你究竟是何人？"

纤指拂过额前被夜风拂起的青丝，少女抬了抬精致的下巴，轻灵的嗓音，在这片小天地缓缓回荡。

第九十一章
夜中相遇

"你究竟是谁？"

听得少女淡淡的轻灵嗓音，黑袍人无奈地耸了耸肩，略微沉默之后，苍老的声音，缓缓传出："我想你应该在萧家见过我吧？"

轻轻地晃荡着一截雪白的小腿，薰儿眼波流转，随意地轻声询问道："你去加列家族，做什么？"

"受人之托，解决点麻烦。"

"受谁之托？"秋水眸子眯起浅浅的弧度，薰儿紧追着询问。

"呃，这可不能说。"摊了摊手，药老笑道。

"可我想知道。"精致的小脸上扬起淡淡的笑容，薰儿脚步朝前一踏，身形竟然悬浮在半空之上，淡金色的火焰螺旋尖刺，在纤手之上，急速凝聚。

"嘿嘿，小丫头，我知道你现在很强，不过凭此就想要拦住老头我的话，却还差了点儿。"药老笑道。

薰儿柳眉微蹙，却是不再言语，素手一扬，指尖之处，几根高速旋转的金色火焰尖刺，继续浮现。

望着薰儿这不肯罢休的模样，黑袍中的两人顿时有些头疼，叹了一口气，药老无奈地道："我可不想和你动手，万一伤到哪里了，那家伙会心痛的。"

"好吧，好吧，怕了你了，今天有个不长眼的东西调戏了某个家伙极其重视的女孩子，而那家伙又刚好认识我，所以，我就被他叫来当苦力了，唉，也不念着老头这么大的年纪，大半夜的跑来跑去容易吗？"

修长睫毛轻轻眨了眨，一抹红晕缓缓地浮上那逐渐解冻的精致小脸，薰儿小手一翻，手中的火焰尖刺便缓缓消散，目光瞥向黑袍人，笑盈盈地道："老先生果然和萧炎哥哥有关系。"

"嘿，这称呼变得还真快。"药老笑了笑，道，"你恐怕早就猜到了我与萧炎有些关系吧？"

"以前只是猜测而已，不过却并拿不准。"薰儿笑着摇了摇头，在半空中对着药老盈盈行了一礼，微笑道，"虽然并不知道老先生的来历，不过一年之前萧炎哥哥能够抛弃以往的颓废，想必与您有一些关联吧？"

药老淡淡地笑了一声，不置可否。

美眸紧盯着黑袍人，薰儿甜甜一笑，轻声道："不管老先生出于何种目的而接近萧炎哥哥，不过还请老先生千万不要对他隐藏着一些别的念头，不然，薰儿会仇视任何一个对萧炎哥哥产生威胁的人，或许老先生很强，可相信薰儿，我有说这种话的实力。"

"啧啧，好个强势的妮子。"听着薰儿这蕴含着淡淡威胁的话语，药老一愣，旋即笑道。

"我只是不想萧炎哥哥被人蒙骗受伤而已。"轻笑了笑，薰儿再次对着药老行了一礼，含笑道，"天色不早了，薰儿得回去了，今夜老先生的所见，还请不要和萧炎哥哥提起。"

"放心，我不会提一个字。"药老点了点头，旋即戏谑地在心中添了一句，"因为他已经自己听见了。"

见到药老答应，薰儿微微一笑，刚欲回转过身，一道绿影却是忽然破风而来，略微一愣，薰儿小手一挥，将之吸进手中。

望着手中的小玉瓶，薰儿怔了怔，将目光投向房顶上的黑袍人。

"你使用了秘法，这几天时间内，恐怕很有点虚弱，这瓶养气散，你留着吧，早点将状态恢复，免得一副病怏怏的模样，某人看了会心疼。"药老淡淡地笑道。

闻言，薰儿小脸上浮现一抹绯红，握了握手中的玉瓶，冲着黑袍人感激地点了点头，脚尖在虚空轻点，身形便急速射进黑暗之中，逐渐消失不见。

站在房顶之上，望着消失在视线尽头处的背影，药老忽然轻叹了一口气，喃喃道："当年你小子偷偷溜进人家女孩屋里，莫名其妙地搞了通毫无作用的温养脉络，竟然便误打误撞地把人家女孩一颗心也搞了回来，唉，说起来，你还真是个好运得让人嫉妒的家伙。"

黑袍下，萧炎摸了摸鼻子，他心中也清楚，若不是小时候的那件事，长大后的薰儿，对待自己的态度，与对待萧宁等人，恐怕还真的不会有太大的区别。

当然，这些假设在现实面前，都不成立，嘿嘿，谁让他在女孩心灵最柔弱的时候，悄无声息地闯了进去，并且还无意地在人家心中烙了一个属于他的印记。

略微有些得意地笑了笑，萧炎双手悠闲地抱着后脑勺，然后任由药老控制着身体，迅速地向着萧家方向弹射掠去。

在到达萧家之后，萧炎为了怕被薰儿察觉，所以特地小心翼翼地绕过她所住的那片院子，这才降落到自己房间之外，然后飞速地蹿进了房内，轻轻地关好房门与窗户。

进入房间，萧炎飞快地除去身上的大黑斗篷，将之收进纳戒之中，这才重重地松了一口气，软软地倒在床榻之上，懒懒地轻声自语道："唉，真是一个美妙的夜晚啊。"

……

翌日，清晨，加列家族。

加列毕此时的脸色，阴沉得有些恐怖，丝丝森冷的气息从其体内散发而出，将那跪在地面上美貌侍女吓得瑟瑟发抖。

目光阴冷地在这所柳席所居住的房间中细细扫过，加列毕寒声道："你说柳席失踪了？"

"是的，族长，昨夜婢女不知为何，忽然失去了知觉，待得天明之后方才苏醒，可一醒来，却不见了柳席大人，婢女问过外面值勤的护卫，可他们却都未见过柳席大人。"侍女战战兢兢地道。

"从他昨夜进屋之后，我便察觉到，他一直未出来，而且加列家族仅有的两处大门，都有斗师级别的强者看守，以他的实力，绝对不可能悄无声息地出了加列家族！"加列毕阴声道。

“婢女也不知。”侍女脸色惨白，生怕加列毕会因此而怪罪于她。

眼角急促地跳了跳，心情几乎成了一团乱麻的加列毕深吸了一口气，没有再理会颤抖的侍女，缓缓地在房间各处角落踱着步子。

见到加列毕的举动，这名侍女也不敢再出声，跪下的身体，丝毫不敢动弹。

一步一步地在安静的房间之中走过，在走至一处角落之时，加列毕脚步骤然一顿，眼瞳紧缩地死盯着墙角处的一小团白色粉末。

心头狂跳地蹲下身子，加列毕用手指拈起一点粉末，放在鼻下轻嗅了嗅，顿时，阴冷的脸色，瞬间化为惊骇。

深深地吐了一口气，加列毕忽然地察觉到自己的脚跟有些发软，一股寒气，不可自制地从心底缓缓散发而出。

“柳席……竟然被人在我的眼皮底下给杀了？”

第九十二章

抢

待到萧炎从沉睡中苏醒过来之时，天色已经大亮，温暖的阳光从窗户的缝隙中射进，在地板之上留下点点光斑，同时也将房间照得颇为亮堂。

直起身来，萧炎睡眼蒙眬地坐在床上愣了好半晌，方才将脑中残余的睡意驱逐，甩了甩逐渐恢复清醒的脑袋，懒懒地下床，然后随意地洗漱一番。

洗漱刚刚完毕，门口处，便传来轻轻的敲门声以及少女轻柔的娇声："萧炎哥哥，还没起来吗？"

听着这声音，萧炎眉头挑了挑，快速地将脸上的水渍擦去，然后行至房门处，"嘎吱"一声，将房门缓缓拉开。

房门打开，略微刺眼的日光忽然射进，使得萧炎习惯性地闭了闭眼，半晌后缓缓睁开，将目光转移到那正俏生生地立在门口的青衣少女身上。

今日的薰儿，依然是一身清淡的青衣，得体的服饰配合着那宛如青莲般空灵脱俗的气质，使得房中的少年忍不住地在心中赞了一声。

目光随意地在薰儿那窈窕玲珑的身姿上扫过，最后停留在那略微有些苍白的精致小脸之上，眉头不由得微微一皱："怎么搞的？"

水灵大眼睛紧紧地注视着萧炎的表情，却发现除了责怪之外，并无其他，薰儿顿时甜甜地笑道："身体有些不舒服，没什么大事。"

"不舒服？"眉尖挑了挑，萧炎抬脚走出房间，将房门关好之后，手掌忽然拉起薰儿的小手，一缕淡淡的温和斗气在灵魂感知的控制下，

410

缓缓地在薰儿体内转了一圈。

片刻之后，萧炎面无表情地收回了斗气，心中却轻叹了一声，看来薰儿昨夜所需用的秘法的确很耗精力，现在她的体内，几乎已经只有几缕微薄的斗气在流转着，显然，这是那种秘法所造成的后遗症。

此时的清晨，起来晨练的族人并不少，望着那站在门旁亲昵拉在一起的薰儿与萧炎，都不由得满脸羡慕。

"萧炎哥哥。"薰儿小脸微红地挣了挣手，轻声嗔道。

"真不知道你究竟干了些什么？竟然虚弱成这样。"放下薰儿的小手，萧炎板起脸，低声斥道。

灵动的大眼睛在萧炎板起的脸上扫了扫，依然未发现别的什么东西，薰儿悄悄松了一口气，笑道："昨天越级修炼了一些斗技，所以才弄成这样，休养几天就好，萧炎哥哥不用担心。"

翻了翻白眼，萧炎只得无奈地摇了摇头，陪同着薰儿在家族中吃过早餐之后，然后便找了个借口，悄悄溜出了家族。

……

在乌坦城内逛了逛，顺便打听了一些有关加列家族的消息，柳席的失踪，绝对能在加列家族引起一些轰动，然而出乎萧炎意料的是，他却并未发现加列家族今日有何不对劲的地方，坊市照开，丹药照卖，与往日近乎没有任何区别。

"嘿，这加列毕还真不愧是一族之长，竟然能把这消息给压下来，不过，你能压一天，难道还能压一月不成？等你剩余的疗伤药销售完毕，我看你又能如何？"冷笑了一声，萧炎沉吟了一会儿，然后便向着城市中央的米特尔拍卖场行去。

在拍卖场外的偏僻之所，萧炎依旧是如同以往一般换上了大黑斗篷，将身形完全遮住后，这才进入人流涌动的拍卖场之中。

刚刚进入拍卖场，萧炎便被一位俏丽的侍女恭敬地引进了候客厅，在厅内闲坐片刻之后，身姿婀娜的雅妃，便笑吟吟地出现在了萧炎面前。

"呵呵，真是贵客，萧炎弟弟今日怎有空来拍卖场？"端起茶壶，亲自弯身替萧炎斟满一杯茶水，雅妃嫣然笑道。

不知是有意还是无意，身着旗袍的雅妃，在弯身斟茶之时，胸前一片诱人的雪白，总是若隐若现，使得人几乎有种移不开视线的感觉。

"咳……"目光同样是差点深陷在那宏伟的鸿沟之中，不过萧炎毕竟定力不错，干咳了一声，努力地移开目光，目不斜视地盯着略微泛绿的茶水，从怀中掏出暗红色的纳戒，然后从中取出五只小玉瓶，淡淡地道，"喏，今日是过来完成约定的。"因为雅妃已经知道自己的身份，所以萧炎也不再让药老代替说话，直接恢复了少年的清朗声调。

雅妃的目光，从小玉瓶出现之后，便是紧紧地盯在了上面，妩媚的俏脸之上，惊喜涌现。

在萧炎身旁的椅子上优雅地坐下，雅妃小心翼翼地捧起一只小玉瓶，细细地打量了一下，然后微微倾斜瓶口，一粒略微泛着碧绿色光泽的圆润丹药，调皮地从中滚动而出。

深嗅了一口那扑鼻而来的药香，雅妃美眸微眯，丰满的胸脯挺起一个让人为之垂涎的傲人轮廓，半晌后，方才谨慎地将丹药回放，冲着一旁的萧炎露出一个堪称妖娆的妩媚笑容："看来萧炎弟弟似乎准备对加列家族有所行动了吧？不然又怎会提前来完成约定？"

闻言，萧炎不置可否地耸了耸肩，从怀中掏出一张纸卷，上面写有几种药材，这些药材都是具有养气的功效，当然，这些自然是为了薰儿那妮子准备的，看着她那虚弱的苍白脸色，萧炎实在有些心疼。

接过萧炎的纸卷，已经有过好几次经验的雅妃也知道萧炎的意思，没有丝毫废话，直接叫来侍女，然后让其速去准备。

坐在安静的候客厅之中，萧炎略微沉默，忽然轻声询问道："加列家族似乎在其他城市寻找到了药源？"

"嗯，加列家族现在正在与特兰城的一个药材家族合作，不过他从那里所购买的药材，要比乌坦城内贵上四成之多。"雅妃点了点头，笑道。

"还真是舍得。"戏谑地摇了摇头，萧炎微笑道，"能给我一些关于他们运输药材路线的情报吗？"

闻言，雅妃捧着茶杯的玉手微微一颤，美眸惊异地盯着身旁的少年，讷讷道："你又想干什么？"

"抢东西。"

苦笑了一声，雅妃叹息道："加列家族惹到你这小煞星，还真是够倒霉的。"

　　摇了摇头，雅妃略微沉默，起身进入候客厅后厢，半晌后，手持一张卷轴行出，将之交给萧炎，低声道："我接到特兰城的拍卖场的一些情报，两天之前，加列家族再次购买了一批价值四十万金币的药材，这批药材，今天下午，应该就能到达乌坦城。

　　"这些药材，加列家族只预交了十万的订金，其余三十万，还是赊欠，护卫药材的队伍，是加列家族的护卫，其中斗师三名，大斗师一名，还有几十名实力在斗者级别的护卫。"

　　"四十万？真是大手笔。"轻声笑了笑，萧炎将卷轴收进纳戒之中，笑声缓缓变冷，"若是这批药材没了，我看他们如何向那边的药材家族交代，现在的加列家族已经濒临破产，而这三十万的赊欠，便是压倒骆驼的最后一根稻草！"

　　抬起头，望着那端着药材走进来的侍女，萧炎冲着雅妃感谢地拱了拱手，上前接过药材，然后头也不回地行出了大厅。

　　坐在椅上望着萧炎那走得干脆利落的背影，雅妃苦笑着摇了摇头，轻叹道："这小家伙，行事手段与年龄简直太不相衬了，加列毕那老家伙，这次恐怕真要栽了……"

第九十三章
半路毁药

宽敞的大路之上，七八辆马车正在缓缓行走着，天空中，烈日高照，炎热的日光将马车周围的护卫晒得大汗淋漓，一道道烦躁的喝骂声，不断地在路道之上响起。

加列怒，加列家族的仅余的两位长老之一，如今实力已晋三星大斗师，这般实力，放眼乌坦城，那也能算是排得上号的强者，此次由他来护卫药材运输队，可见加列家族现在对这些药材有多重视，不过似乎现在的加列怒还并没有得到柳席已经失踪的消息，不然，他恐怕会立马将这些高价药材退还回去。

坐在一处马车之上，加列怒盘膝而坐，任由马车如何颠簸，身形却是岿然不动，长达两天的奔波，实在是使得平日养尊处优的他有些不耐烦。

"都是那该死的萧家害的，迟早要弄垮你们。"咬牙切齿地骂了一声，加列怒略微向后偏了偏头，目光透过车窗望向后面整齐堆满的各种低级药材，面无表情的脸庞上露出一丝无奈，虽说纳戒能够让运输变得极其方便，不过低级纳戒其中不过两三立方米的空间，想要用低级纳戒来将这些药材装下，恐怕至少需要五枚才有可能，然而纳戒造价昂贵并且稀有，即使是整个加列家族，也不过区区两枚，所以，他们只得选择笨重的车辆来运药。

疲倦地眨了眨眼，刚欲小眯一会儿的加列怒，却发现前方的车辆忽然地停了下来，而且隐隐有着喝骂声传来。

眉头一皱，加列怒刚欲叫人询问情况，一名加列家族的护卫便从前方急跑过来，急声报告道："长老，前方有位黑袍人无故阻挡了去路。"

闻言，加列怒脸色微沉，现在已经算是进入乌坦城的地界了，谁敢在这里拦截他们？

眼瞳中寒光闪过，加列怒微微点了点头，跃下马车，快速地行至车队的前方，果然见到在大路中央的一块大石之上，一位黑袍人正随意而坐，虽然看不见黑袍人的面目，不过加列怒却能够发现，黑袍下的目光，似乎有些不怀好意。

"阁下是谁？为何阻我们去路？"目光在黑袍人身上扫了扫，加列怒沉声道。

"你们是加列家族的人吧？"黑袍下，苍老的声音缓缓传出。

脸皮微微一抖，加列怒阴沉着脸，手臂一挥，后面几十名护卫立刻拔出腰间武器，满脸不善地盯着那不知底细的神秘黑袍人。

"唔，看来没找错。"瞧得加列怒的反应，黑袍人淡淡一笑，从巨石上跃下，然后缓缓向着车队行来。

阴寒着脸望着走过来的黑袍人，加列怒一把从身旁的护卫手中取过巨型弓箭，手臂一拉，弓成满弦，手掌一松，箭支化为一道凶厉劲风，刁钻地射向黑袍人喉咙之处。

箭支携带着压破人心的鸣啸破风声，然而当它在到达黑袍人面前一米距离时，一团森白火焰猛地凭空腾现，箭支穿进火焰中，瞬间，便化为了漆黑粉末。

望着这一幕，加列怒脸色微变，心头泛起一股不安，看来这位黑袍人，也是一位不弱于大斗师的强者。

缓缓吐了一口气，加列怒从身后的侍从手中拿起一把深蓝色的长枪，身体之上，淡淡的蓝色斗气渗发而出，顿时，附近的空气都为之湿润了不少，显然，他的斗气功法是偏向略微阴寒的水属性。

手掌紧握着长枪，加列怒死死地盯着黑袍人，身体在略微调整之后，脚掌在地面突兀一踏，身形化为一道蓝色光线，径直冲向那越来越近的黑袍人。

人至半空，加列怒脸色肃然，手中长枪猛然扭动，其上斗气光华四射，枪身一震，竟然响起阵阵鸣吟之声。

"浪重叠！"

"浪重叠"，玄阶低级斗技，这斗技，是加列怒至今为止所能掌握的最为高级的斗技，长久以来的修炼，已经使得他将这种斗技炼至炉火纯青的地步，全力使出，因为对手是一名大斗师，他也不敢轻易小觑。

随着加列怒喝声落下，蓝色光华浓郁的长枪之内，瞬间涌出一重能量幻化而成的蓝色巨浪，巨浪冲天而起，最后骤然砸向那立在原地动也不动的黑袍人。

车队附近，望着自家长老大发神威，一声声得意的喝彩，顿时响了起来，这一路而来，他们也曾经遇到过几拨劫匪，然而这些匪徒，无一例外地都成了加列怒的枪下亡魂，在很多人看来，现在，恐怕又得加上一条了。

蓝色巨浪，翻滚天际，巨浪之中，细微的亮点骤然大盛，一杆长枪，闪电般地对着黑袍人头顶急刺而去。

"死吧！"望着那近在咫尺的目标，加列怒脸庞上闪过一抹狞然，森冷一笑，手中长枪劲气狂涌。

在长枪即将临近头顶之时，黑袍人缓缓地抬起脑袋，一道清秀的少年脸庞，在日光的照耀下，闪进了加列怒眼瞳之中。

"这……是萧家的那小崽子？"

望着这张并不陌生的脸庞，加列怒眼瞳一缩，心头间，杀意大涨。

长枪越来越近，然而就在攻击即将临体的刹那，森白火焰，猛地自黑袍人身体涌出，最后犹如燎原一般，对着半空之上的加列怒席卷而去。

森白火焰闪过天际，众人却是察觉到皮肤骤然一冷，旋即浪花、枪影，人影……皆是消失得无影无踪。

道路之上，喝彩声戛然而至，加列家族的护卫犹如被砍断了脖子的鸭子一般，张大的嘴巴，拼命地呼吸着，脸庞上的得意，逐渐地化为惊骇，再次望向黑袍人的目光，犹如看到恶魔一般恐惧。

淡漠地瞟了一眼这些护卫，黑袍人手掌缓缓探出，几朵森白的火焰缓缓浮现，曲指轻弹，火焰急射而出，最后在众目睽睽之下，轻飘飘地落在了几辆马车之上。

"轰！"

一声轻轻的闷响，马车连同着里面所存放的药材，在所有人那呆滞的注视下，化成了满地的粉末。

第九十四章

眼光挺差

"什么？药材全被人毁了？二长老呢？他人呢？"大厅之中，愤怒的咆哮声，几欲将屋顶掀翻。

一名护卫颤抖地跪伏在加列毕面前，满脸恐惧咽了一口唾沫，惊颤道："二长老也被那毁药之人杀了！"

暴怒的脸庞猛然一滞，加列毕脚跟忽然一阵发软，旋即一屁股坐在身后的椅子上，满脸呆滞，加列怒可是加列家族仅有的三位大斗师之一，他的死亡，对于本来就处于动荡不安的加列家族来说，无疑更是雪上加霜。

望着加列毕这副模样，那名报信的护卫也是满脸惨然，此时他的脑海中，还在回荡着先前那黑袍人的恐怖实力，难以想象，实力在三星大斗师的二长老，竟然与那神秘人仅仅一个照面，便是被焚烧得只余骨灰，那恐怖的场面，几乎使得当时在场的所有人感受到了何为恐惧的意味。

"是什么人杀了二长老？"坐在椅上许久后，加列毕终于缓缓地回过了神来，声音中，有着几分嘶哑，显然，加列怒的死，给了他很大的打击。

"不知，当时那人身着一袭黑袍，无人见过他的面貌，不过他却能控制一种森白色的火焰，而二长老，便是丧命在这种火焰之中。"护卫摇了摇头，低声道。

"黑袍？控制白色火焰？"略微沉默，加列毕脸色微微一变，操控火焰伤敌，无疑是炼药师最喜欢用的方式，而有可能与加列家族有恩怨，并且还具有轻易击杀加列怒的实力的炼药师……这种种条件，都使得加列毕脑海中闪过当日那在拍卖场中偶遇的黑袍炼药师。

想到当日雅妃与谷尼对待那名黑袍炼药师的恭敬态度，加列毕忽然察觉到嘴中有些苦涩，他们似乎从一开始就错了，当时仅仅因为柳席的一番话，便认为萧家顶多只是好运请来了一位不入流的炼药师，然而现在的事实却告诉他们，萧家的那位炼药师，比起柳席那半吊子炼药师来，不知强了多少。

缓缓地摇了摇头，加列毕眼瞳中闪过一抹怨毒与暴怒，现在价值四十万金币的药材已经被毁，而且因为资金问题，这批药材还拖欠了特兰城的药材家族三十万金币。

对于这批药材，加列毕本来是打算将之炼制成疗伤药，待到销售完毕之后，再来付款，然而现在的变故，却将他所有的计划全盘打破。

与加列家族合作的那药材家族，在特兰城同样拥有不小的势力，若是一旦得知药材被毁的消息，一定会派人前来要账，可此时加列家族的资金几乎已经进入枯竭的地步，怎还拿得出这笔巨款？如果拿不出，那加列家族的声誉，恐怕将会毁于一旦。

"妈的！"想到烦躁之处，加列毕一掌狠狠地砸在身旁桌上，顿时，坚硬的黑木桌崩碎开来，木屑击打在一旁的护卫脸庞上，然而后者却只得咬牙承受。

轻吸了一口气，加列毕强行压下心头的暴怒以及对萧家的怨毒情绪，挥了挥手，故作镇定地淡淡道："将库房中所余的疗伤药全部分发给各处坊市，另外，今日之事，让所有知道的人都把嘴闭严实，若是传了出去，族规处置。"

"是。"护卫身体略微一颤，旋即恭敬地应了一声，然后起身迅速地退了出去。

望着空荡荡的大厅，加列毕疲倦地靠在座椅背上，这次，就算加列家族能够熬过去，恐怕也将会势力大降，从此再难以与萧家相抗衡，想到此处，加列毕莫名地叹一口气，不知为何，他现在，对于当初主动挑衅萧家的举动，却是感到有些后悔了……

然而，这后悔，却来得有些晚了。

......

在干完某些事之后，萧炎也是恢复正身，返回家族，请药老出手炼制了一点养气的丹药，然后心急火燎地将丹药给薰儿送了过去，看着那妮子捧着丹药，略微泛红的水灵眸子，萧炎只觉得那一刹那，虚荣心得到了极大的满足。

在萧炎毁去加列家族药材的之后几天，乌坦城虽然表面上一片平静，然而有心人却能够发现，往日那些在萧家坊市附近寻找麻烦的加列族人，却是悄悄地退了回去，平日的嚣张气焰，也是弱了下来，对于加列家族这莫名的举动，所有人都是倍感疑惑。

萧家，议事大厅。

"这加列家族最近是在搞什么？对我们示弱吗？"接到近日来的种种报告，萧战眉头微皱，对着大厅中的三位长老满脸疑惑地道。

互相对视了一眼，三位长老同时地摇了摇头，略微沉吟后，大长老缓缓道："反常即为妖，加列毕那家伙，老奸巨猾，说不定又在搞什么鬼主意，还是加紧点注意为好。"

萧战点了点头，谨慎的他，自然不会因为加列家族这表面举动，便对他们放松注意。

目光转了转，萧战望着那坐在椅上几乎要打瞌睡的萧炎，无奈地摇了摇头，这小家伙，似乎对家族的族事总是提不起多大的兴趣。

"炎儿，你最近与那位老先生可见了面？"端起茶杯喝了一口，萧战随意地问道。

听着萧战的问题，三位长老也将目光投射到了萧炎身上，那位老先生对萧家的重要性不言而喻，然而他似乎只对萧炎这家伙青睐有加，其他的人，还从没单独见过他。

对于萧炎能够独享这种待遇，众人也只得满心羡嫉。

懒懒地抬了抬眼皮，萧炎闷声道："嗯，见了。"略微沉默了一下，他又补充道："他说打算收我做弟子。"

听着萧炎后面这句话，萧战那端起茶杯的手掌，骤然凝固，讷讷地抬起头，脸庞极为精彩地盯着那将自己缩在椅子中的少年，咽了一口唾沫，兀自有些不信地道："你说他要收你做弟子？"

翻起眼皮，望着一脸狂喜与激动的萧战以及一旁脸庞抽筋的三位长老，萧炎懒散地点了点头。

"好，好，好……"脸色涨红地一口将茶水饮尽，萧战激动地站起身来，在大厅中来回走动着，兴奋地搓着手，"我就知道我儿子不是常人，妈的，以后谁再敢说我儿子是废物，老子当场拍死他！"

瞧着萧战这副激动的模样，萧炎无奈地摇了摇头，轻声道："再过半个月，我要和老师外出修行……恐怕要一年或者更久才会回来。"

"啊？"萧战一怔，脸庞上的笑意逐渐收敛，皱起眉头，迟疑地问道，"你不打算报考迦南学院了？那可是斗气大陆闻名的高级学院啊，如果能够进去，对你很有好处的。"

"会报考，不过可能会旷课一两年。"萧炎摸了摸鼻子，淡淡地笑道，"虽然迦南学院很好，可他们却并不能让我在不到两年的时间中，超越……纳兰嫣然。"

萧炎笑了笑，目光在这所大厅中缓缓扫过，当初，那位骄傲的女人，便是在此处，将自己心中仅余的自尊践踏得一钱不值。

听到这几乎在萧炎心中属于忌讳的名字，萧战脸皮微微一抖，沉默不语。

站起身来，萧炎懒懒地抱着后脑勺，缓缓地向着大厅之外行去，少年淡淡的笑声，在大厅内残留回荡：

"既然当年她下了约定，我自然要去应约，呵呵，也不是为了什么让她所谓的刮目相看，只是想在赴约的时候，顺便说一句，你的眼光，挺差……"

《网络文学名家名作导读丛书》已出版书目

第一辑：

辰东与《遮天》/ 肖惊鸿 著

骷髅精灵与《星战风暴》/ 乌兰其木格 著

猫腻与《将夜》/ 庄庸 著

我吃西红柿与《吞噬星空》/ 夏烈 著

血红与《巫神纪》/ 西篱 著

第二辑：

子与2与《唐砖》/ 马文运 著

林海听涛与《冠军教父》/ 桫椤 著

忘语与《凡人修仙传》/ 庄庸 安迪斯晨风 著

希行与《诛砂》/ 肖惊鸿 薛静 著

zhttty 与《无限恐怖》/ 周志雄 王婉波 著

第三辑：

天蚕土豆与《斗破苍穹》/ 夏烈 著

萧鼎与《诛仙》/ 欧阳友权 著

耳根与《一念永恒》/ 陈定家 著

蝴蝶蓝与《全职高手》/ 张慧伦 张丽军 著

图书在版编目（CIP）数据

天蚕土豆与《斗破苍穹》/夏烈著． －－北京：作家
出版社，2020.12

（网络文学名家名作导读丛书）

ISBN 978－7－5212－1313－3

Ⅰ．①天… Ⅱ．①夏… Ⅲ．①网络文学－长篇小说－
小说研究－中国－当代 Ⅳ．①I207.425

中国版本图书馆 CIP 数据核字（2020）第 268156 号

天蚕土豆与《斗破苍穹》

作　　者：夏　烈
责任编辑：王　烨　袁艺方
装帧设计：天行云翼·宋晓亮
出版发行：作家出版社有限公司
社　　址：北京农展馆南里 10 号　　　　邮　　编：100125
电话传真：86－10－65067186（发行中心及邮购部）
　　　　　86－10－65004079（总编室）
E－mail: zuojia@zuojia.net.cn
http: // www.zuojiachubanshe.com
印　　刷：天津中印联印务有限公司
成品尺寸：152×230
字　　数：385 千
印　　张：27.5
版　　次：2021 年 2 月第 1 版
印　　次：2021 年 2 月第 1 次印刷
ISBN 978－7－5212－1313－3
定　　价：48.00 元